LA DISPARUE
DU DÉSERT

ZOË FERRARIS

LA DISPARUE
DU DÉSERT

Traduit de l'anglais (États-Unis)
par Françoise Doris

ÉDITIONS
FRANCE
LOISIRS

Titre original : *The Night of the Mi'raj*
publié par Little, Brown, an imprint of Little, Brown Book
Group, Londres.

Tous les personnages et les événements de ce livre, autres
que ceux appartenant explicitement au domaine public,
sont fictifs, et toute ressemblance avec des personnes
réelles, vivantes ou mortes, serait pure coïncidence.

Une édition du Club France Loisirs,
avec l'autorisation des Éditions Belfond.

Éditions France Loisirs,
123, boulevard de Grenelle, Paris.
www.franceloisirs.com

ISBN : 978-2-298-01686-4

« Le mariage est la règle que je préconise.
Celui qui rejette cette règle n'est pas des miens. »

Mahomet

1

Ce soir-là, avant le coucher du soleil, Nayir remplit sa gourde, coinça un tapis de prière sous son bras, et s'apprêta à escalader la dune qui faisait face au sud, près du campement. Derrière lui, des rires bruyants éclatèrent dans l'une des tentes, et il se dit que ses hommes devaient être en train de jouer aux cartes, sans doute au *tarneep*, tout en faisant passer le *siddiqi* à la ronde. Sa longue pratique du désert lui avait enseigné qu'on ne pouvait empêcher les gens d'agir à leur guise. Ici, il n'existait pas de lois, et si les hommes voulaient de l'alcool, ils en buvaient. Le vendredi matin, jour de la prière, ils se réveilleraient le corps souillé par le gin, et Nayir fut empli de dégoût à cette seule pensée. Mais il s'abstint de toute remarque. Après une semaine de recherches infructueuses, il n'avait pas le cœur à les réprimander.

Il gravit la dune d'un pas souple, et ne s'arrêta qu'une fois parvenu au sommet. De là, on pouvait embrasser toute la vallée, immaculée, cernée de dunes basses qui ondulaient dans la lumière dorée du couchant. Son regard fut aussitôt attiré par l'unique tache dans ce paysage : une demi-douzaine de vautours penchés sur la carcasse d'un chacal. C'était la raison pour laquelle ils se retrouvaient en ce lieu – encore une fausse piste.

Deux jours plus tôt, ils avaient renoncé à battre le désert en tous sens pour se contenter de suivre les vautours, mais, invariablement, cela les avait menés vers des charognes de chacals ou de gazelles. C'était à la fois un soulagement et une déception, car il conservait l'espoir de la retrouver.

Il sortit sa boussole pour chercher la direction de La Mecque et déroula son tapis de prière. Ensuite, il déboucha sa gourde et la renifla – une mesure de précaution qui avait fini par devenir un réflexe. L'eau dégageait une odeur métallique. Il en avala une gorgée puis, rapidement, s'accroupit sur le sable pour accomplir ses ablutions, en essayant de ne pas en gaspiller une goutte. Il se frotta les bras, le cou et les mains et, quand il eut terminé, revissa soigneusement le bouchon, en savourant la fraîcheur éphémère de l'eau sur sa peau.

Se redressant, il commença à prier, mais ses pensées revenaient sans cesse vers Nouf. Par décence, il s'efforça de ne se représenter ni son visage ni son corps, cependant plus il pensait à elle, plus son image s'imposait à son esprit. Il l'imaginait marchant dans le désert, courbée sous le vent, son manteau noir cinglant ses chevilles brûlées par le soleil... *Allah me pardonne de songer à ses chevilles*, pensa-t-il, avant d'ajouter : *Au moins, je me la représente toujours en vie.*

Quand il ne priait pas, il imaginait bien d'autres choses à son sujet. Il la voyait s'agenouiller pour avaler de pleines poignées de sable, qu'elle prenait pour de l'eau. Il la voyait allongée sur le dos, le métal brûlant de son téléphone portable imprimant une marque au creux de sa paume comme au fer rouge. Il voyait les chacals déchirer son corps et la mettre en lambeaux. Pendant la prière, il essayait de surmonter ses peurs et de croire qu'elle vivait encore. Ce soir, toutefois, son esprit avait plus de mal que jamais à se prêter à ce fantasme. Il n'y avait plus d'espoir, il le sentait bien.

La prière finie, il se sentit encore plus las qu'avant. Il roula son tapis, s'assit au bord de la colline et contempla les dunes qui encerclaient la vallée. Le vent se leva et caressa le sol, soulevant quelques grains de sable comme pour souligner sa légèreté, tandis que la terre, saisie d'un long frémissement, se débarrassait de sa peau et semblait s'envoler. La forme des dunes changeait sans cesse au gré des vents, dessinant tantôt des pics, tantôt des courbes sinueuses comme des empreintes de serpent. Les Bédouins lui avaient appris à interpréter ces formes pour mesurer le risque de tempête de sable ou déterminer la direction dans laquelle le vent soufflerait le jour suivant. Certains étaient persuadés qu'on pouvait également y lire des signes prophétiques. Pour le moment, le paysage qui s'étendait devant lui était

11

composé d'une série de croissants, de gracieux quartiers de lune progressant en quinconce jusqu'à l'horizon. C'était l'annonce d'un prochain changement.

Ses pensées se reportèrent vers la photo rangée dans sa poche. Après s'être assuré qu'il n'y avait personne en vue, il la sortit pour se livrer à un péché qu'il ne commettait que rarement : contempler le visage d'une femme.

Nouf ash-Shrawi, au centre de l'image, souriait joyeusement en découpant une part de gâteau ; le cliché avait été pris à l'occasion de l'anniversaire de sa petite sœur. Nouf avait un long nez, des yeux noirs, un sourire éblouissant ; en la regardant, il était difficile de croire que, quatre semaines plus tard, jour pour jour, elle s'enfuirait dans le désert, en abandonnant tout derrière elle : un fiancé, un train de vie luxueux, une grande et heureuse famille. Et même sa petite sœur de cinq ans, qui se tenait près d'elle sur la photo et levait vers son aînée un regard empli d'adoration. *Pourquoi ?* se demanda-t-il, le cœur serré. Nouf n'avait que seize ans. Elle avait toute la vie devant elle.

Où avait-elle pu aller ?

Quand Othman lui avait téléphoné pour lui annoncer la disparition de sa sœur, Nayir en avait été abasourdi. Jamais Othman ne lui avait paru aussi abattu. « Je donnerais mon sang, avait bredouillé le jeune homme, si cela pouvait nous permettre de la retrouver. » Puis sa voix s'était étranglée et, dans le long silence qui s'était ensuivi, Nayir avait compris que son ami s'était mis à pleurer. Othman ne lui avait jamais demandé un service auparavant. Nayir lui avait déclaré qu'il ferait tout pour l'aider.

Des années durant, il avait emmené les hommes de la famille Shrawi dans le désert. En fait, il avait servi de guide à des dizaines de familles comme la leur. Ses clients avaient tous le même profil : riches et arrogants, résolus à prouver qu'ils n'avaient pas perdu leurs instincts de Bédouins, même si, pour la plupart d'entre eux, les noirs puits de pétrole du pays recelaient davantage d'attraits que ce qui se trouvait à sa surface. Mais Othman était différent. C'était l'un des rares à aimer autant le désert que Nayir lui-même, et à être assez intelligent pour apprécier les aventures qu'il y vivait. Contrairement aux autres, il ne serait jamais monté à dos de chameau avant qu'on lui ait montré comment en descendre. Il n'attrapait jamais d'insolation, ne se perdait jamais. Cette passion commune pour le désert les avait rapprochés, et l'amitié spontanée qui était née entre eux s'était renforcée au fil des années.

Au téléphone, sous le coup de l'affolement, Othman lui avait raconté l'histoire par bribes, confusément. Sa sœur avait disparu. Elle avait fait une fugue, à moins qu'elle n'ait été enlevée. Ils étaient riches, et il n'était pas impossible qu'on veuille leur soutirer une rançon. Toutefois, les enlèvements n'étaient pas chose courante dans le pays, et aucune demande de rançon ne leur était encore parvenue. Il ne s'était écoulé que vingt-quatre heures depuis la disparition de Nouf, mais ce laps de temps semblait suffisant... Nayir dut lui arracher les faits un à un. Personne ne savait à quel moment précis elle avait quitté la maison ; on ne s'était aperçu de son absence que dans le courant de l'après-midi. Elle avait été vue pour la dernière fois en fin de matinée, quand elle avait dit à sa mère qu'elle se rendait au centre commercial pour échanger des chaussures. Par la suite, les Shrawi avaient découvert que certaines choses avaient disparu : un camion pick-up, et l'*abaya* noire toute neuve qu'elle réservait pour sa lune de miel. Quand ils avaient constaté qu'il manquait également un chameau dans les écuries, ils en avaient conclu qu'elle s'était enfuie dans le désert, mais étaient incapables de s'expliquer les raisons de cet acte insensé.

« Elle était heureuse, avait insisté Othman. Elle allait bientôt se marier.

— Peut-être a-t-elle pris peur ? avait gentiment suggéré Nayir.

— Non, elle souhaitait vraiment ce mariage. »

La réalité n'était peut-être pas aussi simple, mais Othman ne lui en révéla pas davantage.

Nayir passa la journée suivante à préparer l'expédition. Il refusa la rétribution extravagante que lui offrait la famille, n'acceptant qu'une somme suffisante pour couvrir ses frais. Il loua cinquante-deux chameaux, contacta tous les guides qu'il connaissait, et appela même les services spéciaux du ministère de l'Intérieur pour leur demander s'il était possible de repérer la fuyarde grâce aux satellites militaires. Ces engins étaient destinés à d'autres usages, lui fut-il répondu. Il réussit néanmoins à monter une équipe de recherche composée de quarante-trois hommes et d'un groupe de Bédouins travaillant à temps partiel, qui ne voulurent même pas regarder la photo de Nouf. Selon eux, ce n'était pas nécessaire, car il n'y avait qu'un seul genre de femme pour estimer que se retrouver perdue dans l'un des plus grands déserts du monde serait un sort préférable à sa vie quotidienne. Les hommes échafaudèrent même toute une théorie selon laquelle Nouf se serait enfuie avec un amant américain, pour échapper à un mariage arrangé. Il était difficile de dire d'où leur venait cette idée. Il y avait bien eu quelques cas similaires, où de riches jeunes filles saoudiennes s'étaient éprises d'Américains, et ces affaires avaient causé suffisamment de scandale pour se graver dans la mémoire collective. Mais ce n'était pas aussi fréquent que les gens le supposaient et, à la connaissance de Nayir, aucune de ces jeunes filles ne s'était jamais enfuie dans le désert. Néanmoins, pour la majorité des membres de son équipe, la disparition de Nouf ne s'expliquait que par une fugue.

Les Shrawi demandèrent à Nayir de concentrer ses recherches dans une région bien délimitée, en rayonnant à partir d'As-Sulayyil. Ils envoyèrent d'autres équipes vers le nord et le nord-ouest, et une vers le sud-ouest. Nayir aurait aimé jouir d'une plus grande liberté, et pouvoir étendre les opérations à son gré, mais en l'occurrence, il était entouré d'étrangers qui prenaient rarement la peine de communiquer avec lui. Aussi dut-il faire fi de sa méthode habituelle. Cela lui déplaisait profondément ; néanmoins, si Nouf se trouvait encore quelque part dans le secteur, ses chances de survie s'amenuisaient à mesure que le jour déclinait. Ce n'était pas le moment de respecter les conventions, et de faire comme si l'expédition était un repas de noce où chaque invité était assigné à une place précise.

En outre, son équipe était la plus importante, il connaissait son métier, ayant pour ainsi dire grandi dans le désert. Il avait été élevé par son oncle Samir qui avait beaucoup d'amis étrangers, des érudits, des scientifiques, qui venaient étudier la mer Rouge, les oiseaux, les poissons, ou le mode de vie des Bédouins. Nayir passait ses étés à gratter la terre sur les sites de fouilles archéologiques dirigées par de riches Européens en quête du tombeau d'Abraham, ou de vestiges de l'or emporté par les Hébreux lors de l'Exode. Et il passait ses hivers à se cramponner à la bosse des chameaux chargés de marmites et de bidons qui tintinnabulaient au rythme de leurs pas. Il avait appris le tir à l'arc, la fauconnerie, l'art de survivre dans les pires conditions, et était capable de retrouver son chemin dans les endroits les plus reculés, avec pour tout équipement un *shumagh*[1], de l'eau, et l'immensité du ciel. Il n'avait pas de sang bédouin, mais se considérait comme l'un des leurs.

Il était parti à la recherche de voyageurs égarés une bonne douzaine de fois, et n'avait connu aucun échec. Toutefois, si Nouf s'était enfuie, il fallait supposer qu'elle ne voulait pas être retrouvée. Dix jours durant, ils avaient parcouru les dunes en Rover ou à dos de chameau, les avaient survolées en avion ou en hélicoptère, sans rencontrer personne d'autre que des membres de son équipe, ce qui était en soi un soulagement, tant il était malaisé de repérer une créature vivante dans tout ce sable. Pourtant, Nouf demeurait introuvable, et dans leurs derniers rapports, les hommes de Nayir faisaient état de nouvelles théories : elle aurait pris un bus de nuit pour se rendre à Mascate, ou encore un avion à destination d'Amman.

Il pesta en lui-même contre cette situation impossible. Peut-être la jeune fille n'était-elle plus dans le désert. Peut-être qu'après une seule nuit passée en pleine nature, elle l'avait trouvée trop inconfortable et salissante, et qu'elle en était sortie. Mais si elle s'y trouvait toujours, il était sans doute déjà trop tard. Dans le désert, un homme ne survivait guère plus de deux jours. Une jeune fille d'une famille

---

1. Coiffe traditionnelle des hommes, carré d'étoffe à motif rouge et blanc replié en triangle et maintenu par un cordon. *(N.d.T.)*

riche, qui n'avait sans doute jamais quitté le confort de ses appartements climatisés, résisterait encore moins longtemps.

Le soleil baignait le paysage d'une chaude lumière orangée, et un sirocco obstiné agitait l'air, suscitant en lui une angoisse qui n'était pas seulement due à son inquiétude. Ces derniers temps, il songeait constamment à tout ce qui lui faisait défaut, tout ce qui manquait à sa vie. Il avait besoin d'une femme, d'une épouse, mais il ne l'avait pas encore rencontrée. De manière tout à fait irrationnelle, il était habité par le sentiment qu'il n'avait pas seulement perdu Nouf, mais aussi toute possibilité de trouver un jour une femme, qui qu'elle fût. Fermant les yeux, il implora une fois de plus Allah : *Qu'as-Tu prévu pour moi ? Je fais confiance à Ton dessein, mais je suis impatient. Je T'en prie, révèle-moi Ton plan.*

Un cri s'éleva derrière lui. Rangeant précipitamment la photo dans sa poche, il se releva et vit l'un de ses hommes au pied de la dune, montrant du doigt une lueur de phares dans le lointain. Nayir empoigna son tapis et sa gourde et dévala la pente sableuse. Une voiture approchait, et un noir pressentiment lui soufflait que son conducteur était porteur de mauvaises nouvelles. Il courut jusqu'au campement et attendit le véhicule, qui s'immobilisa devant la tente principale.

Le jeune homme qui la conduisait lui était inconnu. Sans doute un Bédouin, à en juger par ses traits fins et sa peau sombre. Il portait

18

un blouson de cuir par-dessus sa robe blanche maculée de poussière et, quand il descendit de voiture, il posa sur Nayir un regard empli d'appréhension.

Nayir le salua et lui tendit la main. Il savait qu'il était trop grand et trop imposant pour mettre les gens à leur aise, mais il s'y efforçait toujours. Timidement, le visiteur déclina son identité ; il s'appelait Ibrahim Suleiman, il était le fils d'un des serviteurs de la famille Shrawi. Les hommes se rassemblèrent autour de lui pour entendre ce qu'il avait à leur dire, mais Ibrahim demeura silencieux et Nayir comprit qu'il voulait lui parler en privé.

Il guida le jeune homme jusqu'à l'une des tentes les plus spacieuses, en espérant que ses hommes n'y avaient pas bu. Il n'existait en effet pire déshonneur que de faire entrer un hôte dans une tente empestant l'alcool. Heureusement, les rabats de celle-ci étaient grands ouverts, et le vent s'y engouffrait, apportant avec lui des gerbes de sable.

Nayir alluma une lampe, offrit à son invité un coussin de sol, et se mit en devoir de préparer le thé. Il s'abstint poliment de poser des questions, mais se hâta d'accomplir sa tâche car il était anxieux d'apprendre les nouvelles. Quand le thé fut prêt, il s'assit à côté d'Ibrahim et attendit que celui-ci ait bu.

Ils ne parlèrent pas avant que le deuxième verre eût été versé. Assis en tailleur, Ibrahim se pencha vers lui, posant son verre en équilibre sur son genou.

« Ils l'ont retrouvée, dit-il en baissant les yeux.

— Ils l'ont retrouvée ? » répéta Nayir.

Son corps se vida de la tension qu'il contenait, si soudainement que cela lui fit mal.

« Où cela ?

— À une vingtaine de kilomètres au sud du campement des Shrawi. Près d'un *wadi*.

— Mais leurs hommes sont là-bas depuis une semaine... Est-on sûr qu'il s'agit bien d'elle ?

— Oui.

— Qui l'a découverte ?

— Nous ne le savons pas au juste. Des gens qui ne travaillaient pas pour la famille, des voyageurs.

— Comment l'as-tu appris ?

— Quelqu'un est venu au campement. Il en avait été lui-même informé par quelqu'un d'autre, expliqua Ibrahim avant de boire une nouvelle gorgée de thé. Il a dit que les voyageurs l'avaient ramenée à Djeddah. Elle était déjà morte.

— Morte ?

— Oui. Les voyageurs l'ont amenée à la morgue. Ils ignoraient son identité. »

C'était fini. Nayir songea à ses hommes qui attendaient dehors, et se demanda s'ils éprouveraient de la déception ou du soulagement. Du soulagement, probablement. Il ne savait pas très bien comment leur annoncer la chose. Il était bizarre que l'équipe dirigée par la famille elle-même ait campé près du wadi où on l'avait découverte. Un groupe de cousins et de servi-

20

teurs avait dû quasiment lui marcher dessus, sans la remarquer. Et sans remarquer davantage les voyageurs qui traversaient la région. Ceux-ci avaient sans doute ramené le corps en ville avant même que les Shrawi se soient aperçus de leur passage.

« Comment la famille a-t-elle été prévenue ? s'enquit Nayir.

— Par un employé de la morgue qui les connaissait. »

Nayir hocha la tête, encore sous le choc. Le fait que le corps ait été découvert dans le rayon de recherches dévolu aux Shrawi était infiniment troublant. Il allait devoir vérifier ce point, car l'information était peut-être inexacte.

La théière était vide. Lentement, Nayir se redressa et s'approcha du réchaud. Il remit de l'eau dans le récipient, et alluma maladroitement le feu, en se brûlant le pouce. La douleur le sortit de sa torpeur, déclenchant en lui une brusque et ardente colère. Le désir de retrouver Nouf l'animait encore. *Pardonnez mon orgueil*, se morigéna-t-il. *C'est à sa famille que je devrais penser avant tout.* Mais il en était incapable.

Il alla se rasseoir près de son hôte.

« Sais-tu comment elle est morte ?

— Non, répondit Ibrahim, le regard plein d'une résignation attristée. D'insolation, j'imagine.

— C'est une terrible façon de mourir, soupira Nayir. Je ne peux pas m'empêcher de me dire que nous aurions pu faire quelque chose.

— J'en doute fort.

21

— Pourquoi ? Que lui est-il arrivé, selon toi ? »

Le regardant droit dans les yeux, le Bédouin répliqua :

« Ce qui arrive à n'importe quelle fille, je crois.

— C'est-à-dire ? » insista Nayir.

L'amour ? Le sexe ? Et qu'en sais-tu ? Le visage d'Ibrahim lui révéla que cette question était déplacée ; le visage du jeune homme était devenu tout rouge. Nayir aurait voulu en apprendre davantage, lui soutirer des réponses, mais il savait également que, si le sexe ou l'amour avait causé la mort de Nouf, une réponse franche eût été encore plus incorrecte. Pudiquement, il attendit des explications, mais Ibrahim se contenta de boire son thé, en gardant un silence obstiné.

2

Crasseuse et humide, la ruelle à l'arrière du bâtiment ministériel ne ressemblait en rien à la dernière halte avant le paradis, le terminus pour les corps de ceux qui s'en étaient allés rejoindre Allah. C'était pourtant là que se trouvait l'entrée de la morgue. Il fallait ensuite descendre un escalier très raide et grouillant de cafards, passer devant un garde qui avait enroulé du ruban adhésif autour de ses chevilles pour les protéger de la vermine, et traverser un vestibule aussi étroit qu'un canal utérin.

Face à la porte, Nayir rassembla ses forces en mâchant un *miswak*[1] au goût poivré, dont il recracha les fibres dures sur le sol. Il devait entrer, il n'avait pas le choix. Le soleil tapait avec force, et des gouttes de sueur lui picotaient douloureusement l'épiderme, comme des milliers d'épingles. S'il attendait davantage, il risquait de se trouver mal. Cette visite n'était pas

1. Morceau de bois d'araq dont on se sert pour se nettoyer les dents et se purifier la bouche. *(N.d.T.)*

simplement un service qu'il rendait à Othman – contrairement à ce qu'il s'était répété en chemin –, c'était, il s'en apercevait à présent, une intrusion dans l'intimité des défunts.

Le corps de Nouf avait été déposé ici, et il avait pour mission de le ramener chez ses parents. Initialement, il avait bien eu l'intention de demander à voir le cadavre – seulement le visage, bien sûr – afin de l'identifier, par acquit de conscience. Mais il n'avait pu se résoudre à soumettre cette requête à ses parents. Ceux-ci auraient été horrifiés à l'idée qu'il puisse contempler les traits de leur fille car, même si son sens du devoir lui dictait d'accomplir cette triste formalité, il ne faisait pas partie de la famille, et il était un homme. Aussi avait-il été stupéfié qu'ils lui confient le soin d'aller chercher le corps à la morgue. Au téléphone, la voix d'Othman avait eu le timbre d'un homme anéanti par le chagrin, et Nayir, n'obéissant toujours qu'à son devoir, avait accepté.

Crachant le reste du *miswak* dans le caniveau, il fit appel à tout son courage et pénétra dans le bâtiment. Après le blanc aveuglant de la rue, l'obscurité totale qui y régnait le prit au dépourvu, et il dut s'agripper au mur des deux mains pour descendre l'escalier.

Quand ses yeux se furent habitués à la pénombre, il distingua le garde assis derrière son bureau, plongé dans sa lecture. La vue de l'uniforme brun le troubla. La dissection des cadavres était interdite par la loi et, bien que le gouvernement autorise tacitement les autopsies, cette pratique était considérée comme sacrilège par certains, et les membres des milices religieuses étaient toujours prompts à châtier ceux qui contrevenaient aux règles de l'islam. Toutefois, rien à l'extérieur ne signalait le bâtiment à l'attention du public, et à sa connaissance, aucun médecin légiste n'avait jamais été agressé.

En apercevant Nayir, le garde plissa les yeux d'un air méfiant. Nayir s'avança vers lui et scruta le long couloir qui s'étendait derrière le bureau, sous l'éclairage cru des lampes fluorescentes.

« Je viens chercher un corps », expliqua-t-il en tendant au garde la procuration officielle.

L'homme examina soigneusement le document, le replia et le lui rendit.

« Au fond du couloir, dit-il laconiquement.

— Quel couloir ? »

Arquant un sourcil ironique, le garde pointa le doigt vers le passage situé derrière lui.

Nayir hocha la tête et s'exhorta au calme. Essuyant la sueur qui lui dégoulinait dans le cou, il s'approcha des portes battantes au bout du couloir. Quand il les poussa, l'odeur le frappa avec la violence d'une gifle : ammoniaque, mort, sang, et quelque chose d'autre, tout aussi répugnant. Il se força à déglutir et crut sentir dans sa bouche le goût du soufre utilisé par les Bédouins pour purifier les défunts. *Non*, pensa-t-il, *c'est mon imagination*. La pièce était nue et intensément éclairée. Au centre se tenait un légiste d'âge mûr, penché au-dessus d'un corps allongé sur une table d'examen. C'était un homme grand et maigre, avec des cheveux gris d'un ton plus foncé que sa blouse de laboratoire.

« *Salaam aleikum*, dit-il en relevant la tête.

— *W'aleikum as-salaam* », répondit Nayir, en proie au vertige.

Pour éviter de poser les yeux sur le cadavre, il porta son regard vers les armoires vitrées, remplies de manuels, de bandes de gaze et de bocaux vides.

« Puis-je vous être utile ? demanda le médecin.

— Je crois que c'est ici que se trouve la jeune fille qui...

— Êtes-vous un membre de sa famille ?

— Non, je... Non. »

De manière tout à fait absurde, Nayir eut l'impression d'être un pervers. Il eut envie d'expliquer qu'il était ici par obligation et qu'il s'en serait volontiers passé. L'air était chaud, étouffant ; l'odeur du cadavre lui donnait la nausée. Sa vision s'obscurcit. Il prit une profonde inspiration et se détourna pour se retrouver face à une blouse tachée de sang suspendue au mur.

« Dans ce cas, vous n'avez pas le droit d'entrer dans cette pièce, déclara le légiste.

— J'ai l'autorisation de voir le corps. Il faut que je le voie... Je veux dire, que je le prenne... »

Se passant une main sur le visage, il poursuivit d'une voix plus ferme :

« Je suis chargé de ramener le corps. »

Le médecin posa son scalpel dans un plateau argenté et lança à Nayir un regard exaspéré.

« Nous n'en avons pas encore terminé. Vous allez devoir attendre. »

Cette réponse procura à Nayir un vague soulagement, et il s'enhardit à ajouter :

« Avant de l'emmener, j'aimerais m'assurer qu'il s'agit bien d'elle.

— C'est elle. »

Le jeune homme hésitant à s'approcher, l'expert s'avança vers lui.

« Montrez-moi ces papiers. Nouf ash-Shrawi, c'est bien ça ? »

Il examina attentivement les documents, puis répéta, indiquant du geste la table derrière lui :

« Oui, c'est elle.

— J'aimerais voir son visage », murmura Nayir d'une voix faible, embarrassé par cette requête.

Le légiste le fixa d'un air incrédule, et Nayir comprit qu'il avait dépassé les bornes, et que son interlocuteur était désormais convaincu d'avoir affaire à un dépravé, bien qu'il soit muni d'une autorisation en bonne et due forme.

« C'est une question de principe, crut-il bon d'ajouter.

— Elle a déjà été formellement identifiée. »

Nayir déchiffra le nom de l'homme sur le badge épinglé à sa blouse : *Abdullah Maamoon, médecin légiste.* Il s'apprêtait à répliquer quand la porte s'ouvrit derrière eux, livrant passage à une jeune femme. Nayir n'ignorait pas que des femmes travaillaient à la morgue, et que c'étaient elles qui se chargeaient d'examiner les cadavres de sexe féminin, mais cette apparition lui causa un choc. Elle portait une blouse blanche et un *hijab*, un foulard noir qui dissimulait ses cheveux. Toutefois son visage était découvert et il détourna le regard en rougissant. Ne sachant où poser les yeux, il fixa le rectangle de plastique qui se balançait au bout du cordon qu'elle avait passé à son cou : *Katya Hijazi, technicienne de laboratoire.* Il fut surpris d'y lire son prénom, car c'était une chose aussi intime que ses cheveux ou la forme de son corps, et cela lui apparut comme une provocation.

Craignant que le vieillard ne se méprenne, et ne le soupçonne de lorgner les seins de la jeune femme, Nayir baissa les yeux au sol, et se retrouva en train de contempler deux pieds bien formés blottis dans des sandales bleu vif. Il s'empourpra de nouveau et pivota sur lui-même, sans lui tourner complètement le dos, mais de manière à lui faire nettement comprendre qu'il ne voulait pas la dévisager.

Les épaules de la jeune femme se voûtèrent imperceptiblement, comme si elle avait pris conscience de la gêne de Nayir, et qu'elle en était déçue. Plongeant une main dans sa poche, elle en sortit une *burqa* qu'elle drapa sur son visage et referma sur sa nuque au moyen d'un morceau de velcro. Rassuré par ce geste, mais toujours embarrassé par sa présence, Nayir l'observa du coin de l'œil. Quand la *burqa* fut

28

en place et qu'il put la regarder sans outrager la bienséance, il se risqua à tourner la tête, mais à travers la fente du voile, elle planta ses yeux droit dans les siens, et il se détourna vivement, troublé par tant de hardiesse.

« *Salaam aleikum*, docteur Maamoon, dit-elle d'une voix emplie de défi, en s'avançant vers le vieux médecin. Vous n'avez pas été trop méchant envers M. Sharqui, j'espère ? »

Nayir fit de son mieux pour ne pas trahir son désarroi. Comment connaissait-elle son nom ? Et quelle sorte de femme était-elle pour prononcer le nom d'un étranger avec une telle assurance ? Le garde avait dû le lui dire. Mais pour quelle raison ?

Vexé par cette insolence, le légiste grommela une réponse inintelligible. Elle devait être ici depuis peu, et n'était pas encore habituée à travailler avec un homme âgé et attaché aux traditions, songea Nayir.

« Oh, tant mieux, répliqua la jeune femme, parce qu'il est venu chercher le corps.

— C'est ce qu'il m'a dit », marmonna le médecin en lançant au visiteur un regard suspicieux.

Mlle Hijazi se tourna vers Nayir. Elle se tenait tout près de lui, un peu plus près que ne l'auraient voulu les convenances, ne put-il s'empêcher de penser.

« Comment allez-vous la transporter ? » s'enquit-elle.

Il hésita, n'osant pas s'adresser directement à elle. Baissant les yeux, il entrevit sa main : elle portait une alliance, à moins que ce ne fût une bague de fiançailles. Le fait qu'elle soit mariée rendait sa présence un peu plus supportable, mais à peine.

Se tournant vers le légiste, il répondit :

« Je suis venu en Jeep, mais je souhaiterais identifier le corps avant de l'emmener.

— Très bien », déclara Mlle Hijazi.

Décidément, elle était bien effrontée pour prendre la parole alors qu'on ne lui demandait rien, se dit Nayir. Mais il fut surpris de la voir se comporter de manière si professionnelle. Les femmes, même les plus téméraires, le considéraient généralement avec une certaine crainte, en raison de sa stature massive et de sa voix rauque qui lui conféraient, croyait-il, l'apparence d'une brute. Celle-ci, toutefois, paraissait parfaitement à l'aise avec lui.

« Nous l'avons déjà identifiée, vous savez », reprit-elle.

L'estomac de Nayir se contracta. Elle semblait résolue à entamer un dialogue avec lui, et il garda les yeux fixés sur Maamoon, en l'implorant muettement de se porter à sa rescousse. Mais le vieillard demeura silencieux et ne se départit pas de son expression soupçonneuse.

« J'aimerais voir le corps de mes yeux, martela-t-il, tout en pensant : *En fait, ce que j'aimerais surtout, en ce moment, c'est déguerpir au plus vite.*

— Elle est ici. Vous pouvez la regarder. »

La jeune femme le conduisit jusqu'à la table métallique et souleva le drap qui recouvrait le visage de la morte. Quand il baissa les yeux, le vertige s'empara de lui, et il respira à fond. Au début, il ne distingua sur ces traits cadavériques aucune ressemblance avec ceux de Nouf, mais la similitude finit par lui apparaître : la petite bouche pincée, les hautes pommettes caractéristiques de la famille Shrawi...

« Oui, je crois que c'est elle. »

Il toussa, suffoqué par l'odeur envahissante. Pauvre fille. Une moitié de son visage était calcinée par le soleil, et l'autre d'un gris livide. Elle avait dû rester couchée sur le flanc pendant des jours ; le degré de ses brûlures en témoignait. L'autre côté, cependant, était taché de boue.

« Merci », murmura-t-il en reculant.

Méticuleusement, la jeune femme examina la tête de Nouf. Remarquant une trace poisseuse dans les cheveux, juste au-dessus de l'oreille gauche, Nayir se tourna vers Maamoon et lui demanda :

« Est-ce du sang ? »

Le légiste se borna à hausser les épaules, pendant que sa collaboratrice poursuivait son examen.

« Oui, déclara-t-elle finalement. C'est bien du sang, et il y a une contusion. Il semble qu'on lui ait porté un coup violent. Et il y a autre chose... »

À l'aide d'une pince à épiler, elle extirpa de la blessure un minuscule éclat de bois qu'elle brandit en l'air.

« On dirait une écharde. »

31

Sans quitter le légiste des yeux, Nayir s'enquit, en proie à une vive émotion :

« Cette blessure est-elle la cause de sa mort ?

— Non, répondit Maamoon. Elle s'est noyée. »

Un silence s'ensuivit, mais le légiste, les yeux brillants d'enthousiasme professionnel, désigna une radio du thorax fixée au mur. Perplexe, Nayir contempla le cliché.

« Elle s'est noyée ?

— C'est ce que je viens de dire. Une déduction particulièrement simple à faire. De l'écume dans la bouche. Les poumons et l'estomac remplis d'eau. »

La simplicité de ce cas de « noyade » ouvrait néanmoins sur des perspectives autrement complexes. Quand une femme se noie dans le plus grand désert de sable du monde, au moins est-on en droit d'attendre une explication à la hauteur de ce fait remarquable.

« Si elle est morte noyée, reprit Nayir, comment expliquez-vous cette blessure à la tête ?

— Elle a dû se cogner contre quelque chose, bougonna l'expert d'un air irrité.

— Pendant qu'elle se noyait ?

— Oui, *pendant qu'elle se noyait*. »

Au cours de cet échange, Mlle Hijazi avait continué à palper le cuir chevelu de Nouf. En regardant ses mains, Nayir constata qu'elles tremblaient. Il se risqua à lever les yeux vers son visage et vit que la jeune femme paraissait soucieuse.

« Si cette plaie a été occasionnée au cours de la noyade, déclara-t-elle enfin, on devrait trouver des blessures similaires sur tout le corps. »

Nayir s'émerveilla de son audace tout en se demandant comment le légiste pouvait la tolérer. De plus, elle n'était que technicienne de laboratoire, et non médecin...

« Il a plu la semaine dernière, n'est-ce pas ? demanda Maamoon.

— Cela remonte à près de deux semaines, rétorqua Nayir. Il pleuvait, le jour où elle a disparu. Depuis combien de temps est-elle morte ?

— C'est difficile à dire. »

Nayir savait que la jeune femme le regardait, mais il se tourna vers Maamoon.

« Est-il possible de déterminer si elle vivait encore quand elle a reçu cette blessure à la tête ?

— Oui », affirma Mlle Hijazi.

Nayir attendit en vain qu'elle développe sa réponse. Un silence s'ensuivit, puis elle repoussa doucement le drap dissimulant les bras de Nouf. Quand elle se pencha sur les meurtrissures qui marbraient les poignets et les mains de la défunte, Nayir s'autorisa à l'observer. Elle passa un tampon d'ouate sur l'une des lésions.

« On dirait du sable, dit-elle. Et il y a quelque chose sous les ongles également. Manifestement, elle a reçu ces blessures en essayant de se défendre.

« — Non, non, non, s'indigna Maamoon en l'écartant sans ménagement pour lui montrer l'un des poignets du cadavre. Ces marques ont été faites par les rênes d'un chameau. Ne voyez-vous pas leur empreinte incrustée dans la chair ? »

Nayir inspecta les plaies de plus près. Elles n'étaient pas uniformes, et le bout des doigts de Nouf était également éraflé.

« J'ai l'impression qu'il s'agit effectivement de blessures.

— Et moi, je dis que ce sont des marques causées par des lanières de cuir », répéta le légiste d'un ton péremptoire.

Mlle Hijazi plaça le tampon d'ouate dans une éprouvette qu'elle déposa soigneusement sur la paillasse. Puis, se tournant de nouveau vers le corps, elle hésita un bref instant, avant de soulever précautionneusement le bord du drap gris qui recouvrait les jambes de Nouf. Elle le tint en l'air, et contempla longuement le cadavre. Nayir la vit parcourir le corps des yeux, aussi méticuleusement et respectueusement que ses mains avaient précédemment tâté le crâne. Il s'aperçut qu'elle était émue, et en fut étonné. La tristesse qui transparaissait dans le regard de la jeune femme semblait indiquer que cette perte la touchait personnellement, et il se demanda si elle avait connu la morte, et si c'était elle qui avait prévenu la famille.

Finalement, elle rabattit le drap. Quand elle parla, ce fut d'une voix emplie de doute et de réticence, en contraste flagrant avec ses paroles.

« Je ne vois rien qui indique qu'elle ait monté un chameau. Pas de poils de l'animal sur le corps, pas de traces d'abrasion sur les cuisses. »

Maamoon tenta de l'interrompre, mais elle poursuivit :

« Je n'ai pas l'expérience suffisante pour déterminer l'heure de la mort avec précision, mais je présume qu'elle est morte depuis une semaine au moins.

— Bien sûr ! répliqua le légiste d'un ton cinglant. Vu la fréquence des pluies dans le désert, je dirais qu'elle est morte pendant qu'il pleuvait. Voici ce qui s'est passé : les wadis se sont remplis et, tandis qu'elle traversait l'un d'eux, crac ! il s'est mis à pleuvoir. Elle a essayé de nager, mais une crue subite l'a emportée. Sa tête a heurté quelque chose, et elle a éraflé ses poignets en se débattant. *Yanni*, elle s'est noyée.

— Elle avait un chameau, objecta Nayir.

— Et alors ? Les chameaux ne savent pas nager ! »

Ce qui était complètement faux. Les gorilles étaient les seuls animaux incapables de nager. Les chameaux, en fait, excellaient dans cette activité, même s'ils avaient peu d'occasions de s'y adonner. Nayir avait pu le constater de ses yeux, lors d'une visite au centre de rééducation des dromadaires de Dubaï, où les kinésithérapeutes encourageaient leurs patients à s'immerger dans les bassins pour rééduquer leurs membres dont les os avaient été cassés ou soulager leurs articulations arthritiques. Une fois dans l'eau, les bêtes s'ébattaient comme des enfants, et se mettaient même en colère quand la séance se terminait. *Pourquoi*, semblaient-elles demander, *Allah nous a-t-Il donné un corps fait pour vivre hors de l'eau ?*

« Les chameaux nagent très bien, assura-t-il. Et le chameau de Nouf aurait pu lui sauver la vie. »

Plongeant sa main dans sa poche, il en sortit un miswak et se mit à le mastiquer vigoureusement. Le goût poivré atténua quelque peu l'odeur de la mort. Puis il fit le tour de la table. La main droite de Nouf dépassait du drap. Le poignet était maculé d'une boue brunâtre, qui semblait avoir cuit sous l'action de la chaleur.

« Qu'est-ce que c'est ? s'enquit-il.

— Cela ressemble à de la terre », dit Mlle Hijazi, qui préleva des échantillons qu'elle déposa dans une éprouvette.

Maamoon la lui arracha des mains.

« Elle s'est *noyée*, vous dis-je. Monsieur Sharqi, êtes-vous convaincu qu'il s'agit bien d'elle ?

— Oui, répondit Nayir en interrompant sa mastication. Mais c'est quand même bizarre, cette histoire de chameau…

— Peut-être s'est-elle séparée de sa monture avant d'entrer dans le wadi ? suggéra le médecin en haussant les épaules.

— Personne ne se séparerait de son chameau dans le désert. Ce serait du suicide.

— Je n'ai jamais parlé de suicide ! se récria le vieillard.

— Moi non plus.

— Ne prononcez même pas ce mot, reprit le légiste en étrécissant les yeux. C'est ridicule ! Ou peut-être croyez-vous qu'elle a été assassinée ? »

Nayir haussa les sourcils.

« Et comment ? Je veux dire... de quelle manière ? reprit Maamoon, qui, d'indignation, s'étrangla en tentant d'avaler sa salive et toussa. Il aurait fallu que quelqu'un attende le moment où cette femme se retrouverait seule dans un wadi au beau milieu du désert, sans sa monture, il lui aurait également fallu attendre qu'il pleuve et qu'une crue subite se produise. Ensuite, cet assassin qui, par Allah, devait être doué d'une patience infinie, aurait dû trouver le moyen de la noyer sans périr lui-même dans les flots. Qui ferait une chose pareille ? Pourquoi ne pas la poignarder tout simplement ? »

Personne ne répondit. Nayir jeta à Mlle Hijazi un coup d'œil à la dérobée, mais le regard de celle-ci ne laissait rien deviner de ses pensées. Le légiste avait raison : un meurtre par noyade était peu vraisemblable. Nouf avait-elle trouvé une source dans laquelle elle s'était noyée tant elle était assoiffée ? Peut-être s'était-elle aventurée dans un wadi en crue... Les pluies avaient été fortes, et il se rappela en avoir remercié le ciel, se disant que cela donnerait à la jeune femme une chance de survie.

« Avez-vous d'autres questions ? s'enquit le vieux médecin d'un ton impatient.

— Je me demandais si tout était normal par ailleurs... Je veux dire, le corps... était-il intact ? »

Maamoon plissa les yeux, et Nayir comprit que la question le mettait mal à l'aise. Cela lui procura une étrange sensation de pouvoir, même si ce n'était que le résultat de l'autorité déléguée par la famille Shrawi.

« Je sais à quoi vous faites allusion, déclara le légiste. Nous n'en sommes pas encore arrivés à ce stade de l'examen. Bien qu'elle ne soit pas médecin, Mlle Hijazi, poursuivit-il en prononçant ce nom d'un ton dédaigneux, va procéder à une échographie. »

D'un geste brusque, il rabattit le drap, dévoilant le corps de Nouf dans sa totalité. Nayir blêmit et baissa les yeux, sans pouvoir s'empêcher toutefois d'entrevoir la nudité pitoyable : les hanches, les jambes, le pubis... Cherchant désespérément un endroit où poser son regard, il aperçut un tube de gelée, une seringue, et un instrument métallique ressemblant trop à un phallus.

« Merci, se hâta-t-il de murmurer. Je vais attendre dehors. »

Avant d'avoir atteint la porte, il se retourna. Tout se mit à tanguer autour de lui. Il aspira à pleins poumons et se plia en deux, enserrant ses genoux dans ses mains, le sang battant à ses tempes. Son cœur cognait contre ses côtes telle une pierre dans un bidon de métal. Il imagina le gouffre s'ouvrant entre les jambes de la jeune femme, et, la seconde d'après, se retrouva étendu sur le sol, le crâne meurtri.

« Monsieur Sharqui ! s'écria Maamoon, en s'agenouillant près de lui pour lui faire respirer un flacon de camphre. Monsieur Sharqui, Allah vous protège, vous êtes un honnête homme.

— De l'eau, réclama Nayir d'une voix étranglée.

— Je vais en chercher ! »

Secouant la tête, Maamoon se redressa et quitta la pièce.

Nayir se releva avec difficulté, en procédant précautionneusement, de crainte d'un nouveau malaise.

« Je suis désolée, monsieur Sharqui », murmura Mlle Hijazi, qui semblait bouleversée.

Paralysé par la honte, Nayir ne répondit pas, mais elle eut la décence de ne pas insister et de se remettre au travail. Sortant d'une armoire le matériel nécessaire, elle se mit en devoir de relever les empreintes de la morte.

Un long silence s'ensuivit. Il contempla Nouf, ou ce qu'il restait d'elle. Bien que le corps fût à nouveau dissimulé sous le drap, il se sentit assailli par la nausée et fut obligé de se détourner.

« Pourquoi devez-vous faire une échographie ? demanda-t-il à Mlle Hijazi, sans la regarder.

— Peut-être feriez-vous mieux de vous asseoir ? suggéra-t-elle avec sollicitude, avant de poursuivre. Vous êtes venu pour emporter le corps, alors, emportez-le, et oubliez le reste. L'affaire est classée, ils ont décrété que c'était une mort accidentelle. Comme Maamoon l'a souligné, je ne suis pas médecin légiste. La titulaire du poste est en congé de maternité. Je ne suis ici que parce qu'ils ne lui ont pas trouvé de remplaçante, et qu'ils ont besoin d'une femme pour accomplir certaines tâches. Mais comme l'affaire était importante, ils ont fait venir Maamoon de Riyad, et il a décidé qu'il s'agissait d'une noyade. C'est donc une noyade, point final. Inutile de poser des questions. Tout est réglé. »

Surpris par son ton sarcastique, il demanda : « Vous croyez qu'ils veulent étouffer l'affaire ? »

Elle haussa les épaules.

Si c'était vrai, si les autorités cherchaient réellement à dissimuler la vérité, cela ne pouvait être qu'à l'instigation de la famille. Seuls les Shrawi étaient assez puissants pour exercer ce genre de pression. Ils pouvaient avoir diverses raisons pour se conduire ainsi, mais la raison principale était ici, devant lui.

Il hésita avant de poser une nouvelle question.

« Elle n'était pas vierge ? »

Mlle Hijazi termina sa tâche et rangea son matériel. Nayir espérait une réponse, mais quand elle lui fit face, il se détourna promptement. Il aurait aimé pouvoir la persuader de lui faire confiance, mais il n'était qu'un étranger pour elle, et un homme, qui plus est. À contrecœur, il dut reconnaître que son silence

40

était une preuve de sagesse, et non un acte de rébellion.

Il regarda sa montre : trois heures et quart. Il lui restait moins d'une heure pour ramener la dépouille jusqu'à la résidence des Shrawi, et il faudrait encore une heure à ceux-ci pour préparer le corps en vue de l'enterrement, qui devait avoir lieu avant le coucher du soleil.

Maamoon reparut et, d'un geste empressé, lui tendit un verre d'eau. Celle-ci avait un goût de savon, mais Nayir la but sans se plaindre. Le vieillard lui assena une tape dans le dos et déclara d'une voix empreinte de compassion :

« Ce n'est pas si affreux quand elles sont vivantes, vous savez, ne vous laissez pas démoraliser. »

La meilleure des femmes, a dit le Prophète, *est celle qui est agréable à regarder et obéit à toutes vos instructions.* Cette phrase traversa l'esprit de Nayir tandis qu'il sortait sa Jeep du parking et tournait à gauche pour rejoindre le flot de la circulation. Le Prophète disait vrai, bien sûr, mais il semblait exister un moyen de se montrer vertueuse sans être soumise. Le silence que Mlle Hijazi avait opposé à sa dernière question le troublait profondément.

Pourquoi avait-elle paru effarouchée, elle qui, jusque-là, s'était conduite d'une manière si téméraire ? Était-ce par souci de protéger Nouf ? Mlle Hijazi avait contesté l'avis émis par son supérieur, en relevant les éléments contredisant sa théorie sur la cause du décès : le chameau, la blessure à la tête... L'avait-elle fait pour défendre la mémoire de Nouf, ou pour affirmer sa compétence, par pur orgueil professionnel, ou tout simplement parce que c'était dans son caractère ? L'instinct de Nayir lui criait que c'était la première réponse qui était la bonne, et qu'elle avait voulu préserver la mémoire de Nouf pour des motifs qu'il ne saisissait pas très bien.

Quoi qu'il en soit, elle avait raison sur bien des points. Les blessures aux mains, la contusion à la tempe, la noyade, le chameau, ou plutôt l'absence de chameau... Tout cela était bizarre, et ce dernier élément était le plus intrigant. Car s'il y avait une chose dont il était sûr, c'était que personne ne laissait filer délibérément un chameau dans le désert.

3

Nayir emprunta la route qui longeait le front de mer pour se diriger vers le sud. Peu à peu, les gratte-ciel et les constructions hétéroclites qui envahissaient le paysage comme une gale laissèrent place à une paisible étendue désertique. Sur sa gauche, de minuscules maisonnettes parsemaient les champs nus sous le soleil de l'après-midi, et sur sa droite, la mer ondoyait telle une écharpe de satin bleu. Il conduisait, les yeux rivés sur ce panorama, pour éviter de penser à la dépouille de Nouf gisant dans le coffre. Toutefois cela lui était impossible. Il roulait lentement, négociant prudemment les virages et respectant les feux de signalisation malgré la faible densité de la circulation, car, si plus rien ne pouvait déranger les morts, il eût été affreux de bouleverser les vivants en abîmant accidentellement le corps de leur fille bien-aimée.

Quittant l'autoroute, il suivit la route côtière. Une magnifique mosquée se dressait, solitaire, au bord de la plage, avec son dôme d'un blanc étincelant et son minaret élancé. Puis il s'engagea sur une voie privée marquée d'un panneau *Défense d'entrer*, et roula jusqu'à l'entrée de la propriété, une grille de fer forgé flanquée de deux tourelles blanches, pareilles à des sentinelles de béton. Une caméra vidéo déglinguée pendouillait à l'un des battants de la grille.

Nayir inspira plusieurs fois de suite et fit de son mieux pour se concentrer. Devant lui s'étirait un pont de deux kilomètres de long, à peine assez large pour permettre le passage d'un pick-up ; de loin, il paraissait fait de caoutchouc. Peut-être était-ce seulement un effet d'optique dû à la chaleur, mais le revêtement de macadam ondulait à la façon des montagnes russes, et le grillage qui servait de balustrade ne suffisait pas à rassurer Nayir, car il était troué par endroits, comme si un véhicule était passé au travers. C'était la seule voie d'accès à la propriété et, bien qu'il l'ait empruntée une centaine de fois, il n'y était toujours pas habitué.

Il s'y engagea lentement, les yeux fixés sur la route, contrôlant sa respiration et tentant de chasser de son esprit les images récurrentes – un pneu qui éclate, la voiture crevant le grillage et dégringolant dans la mer obscure. Bientôt, l'île des Shrawi se rapprocha et, en levant les yeux, il discerna les contours harmonieux du palais, dont les murs blanchis à la chaux tranchaient sur les rochers déchiquetés.

Une fois sur la terre ferme, il suivit l'allée de gravier qui menait à l'entrée de service, une petite porte rarement utilisée, sur le côté ouest de l'édifice. Deux hommes l'y attendaient. Ils sortirent le corps du coffre, remercièrent sèchement Nayir, et lui dirent d'aller se garer devant l'entrée principale. En regardant la dépouille disparaître à l'intérieur du bâtiment, il éprouva un étonnant sentiment de perte.

Il songea à appeler Othman pour l'informer de l'arrivée du corps, puis il hésita, se demandant ce que la famille savait exactement sur les circonstances du décès. On allait peut-être lui demander ce que le médecin légiste lui avait révélé. Maamoon lui avait déclaré qu'un émissaire des Shrawi était venu identifier le corps et prendre les effets de la morte, mais il s'agissait sans doute d'un domestique ou d'un garde, en tout cas d'une personne à qui le légiste n'avait pas pu livrer des informations confidentielles. Qu'allait-il dire aux parents de Nouf s'ils l'interrogeaient ? Il pouvait expliquer qu'elle était morte noyée, en se gardant bien d'évoquer l'hypothèse d'un meurtre, au cas où ce fait aurait été dissimulé à la demande de la famille elle-même – s'il y avait bien eu dissimulation. Levant les yeux vers l'imposante demeure, il se sentit désorienté. Il ne l'avait encore jamais vue avec cette perspective : les murs étaient du même blanc étincelant, mais les fenêtres étaient plus petites, et les volets noirs et massifs ne ressemblaient en rien à ceux de la façade, joliment ouvragés, à travers lesquels on pouvait discerner certaines choses, en regardant bien.

Ce devait être la partie de la maison réservée aux femmes, se dit-il.

Il remonta dans sa voiture et reprit la route en sens inverse. Il lui vint soudain à l'esprit que Nouf avait dû emprunter le même itinéraire, le jour de sa fuite. D'après Othman, elle avait volé un pick-up sur le parking et, partant de là, il n'était pas difficile d'imaginer le reste. Les Shrawi possédaient des dizaines de voitures dont ils ne se servaient presque jamais, et il aurait pu s'écouler des jours avant qu'on ne constate la disparition d'un vieux pick-up. Toutes les clés de voiture étaient accrochées dans le vestiaire près de l'entrée. Il était souvent arrivé à Nayir d'en emprunter une, quand il chargeait les pick-up en vue d'une expédition dans le désert, et il savait que chacune d'elles était dûment étiquetée. Nouf avait subtilisé le trousseau, puis s'était faufilée au-dehors sans être vue.

Une fois à bord du pick-up, elle avait suivi la voie d'accès, dépassé la petite porte de service et continué jusqu'à l'entrée des fournisseurs, un grand portail de bois qu'on laissait généralement ouvert. Personne n'avait sans doute remarqué le véhicule sur ce chemin bordé d'arbres et de haies. La maison elle-même était si haut perchée, et entourée de falaises si abruptes que, la plupart du temps, il était difficile de distinguer la route, même des terrasses. Les écuries se trouvaient juste derrière le portail. Nouf avait dû garer le pick-up devant le bâtiment, sortir le chameau de son box, puis le faire grimper à l'arrière du véhicule, par la douceur ou de force. Comment s'y était-elle prise ? C'était un mystère de plus ; ensuite, elle avait dû repartir par la voie de service et contourner le parking pour rejoindre le pont. Son plan comportait des risques, mais elle avait choisi une heure où les hommes étaient presque tous au travail. Quant aux femmes, elles s'aventuraient rarement hors de la maison, et ne s'étaient probablement rendu compte de rien. Seuls les domestiques auraient pu l'apercevoir, mais à en croire Othman, ce n'était pas le cas.

Il se gara sur le parking revêtu de marbre, en face du palais. Presque toutes les places étaient déjà occupées par des voitures de luxe, et il fut obligé de se garer tout au bout, à proximité du pont. Cela ne le dérangeait pas car sa vieille Jeep rouillée se ferait ainsi moins remarquer. Toutefois, quand il lui fallut refaire le chemin à pied, ses semelles claquant bruyamment sur les dalles, il se prit à regretter de n'avoir pu se ranger plus près. La chaleur était accablante, et le costume qu'il portait la rendait encore moins supportable. Il se demanda une fois de plus combien ce parking de marbre poli avait coûté aux Shrawi. Le résultat aurait pu être grandiose, sans le soleil impitoyable. La lumière était si éblouissante que Nayir, qui s'enorgueillissait de ne jamais porter de lunettes de soleil, fut obligé de placer une main en visière au-dessus de ses yeux.

Ce fut la mère d'Othman, Nusra, qui lui ouvrit la porte. Comme un certain nombre de femmes mûres, elle avait le visage découvert et portait un simple fichu noir sur ses cheveux ; le sien était si étroitement ajusté qu'il épousait son crâne comme une calotte. Son visage ridé et creusé ne constituait pas une menace pour les hommes étrangers à la famille, et ne risquait guère de susciter d'émois érotiques. Ses fils la désapprouvaient néanmoins, jugeant la chose inconvenante. Nayir soupçonnait quant à lui que ces critiques s'expliquaient davantage par la répulsion que leur inspiraient les yeux de leur mère que par le souci des convenances.

Inexplicablement frappée de cécité en accouchant de son premier enfant, Nusra avait toujours refusé de porter des lunettes noires. Elle aimait sentir le soleil sur son visage et prétendait que sa clarté illuminait ses ténèbres intérieures. Un jour, affirmait-elle, la vue lui reviendrait, aussi brusquement qu'elle l'avait quittée trente-trois ans plus tôt, et ce jour-là, comment s'apercevrait-elle du miracle, si ses yeux étaient cachés ?

Quand il se trouva face à elle, Nayir détourna le regard – par respect, et aussi parce que ces yeux vitreux cernés de bleu lui donnaient froid dans le dos. Il fut surpris que ce soit Nusra qui l'ait accueilli, surtout le jour des funérailles de sa fille. Il l'aurait imaginée prostrée dans un chagrin muet, entourée de femmes venues la consoler.

« Nayir, dit-elle de sa voix douce. (Comment faisait-elle pour le reconnaître ? Elle ne s'était encore jamais trompée sur son identité. *Ahlan Wa'sahlan.* Entrez, je vous en prie.

— Salut à vous, Um-Tahsin. Je compatis profondément à votre deuil.

— Merci. »

Elle chercha sa main à tâtons et lui effleura la paume de ses doigts secs et rugueux.

« Merci pour tout. En partant à la recherche de Nouf, vous nous avez rendu l'espoir alors que nous n'en avions plus.

— C'était un honneur pour moi. »

Elle le précéda dans le couloir, son pas aussi vif et assuré que celui d'un enfant.

« Je devine toujours que c'est vous qui nous rendez visite, parce que l'atmosphère devient aussitôt plus fraîche, plus joyeuse. Et que je peux sentir l'odeur du désert sur votre peau.

— De quoi est-elle composée ?

— D'un mélange de soleil et de poussière », répondit-elle en ouvrant une porte pour le faire entrer dans le salon.

Nayir promena son regard autour de la pièce. La foule des visiteurs venus présenter leurs condoléances commençait à se clair-semer, et il ne vit pas Othman parmi eux. De petits groupes de cousins et d'oncles, vêtus pour la plupart de longues *thobes* blanches et de la coiffe traditionnelle, déambulaient sur la terrasse entourant la maison, conversant à voix basse, l'expression empreinte de respect et de douleur stoïque. Nayir s'était plus ou moins attendu à trouver les frères de Nouf assis dans un coin, silencieux et le visage baigné de larmes, mais c'était une idée ridicule. Ils n'allaient évidemment pas exhiber leur chagrin.

« La cérémonie va bientôt commencer, murmura Nusra. En attendant, reposez-vous. »

Il se retourna pour la remercier, mais elle s'était déjà éclipsée.

Les femmes de la famille Shrawi avaient lavé le corps de Nouf avant de l'envelopper dans le *kafan* qu'elle avait porté lors du Hadj de l'été précédent. Le long drap blanc, dépourvu de coutures et de broderies, avait été enroulé en trois bandes serrées autour de sa frêle dépouille. Puis les femmes avaient déposé la morte sur une planche de bois dans la cour centrale de la mosquée familiale, le lieu le plus pur de toute l'île.

La tête de Nouf était tournée vers La Mecque, selon les calculs précis du système GPS utilisé par le constructeur. La pièce tout entière formait une saillie peu esthétique à l'angle nord-est du bâtiment, mais l'entrepreneur avait juré qu'elle était parfaitement alignée sur la Kaaba de la Grande Mosquée, distante d'une bonne centaine de kilomètres.

Le côté droit de la pièce était plus proche de Djeddah, des montagnes et du désert qui s'étendait au-delà. Ce fut à cet endroit que Nayir alla se placer, en attendant le début de la prière. Devant lui se tenaient les frères Shrawi, dans une attitude emplie de dignité. Nayir était le seul membre de l'assemblée à ne pas faire partie de la famille, du moins en ce qui concernait la composante masculine, et cet honneur lui procurait un plaisir dont il avait presque honte en pareilles circonstances. Derrière eux, les femmes formaient un groupe compact. Du coin de l'œil, Nayir constata que certaines d'entre elles n'étaient pas intégralement voilées, et il garda vertueusement son regard fixé sur les hommes.

Soudain, l'imam porta ses mains à ses oreilles et invoqua l'un des quatre-vingt-dix-neuf noms d'Allah, *Al-Haseeb*, Celui qui compte et prévoit. Quand il entonna les prières, chaque membre de l'assemblée croisa ses mains sur son estomac, la droite par-dessus la gauche, et commença à murmurer sa propre version de la prière. Peu à peu, la mélopée s'amplifia et son ton devint plus véhément ; les voix des femmes se firent plus aiguës et certaines se lancèrent même dans des supplices improvisées. Par-dessus ce brouhaha, Nayir entendit Nusra répéter la prière : *Oh, Allah, fais que la fin de ma vie en soit la meilleure partie, et le meilleur de mes actes le dernier, et que le meilleur de mes jours soit celui où je Te rencontrerai.* Son timbre était si sonore que les hommes finirent par se taire ; il résonnait dans la pièce ouverte à tous les vents, dominant jusqu'au bruit des vagues qui s'écrasaient sur les rochers en contrebas.

Quand elle eut terminé, elle proféra une dernière phrase, d'une voix qui s'éleva dans les airs tel un vent furieux : *Nos œuvres sont le fruit de nos intentions. On ne reçoit jamais que ce que l'on a cherché à obtenir.*

Qu'entendait-elle par là ? C'eût été une façon bien cynique de saluer le départ de sa fille vers le paradis, et le message était sans doute destiné à quelqu'un d'autre. Comme il ne pouvait décemment pas se retourner pour regarder Nusra, Nayir essaya de déchiffrer le sens de cette curieuse déclaration en scrutant le visage de ses fils. Même de profil, il pouvait y lire une colère semblable à celle qui vibrait dans la voix de leur mère. Il comprit alors que la famille de Nouf devait savoir que la jeune fille avait été assassinée, et que son meurtrier était toujours en liberté.

Il croisa le regard d'Othman, et se hâta de se replonger dans la prière. Quand la cérémonie prit fin, il suivit le cortège jusqu'au cimetière. Nouf était la première des Shrawi à être inhumée sur cette île de la mer Rouge, où la famille avait aménagé à cette fin un vaste terrain ceint d'un mur de pierre noire. Le sol était uniformément tapissé d'une épaisse couche de copeaux de cèdre, à l'exception de l'endroit où les fossoyeurs avaient creusé la tombe.

Après que le corps fut descendu dans la fosse, tous les membres de l'assistance s'alignèrent au bord de celle-ci pour rendre un dernier hommage à la défunte. Du dos de la main, chacun jeta un peu de sable sur la dépouille toujours enveloppée dans le *kafan*. Un cercueil eût été considéré comme ostentatoire.

Dans une coupe en céramique blanche, Nayir prit une poignée de sable et l'étala sur le dos de sa main. Le sable était d'un grain très fin, et d'une nuance plus claire que sa peau ; il devait provenir de la plage voisine. Ce contact lui rappela les jours passés dans le désert, quand il espérait toujours retrouver Nouf en vie et l'imaginait terrée dans une cachette quelconque.

Quand il arriva au bord de la tombe, le sable ne recouvrait pas encore le corps, et il remarqua alors une chose étrange. Nouf était entièrement dissimulée par le kafan, mais ses genoux légèrement fléchis indiquaient dans quel sens on l'avait disposée. Il jeta le sable dans le trou et chercha sa boussole au fond de sa poche. Un rapide coup d'œil lui démontra qu'il ne se trompait pas : Nouf tournait le dos à La Mecque. Ce n'étaient pas ses pieds qui s'orientaient dans cette direction, mais bel et bien son *dos*. Il murmura une bénédiction et s'éloigna, profondément troublé par cette image.

Car il n'y avait à cela qu'une seule explication possible – mais dans ce cas, pourquoi Mlle Hijazi ne lui avait-elle rien dit ?

Une femme n'était enterrée le dos tourné à La Mecque que si elle portait un bébé dans son ventre, un bébé dont le visage, dans la mort, devait être orienté vers la Sainte Mosquée.

4

Nayir entra dans le salon réservé aux hommes et se tint un instant face à la cour. Des paravents d'acajou sculptés à la main avaient été installés tout autour de la pièce et, à travers leurs entrelacs géométriques, on entendait le gargouillis des fontaines. Au centre de chacun des panneaux était gravée une citation religieuse dont les caractères étaient disposés de manière à représenter un faucon en plein vol. Les lettres et les signes diacritiques s'enchevêtraient les uns dans les autres pour figurer les ailes et les plumes, les nuages et le soleil. La plupart des visiteurs n'y voyaient rien de plus qu'un oiseau, mais un œil patient et attentif finissait par discerner la phrase que Nayir avait déchiffrée depuis bien longtemps : *Celui qui paie l'impôt sur sa fortune sera lavé de ses péchés.*

La phrase faisait référence à l'entreprise Shrawi, la première coopérative musulmane internationale, un réseau d'organisations caritatives tirant leurs revenus de la *zakât*, l'aumône légale qui faisait partie des cinq piliers de l'islam. Cet impôt obligatoire représentait deux et demi pour cent des revenus mensuels. Chaque année, dix milliards de dollars étaient ainsi pris aux riches pour être distribués aux pauvres. Cet argent était destiné aux musulmans dans le besoin, pas à des hôpitaux, des mosquées ou des écoles coraniques, et par conséquent, en vertu de cette loi, la coopérative ne pouvait recevoir que les dons destinés aux nécessiteux.

Et elle en recevait à foison. La fondation récoltait près d'un quart de l'argent liquide et des biens donnés par les citoyens de Djeddah. Au fil des années, la coopérative acquit une telle réputation, et les Shrawi une telle respectabilité, que les donateurs commencèrent à les couvrir eux aussi d'argent, ce qui leur permit de vivre dans l'opulence.

Mais en hommage à leurs ancêtres bédouins, leur mobilier demeurait simple et élégant. Exception faite d'un globe de verre suspendu au plafond, les salons où ils recevaient leurs invités étaient dépourvus du luxe démonstratif dont les classes fortunées aimaient généralement à s'entourer. Les tapis étaient blancs et minces, les sofas usagés. L'eau était servie dans de simples coupes en céramique blanche, sur un plateau de bambou. *Dieu Lui-même est gracieux*, a dit le Prophète, *et l'élégance Lui agrée*.

Les fils Shrawi se conformaient à ce code que leur père leur avait inculqué avec une rigueur implacable. Abu-Tahsin était un Bédouin qui avait grandi dans le désert où les biens d'un homme se résument à ce qu'il peut transporter. Il croyait fermement que les possessions matérielles n'avaient aucune valeur. « Vous ne pourrez rien emporter à l'heure de votre mort, avait-il coutume de dire. Souvenez-vous-en ! Le dernier voyage s'effectue sans aucun bagage. » Il était célèbre pour sa générosité : il ne se contentait pas de distribuer de l'argent, mais aussi ses voitures, ses bateaux et ses chevaux pur-sang. Ses fils l'imitaient en tout point, si bien que la famille était en fait une sorte de canal par lequel d'énormes richesses s'écoulaient à flot continu.

Et c'est uniquement pour cette raison, se dit Nayir, *que j'arrive à les supporter.*

Il entendit un bruit de pas dans le couloir. La porte s'ouvrit et les frères Shrawi apparurent, accompagnés de deux hommes en qui Nayir crut reconnaître de vagues cousins. Les frères le saluèrent en lui donnant l'accolade et en l'embrassant sur les deux joues. S'il avait été aveugle, il aurait pu les reconnaître aux effluves de leur eau de toilette respective : Gucci pour Tahsin, Armani pour Fahad. Mais quand il embrassa Othman, il sentit une odeur musquée de sueur, comme si son ami sortait tout juste d'un sommeil agité.

L'aîné des frères, Tahsin, lui présenta ses cousins. L'un d'eux serra la main de Nayir en disant :

« C'est donc vous, le Bédouin dont j'entends parler si souvent !

— Nayir n'est pas un Bédouin, rectifia Othman.

— Oh, mais alors, qu'êtes-vous ? reprit l'homme, d'un ton impliquant qu'il appartenait sans doute à une race nouvelle et fantastique, encore plus comique et arriérée que les Bédouins.

— Palestinien, répliqua Othman, devançant Nayir.

— Ah, palestinien », répéta le cousin en s'affalant sur un sofa, l'air désappointé ; de toute évidence, il ne lui trouvait plus rien d'amusant.

Nayir demeura planté au milieu de la pièce, mal à l'aise sous ces regards qui détaillaient son costume mal coupé, et, pour la millième fois peut-être, il se demanda pourquoi les gens le dévisageaient ainsi. Peut-être à cause de sa haute taille qui, jointe à son air sévère, lui conférait une allure menaçante. À moins qu'ils ne voient en lui qu'une espèce de nigaud, un être poussiéreux et apathique, abruti par la chaleur du désert.

« Cela me fait plaisir de te revoir, Nayir. Je t'en prie, assieds-toi », dit Tashin avec un ample geste du bras, en rassemblant dans son poing les plis de sa robe avant de prendre lui-même place sur le sofa.

Il posa ses mains manucurées sur ses genoux, la droite jouant avec l'énorme bague à son auriculaire gauche.

« Nous t'offririons bien quelque chose, reprit-il, mais... »

Nayir leva la main pour refuser. Il était malséant d'offrir de la nourriture aux visiteurs durant les trois jours qui suivaient l'enterrement. Othman lui fit signe de s'asseoir sur l'un des coussins blancs qui jonchaient la pièce, et Nayir accepta avec soulagement.

Il se hasarda à lancer un regard en direction d'Othman. C'était le seul des trois frères à porter un pantalon, au lieu de la robe traditionnelle, mais il n'en paraissait pas mieux habillé pour autant ; en fait, sa chemise était froissée, et l'une des manches était retroussée. En temps ordinaire, il faisait de son mieux pour ressembler à ses frères, dans sa tenue comme dans son comportement. C'était un fils adoptif, et il n'en était peut-être que plus acharné à montrer qu'il faisait partie intégrante de la famille, ou, du moins, à empêcher qu'on ne remarque sa différence. Il était plus grand que les autres, plus maigre aussi, et ses grands yeux gris constituaient à coup sûr une singularité parmi les Shrawi aux yeux marron. Toutefois, son maintien irréprochable n'avait rien à envier à celui de ses frères : calme, réservé, d'une piété dénuée d'affectation.

Quand on lui eut servi de l'eau, Nayir sentit, comme chaque fois, s'abattre sur la pièce la pesanteur du protocole. Il savait quelle était sa place dans la maison. Il n'était que celui qui leur servait de guide dans le désert, l'ami de passage, dont la présence imposait à ses hôtes de se conduire dignement. Il jeta un coup d'œil à Othman, son seul allié ici. Il avait le teint jaune et l'air fatigué, mais le regard qu'il rendit à Nayir semblait dire : *Sortons d'ici, il faut que nous discutions, tous les deux.*

Nayir avait mille questions à lui poser, mais il ne pouvait le faire devant les autres. Il se demandait, en particulier, si le mariage d'Othman, qui devait être célébré le mois prochain, allait être reporté.

Poliment, il s'enquit de la santé du père d'Othman, Abu-Tahsin, qui avait été opéré du cœur la semaine précédente – après un malaise dû à la disparition de sa fille, prétendaient certains – et fut informé tout aussi poliment que père rentrerait dans huit jours, si Allah le voulait ainsi.

Nayir avait reçu un choc en apprenant que le vieillard avait été victime d'une attaque d'apoplexie. Il connaissait Abu-Tahsin depuis longtemps, et celui-ci lui avait toujours paru posséder la santé vigoureuse d'un homme moitié plus jeune. Il se consacrait à ses œuvres caritatives avec une ardeur infatigable et, pendant ses loisirs, participait à des courses de chameaux, de motos ou de véhicules tout-terrain. Il éprouvait pour ses fils un intérêt qui n'avait pas diminué avec le temps, et il les emmenait partout avec lui. Parvenus à l'âge d'homme, ils connaissaient ainsi parfaitement leur monde et étaient aussi à l'aise dans les palais de Riyad qu'au fond de la mer, en tenue de plongée. C'était à cause d'Abu-Thasin que la famille se rendait deux fois par an dans le désert.

Se tournant vers Nayir, Tahsin déclara :

« Frère, merci d'être venu. Ce que tu as accompli pour Nouf fait de nous tes débiteurs. J'espère que tu nous donneras l'occasion de te rendre cette faveur un jour.

— Puisse ce jour ne jamais arriver », répondit Nayir après s'être éclairci la gorge.

Quand il se trouvait en compagnie des trois frères, c'était toujours Tahsin qui se chargeait de la conversation. Sans doute, en raison de son statut d'aîné, avait-il l'habitude de prendre les choses en main, et pourtant, tant dans son apparence que dans son attitude, il donnait l'image d'un homme timide et effacé. Il ne regardait jamais Nayir en face et gardait les yeux baissés. Il parlait distinctement, mais sans élever la voix, et son visage évoquait celui d'une créature sans défense, une proie incapable de la moindre résistance, avec sa bouche frémissante et ses yeux largement écartés, qui semblaient toujours à l'affût du danger. Nayir ne savait pas très bien s'il fallait y voir une humilité réelle ou s'il jouait une scène de comédie destinée à tromper son monde, car lorsque Tahsin voulait quelque chose, il l'obtenait toujours.

« Je regrette que mes recherches n'aient pas produit de résultat », reprit Nayir.

Tahsin fit claquer sa langue comme pour écarter ces excuses, mais Nayir poursuivit :

« J'avais espéré la retrouver.

— Nous en sommes convaincus ! s'exclama l'aîné des Shrawi.

— J'avais également espéré, continua Nayir en pesant soigneusement ses mots, être en mesure d'expliquer ce qui l'avait poussée à s'enfuir. »

Il regarda attentivement chacun des hommes qui lui faisaient face, mais ils lui présentèrent des masques impassibles. Seul Othman parut embarrassé, et il évita le regard de Nayir.

« Nous ne comprendrons jamais pourquoi elle est partie, soupira Thasin, en s'enfonçant plus profondément dans les replis des coussins. Une jeune fille comme ma sœur, si naïve, si pure, tellement ignorante du monde... Sais-tu que je ne l'ai jamais vue pleurer ni froncer les sourcils ? Ni même faire la moue ? Elle était une vraie bénédiction, aussi vertueuse que sa mère, *ism'Allah*, ma petite Nouf. Je n'arrive pas à croire que c'est vrai, même après avoir vu son corps...

— Oui », renchérit Fahad, d'une voix à peine audible sous sa grosse moustache.

Tout le monde se tourna vers lui, surpris de l'entendre prendre la parole.

« Nous pensions qu'elle avait été kidnappée ; nous pensions qu'elle ne serait jamais partie volontairement. Mais nous avons dû nous rendre à l'évidence en constatant l'absence du chameau. Elle s'était enfuie.

— Rien ne pouvait laisser prévoir une telle chose, reprit Thasin. Elle a dû agir sous l'empire de la passion, mais je n'ai jamais décelé en elle le moindre engouement pour quoi que ce soit. Absolument aucun !

— Du moins, aucun dont elle t'ait fait part »,
glissa Othman.

Un silence gêné descendit sur l'assemblée.
Personne ne regardait Othman, et ses frères
parurent rentrer en eux-mêmes.

Nayir était enclin à partager l'opinion de son
ami. Nouf avait forcément eu des passions,
dont ses frères ignoraient tout. Il n'éprouvait
pas la moindre empathie pour ces hommes
qui n'avaient de leurs sœurs qu'une impression floue et superficielle. Les femmes avaient
leurs propres soucis, c'était indéniable. Elles
vivaient d'une manière différente, dans une
partie réservée de la maison. Ils ne les croi-
saient qu'à l'occasion des repas, pendant les
vacances et les excursions. Mais nul tabou
n'interdisait de parler à une sœur. Une sœur,
s'imaginait Nayir, devrait être une source de
consolation, une femme que l'on pouvait
approcher sans problème, à qui l'on pouvait
parler ouvertement, qui pouvait vous expliquer certains points délicats que les autres
hésiteraient à aborder. Nayir était fils unique,
et, toute sa vie, il avait regretté de ne pas avoir
de sœur. Comment pouvait-on en avoir sept,
et ne rien savoir d'elles ? Les trois hommes
ignoraient-ils tout bonnement leurs sœurs ?
C'était impossible. L'un d'eux avait bien dû
bavarder avec Nouf de temps à autre. Ils
avaient dû s'intéresser, même superficielle-
ment, à ses études, ses passe-temps, ses goûts
vestimentaires...

Il les observa à tour de rôle. Tahsin avait une épouse et neuf enfants, et assumait la lourde charge de diriger les affaires familiales ; il était sans doute trop occupé pour consacrer du temps à ses sœurs, ou faisait semblant de l'être. Fahad travaillait énormément lui aussi. Lui et sa femme avaient eu trois petites filles, mais ils ne vivaient plus sur l'île ; ils possédaient une maison en ville et ne voyaient sans doute Nouf que rarement. Othman était donc le seul à la rencontrer régulièrement, car il habitait toujours la demeure familiale. Au téléphone, cependant, il avait été incapable de donner à Nayir le moindre éclaircissement. Peut-être était-il sous le choc...

Il n'y avait rien de bizarre à ce que les frères fassent montre d'une telle réserve ; ils gardaient leurs sentiments en eux-mêmes, ou ne les partageaient qu'avec leurs proches. En d'autres circonstances, Nayir n'y aurait rien vu que de très naturel. Mais, à mesure que les minutes s'écoulaient, de nouvelles questions surgissaient dans son esprit : si Nouf était tellement heureuse chez elle, l'hypothèse d'un enlèvement n'était-elle pas la plus vraisemblable ? N'avait-elle jamais confié son intention de partir, sinon à ses frères, du moins à ses sœurs ou à une amie ? Et, plus important encore, sa famille était-elle au courant de sa grossesse, avant sa disparition ? Toutefois, il lui était impossible de faire part de ses interrogations. Il n'arrivait même pas à trouver un sujet de conversation anodin. Il les scruta l'un après l'autre, dans l'espoir qu'ils allaient se mettre à parler, mais ils gardèrent un silence lourd et gêné. Le seul fait d'évoquer Nouf avait fait naître une tension, et il aurait été déplacé d'insister. Mais dans ce cas, qui s'en chargerait ? Qui, parmi eux, poserait la question cruciale : qu'était-il arrivé à Nouf ? Qui endosserait la responsabilité, sinon de sa mort, du moins d'avoir provoqué les circonstances qui avaient entraîné celle-ci ?

Un serviteur entra, portant un *hookah* allumé qu'il plaça devant Tahsin. Prenant le torchon accroché à sa taille, l'homme essuya l'embouchure du narguilé et le tendit au maître de maison, qui le prit d'un air grave. Puis il s'inclina et sortit.

Tahsin porta le *hookah* à sa bouche. Tout le monde le regarda fixement, attendant qu'il aspire la première bouffée. Nayir se surprit à guetter impatiemment le clapotis rassurant de l'eau bouillonnant dans le tuyau, le doux crépitement des braises enflammant le charbon, n'importe quel bruit qui viendrait rompre le silence. Finalement, Thasin aspira et il sembla un instant, quand il exhala longuement la fumée douceâtre, que des soupirs de soulagement accompagnaient le bruit de cette expiration.

Lentement, le narguilé passa de main en main. L'un des cousins émit un commentaire louangeur sur la qualité du tabac, et demanda d'où il provenait. Ce fut le point de départ d'une conversation à bâtons rompus. Nayir prit conscience que, pour les trois frères, la conversation concernant Nouf était close. Il se renfonça dans les coussins. La déception engendrée par ses vaines recherches continuait à le tarauder. Pourquoi n'avait-il pas envoyé une équipe jusqu'au campement des Shrawi, pour s'assurer qu'ils n'avaient rien négligé ? Accident ou pas, cette mort aurait pu être évitée, et il était déterminé à découvrir ce qui s'était passé. *Allah, suis-je indiscret ? Est-ce que je ne cherche qu'à satisfaire ma curiosité malsaine ?* Non, décidat-il, éclaircir ce mystère est la meilleure chose à faire et il avait le sentiment de le devoir à Othman, d'une certaine manière.

D'un autre côté, résoudre un problème comme celui-ci exigerait de fouiller les moindres aspects de la vie de Nouf, et c'était une tâche pratiquement impossible. Seules ses sœurs pouvaient avoir eu vent de tout ou partie des secrets de la jeune femme, mais il ne serait jamais autorisé à leur parler et encore moins à leur poser des questions personnelles. Il n'avait jamais rencontré l'aînée, mais avait aperçu certaines des autres quand elles étaient encore assez jeunes pour ne pas porter de voile. En une occasion, il y avait plusieurs années de cela, alors qu'il était venu mettre au point avec les hommes les derniers préparatifs d'une expédition, les fillettes l'avaient entouré, dans un silence embarrassé. Elles étaient bien élevées et se ressemblaient au point qu'il avait eu du mal à distinguer l'une de l'autre. Peut-être Nouf s'était-elle trouvée parmi elles. Mais la seule dont il gardait le souvenir, c'était le bébé qu'il avait tenu dans ses bras. Pendant un bref et angoissant moment, ce petit être lui avait donné le sentiment de détenir un pouvoir terrifiant. Puis l'enfant s'était mise à pleurer et il l'avait vite rendue à ses sœurs.

Il devait forcément exister des cas similaires, pensa-t-il, des affaires où un enquêteur officiel était tenu de percer les mystères de la vie d'une femme, de tout savoir de ses derniers instants, de découvrir où elle les avait passés, pourquoi, et avec qui, de connaître ses désirs et ses secrets. Mais une telle mission était vouée à l'échec : les femmes, habituées à la dissimulation, emportaient leurs mystères dans la tombe.

Othman accrocha son regard.

« Si nous allions nous promener ? » proposa-t-il.

C'était leur subterfuge habituel, une façon polie de s'éclipser pour parler en tête à tête. Nayir acquiesça avec gratitude et ils se levèrent pour gagner la terrasse.

Une balustrade courait tout autour de la maison. Le soir commençait à tomber, drapant le ciel d'une brume rose. Nayir emboîta le pas à Othman. Longeant la terrasse, ils parvinrent à un escalier de terre s'enfonçant entre deux murs noirs. Ils descendirent, interminablement, de plus en plus bas, jusqu'à ce qu'enfin ils n'entendent plus rien que des grognements d'animaux en train de s'assoupir.

5

Au bas de l'escalier, ils débouchèrent dans une cour, et Nayir retrouva aussitôt ses repères. Il était déjà venu ici, et même de nombreuses fois, mais par un chemin différent. Il reconnaissait à présent ce berceau de figuiers près des écuries. Sur sa gauche se trouvait l'entrée de service du domaine, celle par laquelle Nouf avait dû s'enfuir – un immense portail de bois que deux pick-up pouvaient franchir de front. C'était ici que les fournisseurs déchargeaient les vivres et autres marchandises. C'était également ici que Nayir et ses hommes venaient charger les chameaux de tout l'attirail que les Shrawi emportaient dans le désert.

Othman l'entraîna vers la droite, poussa une grille et le fit pénétrer dans un jardin entouré de haies. Une allée de gravier serpentait entre les massifs et les arbres, et ils s'y engagèrent, ralentissant le pas.

« Je n'arrive toujours pas à croire que c'est vrai, murmura Othman.

— Je suis désolé...

— Je sais que tu as fait tout ce qu'il était

possible de faire, l'interrompit son ami, avant d'ajouter : Et je te remercie d'avoir ramené Nouf à la maison.

— Pas de problème », dit Nayir, remarquant l'expression tendue d'Othman.

Ils passèrent devant un banc de pierre et un bassin vide, mais poursuivirent leur chemin.

« Le médecin légiste ne m'a pas remis de rapport, reprit Nayir. Je suppose qu'il vous a appelés.

— Oui. »

Nayir repensa à ce qui s'était passé dans le bureau du légiste, ne sachant pas s'il devait révéler à Othman qu'il avait vu le corps de sa sœur et qu'il connaissait la cause du décès. Il décida de laisser son compagnon prendre l'initiative. Il sentait que celui-ci avait envie de parler, mais qu'il hésitait à déroger aux conventions. Mieux valait garder le silence, pour inciter son ami aux confidences.

Ils continuèrent à déambuler dans le jardin, échangeant quelques mots de temps à autre, quand le silence devenait trop pesant.

« J'ai parlé au médecin légiste juste avant l'enterrement, déclara soudain Othman. J'ai été surpris d'apprendre qu'elle s'était noyée.

— Oui, acquiesça Nayir. Le Dr Maamoon me l'avait dit. Elle a dû se retrouver prise au piège dans un wadi. Les eaux peuvent monter très vite, et il est parfois difficile d'en sortir à temps.

— As-tu déjà entendu parler d'accidents de ce genre ?

— Oui, mais ils sont rares.

— Il me semble qu'elle se serait aperçue que le niveau de l'eau était en train de monter.

— Peut-être était-elle inconsciente, terrassée par une insolation... Au fait, avez-vous retrouvé le chameau ?

— Oui. Il est ici. Apparemment, il ne va pas bien.

— Que lui est-il arrivé ?

— Je l'ignore. Il a failli blesser un des garçons d'écurie, alors on l'a enfermé dans une stalle non éclairée. C'est le seul moyen de le calmer.

— Où l'a-t-on trouvé ?

— L'une des équipes de recherche l'a découvert non loin du corps, enfin, je crois. Il faudrait regarder sur la carte. »

Ils passèrent devant un autre bassin vide qui attira momentanément leur attention et, craignant que la conversation ne se tarisse, Nayir enchaîna, d'un ton qu'il s'efforça de rendre aussi neutre que possible :

« Donc, tu partages l'avis du légiste, qui conclut à une mort accidentelle ? »

Son ami marqua une légère hésitation avant de répondre :

« Ma foi, un meurtre semble peu vraisemblable.

— Le légiste a-t-il mentionné que Nouf portait des blessures aux poignets, comme si elle avait cherché à se défendre, et qu'elle avait également une bosse sur la tête ? » demanda Nayir, bien décidé à ne pas s'en tenir là.

Othman ne répondit pas.

« Les marques sur ses poignets ont pu être causées par les rênes du chameau, insista Nayir, mais l'un des légistes pense qu'elles ne sont pas assez uniformes pour cela. Il y avait des meurtrissures et des éraflures sur les mains de Nouf, comme si quelqu'un l'avait maintenue et qu'elle s'était débattue.

— Ces blessures ont pu se produire accidentellement, répondit enfin Othman. Mais dans le cas contraire... je ne sais pas. Quelqu'un la maintenait peut-être, mais comment aurait-il pu la noyer sans se noyer lui-même ? »

Il avait raison : des blessures défensives n'impliquaient pas forcément un meurtre. Toutefois, elles pouvaient indiquer que la jeune femme avait été victime d'un viol ou d'un enlèvement. Nayir faillit exprimer cette pensée à voix haute, mais il avait le sentiment d'être déjà allé trop loin, et le courage commençait à lui manquer.

« Non, déclara brusquement Othman, je ne suis absolument pas sûr qu'elle soit morte accidentellement. La vérité, c'est que mes frères ont demandé au légiste de rendre des conclusions en ce sens, dans l'intérêt de la famille.

— Ils l'ont payé pour falsifier son rapport ? s'exclama Nayir, en s'immobilisant.

— Oui. C'est Tahsin qui s'en est chargé, expliqua son ami d'un air gêné. Il ne fait pas confiance à la police. Et nous avions tous le sentiment que les choses seraient ainsi plus faciles pour ma mère, et que cela lui éviterait d'avoir à donner des explications au reste de la famille. Elle a déjà suffisamment de soucis avec la santé de mon père...

— Je comprends. Mais te rends-tu compte qu'en maquillant les preuves, vous apparaissez tous comme des suspects possibles ?

— Je le sais. Mais je connais quelqu'un à l'institut médico-légal et je lui ai demandé de recueillir des preuves, comme elle le ferait pour une enquête officielle. »

Cette révélation suscita chez Nayir un étrange mélange de soulagement et d'embarras : du soulagement, parce qu'un membre de la famille au moins était déterminé à découvrir la vérité, même par des moyens illégaux, et de l'embarras à cause du pronom féminin.

« S'agit-il de... Mlle Hijazi ?

— Oui. Tu l'as rencontrée ? »

L'espace d'un moment, Nayir eut l'impression de ne plus rien comprendre. Pourquoi la jeune fille lui avait-elle dissimulé ses liens avec la famille Shrawi ? Il s'était douté qu'elle les connaissait, bien sûr, mais elle avait paru désapprouver la manipulation des preuves dont elle s'était néanmoins rendue complice.

« Oui, elle était là quand je suis allé chercher le corps, répondit-il. Et toi, comment se fait-il que tu la connaisses ?

— C'est ma fiancée. »

Nayir en demeura abasourdi. Son ami n'aurait pu lui faire de révélation plus étonnante. Othman avait souvent évoqué devant lui son prochain mariage, mais Nayir, par discrétion, n'avait jamais osé l'interroger sur sa fiancée. Il

73

attendait que son ami lui livre spontanément des informations, et il en obtenait parfois. Nayir savait, par exemple, que le nom de famille de la future épouse était Hijazi, toutefois, c'était un patronyme très répandu, et Othman ne la désignait jamais sous un autre terme que « ma fiancée ». Il savait aussi que le jeune homme la rencontrait hors du cercle familial, mais, évidemment, la jeune fille était toujours accompagnée d'un chaperon. Il savait qu'elle avait perdu sa mère et qu'Um-Tahsin avait rempli le rôle de celle-ci auprès de sa future belle-fille, en l'aidant à préparer le mariage et en veillant à des détails tels que la robe et les alliances. Mais il ignorait tout de son milieu social, de son caractère et de son apparence physique. Il pouvait seulement présumer qu'elle était douce, respectable, issue d'une famille riche. Il ne se doutait absolument pas qu'elle exerçait un métier et, qui plus est, un métier qui l'obligeait à côtoyer des hommes.

« Oh, oui…, bredouilla-t-il, confus. Je suis désolé, je n'avais pas fait le rapprochement. Est-ce une de tes cousines ?

— Non, nous n'avons aucun lien de parenté, répondit Othman d'un air gêné. Nous nous sommes connus par l'intermédiaire d'un ami. Elle ne t'a pas dit qui elle était ? »

Nayir secoua la tête. Elle lui avait sans doute caché son identité par bienséance, mais il ne pouvait s'empêcher d'en éprouver lui-même de l'embarras. Elle s'était montrée très directe à bien d'autres égards, et il se demanda si Othman la connaissait vraiment. Le caractère audacieux de sa fiancée n'avait pu lui échapper. Ou peut-être se montrait-elle moins hardie en sa présence ? En tout cas, Nayir l'avait trouvée bien trop effrontée pour son goût, et il avait du mal à croire qu'Othman tolérerait un tel comportement. Il aurait donné cher pour savoir ce qu'en pensait son ami, mais ne voyait pas par quelle manière subtile il pourrait aborder le sujet.

« Cela te surprend-il donc à ce point ? s'enquit Othman.

— Non, non. Seulement... tu ne m'avais pas dit qu'elle travaillait dans le service du médecin légiste.

— Je ne l'avais pas jugé nécessaire », répondit son ami en rougissant.

Nayir se détourna, mais l'embarras de son ami l'étonnait profondément. *Il doit vraiment l'aimer*, se dit-il, *pour accepter qu'elle travaille.*

« Toutes mes félicitations », déclara-t-il, en prenant conscience qu'il aurait dû le dire bien plus tôt.

Othman fit entendre un petit rire.

« Je le pense sincèrement.

— Je t'en prie, fais un effort ! répliqua Othman en souriant, avant de reprendre sa marche.

— Ainsi, tu comptes mener l'enquête de ton côté ? s'enquit Nayir, pour orienter la conversation dans une autre direction.

— Oui, acquiesça son compagnon, dont le sourire s'effaça. En fait, j'espérais même que tu m'aiderais. Nous avons engagé un détective privé et il souhaite se rendre à l'endroit où le corps a été retrouvé. Je me disais que tu pourrais peut-être l'y emmener. »

Cette nouvelle plongea Nayir dans la consternation. Un détective privé ? Pourquoi les Shrawi n'avaient-ils pas fait plutôt appel à lui ? Ils savaient pourtant qu'il connaissait parfaitement le désert... *C'est de l'amour-propre*, se morigéna-t-il. *Pardonnez-moi mon orgueil.*

« Je suis tout prêt à vous aider, bien sûr.

— Merci.

— Est-ce ton frère qui a eu l'idée d'engager un détective privé ?

— Non, l'idée vient de moi. Ma famille n'a pas encore écarté l'hypothèse d'un accident. Je crois que nous souhaitons seulement obtenir des réponses, expliqua Othman en secouant la tête.

— Et toi, quelle est ton opinion ? reprit Nayir, saisissant la balle au bond. Que s'est-il passé, selon toi ? »

Le jeune homme s'immobilisa, soupira et croisa les bras.

« Dès que j'ai appris sa disparition, j'ai eu le sentiment qu'elle avait été enlevée. Nous avons interrogé son garde du corps, Mohammed, mais il affirme que Nouf lui a téléphoné ce matin-là pour lui dire qu'elle n'avait pas besoin de lui, et il en a profité pour sortir avec sa femme. D'autre part, Nouf a raconté à ma mère qu'elle allait au centre commercial pour échanger les souliers qu'elle devait porter lors de son mariage.

— Comment s'y est-elle prise pour sortir sans escorte ? s'étonna Nayir. Comment se fait-il que personne n'ait remarqué l'absence de Mohammed ?

— Ma foi, ma mère ne la suivait pas partout. D'habitude, Nouf retrouvait Mohammed près des écuries. Elle s'y rendait fréquemment toute seule, généralement le matin. Elle aimait s'occuper des chameaux. Quand elle était disposée à partir, elle l'appelait et il venait la chercher en voiture, devant l'entrée des fournisseurs.

— Donc, reprit Nayir en hochant la tête, elle avait peut-être quitté l'île très tôt dans la journée ?

— Oui. Nouf avait dit à ma mère qu'elle passerait la matinée dans l'écurie et retrouverait Mohammed vers midi. Pour autant que nous le sachions, elle s'est peut-être enfuie juste après cette conversation.

— L'un des domestiques l'aurait-il aperçue près des écuries ?

— Personne n'a rien vu, répondit Othman en secouant la tête.

— Qui a constaté sa disparition ?

— Ma mère. Elle pensait que Nouf serait de retour vers cinq ou six heures, et, ne la voyant pas arriver, elle a téléphoné à Mohammed. Il lui a appris que Nouf lui avait donné congé pour la journée. Immédiatement, cela a été l'affolement général. Mon frère a fouillé les écuries, nous avons interrogé tout le personnel et ma mère a envoyé un domestique voir si Nouf avait pris son scooter des mers. Elle s'en servait parfois pour se promener seule tout autour de l'île. Mais l'engin était amarré au ponton et nos serviteurs n'avaient rien remarqué d'inhabituel. »

Nayir avait déjà entendu cette histoire, du moins en partie, mais il voulait la réécouter.

« Elle n'a pas laissé de message ?

— Non.

— Et tu n'as aucune idée de l'endroit où elle s'est rendue ?

— Aucune. Elle passait tout son temps dans les magasins en vue de son mariage. C'est pourquoi je me refusais à croire à une fugue.

— Et c'est aussi pourquoi ta mère a trouvé normal qu'elle s'absente aussi longtemps.

— Oui, certainement. D'ici, il faut déjà une bonne heure pour arriver en ville, et encore, quand la circulation est fluide. »

Nayir acquiesça d'un air pensif.

« Crois-moi, reprit Othman, elle avait hâte de se marier. Elle n'aurait jamais compromis son avenir de la sorte. »

Il ferma les yeux et sembla brièvement vaincu par l'épuisement. Il se massa vigoureusement le front et passa ses mains sur son visage. Patiemment, Nayir attendit qu'il poursuive.

« Même si elle nourrissait secrètement le désir d'échapper à cette vie, ça reste parfaitement incompréhensible. Elle n'était pas dissi-mulatrice à ce point.

— Je n'imagine pas qu'on puisse souhaiter échapper à ce genre de vie, rétorqua Nayir, avec un geste en direction de l'imposante demeure. Elle vivait dans le plus grand confort. »

Le rugissement d'un moteur vint soudain couvrir leurs voix. Le bruit ressemblait à celui d'un hors-bord.

« Au début, reprit Othman, Thasin pensait qu'elle avait pris peur à la perspective de son mariage. Qu'elle avait changé d'avis. Bien sûr, le mariage peut effrayer une jeune fille de seize ans, mais nous étions tous convaincus qu'elle le souhaitait de tout son cœur, et qu'elle n'aurait jamais renoncé ainsi à ses projets. En même temps, pourquoi l'aurait-on enlevée sans demander de rançon ? Rien de tout ça ne tient debout. »

Le rugissement du moteur s'amplifia, avant de décroître d'un coup. Nayir promena un regard distrait sur les haies environnantes. La situation était certes embrouillée, mais il repensait sans cesse aux marques sur les poignets de Nouf, et au fait qu'elle avait perdu son chameau.

Le portable d'Othman se mit à sonner. Il s'excusa hâtivement et s'éloigna pour répondre. Il alla se placer près d'une haie, hors de portée d'ouïe. Sans doute l'appel émanait-il de Mlle Hijazi, se dit Nayir, avec une pointe de culpabilité. Avoir rencontré la jeune fille en l'absence d'Othman ressemblait à une trahison.

Puis il songea qu'elle était sans doute à l'intérieur de la maison en ce moment même, dans le salon réservé aux femmes. Il fut saisi d'un bizarre sentiment d'envie en imaginant cette pièce dans laquelle Othman pouvait pénétrer à sa guise, même si ce n'était que par l'intermédiaire du téléphone. Que lui disait-elle ? Lui rapportait-elle les conversations qu'elle avait eues avec ses compagnes ? Parlaient-elles de Nouf comme Nayir en avait parlé avec ses frères, ou évitaient-elles le sujet pour ne pas chagriner Um-Tahsin ?

Il pensa une fois de plus à l'effronterie dont elle avait fait preuve et se demanda s'il devait le signaler à Othman. À ce moment-là, son ami se tourna vers lui, pour lui jeter un regard étrange et Nayir se détourna, embarrassé. *Non*, résolut-il, *il est préférable de ne rien lui dire.*

À côté de lui, une courte allée protégée par une grille menait à une terrasse qui surplombait la mer. Intrigué par le bruit du moteur, il franchit la grille et s'avança sur la terrasse, pour se camper devant la balustrade. Même dans la pénombre, la vue était à couper le souffle. La mer s'étirait jusqu'à l'horizon et sa couleur hésitait entre le cobalt du jour et le rouge tendre du crépuscule. Les Shrawi avaient de la chance de posséder une telle demeure, loin du bruit et de la poussière de la ville, de sa banlieue en expansion constante. Dépourvue de limites naturelles, Djeddah ne cessait de s'étendre, tout le long de la côte et jusque dans le désert, pour accueillir une population forte de deux millions d'habitants. Un jour, elle ne serait plus qu'une extension de La Mecque, distante de quatre-vingt-dix kilomètres, à l'est. Les Shrawi, il le savait, s'étaient lassés de vivre dans une métropole aux proportions aussi monstrueuses. Cette île était pour eux un paradis, assez proche de la ville pour leur permettre de jouir de ses agréments, et en même temps assez éloignée pour leur procurer tout le calme et l'intimité souhaités. La plupart des îles au large de la capitale appartenaient à la famille royale et les autres étaient des réserves naturelles, affectées à la protection d'espèces rares. La propriété des Shrawi avait autrefois appartenu au frère du roi mais, dans un geste de générosité remarquable, le prince en avait fait don à Abu-Tahsin pour des raisons inconnues.

Le bruit du moteur s'amplifia, et Nayir abaissa le regard. Une paroi rocheuse descendait à pic vers la plage et, en scrutant le rivage, il découvrit la source de ce tapage : une femme chevauchait un scooter des mers d'un jaune éclatant. Elle portait un long manteau noir, mais son foulard semblait avoir glissé et flottait autour de son cou. Une longue et épaisse queue-de-cheval lui cinglait le dos.

Ce ne pouvait être qu'une Shrawi. Il n'y avait pas d'autre île à proximité, et aucune femme ne serait venue du continent sans se couvrir d'un voile. Il semblait peu probable que les Shrawi laissent une de leurs filles courir les mers toute seule, surtout en un jour de deuil comme celui-ci, mais de qui d'autre aurait-il pu s'agir ? Une domestique n'avait pas les moyens de s'offrir un tel engin et, de toute manière, les serviteurs mâles n'auraient jamais permis à une femme de s'exhiber de cette façon.

Après avoir jeté un regard par-dessus son épaule pour s'assurer que personne ne l'observait, Nayir reporta son attention sur la femme, sans dissimuler son intérêt. Elle longeait le rivage, et le rugissement du moteur se répercuta contre les rochers quand elle se dirigea vers le ponton sud. Même de loin, il distinguait les contours précis de son corps, tandis qu'elle fendait l'eau et trouait les vagues, en laissant derrière elle un sillage d'écume. Il se représenta Nouf au guidon d'un scooter semblable. S'il s'agissait bien d'une de ses sœurs, ou d'une cousine, cette chevauchée furieuse devait représenter pour elle un moyen d'exprimer son chagrin...

« Qu'est-ce que... ? »

Othman, qui venait de surgir derrière lui, regardait fixement la silhouette sur le scooter, avec une expression horrifiée.

« Qu'y a-t-il ? » s'enquit Nayir.

Son ami ne réagit pas. Comme pétrifié, il continuait de contempler la femme. Celle-ci opéra un brusque demi-tour et revint vers l'île, exposant son visage. Lentement, Othman porta une main à son cœur, puis il poussa un gémissement et vacilla. Nayir se précipita pour le retenir dans sa chute, et Othman s'effondra sur

82

le sol. Nayir s'agenouilla près de lui, souleva sa tête et l'examina anxieusement. Le jeune homme n'avait pas perdu conscience ; ses yeux grands ouverts tournaient vers le ciel un regard vide, mais sa peau avait pris la couleur de la pâte de sésame.

« *Bismillah ar-rahman ar-raheem*, murmura Nayir. Othman ? M'entends-tu ? »

Othman cligna des yeux et inspira avec force. Puis, avec une rapidité stupéfiante, il se redressa et se mit en devoir d'épousseter son pantalon.

Posant ses mains sur la balustrade, il baissa la tête, le teint toujours aussi pâle.

« J'ai cru que c'était Nouf, dit-il d'une voix faible, et Nayir remarqua alors que des tremblements parcouraient ses bras. Ce scooter lui appartenait, mais c'est seulement Ab..., l'une de mes autres sœurs. »

Les deux hommes regardaient vers la mer en dessous d'eux, mais la femme avait disparu.

« Elle n'aurait pas dû sortir, reprit Othman d'un ton réprobateur.

— Peut-être était-elle bouleversée, tempéra Nayir, en scrutant le visage de son ami qui commençait à reprendre des couleurs. Les gens se conduisent parfois bizarrement, sous le coup de la douleur.

— Je sais, murmura Othman. Mais cela risque de chagriner ma mère.

— Ta sœur emprunte-t-elle souvent cet engin ?

— Oui. Non, bredouilla Othman en se passant une main dans les cheveux, le regard rivé sur les taches de poussière qui maculaient son pantalon. Depuis que Nouf a disparu, Thasin ne laisse plus les filles mettre le nez dehors, et cela inclut bien sûr les sorties en mer. Si tu veux bien m'excuser, je crois que je ferais mieux d'aller la voir.

— Mais oui, je t'en prie. Je saurai retrouver mon chemin. »

Othman se dirigea d'un pas vif vers le jardin et disparut derrière la grille. Mais Nayir avait eu le temps de voir des larmes dans ses yeux.

Il quitta la terrasse et remonta lentement l'allée de gravier, en se demandant comment interpréter ce qui venait de se passer. Ainsi qu'il l'avait dit lui-même, les gens se comportaient parfois bizarrement sous l'effet de la douleur, mais il n'avait encore jamais vu Othman manifester une telle frayeur.

Il arriva dans la cour au moment même où les lumières extérieures s'allumaient. Le chamelier, Amad, qui se tenait devant la porte de l'écurie, dévisagea Nayir en plissant ses yeux myopes.

Quand Nayir s'approcha, il s'exclama :

« Je te reconnais à présent ! »

Il s'avança à sa rencontre, trébuchant contre une brique cassée qu'il repoussa du pied.

« C'est toi, le guide qui nous accompagne dans le désert ! Cela fait un moment que je ne t'avais pas vu, poursuivit-il.

— Oui, c'est moi, Nayir ash-Sharqui, dit celui-ci en lui tendant la main. Cela me fait plaisir de te revoir. »

Il croyait se souvenir que l'homme était un natif du désert ; il y avait en lui quelque chose d'un Bédouin, même s'il n'aurait su dire quoi au juste. Le dessin ferme de la mâchoire, le maintien assuré ou le débit quelque peu haché... À moins que ce ne fût sa façon de cligner constamment des yeux.

« Vas-tu bientôt organiser une nouvelle méharée ? Les chameaux se languissent du désert, tu sais.

— Je m'en languis aussi », répondit Nayir.

Il n'était revenu en ville que depuis ce matin, mais tout ce temps passé à l'extérieur ne l'avait pas revigoré le moins du monde, bien au contraire. Ces recherches longues et infructueuses l'avaient épuisé, et cette fatigue, ajoutée au choc que lui avait occasionné la mort de Nouf, avait fait naître en lui une rage qui lui nouait l'estomac – une colère dirigée à la fois contre la famille Shrawi et ses cachotteries, et contre lui-même parce qu'il avait échoué. Tout au fond de son cœur, il souhaitait ardemment regagner le désert dès ce soir et y passer quelques jours à se détendre, sans personne pour le déranger. Mais il respecterait la promesse faite à Othman et attendrait que le détective privé l'appelle.

« Comment se porte le chameau qu'on a retrouvé dans le désert ? reprit Nayir. J'ai entendu dire qu'il avait des problèmes. »

Amad hésita, et Nayir comprit qu'il avait soulevé une question épineuse.

« Non, il n'a aucun problème, répondit le vieil homme. Il va bien. Qui t'a raconté ça ?

— J'ai sans doute mal compris », dit Nayir en plongeant une main dans sa poche pour en extraire un *miswak*.

Amad l'observa en battant des paupières. Comment arrivait-il à se passer de lunettes ? se demanda Nayir.

« C'est terrible, ce qui est arrivé à la jeune fille, murmura-t-il.

— Oui. C'est une grande perte », acquiesça l'homme d'un ton réservé.

Nayir fut frappé par son soudain changement d'attitude. Fourrant le miswak dans sa bouche, il promena son regard autour de la cour.

« La jeune fille, celle qui a disparu..., elle passait beaucoup de temps auprès des chameaux, n'est-ce pas ? » s'enquit-il.

Amad le considéra d'un air soupçonneux avant de répondre :

« Elle aimait les bêtes. Elle venait souvent ici, en général avec son garde du corps ou avec un de ses frères. Toutes les filles viennent voir les chameaux, mais celle-là leur rendait visite plus souvent que les autres, ajouta le vieux, le regard tourné vers le portail.

— Mais c'est quand même bizarre, non ? reprit Nayir. Je n'arrive pas à comprendre comment elle a réussi à faire monter un chameau dans ce pick-up. Ça n'a pas dû être facile, pour une fille aussi jeune.

— Eh bien, ne cherche pas trop à comprendre, répliqua Amad en crachant par terre. Si tu veux un conseil, ça fait partie des choses qu'il vaut mieux ignorer, ajouta-t-il, les yeux levés vers la maison.

— Pourquoi dis-tu cela ?

— Il y a une règle que j'ai apprise ici : dans la maison des aveugles, ne fais pas usage de tes yeux. À présent, tu m'excuseras, je dois finir de rentrer le fourrage. »

Nayir le regarda pénétrer dans l'écurie obscure, effleurant le mur d'une main et, de l'autre, tâtonnant le vide.

« Il faut que je répare cette ampoule », marmonna le vieillard avant que les ténèbres ne l'engloutissent.

Demeuré seul, Nayir éprouva soudain une étrange sensation de danger. Il porta son regard vers l'entrée du jardin, mais Othman n'avait toujours pas reparu. C'est alors qu'un grincement retentit derrière lui. Il se retourna et vit une femme sortir à grands pas de l'écurie. Elle était solidement bâtie, presque aussi athlétique que lui, et ses gestes étaient empreints de cette assurance caractéristique de ceux qui passent beaucoup de temps dans le désert. C'était, devina-t-il immédiatement, la fille du chamelier.

En l'apercevant, elle porta une main à son visage, qui était découvert. Une mèche de cheveux noirs lui balayait la joue. Nayir se

87

détourna vivement, non sans avoir remarqué l'énorme bleu qu'elle avait au-dessus de l'œil gauche. La femme se faufila par une porte qui s'ouvrait dans le mur de pierre sur sa droite, et disparut à sa vue.

Peut-être quelqu'un l'avait-il assommée pour voler le chameau ? supposa-t-il. Mais qui s'attaquerait à la fille, alors que le père, un vieillard à demi aveugle, paraissait nettement plus facile à maîtriser ? L'agresseur n'avait sans doute pas eu le choix. La fille du chamelier avait peut-être surpris Nouf, ou son ravisseur, dans l'écurie. Nayir se demanda anxieusement si Othman savait quelque chose à ce sujet et, si c'était le cas, pourquoi il n'en avait pas fait mention. Si seulement il avait pu interroger la jeune fille...

Mais le chameau, lui, n'était pas inaccessible. Jetant un dernier regard en direction du jardin, Nayir se dissimula derrière la porte de l'écurie pour attendre le départ d'Amad. Contre le mur du bâtiment étaient empilés une demi-douzaine de longues planches et des tuyaux de plomb. Les planches étaient plus légères qu'elles ne paraissaient ; Nouf, ou quelqu'un d'autre, n'aurait sans doute eu aucune difficulté à les utiliser comme rampe pour faire monter le chameau à l'arrière du pick-up. Nayir soupesa un morceau de tuyau : il était assez lourd pour assommer quelqu'un. Il examina attentivement les autres, un à un, mais aucun ne portait de traces de sang. Et aucun ne semblait avoir été nettoyé récemment : ils étaient couverts d'une fine poussière provenant des copeaux de cèdre répandus sur le sol – identiques à l'éclat de bois trouvé dans la plaie que Nouf portait à la tempe.

Il entendit Amad grommeler à l'intérieur du bâtiment. Quelques instants plus tard, le vieil homme sortit en appelant sa fille et s'éloigna dans la direction qu'elle avait empruntée. Prenant une poignée de sucre dans un sac posé près de la porte, Nayir s'introduisit prestement dans l'écurie.

L'intérieur de celle-ci était aussi noir que les plis d'un manteau de femme. Il sortit sa lampe de poche, couvrant la lumière de sa paume pour ne pas effrayer les bêtes. L'odeur du fumier le saisit à la gorge.

Quand ses yeux se furent adaptés à l'obscurité, il brandit sa torche et s'approcha du premier box. Un chameau y dormait, les pattes repliées sous son ventre. Nayir recula, et son instinct lui souffla de parler doucement aux animaux ; même endormis, ils l'entendraient et sauraient ainsi qu'il était un ami et non un ennemi. Il continua donc d'avancer en émettant des chuchotis apaisants. Des stalles s'alignaient de chaque côté de l'allée, certaines vides, d'autres occupées. Scrutant l'intérieur de chacune, il trouva leurs habitants assoupis, et poursuivit son chemin, pestant contre les Shrawi qui confinaient un si grand nombre de chameaux sur une île où ils ne servaient à rien. La bête qu'il cherchait, c'était celle qui ne dormait pas, celle qui était trop agitée pour se reposer.

Il finit par la découvrir. Un chameau blanc, dont le pelage se teinta de jaune dans la lueur de la lampe. Nayir demeura à distance prudente, appelant l'animal d'une voix douce. Au bout d'un temps interminable, dix bonnes minutes peut-être, le chameau se leva en grognant, et une forte odeur de crottin parvint aux narines de Nayir, qui continua à chuchoter jusqu'à ce qu'il entende la bête racler sa tête contre le battant. Il se tut, et perçut un nouveau raclement.

Avec mille précautions, il fit coulisser le loquet et ouvrit la porte. Nayir garda les yeux baissés et murmura des mots d'encouragement. Finalement, le chameau s'ébroua en reniflant, et Nayir sut qu'il pouvait s'approcher.

Levant les yeux vers la bête, il constata que c'était une femelle gracieuse, qui se tenait, les genoux en dedans, sur une litière de paille. Des cils épais soulignaient ses grands yeux marron, et elle semblait le contempler avec une timidité mêlée de curiosité.

« *Salaam aleikum* », dit-il. La chamelle pressa son museau contre son bras. Le chamelier avait raison : la bête ne semblait nullement traumatisée ; alors, pourquoi Othman lui avait-il raconté cette fable ? Son ami ne lui avait sans doute pas menti délibérément ; peut-être n'avait-il fait qu'exagérer une rumeur non fondée.

Il ouvrit la main, montrant à la chamelle les morceaux de sucre au creux de sa paume. Elle rejeta la tête en arrière et émit un nouveau reniflement pour marquer son appréciation. Quand il porta le sucre jusqu'à ses naseaux, elle l'engloutit avidement, et quand elle eut terminé, laissa Nayir lui masser le dos, à l'endroit sensible où s'assemblent les nerfs et les articulations des épaules. Elle était tendue, mais pas autant que Nayir se l'était imaginé. Elle avait dû prendre de l'exercice récemment – une nouvelle preuve qu'on ne la gardait pas enfermée. Finalement, se rapprochant encore, il inspecta minutieusement chaque centimètre carré du pelage blanc à la lumière de sa torche, cherchant des blessures ou toute autre trace de mauvais traitements. Rien. Elle était aussi heureuse et en bonne santé que si elle venait de remporter une course, mis à part la légère méfiance qu'elle avait manifestée au début – et que des mots doux avaient suffi à apaiser.

Il lui caressa le cou, l'épaule, puis ses doigts descendirent le long de la patte avant gauche, et rencontrèrent alors une chose étrange. On aurait dit que de la gélatine ou une autre substance visqueuse s'était coagulée dans les poils, mais un examen plus attentif révéla à Nayir que ce n'était pas le résultat d'un manque d'entretien. Dirigeant le faisceau de sa lampe vers cet endroit précis, il découvrit une sorte de tonsure où l'on distinguait une série de stries, cinq exactement, pas plus longues que son pouce. Elles ressemblaient à des brûlures.

Cinq stries sur la patte d'un chameau... Qu'est-ce que cela pouvait bien signifier ? Il réfléchit un moment, et la réponse lui apparut. Après avoir refermé la porte et fait ses adieux à la bête, il rejoignit la cour déserte, intrigué par la découverte qu'il venait de faire.

6

Assise sur la banquette arrière de la Toyota que son chauffeur, Ahmad, pilotait nonchalamment le long des rues obscures, Katya Hijazi sentait l'impatience la gagner. Ahmad s'arrêtait à chaque croisement, buvait une gorgée de café dans la grande chope de porcelaine blanche qu'il emportait toujours avec lui, inspectait les voies latérales (même si elles étaient vides de toute circulation) et redémarrait à la vitesse d'un escargot. À l'une des intersections, il baissa sa vitre pour laisser entrer l'air frais et, subrepticement, Katya entrouvrit également la sienne, juste assez pour entrevoir un morceau du ciel nocturne.

S'aventurer dans le monde extérieur comportait toujours un risque mais, ce matin, la jeune fille était particulièrement nerveuse et inquiète. Le soir précédent, elle avait appelé le chauffeur pour lui demander de venir la chercher avant l'aube. Elle ne lui avait fourni aucune explication et Ahmad, comme à l'accoutumée, n'avait posé aucune question.

Il n'en était pas allé de même avec son père.

Quand elle s'était réveillée, la maison était silencieuse, et elle avait réussi à s'éclipser sans réveiller Abu. Mais à peine la voiture était-elle arrivée au coin de la rue que le portable de Katya s'était mis à sonner. Elle avait dû consacrer cinq bonnes minutes à expliquer à son père qu'elle devait se rendre à son travail très tôt, qu'on lui paierait des heures supplémentaires et que son patron n'allait pas prendre l'habitude de lui imposer des horaires aussi inhumains. C'était un tissu de mensonges, et elle savait bien que cela n'empêcherait pas Abu de se faire du souci, ce qui ne faisait qu'accroître ses remords.

Elle ne voulait pas qu'il sache à quel point elle s'impliquait dans cette enquête. Il l'approuvait de vouloir découvrir la vérité sur la mort de Nouf, mais elle s'était bien gardée de lui révéler qu'elle allait fureter en cachette dans le laboratoire, à l'insu de son employeur et de ses collègues. Abu en aurait été offusqué et il n'aurait apprécié ni de la voir enfreindre le règlement ni d'apprendre que le médecin légiste avait refermé le dossier sans avoir examiné consciencieusement tous les faits. Il aurait forcément réagi de façon très négative, et elle ne tenait pas à lui donner de nouvelles occasions de critiquer le métier qu'elle avait choisi.

Elle avait caché les échantillons prélevés sur le corps de Nouf dans son sac à main et elle avait l'intention de les analyser, ce qu'elle ne pourrait faire que si elle était seule dans le laboratoire. Mais elle n'était jamais venue travailler si tôt, et ne savait même pas si l'entrée réservée aux femmes serait déjà ouverte, ni si le gardien la laisserait passer. Elle avait en sa possession les fragments de peau prélevés sous les ongles de Nouf, l'éclat de bois provenant de sa blessure à la tempe, les échantillons de boue relevés sur son poignet ainsi que sur d'autres parties de son corps et dans ses cheveux. Elle avait également prélevé un échantillon sanguin du fœtus. Il lui faudrait plusieurs jours pour effectuer toutes ces analyses. La section du laboratoire réservée au personnel féminin n'ouvrait pas avant huit heures, mais cela lui laisserait peut-être le temps de tout préparer.

Si son patron découvrait qu'elle effectuait en secret des recherches sur un dossier considéré comme clos, elle perdrait son travail, même si c'était la famille de Nouf, par l'intermédiaire d'Othman, qui lui avait demandé de procéder à ces tests. La situation était beaucoup trop scabreuse. Comment l'expert aurait-il pu admettre qu'il avait été soudoyé ? Comment Thasin aurait-il pu avouer qu'il l'avait acheté ? Comment les Shrawi auraient-ils pu reconnaître qu'ils avaient engagé une femme pour une telle mission ? Rien de tout cela n'était envisageable.

Ahmad continuait à rouler au pas, dans la faible lueur des phares de la Toyota. Une fois qu'ils furent sortis de la vieille ville, les rues se firent plus larges et parurent d'autant plus désertes, les immeubles plus récents et d'autant plus hostiles. Les antiques volets de bois et les portes ouvragées d'aspect familier firent place à une lugubre parodie de modernité, grilles de métal rouillé et climatiseurs déglingués pendant aux fenêtres, telles des dents déchaussées dégoulinantes de salive. Ici, il y avait des réverbères mais ils n'émettaient qu'une lumière grise et terne.

« Tout va bien ? s'enquit le chauffeur.

— Oui, Ahmad. Merci. »

En tournant à gauche au croisement suivant, ils se retrouvèrent soudain dans un quartier à l'atmosphère spécifiquement féminine. Dans toutes les vitrines étaient exposés des parfums et des huiles pour le corps, des *abayas*, des bijoux et des colifichets. Les devantures étaient illuminées, mais, sur leur passage, certaines s'éteignirent, en prévision de la prière du matin. En dehors de cela, la rue n'était animée que par de furtives apparitions toutes vêtues de noir. Normalement, les trottoirs appartenaient aux hommes, mais à cette heure matinale, quelques femmes, silencieuses et prudentes comme des biches, profitaient de cette rare occasion qui leur était donnée de se promener en paix. Un homme aurait fait tache dans un tel tableau, avec sa robe d'un blanc plus étincelant que le clair de lune, provoquant la fuite effarouchée de ces ombres nocturnes.

Ahmad s'arrêta à l'angle d'une rue. Katya lui demanda de s'avancer jusqu'à l'intersection. Tout au bout de la rue transversale, elle vit une infime lueur blanche monter comme une vague à l'horizon. Elle l'observa, guettant le rayonnement spectral qui marquerait, techniquement parlant, l'apparition du jour. Grâce aux cours d'astronomie qu'elle avait suivis en faculté, elle possédait quelques notions qui permettaient de calculer l'heure exacte de la prière. Des calculs qui représentaient une tâche monumentale, car il fallait tenir compte des latitudes, des déclinaisons du soleil, des azimuts, de l'heure solaire apparente et des équations de temps. Des armées d'hommes passaient leur temps à observer les cieux pour déterminer le moment précis de l'aube et le nombre exact de minutes et de secondes qui s'écouleraient entre celle-ci et le lever du soleil, car c'était durant ce laps de temps qu'on devait dire la prière du Fajr. Elle retint son souffle, le regard fixé sur l'horizon, curieuse de voir si l'appel du muezzin serait parfaitement synchronisé avec le point du jour.

Et, en effet, la lueur de l'aube apparut au moment même où le premier *Allahu akbar* s'éleva des haut-parleurs d'une mosquée voisine. *Dieu est grand.* Impressionnée par cette simultanéité prodigieuse, elle frissonna de tout son corps.

Presque aussitôt, son exaltation retomba, et elle se dit que, pendant que ces armées d'hommes avaient les yeux tournés vers les cieux, elle ne pouvait quant à elle les contempler que du haut de son toit ou à travers la vitre d'une voiture.

Ahmad tourna le coin de la rue, se gara le long du trottoir et prit le tapis de prière posé sur le siège du passager. Puis il descendit, étala son tapis sur la chaussée et se redressa pour commencer à prier. Katya l'observa, mal à l'aise. Toute la nuit, elle n'avait cessé de penser à Nouf, et à présent, elle sentait l'inspiration s'éteindre en elle, comme les lumières dans les vitrines un peu plus tôt. Hier encore, elle était persuadée que Nouf avait été assassinée. Mais si les éraflures sur les bras et la blessure à la tempe s'étaient produites au cours de la noyade ? Ou de manière accidentelle ? Katya avait été tout aussi certaine de comprendre les Shrawi : ils voulaient que l'enquête soit menée en toute discrétion, et elle respectait ce souci de préserver leur intimité. Mais s'ils lui avaient caché quelque chose ?

Ils ne lui auraient peut-être jamais révélé que c'était à leur demande expresse que l'affaire avait été étouffée, si elle n'avait pas téléphoné à Othman pour l'informer que le légiste avait bâclé son travail. Othman lui avait aussitôt demandé son aide. Bien sûr, elle avait accepté, mais sur le plan technique, il était déjà trop tard pour recueillir des preuves : le corps de Nouf avait été rendu à sa famille. En cachette, elle avait mis de côté les échantillons prélevés lors de l'examen, mais cela, son fiancé ne pouvait pas le savoir. Il ignorait même qu'elle remplaçait la légiste absente. Croyait-il qu'elle détenait un pouvoir absolu à la morgue ?

Ces pensées ne lui plaisaient pas. Inévitablement, elles l'amenaient à se demander si elle avait pris la bonne décision en projetant d'épouser un homme qu'elle avait choisi elle-même – un homme que son père n'aimait pas.

Levant les yeux, elle vit deux jeunes femmes sortir d'une boutique voisine. En apercevant Ahmad, elles s'arrêtèrent et battirent en retraite à l'intérieur du magasin. Sans doute craignaient-elles qu'Ahmad ne fasse partie de ces hommes qui, croisant une femme après avoir accompli leurs ablutions, se croient obligés de les renouveler. Katya eut envie de leur dire qu'elles pouvaient passer, que le chauffeur n'y attacherait pas d'importance et que, de toute façon, c'était l'homme le plus aveugle de la planète : il possédait le talent particulier de regarder une femme sans la voir. Mais elle ne pouvait pas leur faire signe : elles se dissimulaient derrière les vitres teintées qui obscurcissaient l'intérieur du magasin. Elle se contenta donc de regarder Ahmad prier et, quand il tourna la tête et murmura le *tasleem* qui concluait la prière, « La paix soit sur toi ainsi que la clémence de Dieu », elle admira la sérénité qui imprégnait ses traits.

Cette apparence calme et bienveillante expliquait sans doute la confiance que son père témoignait au chauffeur. Ahmad et lui étaient amis d'enfance, dans leur Liban natal, et ils avaient tous deux émigré vers l'Arabie Saoudite à l'âge de vingt et un ans. C'était de la femme d'Ahmad, la belle émigrée russe morte depuis longtemps, que Katya tenait son prénom. Elle ne l'avait jamais rencontrée, mais il y avait une photo d'elle dans la boîte à gants, un vieux cliché pris dans les montagnes de Syrie. La neige sur son chapeau et l'épaisse écharpe entourant son cou étaient des accessoires idéaux pour cette blonde au teint pâle évoquant des paysages hivernaux. Katya ne l'imaginait pas dans un autre décor, et Ahmad non plus, apparemment, car chaque fois qu'il parlait d'elle, son récit commençait par la même phrase : « Je me rappelle nos vacances en Syrie. Comme elle aimait le froid... » De temps à autre, Katya se souvenait que l'épouse d'Ahmad avait néanmoins vécu à Djeddah. Elle y était morte d'un cancer, au cours de l'été 1968.

Mais, alors qu'Abu avait fait une brillante carrière de chimiste, Ahmad s'était contenté de devenir chauffeur de taxi et, finalement, chaperon, affirmant que cette profession, certes mal payée, lui donnait au moins la satisfaction de protéger les jeunes vierges de la rouerie des hommes, y compris celle des membres de la police religieuse. En sa compagnie, Katya avait l'impression d'avoir près d'elle une version affadie de son père, quelqu'un qui veillait sur sa sécurité sans faire peser sur elle le poids de l'anxiété paternelle. La plupart du temps, il la traitait comme une reine, mais en dépit de cette attitude soumise et polie, Katya était consciente que, dans le monde où elle vivait, c'était lui qui détenait le pouvoir. Sans lui, elle n'aurait même pas pu se déplacer. Il y avait bien des taxis réservés aux femmes, conduits par de sympathiques immigrées, mais son père ne l'aurait jamais autorisée à faire appel à leurs services.

Tout au long de la rue, elle vit des hommes sortir des maisons, répondant à l'appel du muezzin. Il était temps pour elle de remonter la vitre. Elle jeta un dernier regard vers le ciel rougeoyant, dans l'espoir de retrouver un peu de son émerveillement de tout à l'heure, mais elle n'éprouva qu'un sentiment de culpabilité. Elle avait menti à son père, elle n'avait pas fait sa prière matinale, elle avait obligé Ahmad à travailler avant le début du jour... Et elle avait douté d'Othman. Il n'y avait qu'une chose dont elle n'éprouvait aucun remords, c'était de chercher à éclaircir la mort de Nouf.

Sa mère avait coutume de dire que *salat* était un verbe généreux. Il signifie prier, bénir, honorer, magnifier, mais son sens sous-jacent est « se tourner vers ». Aussi, lorsqu'elle se trouvait dans l'impossibilité de prier, parce qu'elle était malade ou qu'elle avait ses règles, elle était néanmoins tenue de tourner ses pensées vers Allah. Et n'était-ce pas ce qu'elle faisait en ce moment même – tourner son esprit vers les mystères de Sa création, en réfléchissant à la mort de Nouf ou à la façon dont on déterminait l'heure de la prière ? Allah ne pouvait qu'approuver ce qu'elle entreprenait, car il était dit dans le Coran : « Même s'il est aussi minuscule qu'un grain de sénevé, et qu'il se cache au creux d'un rocher ou n'importe où dans les cieux comme sur la terre, Allah le mettra au jour ; car Allah comprend les mystères les plus subtils et les connaît parfaitement. »

Elle savait toutefois qu'elle trichait et qu'elle avait manqué à ses obligations religieuses.

Ahmad roula son tapis et l'épousseta. Puis il se réinstalla au volant et, en silence, ils attendirent la fin de la prière. Au bout de la rue, des hommes se pressaient à l'entrée d'une mosquée. D'autres priaient sur le trottoir, devant leurs boutiques. Ahmad reprit sa tasse de café et en avala quelques gorgées. Katya étudia son visage rassurant dans le rétroviseur, en regrettant de ne pouvoir lui confier ses doutes. Mais il en aurait forcément parlé à son père, et elle voulait à tout prix laisser Abu en dehors de tout ça. Ils attendirent en silence la fin de la prière.

Quand les hommes émergèrent de la mosquée, Ahmad démarra et tourna au croisement suivant. Chaque jour, il empruntait un chemin différent, pour lui montrer quelque chose de nouveau. Même s'il n'y avait qu'un nombre limité d'itinéraires possibles pour se rendre au laboratoire, le décor changeait tellement d'une rue à l'autre que chaque trajet amenait une nouvelle découverte. Il y avait à peine deux semaines de cela, ils avaient pris cette même rue, bordée de palmiers naturels et artificiels, les vrais murmurant entre eux par-dessus la cime des autres, plus petits. L'endroit grouillait d'ouvriers du bâtiment, yéménites ou asiatiques en majorité. Une bétonneuse tournait bruyamment au bord d'un terrain vague et, de l'autre côté, on démolissait à coups de masse un immeuble délabré. Mais aujourd'hui, il ne restait rien qu'un trou béant et un énorme rouleau de câbles électriques. Les ouvriers avaient répandu de l'huile sur le sol pour éviter que le sable ne recouvre la rue.

Dix minutes plus tard, Ahmad s'arrêtait devant une petite porte métallique qui ressemblait à une entrée de service ; c'était en fait l'entrée réservée aux femmes travaillant au laboratoire. Elle le remercia, vérifia que sa burqa était bien en place, et descendit en hâte. Après avoir jeté un rapide coup d'œil aux alentours pour s'assurer que le parking était désert, elle gravit l'escalier qui menait à l'entrée et passa son badge magnétique devant le lecteur. Une lumière verte s'alluma et la porte s'ouvrit. Elle poussa un soupir de soulagement. Après avoir adressé à Ahmad un dernier geste d'adieu, elle pénétra dans le bâtiment.

Le couloir baignait comme d'ordinaire dans une fluorescence grise. Ses sandales neuves crissant sur le sol, elle se dirigea d'un pas rapide vers la porte du laboratoire, brandit une nouvelle fois son passe magnétique et s'introduisit dans la salle. Après avoir allumé la lumière, elle s'installa à son poste de travail, un petit bureau blanc situé dans un angle, qu'elle entretenait avec méticulosité. Posant son sac sur la table, elle en sortit les pochettes

103

contenant les fragments de peau et autres substances, qu'elle glissa dans la poche de sa jupe, et deux éprouvettes renfermant des échantillons prélevés sur le fœtus.

De ses mains tremblantes, elle ouvrit le tiroir du bureau et y rangea les éprouvettes, les dissimulant sous une pile de mouchoirs en papier afin qu'elles ne roulent pas de côté et d'autre. Elle avait pris la précaution d'y apposer des étiquettes portant le nom et le numéro d'identification d'autres dossiers dont elle avait la charge : *At-Talib, Ibrahim*, un ouvrier du bâtiment qui avait été empoisonné. *Roderigo, Thelma*, une employée de maison morte des suites d'un violent traumatisme crânien. Elle referma soigneusement le tiroir à clé.

Il ne lui fallut que quelques minutes pour préparer les fragments de peau, mais à l'instant où elle glissait la lamelle sous le microscope, elle entendit un bruit derrière elle.

« *Sabaah al-khayr !* »

C'était une formule de salutation des plus anodines, mais la voix sonore et incisive lui causa un tel choc qu'elle poussa un cri, et faillit laisser tomber l'échantillon. Se retournant vivement, elle découvrit sa collègue Salwa.

« *Sabaah an-nur*, répondit-elle d'une voix étranglée. *La lumière du matin soit sur toi.*

— Qui es-tu ? » demanda Salwa, dont le timbre retentissant lui donnait toujours l'impression d'être prise en faute, même quand elle n'avait rien à se reprocher.

Elle se rendit compte alors qu'elle n'avait pas ôté sa burqa, et se hâta de la soulever pour montrer son visage.

Salwa fronça les sourcils. C'était une femme courtaude et trapue aux gestes vifs, qui se considérait comme le chef de l'équipe féminine et déambulait d'un air important, un stylo coincé derrière l'oreille, la burqa relevée sur le sommet de sa tête, telle une couronne ; elle se comportait d'ailleurs avec une autorité quasi impériale. Dans les rares occasions où un homme franchissait le seuil du labo, les autres femmes se dépêchaient d'enfiler leurs burqas en murmurant des excuses et en dissimulant leurs traits d'un air apeuré. Mais Salwa, qui n'ôtait jamais l'encombrant accessoire, dévisageait l'intrus d'un air de défi. Si elle jugeait le visiteur susceptible de la dénoncer à son patron, elle ôtait en maugréant le stylo de son oreille et s'en servait pour rabattre le voile sur son visage, comme un mollah médiéval aurait déroulé un parchemin devant un roi illettré.

Même la burqa, toutefois, ne parvenait pas à étouffer la voix puissante dont Allah l'avait dotée, une voix à faire trembler les tables et chanter les vases à bec. Elle résonnait constamment, encore amplifiée par les lignes nettes de la pièce et de ses surfaces lisses. Une fois, elle avait même couvert l'appel du muezzin. Katya soupçonnait que, la moitié du temps, Salwa réussissait à imposer sa volonté uniquement parce que son entourage avait hâte qu'elle se taise.

« Que fais-tu ici de si bon matin ? s'enquit Salwa, d'un air exprimant ouvertement sa méfiance. Retire ton abaya, et montre-moi tes bras et tes épaules.

— Mon abaya ? répéta Katya, saisie d'une panique irrationnelle.

— Oui. Allez, dépêche-toi. »

Katya fit coulisser la glissière du long manteau noir et ôta le vêtement, découvrant une chemise blanche boutonnée jusqu'au cou et une longue jupe noire. Salwa s'approcha, déboutonna les poignets de sa blouse et, du bout de son stylo, en releva les manches. Katya comprit soudain qu'elle cherchait des traces de coups.

« Je vais bien, s'empressa-t-elle de la rassurer.

— Quand une femme vient travailler si tôt, c'est qu'elle veut échapper à son mari ou à son père », rétorqua Salwa en la fixant droit dans les yeux.

Katya sentit ses joues s'empourprer. En dépit de son apparente sollicitude, Salwa était parvenue à lui donner le sentiment d'être une femme battue.

« Personne ne me frappe, déclara-t-elle avec force.

— Dans ce cas, que fais-tu ici ?

— Je n'arrivais pas à dormir, répondit Katya en se rhabillant.

— Parce que tu vas bientôt te marier, c'est ça ? » reprit Salwa, en la couvant d'un œil plus maternel que critique.

Katya n'était pas assez naïve pour lui faire des confidences. À présent que leur supérieure, Adara, était en congé de maternité pour la seconde fois en un an, Salwa avait l'air de croire qu'elle avait pris définitivement sa place. Elle travaillait ici depuis plus longtemps que toutes les autres, mais ne faisait en réalité pas grand-chose d'autre que harceler ses collègues. Le seul pouvoir qu'elle détenait, c'était d'être la belle-sœur du chef de division, Abdul-Aziz. Comme c'était un membre de sa famille, Salwa pouvait lui parler directement, un privilège dont elle était la seule à bénéficier. Si elle se rendait coupable d'une négligence, elle s'arrangeait pour en faire retomber la faute sur quelqu'un d'autre. Envers Abdul-Aziz, elle se montrait obséquieuse, se précipitant dans son bureau dès qu'il l'appelait, portant ses vêtements à la teinturerie, lui servant ses repas, organisant ses rendez-vous et offrant des cadeaux à ses enfants au moins une fois par semaine. Mais cette soumission avait son revers et, dès qu'elle regagnait la section féminine du laboratoire, elle se vengeait en imposant à ses collègues des exigences tyranniques. Confinées dans la plus petite aile du bâtiment, les laborantines vivaient donc au gré des humeurs changeantes de cette femme frustrée, supportant tour à tour ses accès de fureur et ses manifestations de gentillesse excessives. Elles la surnommaient « la fille de Saddam ».

Dans l'immédiat, Katya devait absolument trouver une explication à lui donner.

« Oui, je suis un peu anxieuse, avoua-t-elle. Sincèrement, je n'arrive pas à dormir. Je crois que le travail est encore le meilleur remède. »

Salwa rangea son stylo derrière son oreille et médita un instant. Finalement, jugeant l'excuse plausible, à défaut d'être entièrement convaincante, elle déclara :

« Très bien. J'ai du boulot pour toi. Mais pas question de te payer des heures supplémentaires, j'espère que tu le comprends.

— Bien sûr », murmura Katya, ravalant sa rage. Comme si elle s'attendait à être payée ! Comme si elle ne pensait qu'à l'argent !

« Sur quoi travailles-tu en ce moment ? reprit Salwa.

— Le dossier Roderigo. Je m'apprêtais à examiner des cellules épithéliales. »

Salwa jeta au microscope un regard dégoûté, comme s'il s'était agi d'un chien galeux.

« Bon, garde ça pour plus tard. J'ai deux autres dossiers à traiter d'urgence. »

Katya acquiesça et se rassit derrière le microscope, d'où elle retira la lamelle, tout en maudissant sa malchance. Elle se demanda tout à coup pour quelle raison Salwa venait au labo de si bonne heure, alors qu'aucun véritable travail ne l'y attendait. Peut-être était-ce elle qui cherchait à fuir un homme brutal ? Ou, plus vraisemblablement, à se soustraire aux responsabilités qui l'accablaient dans son foyer : un mari infirme, trois enfants en bas âge et, à l'en croire du moins, la domestique indonésienne la plus insolente de la planète. Oui, peut-être le travail représentait-il vraiment une échappatoire pour Salwa.

Katya ne pouvait cependant qu'admirer certaines de ses qualités. Elle avait eu le cran d'exiger des augmentations pour toutes. En l'absence d'Abdul-Aziz, quand elle pouvait le faire en toute impunité, elle assignait à ses collaboratrices des tâches habituellement réservées aux hommes. C'était elle qui avait chargé Katya d'examiner le corps de Nouf à la place d'Adara. Et c'était elle qui, clamant que les femmes devaient être seules maîtresses sur leur lieu de travail, l'avait incitée à ne pas porter sa burqa. « Les hommes ne te respectent pas si tu obéis tout le temps aux règles. Parfois, il faut t'adresser à eux en les regardant en face, et en leur montrant ton visage, quitte à rabattre ta burqa ensuite. »

Et Katya se demanda brusquement ce qu'aurait fait Salwa si elle avait effectivement découvert des hématomes sur ses bras. L'aurait-elle congédiée ? Consolée ? Envoyée dans un dispensaire ? Plus probablement, elle aurait signalé le fait à Abdul-Aziz, dont il semblait impossible à Katya d'imaginer la réaction. Il lui apparaissait comme une puissance froide et lointaine dont les décisions professionnelles – si elles lui appartenaient réellement – la mettaient parfois en colère.

Salwa revint et déposa deux énormes dossiers sur la table.

« Occupe-t'en dès que possible. »

Sans lui laisser le temps de répondre, elle s'en alla, marmonnant qu'elle devait épousseter le bureau d'Abdul-Aziz avant qu'il arrive. Katya suspectait que c'était plutôt pour se servir de sa machine à espresso italienne, et se vautrer sur son fauteuil massant à plusieurs milliers de riyals, afin d'y regarder les informations télévisées et, peut-être, une rediffusion de l'émission d'Oprah avant l'ouverture des bureaux. Un luxe dont Katya connaissait l'existence parce qu'elle et sa collègue Maddawi avaient un jour jeté un coup d'œil en cachette dans le bureau d'Abdul-Aziz.

Ouvrant les dossiers, elle examina leur contenu, avec une consternation croissante. Ce travail allait lui prendre des jours et des jours ! Elle avait affirmé à Othman qu'elle ferait tout son possible, sans lui parler des risques encourus ; il ne s'en était au demeurant pas inquiété. Mais il attendait des réponses, et sa famille aussi. Même dans une enquête officielle, une analyse d'ADN exigeait un certain temps.

Elle leva les yeux vers la porte. Salwa ne revenait pas. La pièce était dépourvue de vitres, de sorte qu'elle ne pouvait voir les gens arriver, mais qu'eux non plus ne pouvaient pas la voir. Elle repoussa les dossiers, reprit la lamelle, et s'apprêtait à la glisser sous le microscope quand Salwa resurgit. D'un pas vif, elle s'approcha d'elle en fredonnant, pour s'assurer qu'elle faisait son travail.

Katya eut à peine le temps de dissimuler la lamelle et feignit d'être absorbée dans la lecture des dossiers. En faisant pivoter son fauteuil vers le microscope pour préparer les nouveaux échantillons, elle jeta un regard sur l'horloge : 6 h 15. La journée allait être longue, soupira-t-elle intérieurement.

7

Tout en mâchant un miswak, Nayir scrutait la vaste étendue désertique à travers ses jumelles. Vers le sud se déroulait une immense nappe de sable assez dure pour être carrossable, mais tellement accidentée par endroits que les pneus risquaient d'éclater. À quelque distance au nord, les contreforts du Hijaz scintillaient d'un éclat jaunâtre dans la lumière éclatante du matin.

Il abaissa les jumelles. À moins d'un mètre de lui, occultant brusquement son champ de vision, venait de surgir Suleiman Suhail, détective privé et propriétaire de l'agence de détectives Benson & Hedges. Tout au long du trajet qu'ils venaient d'effectuer ensemble, Nayir s'était attendu à le voir allumer une cigarette, mais, apparemment, il ne fumait pas, bien qu'il eût le physique maigre et desséché du tabagique invétéré.

« Où sommes-nous ? » s'enquit Suhail.

Dès le départ, il avait donné la carte à Nayir en disant :

« Prenez cette carte bédouine, et dites-moi si vous y comprenez quelque chose. »

Nayir avait eu envie de répondre que « carte bédouine » était un oxymore, car les vrais Bédouins n'avaient pas besoin d'aide pour s'orienter, mais il comprenait le point de vue de son compagnon. C'était une carte topographique de la partie ouest du désert, sans rien d'autre pour servir de repère au lecteur lambda que le littoral de la mer Rouge. Quelqu'un avait griffonné dans la marge des coordonnées GPS, accompagnées de la légende : « cadavre de la fille », avec la date et l'heure. Nayir espérait que c'étaient les Bédouins qui avaient rédigé ces notes, même s'il lui paraissait peu probable qu'ils se soient servis des coordonnées GPS pour identifier un lieu et qu'ils aient eu en leur possession une carte aussi sophistiquée. Cela ressemblait plutôt à une page de l'atlas que Nayir avait aperçu dans le sac d'Othman quand ils partaient camper dans le désert, un classeur rempli de cartes extrêmement détaillées – le genre de cadeau qu'il devait de temps en temps recevoir d'un fonctionnaire du ministère ou d'un géologue d'Aramco. Un autre qu'Othman les aurait sans doute accrochées au-dessus de son bureau, mais son ami étant ce qu'il était, il préférait en faire usage. C'était sans doute lui qui avait fourni cette carte et noté les coordonnées en s'appuyant sur les indications des Bédouins. Curieusement, il y avait au même endroit une petite icône ressemblant à un puits de forage. Nayir connaissait relativement bien cette région, suffisamment en tout cas pour savoir qu'il n'existait aucun champ de pétrole à proximité, mais peut-être avait-on construit récemment une nouvelle station de recherche. Il faudrait qu'il téléphone à Aramco pour s'en assurer.

« C'est l'endroit indiqué par les Bédouins », expliqua-t-il à Suleiman, en vérifiant les coordonnées sur son propre GPS.

En regardant vers l'ouest, il vit le pick-up de Mutlaq arriver dans leur direction, soulevant dans son sillage un épais nuage de poussière. De tous les pisteurs bédouins qui l'avaient aidé à rechercher Nouf, Mutlaq était sans doute le meilleur et il lui accordait une grande faveur en venant aujourd'hui. Nayir avait toute confiance en lui, mais redoutait quelque peu la confrontation entre le pisteur et le détective privé. Mutlaq pouvait se montrer passablement excentrique, et Suhail ne semblait pas être le genre d'homme à manifester beaucoup de patience ou de respect envers un Bédouin.

« Je croyais qu'elle était morte dans un wadi, reprit le détective en plissant les yeux derrière ses lunettes de soleil. Où est le wadi ? »

Nayir lui montra le sillon de faible profondeur qui traversait le paysage du nord au sud, à perte de vue.

« Ça ? s'exclama Suhail, dont la chemise, constata Nayir, était déjà trempée de sueur. Vous voyez une scène de crime, vous ? »

Il porta un doigt à sa tempe et, avec un rire forcé, poursuivit :

« Ce sont des yeux de citadin, et ils n'en voient aucune. »

Il cligna de nouveau des paupières, tant à cause du soleil que des gouttes de sueur qui ruisselait sur son front, et Nayir remarqua que son teint avait pris une couleur pourpre des plus inquiétantes. Sans doute le détective quittait-il rarement son bureau climatisé.

« Vous croyez que les portables fonctionnent, par ici ? s'enquit Suhail.

— Quelquefois. »

Le détective plongea son bras à l'intérieur de la Jeep par la vitre ouverte pour prendre son téléphone. Mais le signal ne passait pas, et il jeta l'appareil sur le siège d'un air dépité.

« Au fait, voilà les affaires de la fille, dit-il en s'emparant d'un sac de plastique noir posé sur la banquette arrière pour le tendre à Nayir. Les Bédouins les ont retrouvées près du corps. Peut-être renferment-elles des indices quelconques. »

Nayir fut profondément surpris d'apprendre que les Shrawi avaient confié à l'enquêteur des effets ayant appartenu à Nouf, mais il prit le sac sans faire de commentaire. Il aurait préféré interroger les hommes qui avaient retrouvé le corps, mais, d'après la famille, ceux-ci avaient disparu aussitôt après avoir déposé leur macabre trouvaille à la morgue.

Le sac contenait une robe blanche extrêmement sale – une *thobe* d'homme. Il la sortit et la déplia. L'un des côtés était noirci, probablement par suite d'une longue exposition au soleil, et l'odeur qui émanait du vêtement était la même que dans le bureau du médecin légiste. Il y avait une tache de sang sur l'épaule gauche, sans doute le sang de Nouf, provenant de sa blessure à la tempe. Au fond du sac, il découvrit aussi une petite montre en or incrustée de diamants et une unique chaussure d'un beau rose vif. Il l'en extirpa pour l'examiner de plus près. C'était un escarpin muni d'un talon aiguille de quinze centimètres de haut. Il était maculé de taches d'humidité, mais il ne manquait aucun sequin à la bride, et la semelle était vierge de toute éraflure.

« Ce n'est pas vraiment ce qu'on peut appeler une chaussure de marche.

— Non, répondit Suhail avec un sourire grivois. Des souliers comme ceux-là sont plutôt réservés à un autre genre de sport... Désolé, reprit-il, face au regard sévère de Nayir, mais j'ai toujours eu pour principe que les morts ne devaient pas empêcher les vivants de s'amuser. Ne vous y trompez pas, je trouve cette mort déplorable, mais vous connaissez le dicton : les lamentations ne parviennent pas aux oreilles de la tête coupée. »

Contrarié et même vaguement offensé, Nayir préféra s'abstenir de répondre. Jetant un dernier regard à l'intérieur du sac, il aperçut, tout au fond, un morceau de papier jauni et froissé. Il s'en empara et entreprit de le déplier, mais ce faisant, il se rendit compte qu'il s'agissait en fait d'une sorte d'origami en forme d'oiseau, une cigogne, peut-être, à en juger par ces longues pattes... Bizarre. Comment cet objet avait-il pu réchapper des eaux en crue ? Sans doute Nouf l'avait-elle conservé sur elle, dans une de ses chaussures peut-être – les chaussures qu'elle portait pour marcher dans le désert et non ces invraisemblables escarpins.

« Avez-vous trouvé quelque chose d'intéressant ? s'enquit le détective.

— Non », répliqua sèchement Nayir en rangeant les objets dans son sac de marin.

Suhail ne souleva pas d'objection en le voyant s'approprier ces pitoyables reliques ; il scrutait le visage de Nayir avec une expression perplexe.

« Ne faites donc pas cette tête ! Vous trouvez que c'est mal de parler ainsi de cette jeune fille ? Que c'est une insulte à l'honneur de sa famille ? Allons donc ! Vous ne pouvez quand même pas penser ça, non ? » insista-t-il, l'air soudain inquiet.

Nayir s'efforça de garder une mine impassible.

« Excusez-moi, frère, reprit Suhail d'un ton incrédule. J'ignorais que vous étiez aussi pointilleux. Je suis moi aussi musulman, vous savez, mais en Syrie, nous suivons moins strictement les règles de l'islam. Nous sommes un peu plus gais, à mon avis.

— Je suis palestinien, déclara Nayir, comme si cela expliquait tout.

— Vraiment ? Je vous prenais pour un Bédouin.

— Je ne suis pas bédouin », répondit Nayir avant de s'éloigner, dissimulant mal son dégoût.

Au cours de sa carrière, il avait souvent collaboré avec des tribus bédouines. Il était impossible de se passer de leurs conseils et de leur assistance, qui vous sauvaient la vie parfois. À une certaine époque, être pris pour un Bédouin lui causait un plaisir immense. Pendant quelque temps, il avait cultivé l'image d'un homme du désert, rude et fruste, qui n'avait aucune des préoccupations triviales des citadins. Il portait un fusil en bandoulière, une dague à lame recourbée à sa ceinture. Il enroulait même son *shumagh* autour de sa tête en turban. Toutefois, il n'avait jamais eu le sentiment d'être à sa place parmi eux ; les Bédouins étaient hospitaliers, mais ils possédaient aussi un esprit de clan très marqué et, s'ils l'avaient toujours chaleureusement accueilli, ils ne l'avaient jamais considéré autrement que comme un invité. Il avait été particulièrement mortifié quand il avait pris conscience que, en raison de leur stricte observance de la tradition, il ne serait jamais autorisé à rencontrer leurs filles, sœurs ou épouses. La vérité, c'était qu'il passait la majeure partie de son temps à Djeddah, et que plus on le prenait pour un Bédouin, plus il se rappelait qu'il n'était pas davantage saoudien. *Vous devez être bédouin*, s'exclamaient les gens dès qu'ils le voyaient, ce qu'il traduisait par : *Vous ne pouvez pas être saoudien*. Et ils avaient raison. Il n'était pas saoudien, il ne venait de nulle part et, comme la plupart des Palestiniens, était avant tout un apatride.

Le pick-up de Mutlaq arriva dans un crissement de pneus et une nuée de poussière. Un instant plus tard, l'homme en descendit, époussetant sa robe à grands coups de paume et tapant du pied sur le sol pour chasser le sable de ses sandales. En apercevant Nayir, ses yeux sombres s'éclairèrent d'une lueur d'amusement.

« Il y a trop de poussière par ici », déclara-t-il.

Nayir lui sourit et lui donna l'accolade. Mutlaq le salua à la manière rituelle, en l'embrassant sur le nez. C'était la seule habitude des Bédouins que Nayir n'avait jamais osé imiter. Le nouveau venu était imposant, tant par sa haute taille que par sa carrure. Ses mains étaient précises, ses gestes impérieux, et son visage était le plus noble que Nayir ait jamais vu. Il était toujours rasé de près, traquant le moindre poil avec une minutie qui confinait à la maniaquerie – à tel point qu'il gardait une pince à épiler dans sa voiture pour éliminer les poils folâtres au feu rouge, les rares fois qu'il prenait la peine de s'y arrêter. Lorsque Nayir lui avait demandé pourquoi il ne se laissait pas pousser la barbe comme les autres Bédouins, Mutlaq avait montré le miroir en disant : « C'est le visage de mon grand-père, qu'Allah le bénisse ; il ne faut pas le recouvrir. »

Quand ils eurent fini d'échanger des politesses, Nayir se dégagea et dit :

« Merci d'être venu.

— Pas de problème, frère.

— D'après la carte, c'est ici qu'on l'a retrouvée, poursuivit Nayir en indiquant le wadi derrière eux. Mais je n'ai pas encore examiné les lieux et, de toute manière, je ne m'attends pas à trouver grand-chose. La pluie a dû effacer toute trace.

— Oui, mais la pluie a dû s'écouler dans le wadi, répondit Mutlaq, avec un large geste du bras en direction du nord. Ce n'est pas parce qu'il a plu là-bas que nous ne trouverons pas d'empreintes ici. »

À cet instant, Suhail s'approcha, et Mutlaq se raidit. Il salua le détective d'une poignée de main énergique, en le dévisageant avec attention, détaillant chaque ride, chaque pli, chaque goutte de sueur qu'exprimait son corps. Nayir effectua les présentations, mais le regard de Mutlaq s'était déjà détourné de Suhail pour se poser sur les traces que celui-ci avait laissées derrière lui dans le sable. Le détective se retourna lentement, comme s'il s'attendait à voir surgir un lynx dans son dos.

« Que fait-il ? demanda-t-il à Nayir.

— Il étudie vos empreintes.

— Mais il est en train de marcher dessus !

— Aucune importance, elles sont gravées dans sa mémoire.

— A-t-il l'intention de me pister ?

— C'est un peu comme s'il relevait vos empreintes digitales. Si les traces de vos pas se mêlaient à d'autres, il saurait les reconnaître », répondit Nayir, animé du besoin de vanter les qualités de Mutlaq.

Il eut envie de dire à cet ignorant que le Bédouin n'oubliait jamais ce genre de chose. Il pouvait oublier un nom, ou les circonstances dans lesquelles il avait rencontré quelqu'un, mais si, dans cinq ans, il voyait les traces des pas de Suhail dans la poussière d'une rue de Djeddah, il se rappellerait le visage et les chaussures de celui qui les avait imprimées.

Cependant, pour rester crédible, il se borna à expliquer que Mutlaq appartenait à la tribu Murrah, dont les membres étaient célèbres pour leurs talents de pisteurs. Suhail en avait sans doute déjà entendu parler, car il écarta d'un geste toute explication complémentaire, et observa Mutlaq avec un intérêt accru.

Le Bédouin avait fini d'examiner les traces de Suhail et inspectait à présent le wadi.

« A-t-il repéré celles de la fille ? demanda le détective à Nayir.

— Pas encore, lança Mutlaq par-dessus son épaule, mais je les reconnaîtrai dès que je les verrai. »

Suhail s'essuya le front et lança à Nayir un regard sceptique.

Se tournant vers eux, Mutlaq déclara :

« Il y a beaucoup de jeunes filles dans le désert, mais je vous parie qu'aucune d'entre elles ne porte des chaussures de ville.

— Soit, concéda Suhail après un temps de réflexion. Mais comment savoir quand des empreintes appartiennent à une jeune fille ?

Peut-être y en a-t-il qui ont les pieds aussi larges que ceux d'un homme ? »

Mutlaq sourit sans répondre. Il retourna à son pick-up. Nayir l'observa avec attention. Il savait qu'il était possible de déterminer le sexe d'après les empreintes de pas, mais n'avait encore jamais été témoin d'un tel exploit.

« Je connais toutes les ruses ! reprit le Bédouin. Les gens qui essaient de camoufler leurs traces en se servant de toutes sortes d'artifices. Des femmes portant des chaussures d'homme, des hommes portant des souliers de femme. Il y en a qui se servent de pneus usés, ou de carton. D'autres qui prennent un balai, en oubliant qu'un balai laisse lui aussi une signature. Au bout d'un certain temps, on apprend à voir la différence entre le pied et la chaussure. On peut changer de chaussures, mais on ne peut pas changer sa façon de marcher. »

Nayir dut s'avouer que Mutlaq lui faisait regretter de ne pas être bédouin. Non seulement pour posséder ses dons de pisteur, mais pour connaître les femmes au point de savoir les distinguer des hommes à ce seul détail.

À n'en pas douter, s'il avait eu le choix, il aurait préféré être un Murrah. Chaque commissariat, chaque unité antiterroriste du pays employait au moins un pisteur dans ses rangs, et c'était le plus souvent un membre de cette tribu. Mutlaq avait autrefois travaillé pour la police, mais le salaire était misérable. Il gagnait nettement mieux sa vie à présent comme propriétaire d'un magasin de chaussures dans le centre commercial de la Corniche. Il aimait néanmoins retourner dans le désert dès qu'il en avait l'occasion. C'était là qu'il avait grandi, et qu'il était devenu expert en *firaasa*, l'art millénaire d'identifier les liens de parenté par le simple examen des pieds. Un talent auquel Nayir aurait eu du mal à croire quelques années plus tôt, mais dont Mutlaq lui avait démontré l'utilité. Quand il était policier, il y avait recouru pour retrouver des voleurs, des terroristes ou des personnes disparues, pour départager des héritiers et innocenter des gens accusés d'adultère. Il avait même rendu un âne égaré à son propriétaire légitime. Parfois, il était difficile d'imaginer qu'il pouvait accomplir tant de choses rien qu'en étudiant des marques sur le sable mais, se disait Nayir, dans un pays aussi poussiéreux que celui-ci, il y avait toujours des traces de pas quelque part.

Mutlaq prit une poignée de minces piquets de bois dans son pick-up. Puis les trois hommes se dirigèrent vers le wadi, et c'est alors que Nayir aperçut quelque chose d'étrange : des taches de couleur, rose pâle et violettes d'abord, puis jaune vif. En atteignant le bord, ils eurent sous les yeux un magnifique tapis de fleurs. Des plantes tapissaient entièrement le wadi, et de jeunes pousses vertes pointaient dans toutes les directions, se disputant une place au soleil. D'ici une semaine ou deux, les fleurs s'épanouiraient, mais on voyait déjà poindre le bleu des bleuets, le magenta, le rose et le blanc nacré des chardons en bourgeon, des feuilles charnues et des tiges épineuses. Nayir avait déjà contemplé le désert en fleurs, mais jamais rien qui approchât une telle luxuriance.

« Prodigieux, dit-il, émerveillé.

— C'est l'empreinte de la pluie », murmura Mutlaq.

Précautionneusement, il descendit dans le lit du ruisseau, et Nayir l'imita, s'accroupissant pour examiner le sol de plus près. Il trouva des pousses de bourrache à côté d'un massif d'iris sauvages d'un violet profond, et une espèce particulière de menthe utilisée par les Bédouins pour soigner les maux d'estomac. Il se rappela, avec un mélange poignant de plaisir et de honte, la fois où une jeune Bédouine et son père l'avaient emmené récolter des plantes médicinales. La jeune fille, dont il n'avait jamais su le nom, avait bavardé librement avec lui derrière sa burqa ourlée de pièces d'or. Quand elle s'était penchée pour cueillir du laiteron, sa burqa avait glissé, et il avait entrevu son visage. Il l'avait contemplée sans vergogne, bouleversé par l'innocence qu'il lisait dans son expression et qui semblait refléter les sentiments qu'il éprouvait pour elle. Mais, sentant son regard sur elle, la fille s'était redressée et détournée, puis l'avait ignoré ostensiblement pendant le reste de la promenade.

Bientôt, l'émerveillement que lui inspirait cette floraison miraculeuse s'assombrit au souvenir de Nouf. L'eau de pluie s'était asséchée, mais cette végétation exubérante était son legs à la terre. Elle témoignait de son volume et de la violence de la crue qui avait tué la jeune fille.

Les bords du wadi n'étaient pas très hauts, ce qui signifiait que si Nouf avait vu l'eau monter, elle aurait pu aisément remonter sur la berge. Elle devait donc être inconsciente lorsque la crue s'était produite – profondément inconsciente, car le rugissement de l'eau avait dû être assez fort pour faire trembler la terre.

Nayir considéra de nouveau la végétation qui l'entourait. Elle était trop récente pour que Nouf ait pu la contempler. Alors, qu'est-ce qui avait pu l'inciter à descendre dans le wadi ?

Suhail retourna à la Jeep pour boire de l'eau. Nayir suivit Mutlaq dans le lit asséché, zigzaguant pour ne pas piétiner les fleurs et s'arrêtant de temps à autre pour examiner une plante spécifique. Ils parcoururent ainsi près de cinq cents mètres, le pisteur se tenant tout près du bord pour chercher des traces sur la berge, et Nayir restant au milieu du wadi pour ne pas le gêner.

« As-tu trouvé des choses intéressantes ? s'enquit-il.

— Des traces de renard et de souris. Rien qui sorte de l'ordinaire. Attends... Qu'est-ce que c'est que ça ? » s'exclama soudain le Bédouin, en se hissant sur la rive.

Nayir mourait d'envie de le suivre, mais s'en abstint de crainte de brouiller d'éventuelles traces.

« Des Bédouins sont passés ici, déclara Mutlaq. Un pick-up. Quatre jeunes hommes. Pas de chameaux. »

Il scruta les plantes qui tapissaient le lit du cours d'eau et reprit :

« Là », montrant un point juste à gauche des pieds de Nayir.

Celui-ci baissa les yeux et ne vit rien d'autre qu'un épais tapis de verdure. Mutlaq le rejoignit, s'accroupit et entreprit d'écarter les tiges pour inspecter le sol.

« C'est ici qu'ils l'ont trouvée », expliqua Mutlaq en se redressant.

Au moyen des piquets, il délimita une zone de la taille d'un corps.

« La végétation nouvelle n'a-t-elle pas brouillé les traces ? demanda Nayir.

— Non, non. L'empreinte est profondément imprimée dans le sable. Vois-tu, la crue l'a poussée jusqu'ici puis, quand elle a été au plus haut, l'eau s'est enfoncée dans le sol et elle aussi. Approche-toi. »

Nayir s'accroupit à son tour et aperçut une dépression bien visible dans le lit du torrent.

« Tu as raison.

— Les traces dans le sable mouillé sont les plus faciles à déchiffrer. Regarde par ici, on voit même la forme de ses doigts. »

Mutlaq disait vrai : on distinguait nettement le dessin d'une main. Nouf était restée longtemps couchée sur le flanc et, en examinant l'endroit où sa tête avait dû se trouver, ils discernèrent le contour de sa mâchoire. Nayir en

127

eut froid dans le dos. Si la crue avait été aussi forte qu'il le pensait, Nouf avait pu être bringuebalée sur une bonne distance avant d'échouer ici.

« Peux-tu déterminer jusqu'où l'eau est montée ? » demanda-t-il à Mutlaq.

Celui-ci réfléchit un instant, puis secoua la tête.

« Tu veux savoir quelle distance elle a parcouru ?

— Oui.

— C'est difficile à dire. Cela ne dépend pas du volume de l'eau, mais de l'origine de la crue. Si nous trouvons où elle a pris naissance, cela nous permettra au moins de réduire notre champ de recherches. »

Ils enfoncèrent un piquet dans la berge pour marquer l'emplacement, puis remontèrent le wadi. Suhail les suivait tant bien que mal. À deux reprises, ils s'arrêtèrent pour s'assurer qu'il ne souffrait pas de déshydratation, mais il leur affirma que tout allait bien. Mutlaq finit par lui dire de retourner à la voiture, et le détective obéit sans regimber, manifestement épuisé.

Ils continuèrent à marcher pendant une heure, à pas lents, le regard attentif. À en juger par l'état du sable sur les berges, il n'avait pas beaucoup plu dans ce secteur. La balade risquait de durer plus longtemps que prévu, aussi décidèrent-ils de regagner leurs véhicules, pour remonter le wadi un peu plus loin. Le soleil était à son zénith, et leurs ombres raccourcissaient rapidement ; leur démarche se fit plus lente et plus pesante.

« Des pieds fatigués, fit remarquer Mutlaq, peuvent donner une idée assez précise de l'heure. »

Bien qu'il fût trop exténué pour penser clairement, Nayir se demanda si, en étudiant les empreintes de Nouf, ils pourraient savoir quel était son état d'esprit au moment de sa disparition.

En atteignant la Jeep, il fut surpris d'y trouver Suhail endormi. Passant la main par la vitre ouverte, il lui palpa le front. Le détective s'éveilla en sursaut, fixant sur lui un regard hébété.

« Vous feriez mieux de boire un peu d'eau, lui dit Nayir en retirant sa main.

— C'est déjà fait. »

Nayir cracha son miswak et alla ouvrir le coffre. Une rafale soudaine lui souffla du sable au visage. Il prit son shumagh, l'enroula autour de sa tête et se recouvrit la bouche au moyen du pan flottant. Sortant le bidon d'eau, il en remplit sa gourde, tout en examinant le wadi. Ils risquaient d'être secoués, sur ce terrain cahoteux, se dit-il, mais ils remonteraient le cours d'eau aussi loin qu'ils le pourraient. C'était peut-être ici que les Bédouins avaient découvert le corps de Nouf, mais ce n'était pas ici qu'elle était morte. Ce n'était pas le lieu du crime.

Nayir roulait derrière le pick-up de Mutlaq, se demandant comment son ami pouvait voir quoi que ce soit à travers toute cette poussière. Suhail, penché à la fenêtre, inspectait consciencieusement le sable en quête de signes indicateurs d'une pluie récente. Brusquement, Nayir aperçut au loin un bouquet d'acacias en retrait du wadi, disposés en demi-cercle autour d'un gros rocher.

Cette vue lui parut familière. Il était venu ici récemment, en compagnie d'Othman. Il se rappelait le lieu à cause du rocher et de la présence mystérieuse de ces arbres dans un paysage uniforme de sable et de cailloux. Ils comptaient initialement partir pendant toute une semaine, mais Othman était trop occupé pour s'absenter plus de deux jours, si bien qu'ils avaient installé leur campement ici et passé leurs après-midi à marcher dans le lit du cours d'eau pour y chercher des traces de vie. Ils avaient aperçu un renard, du moins était-ce ce qu'il leur avait semblé.

Nayir se dirigea vers le bouquet d'acacias et fit signe à Mutlaq de s'arrêter. Tout le monde descendit.

« Qu'y a-t-il ? » demanda Suhail.

Nayir s'avança pour inspecter les arbres et le rocher. Oui, c'était bien le même endroit. La pierre présentait un renfoncement juste assez grand pour permettre à un homme d'y caler son séant. Othman et lui avaient préféré s'asseoir tous deux dans le sable.

Mutlaq le rejoignit et examina le sol.

« Ce sont tes empreintes, on dirait ?

— En effet », acquiesça Nayir, en contemplant l'enchevêtrement de traces.

Il avait beau connaître Mutlaq depuis longtemps, il n'en était pas moins impressionné.

« Qui était avec toi ? s'enquit le pisteur.

— Othman ash-Shrawi. Le frère de la victime.

— Ahhh. Oui. »

Mutlaq se pencha pour observer les traces de plus près puis contourna le rocher, la main tendue devant lui comme s'il tenait une baguette de sourcier.

« C'est un homme peureux.

— Othman ?

— Oui. Mais il te suit. »

Nayir, quant à lui, n'était pas en mesure de lire quoi que ce soit dans ces empreintes. Il avait chaud et était épuisé. Il s'assit sur le rocher, infiniment reconnaissant de la maigre ombre qu'il lui offrait. Il déboucha sa gourde, renifla, puis but une longue gorgée et tourna son regard vers le wadi. Percevant peut-être le trouble qui s'était emparé de lui, Mutlaq s'éloigna.

Nayir avala une nouvelle gorgée d'eau. Il était choqué de découvrir que le cadavre de Nouf avait été retrouvé non loin d'un lieu où il avait campé avec Othman. La coïncidence était incroyable. C'était, en fait, la dernière fois qu'ils étaient allés dans le désert – mis à part, bien sûr, l'expédition de secours.

Suhail s'approcha, une chaussure à la main.

« J'ai aperçu ça sous un buisson de fleurs », expliqua-t-il.

C'était une chaussure de marche robuste, à la semelle usagée. Nayir l'examina. Il n'en était pas certain, mais la légère décoloration sur le talon pouvait suggérer que le cuir avait été mouillé, puis avait séché. Une pointure 36, comme l'escarpin rose.

« Il est possible qu'elle ait appartenu à Nouf, murmura-t-il. Elle a pu la perdre au moment de la crue. Je la montrerai à ses parents, pour voir s'ils la reconnaissent. »

Suhail hocha la tête et s'éloigna.

« Puis-je la voir ? » demanda Mutlaq.

Nayir la lui tendit, et le Bédouin l'étudia soigneusement, puis la lui rendit sans formuler de commentaire.

Ils inspectèrent l'endroit où Suhail avait fait sa découverte, en quête d'empreintes humaines ou animales, d'indices quelconques. Mais, hormis quelques traces d'oiseaux, le sol était vierge.

« Regarde ! s'écria soudain Mutlaq d'un ton excité. Un *houbara* est passé par ici. »

Nayir contempla l'empreinte caractéristique des griffes dans le sable, et se sentit étrangement réconforté de savoir qu'il existait des créatures capables de survivre dans un tel environnement.

« Alors, comment arrives-tu à distinguer les empreintes d'une femme de celles d'un homme ? » demanda-t-il.

Mutlaq releva la tête et le regarda en silence.

« Je veux dire, reprit Nayir en agitant la main, je sais qu'elles ont en général des pieds plus petits, mais à part ça ?

— Il ne s'agit pas seulement de la taille des pieds, répliqua Mutlaq. Il ne s'agit jamais d'une seule chose. »

Il prit sa gourde, but rapidement, puis tourna son regard vers la ligne d'horizon, distordue par la chaleur.

« Je fais cela depuis si longtemps que je ne me souviens même plus des principes. Je tire mes conclusions d'instinct. Quand je vois une empreinte de femme, je sais simplement que c'en est une.

— Elles ont une démarche différente ?

— Ma foi, oui. Leur corps est différent du nôtre, leurs hanches sont différentes. Mais, à mon avis, il y a d'autres raisons qui expliquent cette différence dans leur démarche. »

Ils remontèrent dans leurs véhicules et reprirent leur route. À peine avaient-ils parcouru quelques kilomètres que Mutlaq s'arrêta et se pencha par la vitre pour crier à Nayir :

« La pluie est tombée ici, nous ne trouverons plus rien. »

Profondément déçu, Nayir descendit de sa Jeep, laissant Suhail endormi sur le siège avant. Le pisteur avait raison, une fois de plus : le sable avait été lavé par la pluie. Mutlaq le rejoignit et ils s'avancèrent jusqu'au bord du wadi. Le lit n'était pas très profond – environ trois mètres, pas davantage. Quelqu'un avait pu y jeter Nouf après l'avoir assommée et, quand elle avait repris conscience, elle avait continué à marcher dans le lit du torrent, sans se douter qu'il allait pleuvoir...

Ou peut-être n'avait-elle jamais repris conscience.

Mutlaq et lui se livrèrent à une ultime inspection. Descendant lentement le wadi, ils découvrirent, cinquante mètres plus loin, un morceau de tissu près d'un buisson, mais le haillon se révéla être un foulard d'homme et, à en juger par sa saleté et sa décoloration, il se trouvait là depuis très longtemps. En dehors de cela, ils ne découvrirent aucun signe du passage d'un être humain dans le wadi.

« Désolé de ne pas pouvoir t'être plus utile, soupira Mutlaq. Je pense que la chaussure que vous avez trouvée appartenait à la jeune fille. Si tu peux en avoir la confirmation, je serai heureux de t'aider à chercher d'autres empreintes. Elle en a forcément laissé quelque part. »

Ils retournèrent à la Jeep, pour y trouver Suhail, à présent réveillé, en train de tripoter le GPS. Les doigts du détective tremblaient, et il semblait avoir des difficultés à coordonner ses gestes et son regard. Nayir l'observa attentivement : il ne transpirait plus. Tendant le bras par la vitre, il saisit le poignet de l'enquêteur.

« Que faites-vous ? » s'écria celui-ci, effaré.

Nayir lui prit le pouls : cent trente-cinq.

« Quelque chose ne va pas ? s'enquit Suhail.

— En effet. Vous êtes mourant. »

Suhail émit un petit rire sarcastique. Mutlaq sortit de son coffre un bidon d'eau, le porta jusqu'à la voiture, l'ouvrit et en déversa le contenu sur le malheureux.

« Bon sang ! pesta Suhail en s'essuyant le visage. C'était ma meilleure chemise ! »

Nayir lui tendit une bouteille en lui conseillant de boire à petites gorgées jusqu'à ce qu'ils aient regagné Djeddah.

Le soleil se couchait quand il prit congé de Mutlaq et démarra en direction de la grand-route. Il était rare que le désert le déprime, mais c'était le cas ce soir. Cette journée avait fait resurgir en lui la frustration qu'il avait ressentie en cherchant Nouf, et il était tenaillé par un sentiment d'échec.

Ce fut seulement sur l'autoroute qu'il s'aperçut que Suhail s'était évanoui. Bah ! de toute façon, il ne pouvait rien faire d'autre pour lui que l'emmener à l'hôpital dès leur arrivée à Djeddah. Ce pauvre Benson & Hedges faisait décidément un bien piètre détective ! Il fallait un homme d'une tout autre trempe pour démasquer l'assassin de Nouf. Cette mauviette n'aurait même pas été fichue de trouver de l'eau à la fontaine.

8

Bien que Samir, l'oncle de Nayir, ait voué sa vie à la science, et qu'il rejette, en les qualifiant d'« héritage regrettable », les superstitions qui étaient censées expliquer et traiter tous les maux en partant du principe que le malade était possédé par un djinn, il gardait cependant une conviction intacte : il croyait au mauvais œil.

Le mauvais œil était bien plus qu'un regard malveillant. Il pouvait provoquer toutes sortes de calamités, des affections anodines comme le hoquet, aux maladies mortelles telles qu'une embolie frappant subitement un homme jeune et en bonne santé. Comme Samir était chimiste et médecin, ses amis lui demandaient souvent conseil. Il notait tout et prenait soin de consigner les premiers symptômes de chaque maladie. De la même façon que les médecins finissent par être immunisés à force d'être constamment exposés aux microbes, Samir n'avait jamais été personnellement victime du mauvais œil, même s'il clamait que c'était en raison d'une protection efficace. Il portait une amulette de verre bleu sous sa chemise mais, surtout, il déjouait les regards menaçants par le recours systématique au signe cinq. Celui-ci pouvait prendre de multiples formes : se gratter le menton cinq fois, cligner les yeux à cinq reprises, se frotter le bras cinq fois de suite. À l'occasion, il protégeait même Nayir en lui administrant cinq petites tapes sur l'épaule, ou en répétant cinq fois son nom.

Nayir, quant à lui, n'avait jamais contracté cette habitude. Il méprisait en secret les comportements irrationnels ; ils ne faisaient généralement qu'attirer l'attention et susciter des réactions plus néfastes encore. Mais, tout au fond de lui, il était prêt à concéder que le mauvais œil n'était pas un mythe.

Il était assis dans le cabinet de travail de son oncle, du côté sous le vent d'un titanesque bureau de chêne, là où le ventilateur du plafond lui prodiguait sa fraîche caresse. Ils avaient dîné tardivement, et l'odeur musquée de l'agneau grillé s'accrochait encore à leurs robes. Il sentait le miswak au fond de sa poche lui meurtrir la cuisse, mais il ne le sortit pas, car il n'y avait nulle part où cracher les fibres dans la maison de son oncle. Il se contenta donc de promener son regard sur les murs, la mappemonde et les spécimens de *Bombyx mori* soigneusement encadrés et étiquetés. Sur sa droite se dressaient des étagères remplies de manuels de chimie de toutes tailles et de toutes formes, ayant pour seul point commun leurs thèmes vaguement surannés et une mince couche de poussière.

De l'autre côté du bureau, Samir fumait une pipe occidentale, un objet brun et trapu qu'un archéologue britannique lui avait offert en 1968. Il souffla un nuage de fumée en direction du ventilateur qui le renvoya vers Nayir, puis il tapota le tuyau de la pipe contre son nez orné de furoncles.

« Comment s'est passée cette promenade dans le désert ? s'enquit-il.

— Bien », répondit Nayir, puis ils retombèrent dans un de ces silences confortables et paisibles qu'ils partageaient souvent.

Nayir avait perdu ses parents dans un accident, quand il était encore bébé, et c'était Samir qui l'avait élevé. Il était le frère du père de Nayir, et le seul membre de la famille qui soit assez riche pour le prendre en charge. Samir avait bataillé contre l'administration pour conserver le privilège d'assurer son éducation. L'autre solution eût été de l'envoyer vivre en Palestine chez la sœur de Samir, Aïcha, qui avait déjà sept enfants, mais ni mari ni argent. Samir aimait rappeler à Nayir que la Palestine était un endroit terrible pour élever des enfants, et que, s'il avait grandi là-bas, il serait probablement mort aujourd'hui, ou en train de croupir dans une prison israélienne.

À la fois chimiste et paléontologiste, Samir s'était trouvé un créneau en collaborant avec les missions archéologiques dans tout le Moyen-Orient, son rôle consistant à analyser les artefacts et à apprendre aux archéologues à se servir des équipements de pointe. Nayir se souvenait de son enfance comme d'une succession de périodes de fouilles. Celles-ci duraient généralement des mois, et il manquait souvent l'école pour accompagner Samir dans le désert. Mais son oncle était toujours trop absorbé par son travail, et Nayir se voyait constamment livré à lui-même. Il était devenu un solitaire, mais aussi un aventurier car, dès son plus jeune âge, il s'esquivait en douce pour explorer seul les environs du campement.

Toutefois, malgré cette indépendance, ou peut-être par excès de celle-ci, son enfance lui avait laissé le désir ardent d'avoir une famille bien à lui, un désir qui perdurait à l'âge adulte et qui, il en était persuadé, ne serait jamais satisfait. Sa plus grande crainte était de ne jamais se marier. C'étaient les parents qui arrangeaient les mariages. Les parents avaient des frères et des sœurs qui avaient des enfants à marier. Ils organisaient ces visites compliquées au cours desquelles un homme rencontrait son épouse putative. Celle-ci était voilée, bien entendu, mais le prétendant avait au moins la possibilité d'étudier ses doigts et ses pieds – à moins qu'elle ne portât des bas et des gants – et d'extrapoler à partir de ces maigres indices. (L'examen attentif du visage du frère de la jeune fille fournissait souvent un meilleur aperçu.) Samir ne pouvait rien lui offrir de ce genre ; il ne connaissait pas de cousines à marier, pas en Arabie Saoudite en tout cas, et même si cela avait été le cas, Samir estimait qu'un homme devait « vivre sa vie » avant de se caser.

Nayir lui faisait souvent remarquer que le Coran encourageait le mariage, en faisait même un impératif, car il disait : « Épousez celles qui parmi vous sont célibataires. » Mais Samir lui répondait invariablement par un autre verset : « Que ceux qui n'ont pas de quoi se marier restent chastes jusqu'à ce qu'Allah dans Sa grâce leur donne les moyens de le faire. » Et à cela, Nayir ne trouvait rien à répliquer.

Il avait parfois le sentiment que ce qui lui avait manqué le plus dans son enfance, c'était une présence féminine. Une mère, une tante, ou même une sœur. Samir avait en son temps connu une femme ou deux, des étrangères qui ne trouvaient pas indécent de se lier avec un homme qui ne faisait pas partie de leur famille, mais ces relations avaient été de courte durée. Sur les sites des fouilles archéologiques, les équipes étaient presque exclusivement masculines ; il était rare de rencontrer une femme dans le désert, encore plus rare même qu'à Djeddah. Nayir disait parfois à ses amis en manière de plaisanterie qu'il ne connaissait des femmes que ce qu'il avait pu glaner de la rumeur publique, du Coran et des cassettes de séries télévisées introduites en contrebande : *Happy Days*, *Columbo* et *WKRP in Cincinnati*. Cela les faisait rire, mais c'était la triste vérité, et Nayir éprouvait souvent la déprimante impression que le monde des femmes lui resterait à jamais fermé.

C'était Samir qui l'avait aidé à se lancer dans le métier de guide, en le faisant engager par les Shrawi. Il les avait connus par l'entremise de ses relations professionnelles, car la famille finançait généreusement ses recherches archéologiques. Rapidement, d'autres familles avaient fait appel aux services de Nayir, et il exerçait désormais cette profession à plein temps, escortant touristes et riches Saoudiens d'un bout à l'autre du pays. C'était un métier qui le satisfaisait, car il lui donnait le sentiment d'être intégré à une communauté. Samir estimait que c'était un arrangement pratique sur le plan financier, puisqu'il permettait à Nayir de mener une existence confortable, même s'il avait choisi de vivre sur un bateau.

Ce matin, Nayir lui avait apporté des échantillons prélevés sur le corps de Nouf, dans l'espoir qu'il pourrait les analyser dans son laboratoire en sous-sol.

Il rompit le silence en toussant discrètement.

« Ainsi, tu penses que la jeune Shrawi n'a pas fugué ? »

Ils avaient déjà évoqué l'affaire au cours du repas, mais très brièvement.

« C'est extrêmement troublant, répondit Nayir. Tous les indices tendent à démontrer qu'elle a été enlevée. Elle a reçu un coup sur la tête. Sa famille pense qu'elle a assommé la fille du gardien de chameaux pour s'emparer d'une bête, mais j'ai aperçu la fille en question... »

Il appuya un doigt contre sa joue pour réprimer un brusque tressaillement.

« Elle est aussi grande que moi et peut-être aussi forte, alors que Nouf était petite. Et comment aurait-elle pu partir toute seule au volant d'un pick-up ? Elle a dû emprunter tout un réseau d'autoroutes pour atteindre le désert. Elle savait piloter un scooter des mers, mais un pick-up ? Franchement..., acheva-t-il en secouant la tête.

— A-t-on retrouvé ce pick-up ?

— Non, pas encore. Et puis, il y a le chameau. Elle ne s'en serait jamais séparée volontairement ; il représentait la différence entre la vie et la mort. Non, soupira-t-il, je pense qu'elle a été enlevée et qu'on a volé le chameau simultanément, pour faire croire à une fugue. Le ravisseur l'a jetée dans le wadi après l'avoir frappée, et la bête s'est enfuie.

— Et ensuite ?

— Ensuite, le ravisseur serait rentré à Djeddah ? Je ne sais pas. J'ai découvert sur la patte du chameau le signe contre le mauvais œil. Il datait d'environ une semaine, peut-être moins. Il se peut que Nouf ait tracé ces lignes elle-même quand elle était dans le désert, mais cela signifierait qu'elle n'était pas seule. Elle l'a fait pour se protéger, et ces cinq traits ne protègent pas du soleil ni des dangers du désert, seulement de l'œil humain.

— Ce n'est pas tout à fait exact, rétorqua Samir. Récite-moi les deux sourates du Refuge. »

Nayir soupira. Du plus loin qu'il s'en souvenait, Samir lui avait toujours demandé de réciter les deux dernières sourates du Coran dans les situations difficiles.

« Pas la peine, répondit-il, je les connais par cœur. »

Sans tenir compte de cette remarque, Samir se mit à psalmodier :

« Je cherche refuge auprès du Seigneur de l'Aube contre les maléfices des créatures ; contre les maléfices des Ténèbres qui descendent ; contre les maléfices de ceux qui pratiquent les Arts secrets ; et contre les maléfices du jaloux qui pratique l'envie. Écoute bien ceci : *des maléfices des Ténèbres qui descendent.* »

Ignorant le soupir agacé de Nayir, il reprit :

« Je cherche refuge auprès du Seigneur protecteur et gouverneur de l'Humanité, le Juge de l'Humanité, contre les maléfices de celui qui chuchote des paroles malignes et qui disparaît, celui qui inspire le mal dans le cœur des humains, qu'il soit un djinn ou un homme.

Et les djinns peuvent prendre des formes autres qu'humaines. Rappelle-toi, ce sont des forces invisibles du mal. »

Nayir réprima un mouvement d'exaspération. Ces deux sourates étaient effectivement très belles ; elles représentaient également le seul moyen authentique d'écarter le mauvais œil, car c'étaient les uniques formules qui invoquaient directement l'aide d'Allah.

« Alors, pourquoi Nouf n'a-t-elle pas simplement récité ces sourates ? demanda-t-il à son oncle. Et d'ailleurs, pourquoi utiliser un symbole ou une amulette alors que ces formules sont toujours à notre disposition ? »

Samir soupira et se renfonça dans son siège, ce qui indiquait généralement, dans son langage corporel, qu'il allait se lancer dans un long exposé. Nayir prit les devants.

« La version abrégée, s'il te plaît.

— Entendu, acquiesça son aîné avec un petit rire. La plupart des symboles de protection reposent sur le chiffre cinq. Cinq doigts. Cinq mots. Certains récitent même les deux sourates cinq fois de suite.

— Je sais, rétorqua Nayir en agitant la main. Il y a les cinq piliers de l'islam, les cinq prières quotidiennes...

— La Kaaba parfaite qui se trouve au ciel est faite de pierres qui proviennent des cinq monts sacrés : Sinaï, al-Judi, Hira, le mont des Oliviers et le mont Liban », enchaîna Samir.

Il semblait disposé à lui fournir une liste complète d'exemples du même type ou, tout au moins, à l'arrondir à cinq, mais Nayir était à bout de patience.

« Très bien, dit-il sèchement. Je connais le sens magique attribué à ce chiffre. Tu n'as toujours pas répondu à ma question.

— On ne peut murmurer cette prière qu'à un moment défini, alors qu'on peut porter constamment sur soi un symbole visuel qui nous protège en toutes circonstances.

— Allah ne s'en charge-t-il pas ?

— Certes. Mais les symboles sont un moyen de se rassurer. Alors, peut-être la petite Shrawi cherchait-elle un réconfort. Peut-être était-elle effrayée. Il est même possible qu'elle ait voulu se protéger contre un œil humain. Je crois que la question que tu devrais plutôt te poser, c'est : qui était avec elle dans le désert ?

— Un étranger, quelqu'un qui ne faisait pas partie de sa famille. Ce qui signifierait qu'elle se trouvait en compagnie d'une personne dont elle se méfiait, ou à qui elle n'était pas sûre de pouvoir se fier. Elle devait forcément avoir un minimum de confiance en cet inconnu, pour le suivre dans le désert, mais ne savait pas si cette confiance était justifiée. Elle a tracé ces cinq lignes à titre de précaution.

— Donc, elle n'a pas été enlevée, conclut Samir.

— Je ne sais plus.

— Pourquoi l'aurait-on enlevée ? Il n'y a pas eu de demande de rançon.

— Peut-être pour s'assurer de son silence. Elle était enceinte.

— Cette volonté de la famille de vouloir dissimuler les circonstances de la mort ne te paraît-elle pas suspecte ?

— Les Shrawi veulent régler cette affaire eux-mêmes. En cela, ils ne sont pas différents des autres familles riches. Cela ne fait pas nécessairement d'eux des coupables.

— Mais tu dois tenir compte du fait qu'une jeune fille du rang de Nouf n'a pu fréquenter d'autres hommes que ses frères.

— Ne sois pas grotesque ! s'emporta Nayir en se renfrognant. Tu connais ses frères. Ils ne feraient pas une chose pareille.

— Tu les défends comme si tu craignais qu'ils soient coupables. »

Cette affirmation ne fit que hérisser Nayir davantage. Bien sûr qu'il le craignait ! Celui qui avait volé le chameau devait être un familier du domaine, pour se glisser dans l'écurie en l'absence du chamelier. Mais où était la logique là-dedans ? Il aurait été plus judicieux de profiter d'un moment où la fille du domestique ne serait pas là. Maîtriser ce dernier aurait été beaucoup plus facile : le vieillard était faible et presque aveugle, il aurait été incapable d'identifier son agresseur, sauf, évidemment, s'il le connaissait bien.

Le visage de Samir s'était durci sous l'effet de la rebuffade, mais il reprit bien vite une expression patiente.

« Je connais les Shrawi depuis des années, et tu as raison : ils ne feraient pas une telle chose. Pourtant, mon raisonnement se tient : une femme comme Nouf, issue d'une bonne famille, ne pouvait connaître d'autres hommes que ses frères. »

Nayir contempla son oncle et son éternelle pipe, sa couronne de cheveux gris et ses diplômes accrochés au mur derrière lui. Un halo de fumée flottait au-dessus de la scène. Il ne put s'empêcher de penser qu'il était encore un petit garçon recevant l'enseignement d'un vieux sage.

« Si nous allions examiner ces échantillons, à présent ? » dit-il d'un ton impatienté.

Les coins de la bouche de Samir se relevèrent imperceptiblement. Il reposa sa pipe sur son socle et se leva, en vacillant légèrement. Sans le rempart de son bureau, il paraissait soudain frêle. Posant sur son neveu un regard pensif, il répondit :

« Je me réjouis de te voir occuper ton temps de manière productive. »

Nayir se mordit la langue.

Le sous-sol était un lieu faiblement éclairé, au plafond bas, aux murs de pierre noircis. Ces derniers temps, Samir passait la plus grande partie de ses journées dans cette pièce froide et isolée, pour y effectuer des recherches dans une obscure branche de la chimie à laquelle Nayir ne s'était jamais donné la peine d'essayer de s'intéresser. Le laboratoire était un bizarre assemblage d'ancien et de neuf : un spectromètre de masse à côté d'une étagère de bouquins moisis, des rangées d'éprouvettes stériles et de pipettes près d'une chaudière d'alambic en fer qui aurait pu être une relique de l'Empire ottoman. Au-dessus de ce fatras était accrochée une affiche décolorée représentant Jérusalem la nuit, tout illuminée.

C'était ici que Samir avait analysé, au cours de l'après-midi, les échantillons apportés par Nayir. Des prélèvements effectués sur le corps de Nouf, comme les traces de boue sur son poignet, le sable et autres substances trouvés sur

148

sa peau et dans la plaie à sa tempe, qui lui avaient été remis par Benson & Hedges qui les avait lui-même reçus d'Othman, lequel les tenait apparemment de Mlle Hijazi.

« Ces échantillons sont intéressants, déclara Samir en tendant à Nayir une sortie papier, que celui-ci reposa aussitôt sur la table.

— Explique-moi plutôt ce que ça signifie.

— Le premier prélèvement contient de la terre.

— Oui, merci.

— *Et* du fumier, ajouta Samir en posant sur lui un regard pensif. L'échantillon a été contaminé par du sang et du sable, mais le fumier reste le fumier. »

C'était donc la nature de cette trace brune sur le bras de Nouf ? se dit Nayir, avant de s'enquérir :

« Peux-tu dire si ces déjections proviennent d'un chameau ?

— Seulement si ce chameau a mangé des *Apocinaceae*. Dans le purin, j'ai trouvé des traces de glycosides cardiotoniques, d'acide prussique et de rutoside, les poisons actifs contenus dans la plante nommée *Nerium oleander*, plus communément appelée laurier-rose.

— Quoi ?

— C'est un arbuste à fleurs qui ne pousse pas ordinairement à Djeddah, mais je suis sûr qu'on peut en trouver ici et là.

— Je sais ce que c'est. Cela me surprend, c'est tout.

— Ah. Ma foi, c'est une plante qui n'a pas besoin de beaucoup d'eau. Elle est robuste ; elle aime le soleil et le sable, mais on n'en rencontre probablement pas dans le désert. »

Prenant un manuel sur l'étagère, il le feuilleta rapidement et reprit :

« Regarde, voici le laurier-rose. »

Poliment, Nayir jeta un coup d'œil au croquis en noir et blanc.

« Donc, l'animal, quel qu'il soit, qui a mangé cette plante l'a sans doute trouvée à Djeddah.

— Oui. Dans un endroit au sol sableux et peu irrigué.

— Voilà qui devrait limiter notre champ de recherches. »

Samir n'appréciait pas ce genre de remarque sarcastique, et il se renfrogna.

« C'est une plante vénéneuse, extrêmement toxique. »

Nayir enregistra cette information avec un intérêt modéré.

« Le deuxième échantillon nous en apprendra peut-être plus, poursuivit Samir. J'ai examiné le sable trouvé dans la blessure. C'est un sable à gros grains, presque comme du gravier, d'une couleur orange foncé.

— Je n'en ai pas vu dans le wadi. Était-il très foncé ?

— Ma foi, je ne dispose que d'un tout petit échantillon, mais il est plus sombre que le sable ne l'est d'habitude. Il contenait également des traces d'argile.

— Donc, un mélange de sable et de terre ?

— On le dirait. »

L'une après l'autre, Samir éteignit ses machines et, au passage, collecta différents objets pour les donner à Nayir : une boîte de gants en plastique, des lames de verre stériles, des sacs et des récipients en plastique.

« Tu en auras besoin, dit-il en les empilant dans les bras de Nayir. Il reste du travail à faire.

— Merci, répondit ce dernier en regardant d'un air effaré son oncle lui remplir les poches de toutes sortes de choses. Merci, ça suffit. Je n'ai pas vraiment besoin de tout ça.

— À quoi penses-tu ? s'enquit son oncle en le dévisageant.

— Quel animal irait manger une plante vénéneuse ?

— Il devait s'agir d'un acte de désespoir », répondit Samir, après un instant de réflexion.

9

Le lendemain matin, en se réveillant dans la cabine de son bateau, le *Fatima*, Nayir fit de son mieux pour oublier son rêve de la nuit. Il avait encore rêvé de Fatima ; il ne l'avait pas revue depuis près de quatre ans, pourtant les rêves étaient plus vivaces à chaque fois. Elle était la seule femme qu'il eût jamais courtisée.

C'était son ami Bilal, compagnon de ses expéditions dans le désert, qui la lui avait présentée, en expliquant que Fatima était le genre de femme qui tenait à choisir son mari elle-même. Nayir avait hésité à la rencontrer, mais c'était la cousine de Bilal, et celui-ci lui avait affirmé que c'était une bonne musulmane. Dès le premier instant, Nayir avait su qu'il disait vrai. Fatima vivait modestement, dans un deux-pièces qu'elle partageait avec sa mère. Elle accomplissait le Hadj tous les ans, et réglait son emploi du temps en fonction des prières quotidiennes. Son tempérament calme et le petit rire nerveux avec lequel elle avait salué ses plaisanteries lui avaient donné l'impression que c'était une jeune fille convenable et pudique.

Ils avaient passé quelques semaines à faire connaissance. Ils se rencontraient chez elle, dans son salon, une pièce fraîche et tranquille surplombant une cour. Sur la table basse trônait un magnifique exemplaire du Coran à reliure de cuir, ouvert chaque jour à une sourate différente. Même si la présence de la mère de Fatima était quelque peu éprouvante pour ses nerfs, Nayir se félicitait néanmoins que la jeune fille fût dûment chaperonnée ; ces visites lui semblaient ainsi moins inconvenantes. Mais, à mesure qu'il apprenait à connaître Fatima, et constatait à quel point elle était vertueuse, la présence maternelle lui paraissait de plus en plus superflue. La jeune fille aimait débattre des points les plus subtils de l'interprétation de l'islam ; par exemple, le voile devait-il couvrir le visage ou seulement les cheveux ? Elle citait abondamment le Coran sans jamais toucher le livre. Un jour, elle avait récité les quatre pages de la sourate An-nur traitant du voile : « Les croyantes, y était-il écrit, devraient dissimuler leur poitrine sous le voile et ne montrer leur beauté qu'à leur époux... » Fatima pensait que se couvrir la poitrine était une prescription à prendre au pied de la lettre, mais que le reste était laissé à l'interprétation de chacun. Elle se couvrait la tête, disait-elle, parce qu'elle estimait que c'était plus convenable ; elle avait ajouté en riant que son visage n'était pas assez joli pour troubler les hommes, et qu'elle le voilait pour éviter de les effrayer. Nayir avait accueilli cette boutade d'un sourire, bien qu'il fût d'un avis contraire. Le visage de Fatima n'était pas d'une beauté éblouissante, mais il l'attirait néanmoins, et lui semblait plus séduisant de jour en jour. Elle était deux fois plus petite que lui et, d'après ce qu'il pouvait deviner à travers le manteau noir qu'elle ne quittait jamais, possédait des formes voluptueuses.

Ils se voyaient de plus en plus souvent, et jusqu'à deux fois dans la même journée. Pour lui, cette relation tenait du miracle : la première femme qu'il fréquentait, et en même temps la plus parfaite d'entre toutes. Au bout de trois mois, il ne pouvait plus se passer d'elle. Elle rencontrait d'autres hommes, cependant, et un beau jour, elle lui annonça qu'elle avait choisi son futur époux – un médecin.

Il avait reçu la nouvelle avec un flegme surprenant. En sortant de chez elle, il s'était immobilisé sur la chaussée, avait levé les yeux vers la fenêtre aux volets clos et pris conscience qu'il ne reviendrait jamais. Elle allait devenir l'épouse d'un autre. Il aurait aimé garder un lien quelconque avec elle, un lien d'amitié, mais c'eût été contraire à la bienséance. Bizarrement, il avait été fier de lui : il avait eu le sentiment de pouvoir traverser les moments difficiles en faisant appel à sa seule raison. Dans les semaines qui avaient suivi, il avait passé de longues heures en prière, et s'était dit que la volonté d'Allah était peut-être de le vouer à la solitude, afin qu'il pût atteindre un but plus élevé – lequel, il l'ignorait, mais il gardait la foi.

Le chagrin était venu progressivement, à mesure que les années avaient passé. Il avait commencé à penser à elle avec une tristesse toujours plus grande, la blessure s'ouvrant davantage chaque fois. Il s'était mis à rêver d'elle de plus en plus fréquemment. Elle lui apparaissait telle qu'il l'avait vue si souvent dans son salon : curieuse et douce, drapée dans son abaya, le Coran ouvert sur la table en face d'elle. Parfois, elle avait des relations sexuelles avec d'autres visiteurs, sous les yeux de Nayir. Elle se déshabillait devant eux, les provoquait. Il avait envie d'elle et il essayait de la prendre, la serrant dans ses bras, pleurant, l'implorant de se tourner vers lui, mais elle demeurait inflexible. Les autres hommes se moquaient de lui. Ces rêves étaient si réalistes qu'ils lui laissaient l'impression d'avoir vraiment rendu visite à Fatima au cours de la nuit, sous la forme d'un incube. À son réveil, il était empli de dégoût pour ses désirs charnels et, par la suite, pour s'être laissé ridiculiser de la sorte.

À présent, oscillant doucement au rythme du courant, il examinait la minuscule penderie qui contenait toute sa garde-robe. La plupart des vêtements gisaient en tas sur le sol, mais quelques-uns étaient encore sur leurs cintres, et, parmi eux, le costume marron qu'il avait souvent porté pour aller voir Fatima. Il le décrocha et repensa à son rêve en essayant de chasser la honte qu'il suscitait en lui. Le Coran disait que le corps était le vêtement de l'âme ; il était bon et pur, pourvu de défauts superbes. L'homme ne péchait jamais que par excès, et c'était là une chose qu'on ne pouvait certainement pas lui reprocher, sauf à considérer sa chasteté excessive.

Il renifla le costume : celui-ci sentait le moisi, sans aucun effluve de l'encens que Fatima faisait parfois brûler dans son salon. Au fond des poches, il trouva un miswak, un double de la clé du bateau, et son vieux *misyar* dont la vue l'emplit de nostalgie. C'était un faux certificat de mariage, sur lequel les noms des époux avaient été laissés en blanc, un document censé protéger les couples non mariés pris en flagrant délit par la police. La loi n'était pas tendre envers les amants illégitimes. Le châtiment encouru pour avoir eu des relations sexuelles hors mariage, ou même pour être surpris en compagnie d'une femme non mariée, n'était rien de moins que l'arrestation, la mise en accusation pour prostitution et outrage à la pudeur, le procès sans l'assistance d'aucun avocat et, si l'on était déclaré coupable, la décapitation publique. Bien sûr, les risques d'une incursion de la police dans l'appartement de Fatima étaient pratiquement nuls, mais il avait toujours rêvé de l'emmener quelque part, dans le désert peut-être, ou sur une plage tranquille. Et c'était en prévision d'une telle escapade qu'il avait acheté le misyar.

157

Le document paraissait bien piteux à présent, tout chiffonné et taché de sueur, marqué de plis d'usure. Dans la case « époux », il avait inscrit autrefois « Nayir ibn Suleiman ash-Sharqui » de sa plus belle écriture, mais la case « épouse » était restée vide depuis qu'il avait acheté le papier, quatre ans auparavant, à un cheikh égyptien qui faisait également office de boucher dans la vieille ville.

Combien de fois avait-il failli écrire le nom de Fatima dans cette case ? Avait-il jamais eu une chance de l'épouser ? Il devait être fou, à l'époque, pour avoir fait aveuglément confiance à cette femme. Mais il se rappelait encore, avec une acuité douloureuse, la fraîcheur qui régnait dans son salon. C'était d'ailleurs la raison pour laquelle il avait acheté cette veste : quelle que fût la température extérieure, la pièce était toujours froide, comme si son occupante ne vivait pas vraiment dans ce monde étouffant où tout le reste fanait et dépérissait.

Il avait passé la soirée précédente à penser à Nouf. Maintenant que sa collaboration avec le détective privé avait pris fin, il n'avait plus aucune raison d'enquêter sur la mort de la jeune fille, mais il voulait obtenir des réponses aux questions qui l'obsédaient : pourquoi était-elle morte si près du campement des Shrawi ? Si elle était venue jusque-là dans le pick-up, pourquoi le véhicule n'avait-il pas été retrouvé ? Et où exactement avait-on découvert le chameau ? Pourquoi Othman pensait-il que la bête avait été traumatisée ? Chaque question qu'il se posait au sujet d'Othman semblait en engendrer une douzaine d'autres : ses frères faisaient-ils pression sur lui afin qu'il se taise ? Cachait-il quelque chose, même à sa propre famille ? Ou ne faisait-il pas confiance à Nayir ?

Brusquement, son téléphone portable se mit à sonner, et, dérangé en pleine réflexion, il fixa longuement l'appareil avant de répondre.

« Qu'as-tu fait à mon détective ? s'enquit Othman en guise de salutation, d'une voix où perçait l'amusement. Il est sorti de l'hôpital et il est passé me voir ce matin pour me donner sa démission. J'ai essayé de l'en dissuader, mais il n'a rien voulu entendre.

— Quelle tête de mule !

— J'aurais aimé qu'il montre la même obstination dans son enquête. Que fais-tu en ce moment ?

— Oh... Je contemplais ma garde-robe.

— Je suis libre toute la matinée. Mes rendez-vous ont été annulés, mais je dois acheter des vêtements pour le trousseau de ma fiancée. Des vestes, le croirais-tu ? De nos jours, elles veulent des vestes. »

Nayir était trop gêné pour avouer qu'il avait entendu parler de cette nouvelle mode.

« Ces vestes sont-elles accompagnées d'un manuel expliquant comment soigner les coups de chaleur ? »

Othman se mit à rire, puis reprit :

159

« Et il ne leur en faut pas seulement une, mais plusieurs. Je crois qu'elles s'accompagnent en fait d'une promesse de voyage vers des climats plus froids.

— Ah.

— À vrai dire, j'aurais grand besoin d'une veste moi-même. Je ne retrouve plus la parka que je porte d'habitude dans le désert. »

Nayir inspecta de nouveau sa penderie, en se demandant où était passé l'anorak que Samir lui avait offert pour un de ses anniversaires. Il l'avait trimballé une fois dans le désert, mais il n'avait pas fait assez froid pour qu'il le mette, et il ne l'avait pas revu depuis.

« Je connais une boutique spécialisée, déclara-t-il. Il y en a une à Haraj al-Sawarikh, mais la meilleure est située dans le quartier sud.

— Tu connais une boutique de vêtements ? s'exclama Othman d'un ton narquois. Je n'aurais jamais cru ça de toi. »

Nayir émit un petit rire embarrassé. Porter un manteau ou une veste par cette chaleur sous-entendait manifestement qu'on ne portait rien d'autre en dessous.

« Alors, on se retrouve à la marina dans une heure ? demanda Othman.

— Entendu, répondit Nayir, après une brève hésitation. Cela devrait me laisser le temps d'accomplir mes prières du matin. »

Après avoir éteint son portable, il se demanda s'il avait eu raison d'accepter. Au téléphone, il était facile de faire comme si tout était normal, mais c'était plus difficile quand on avait quelqu'un en face de soi. Il s'approcha de la penderie, décrocha le costume marron et le tint à bout de bras. C'était un vêtement hideux, tout fané et poussiéreux. Un des ourlets était déchiré, si bien que, même s'il ne lui avait pas rappelé Fatima, il était trop usé et démodé pour servir de nouveau. Il le fourra dans la poubelle et passa dans la salle de bains.

La boutique se trouvait en lisière de la ville, à l'intérieur d'un souk où l'on vendait des CD, des cassettes, des épingles à cheveux et des lunettes de soleil. Nayir s'était toujours dit qu'il devait y avoir un lien entre ces différents articles, mais n'avait jamais réussi à trouver lequel. Le lieu était délimité par de hauts piquets réunis au moyen d'une guirlande d'ampoules vertes et d'un cordon à pompons rouges. Une enseigne au néon, allumée même en plein jour, donnait une bonne idée de l'ensemble : *Le Bazar Royal. Nous avons toujours de la monnaie.*

Ils étaient venus dans la voiture d'Othman, une Porsche gris métallisé. Sur le plan esthétique, Nayir adorait l'engin, mais il était de dimensions trop réduites pour sa haute taille et il se cognait les genoux contre le tableau de bord. Ils étaient demeurés silencieux pendant la plus grande partie du trajet. À la marina, Nayir avait montré à son ami la chaussure de marche trouvée dans le wadi, et Othman l'avait reconnue sans hésitation. Cette confirmation avait eu pour effet de les plonger tous deux dans la morosité.

Othman tourna sur le parking non bitumé, en faisant gicler le gravier et la poussière sous ses pneus, jusqu'à ce qu'il ait trouvé une place à l'ombre d'un SUV. En s'extrayant à grand-peine de la voiture, Nayir songea qu'il devait ressembler à un crustacé émergeant de sa carapace.

Comme ils se dirigeaient vers l'entrée du souk, l'appel à la prière résonna dans l'air. Ils s'immobilisèrent en même temps et échangèrent un regard. Par décret royal, tous les magasins devaient fermer le temps que celle-ci durerait, et tout contrevenant était châtié et renvoyé aux Philippines, à Singapour ou en Palestine, et se voyait retirer à jamais tous ses permis et visas.

« Tu veux prier ? demanda Othman.

— Je viens de le faire.

— Moi aussi. »

Ils se réfugièrent sous un kiosque en bois où, s'il avait été ouvert, ils auraient pu acheter deux sodas à l'orange bien glacés, mais qui, en la circonstance, ne leur offrait qu'un triangle d'ombre. Ils attendirent en silence, la chaleur les submergeant par vagues. Nayir aurait aimé trouver une plaisanterie pour détendre l'atmosphère, mais il savait qu'Othman n'appréciait pas les propos oiseux, étant lui-même obligé de s'y prêter constamment. Il avait un jour dit à Nayir, lors d'une de leurs balades, qu'il aimait le désert parce que le silence y paraissait justifié.

« Le détective privé m'a raconté que vous n'aviez pas découvert grand-chose dans le wadi », déclara enfin Othman.

Nayir fut soulagé qu'il se décide à aborder le sujet. Il lui fit part des conclusions de Samir, selon lesquelles le sable du wadi ne correspondait pas au sable trouvé dans la blessure de Nouf.

« Dans ce cas, qu'est-il arrivé, selon toi ? s'enquit Othman, l'air brusquement agité.

— Si seulement je le savais !

— Il faut que j'interroge de nouveau le garde du corps de Nouf. J'ai déjà essayé, mais je n'ai rien pu en tirer. Il s'en tient à son histoire, pourtant je suis sûr qu'il en sait davantage qu'il n'en dit.

— Et quelle est cette histoire ?

— Nouf lui a téléphoné pour lui dire qu'elle n'avait pas besoin de lui, le jour où elle a disparu. Il n'a rien vu. Nous ne nous entendons pas, lui et moi. Nous ne nous sommes jamais entendus, même quand nous étions enfants. Peut-être serait-il plus loquace avec quelqu'un d'autre.

— Je me ferais un plaisir de converser avec lui », proposa Nayir.

Malgré lui, il était ravi que Suhail se soit révélé une telle mauviette, et qu'Othman fasse une nouvelle fois appel à lui. Les doutes qui le rongeaient commencèrent à se dissiper.

« Tu nous as déjà beaucoup aidés, répondit son ami.

— Il n'y a pas de problème. Je sais que tu veux découvrir la vérité. À propos, le chameau que j'ai vu dans les écuries n'était pas le moins du monde traumatisé.

— Oh ! fit Othman, l'air surpris. En fait, je ne l'ai pas vu moi-même, c'est l'un des domestiques qui m'a raconté ça. As-tu trouvé autre chose dans le désert ?

— L'endroit où l'on a découvert le corps m'était familier, reprit Nayir, après une hésitation. C'était le campement que nous avions choisi il y a quelques mois. »

Un long et pesant silence suivit cette révélation.

« Notre campement ? répéta Othman finalement. Près du gros rocher ?

— Oui. Celui-là même.

— En es-tu certain ?

— Absolument. »

Nayir observa attentivement le visage de son interlocuteur et fut soulagé de voir s'y peindre le désarroi le plus total. Visiblement, Othman n'avait pas la moindre idée de la façon dont une telle coïncidence avait pu se produire.

« En réalité, ce n'est pas là que le corps a été retrouvé », poursuivit-il.

Il expliqua ensuite que, bien qu'ils n'aient relevé aucun indice sur le site même du campement, il supposait que Nouf était morte tout près et que la crue avait emporté le corps jusqu'à l'endroit que les Bédouins avaient indiqué sur la carte.

Le regard rivé au sol, Othman demanda :

« Tu n'aurais pas retrouvé ma parka, par hasard ?

— Ta parka ?

— Tu sais bien, celle que j'emporte toujours dans le désert. Elle a disparu. Je n'y avais pas attaché d'importance jusqu'à maintenant, mais les cartes que j'avais utilisées au cours de notre dernière expédition étaient restées dans les poches, ainsi que mon GPS portable, des tablettes de sel et tout un attirail. Peut-être Nouf l'avait-elle prise. Ça expliquerait comment elle s'est retrouvée là-bas, ou à proximité de notre dernier campement. »

Nayir croisa les bras. Il était possible que Nouf eût volé le vêtement, mais la personne la plus susceptible de s'en être servie était Othman lui-même. Qui d'autre connaissait son existence ? Nouf avait-elle l'habitude de fouiller dans l'armoire de son frère ? Savait-elle qu'il avait toutes ces cartes en sa possession ? Par une regrettable ironie, en voulant faire preuve de franchise, Othman avait réussi à paraître encore plus suspect.

Allah, pardonne-moi ma méfiance, implora Nayir en silence, avant de s'enquérir :

« Depuis combien de temps cette parka a-t-elle disparu ?

— Je ne m'en suis aperçu qu'hier.

— Qui connaissait son existence ?

165

— Beaucoup de gens m'ont vu la porter, mais qui pouvait savoir ce que je conservais dans mes poches ? Je n'en ai pas la moindre idée. »

La prière se termina enfin et, se glissant sous une guirlande de lampions, ils pénétrèrent dans le bazar, pour se retrouver sous l'éclairage fluorescent d'une boutique de jouets, la seule du lieu, qui vendait des serviettes de plage à l'effigie des personnages de *La Guerre des étoiles*, des ballons GI Joe et des parapluies Barbie par caisses entières. En coupant vers la gauche, ils passèrent devant une rangée de colporteurs qui proposaient des enregistrements piratés d'Oum Kalsoum. Nayir promena un regard effaré autour de lui quand ils arrivèrent dans le secteur de l'habillement.

Des dizaines de stands de manteaux et d'anoraks s'offraient à leur vue. Othman s'esclaffa.

« Je n'arriverai jamais à m'habituer à ce spectacle. »

Nayir était obligé d'en convenir : acheter des vêtements chauds dans un tel climat était un peu étrange. Les vendeurs ne semblaient toutefois pas avoir conscience de l'inutilité de leur profession, car ils l'exerçaient avec une passion qui n'avait d'égale que celle des installateurs de cheminées et de chauffage central, dans un autre marché, à l'autre bout de la ville. Les fourreurs exposaient des portants garnis de fourrures de zibeline, de vison, de lapin et de renard. Les trench-coats étaient toujours à la mode, de même que les manteaux imitation dalmatien, les cabans gris et noirs doublés d'un matelassage en fibre de verre, et les vestons de laine, dans des tailles allant de minuscule à démesurément grand. Tous les emplacements avaient la même superficie, face aux passants, les vestes alignées en rangs comme un troupeau d'éléphants dont les trompes se balanceraient au-dessus de l'allée.

De tous les stands, c'était celui des frères Qahtani que Nayir préférait. C'étaient eux qui avaient le plus grand choix d'articles. Ils ne se plaignaient jamais quand il essayait des vêtements et ne paraissaient pas lui en vouloir de ne jamais rien acheter, et de se contenter de fouiner dans les rayons tous les deux ou trois mois, en quête de l'intangible.

Comme ils approchaient du stand des Qahtani, une escouade de célibataires – de riches Saoudiens en robe blanche immaculée – s'abattit sur les rayons de prêt-à-porter féminin. Ils se déployèrent tels des soldats prenant d'assaut un champ de bataille, palpant les articles de leurs mains expertes et manucurées. Nayir les observa avec révulsion et se demanda s'ils venaient eux aussi acheter des vestes pour leurs fiancées. Voir Othman évoluer au milieu de cette foule le mettait mal à l'aise, parce qu'il avait exactement la même apparence et le même comportement. C'étaient tous des hypocrites, car chacun savait que ces projets de voyage, qui scellaient toute demande en mariage, étaient en fait complètement illusoires. Aucun de ces bouffons n'avait l'intention d'emmener sa nouvelle épouse où que ce soit, si on lui en laissait le choix. Qu'avait promis Othman à Mlle Hijazi ?

Nayir s'en alla de son côté, examinant distraitement les vêtements en essayant d'imaginer lequel pourrait convenir à sa future épouse. Le manteau en fourrure russe ? Trop voyant. Le blouson d'aviateur avec les écussons américains ? Envisager de pouvoir un jour emmener une femme en Amérique relevait du fantasme pur et simple. Non, jamais il n'offrirait de manteau à une femme. Si la sienne en possédait un, c'est qu'elle l'aurait acheté avec son propre argent.

« Bédouin ! » s'exclama Eissa, émergeant de derrière sa caisse enregistreuse pour venir le saluer. Son frère, Sha'aban, assis sur une chaise pliante derrière le comptoir, pointa la tête et lui adressa un sourire.

« Ça fait plaisir de te revoir, poursuivit Eissa. Tu n'étais pas venu depuis longtemps. Dis-moi, tu n'es pas ici parce que c'est la saison des mariages, n'est-ce pas ?

— Non ! répliqua Nayir avec un rire sec. Non, merci bien.

— Comment, tu ne veux pas te marier ? demanda Sha'aban, se levant à son tour. Et pourquoi donc ? »

Nayir haussa les épaules, et les deux frères échangèrent un regard.

« Mon épouse me rend fou, reprit Sha'aban, mais je ne pourrais pas vivre sans elle. Qui d'autre s'occuperait de moi ?

— Sha'aban, tu es un fainéant », déclara Eissa.

Se tournant vers Nayir, il expliqua :

« Il ne sait même pas se préparer son thé tout seul. Que pouvons-nous faire pour toi, mon frère ?

— Je suis venu avec un ami, qui souhaite acheter quelque chose pour sa fiancée.

— Eh bien, répondit Eissa en arquant les sourcils, pendant que tu attends, je vais te montrer nos nouveautés. »

Il se glissa derrière la caisse et sortit une housse de teinturerie en plastique, à travers laquelle Nayir aperçut le blouson le plus hideux qu'on puisse imaginer, un vêtement de cuir brut à taille cintrée, évasé vers le bas et bordé de glands. La broderie sur la poitrine lui rappela néanmoins quelque chose.

« Une authentique veste de cow-boy, expliqua Eissa. C'est ce qu'ils portent tous dans les ranchs. »

Voyant la mine dubitative de Nayir, Sha'aban administra une tape sur le bras de son frère.

« Je t'avais bien dit que c'était affreux.

— C'est faux ! protesta Eissa, soulevant le plastique pour montrer l'ourlet orné de glands d'un air enthousiaste. Regarde-moi cette qualité. J'en ai vendu une hier. Il n'y a que toi pour ne pas apprécier, Sha'aban.

— Je crois que ce n'est pas tout à fait ce que je cherche », glissa Nayir avec diplomatie.

Eissa posa la veste de cow-boy sur le comptoir et, montrant les portants d'un ample geste du bras, répondit :

« Dans ce cas, fais comme chez toi. »

Nayir reprit sa déambulation, s'arrêtant devant les anoraks, admirant les vestons de laine, et arrivant finalement aux trench-coats. L'un de ceux-ci en particulier attira son regard : beige, léger, de coupe classique.

Eissa s'en aperçut et, une main sur le ventre, commenta :

« Regarde, Sha'aban, l'imper de Columbo.

— C'est ça qu'il veut ?

— Quel nom as-tu dit ? s'enquit Nayir.

— Tu sais bien, Peter Falk, expliqua Eissa, brandissant un pistolet imaginaire. Bang, bang ! le détective privé. »

Il poursuivit sa démonstration pendant que Nayir enfilait le vêtement, puis poussa une exclamation admirative.

« Ouiii ! C'est tout à fait toi ! Cent pour cent viril ! »

Nayir s'approcha du miroir. L'imper lui allait parfaitement. Il enfonça la main dans la poche qui était doublée de satin, et contenait quelques grains de sable qui resteraient à jamais incrustés dans un coin, tout au fond. Il le boutonna, le déboutonna, releva le col et lissa le devant d'un revers de la main pour effacer les plis.

Othman surgit alors.

« Tu as fait un achat ? demanda-t-il avec un grand sourire.

— Euh, à vrai dire, ce n'est pas vraiment mon style, répondit Nayir en se détournant du miroir.

— Bien sûr que si ! répliqua Eissa, indigné. Qu'est-ce qu'il y a ? Tu as vraiment décidé de me contrarier, aujourd'hui ?

— C'est vrai, renchérit Sha'aban en agitant les mains. Columbo, c'est toi !

— Je ne sais pas…, murmura Nayir en faisant mine d'ôter le vêtement.

— Non ! protesta Eissa, en le rajustant sur ses épaules. Allons, cet imper est fait pour toi ! C'est tout à fait remarquable. Je n'y aurais pas pensé *a priori*, mais c'est toujours comme ça, il faut se laisser guider par ses goûts et non par ceux des autres. »

Fendant l'air de la main pour souligner ses paroles, il poursuivit :

« Ce vêtement t'était destiné. C'est ton domaine secret, ton Amérique ! Tu sais, je t'aurais plutôt vu en Armani, dans le style gangster chic, ou peut-être en pelisse à la moscovite, mais pas en Columbo. Pourtant, maintenant que j'ai contemplé cela de mes propres yeux, pour moi, c'est un *fait*. »

Eissa semblait sincère et Sha'aban approuva de la tête, comme subjugué lui aussi par cette évidence. Nayir les regarda tour à tour, surpris par cette démonstration inhabituelle d'enthousiasme.

« Je ne suis pas vraiment venu ici pour acheter...

— Très bien, reprit Eissa, l'air grave. Je sais que tu es un homme modeste, mais je te ferai un bon prix. »

Nayir ne répondit pas. C'était ridicule d'acheter un imper. Qu'était-ce, en fin de compte ? Une parure ostentatoire, et n'était-ce pas l'un des plus grands péchés qui soient de tirer vanité de ses vêtements ? Il ne pourrait pas le porter dans le désert. Ni en ville, sauf durant les deux ou trois jours par an où la température descendait en dessous de trente degrés, et où l'on avait vraiment l'impression d'avoir froid. De plus, c'était un vêtement de pluie, or, à Djeddah, il pleuvait une fois par an, pendant environ cinq minutes, quand on avait de la chance. Mais cet imper lui plaisait, il en avait envie. Par ailleurs, le Coran disait que les vêtements avaient été donnés à l'homme pour couvrir sa nudité, mais aussi pour se parer. Ce n'était pas un péché de vouloir se parer. *Ô, enfants d'Adam ! Portez vos beaux vêtements en tout temps et en tout lieu... mais gardez-vous de l'excès.*

Othman s'approcha de lui.

« C'est un vêtement simple et sans prétention. Je trouve qu'il te va bien. »

Hésitant, Nayir fit de nouveau face au miroir. Son ami avait raison ; l'imper n'avait rien de prétentieux.

Othman déposa ses propres emplettes sur le comptoir – une demi-douzaine de manteaux pour femme, allant du cuir à la fourrure. Nayir remarqua qu'il avait également pris une parka conçue pour les randonnées dans le désert. Othman lui montra les vêtements un par un, en faisant toutes sortes d'embarras.

« Sincèrement, je ne sais pas s'ils vont lui convenir. »

Nayir faillit lui demander s'il y attachait vraiment de l'importance, mais préféra s'abstenir. Les articles sélectionnés par son ami le stupéfiaient. S'il fallait y voir une indication de leurs projets de voyage, les jeunes mariés allaient sûrement passer leur lune de miel dans l'Antarctique.

« Alors, tu achètes l'imper de Columbo ? s'enquit Eissa, revenant à la charge.

— Oui, grommela Nayir. Pourquoi pas. »

Les frères lui en demandèrent cinquante riyals. Pendant qu'il attendait sa monnaie, il se sentit soudain stupide. Quelle idée d'acheter un imper ! Le soleil lui martelait le crâne, et il promena machinalement son regard alentour, cherchant la buvette la plus proche. Ce qu'il vit alors le vit blêmir d'effroi. Près du stand voisin se tenait une femme seule. Le devant de son long manteau largement ouvert laissait voir un corps nu et bien formé. Sa peau était d'un brun très clair, couleur caramel, et brillante de sueur sous la lueur des néons. Elle lui sourit et, la seconde d'après, disparut dans la cohue.

Nayir s'était figé et tentait de chasser cette vision au moyen d'une image nettement moins excitante – les yeux aveugles d'Um-Tahsin,

173

Samir rotant après le dîner –, mais il ne voyait que la femme, ses cuisses luisantes légèrement écartées, se caressant le bas-ventre de ses longs doigts fermes. Il regarda autour de lui, mais tout s'était passé trop vite et personne d'autre que lui ne semblait l'avoir vue. Ses joues le brûlaient, et il porta instinctivement une main à son entrejambe pour se dissimuler. S'il avait porté sa robe, il lui aurait suffi de se pencher légèrement pour éviter qu'on ne remarque son érection, mais avec ce maudit pantalon serré, il ne pouvait pas faire grand-chose.

« Qu'y a-t-il ? lui demanda Othman. Tu n'as pas l'air bien. »

Nayir se réfugia dans l'ombre, derrière la caisse enregistreuse et, montrant la foule, expliqua :

« Quelqu'un vient de s'exhiber devant moi.

— Un homme ? s'enquit son ami, horrifié.

— Non, une femme. »

En prononçant ces mots, il repensa à cet air suffisant qu'elle avait arboré, plein de vanité et de narcissisme, et eut envie d'appeler la police.

Sur le visage de son ami, l'horreur céda rapidement la place à l'amusement, et il se mit à pouffer.

« Désolé », bredouilla-t-il, en essayant vainement de se contenir.

Mais plus il faisait d'efforts, plus il devenait cramoisi, au point qu'Eissa et Sha'aban finirent par s'en apercevoir. Nayir se força à simuler un rire.

« Excuse-moi, reprit Othman, quand il eut retrouvé son souffle.

— Ce n'est rien. »

Ils remercièrent les commerçants et s'éloignèrent, se frayant difficilement un chemin dans la foule qui s'épaississait progressivement autour d'eux comme une crème fouettée. Le soleil était de plomb, et ils s'arrêtèrent à un kiosque pour acheter des sodas. Mais, le temps qu'ils décapsulent les canettes, les boissons étaient déjà tièdes. Replongeant dans la cohue, ils arrivèrent en vue de la boutique de jouets et franchirent la sortie sous la guirlande lumineuse. En débouchant dans le parking, la vision de la femme en train de se caresser s'imposa de nouveau à l'esprit de Nayir, déclenchant en lui un accès de colère encore plus violent que la première fois. Il n'arrivait pas à croire à ce qui s'était passé et, maintenant qu'ils étaient sur le point de partir, il regrettait de ne pas avoir appelé la police.

Tout aussi soudainement, l'image de Nouf lui apparut, Nouf sur la table d'autopsie, le drap remonté sur ses cuisses, et d'un seul coup sa colère se dissipa.

Othman semblait s'être calmé lui aussi.

« Ne le prends pas personnellement, dit-il. J'ai entendu dire que cela arrivait fréquemment.

— Tu parles de l'exhibitionniste ?

— Oui.

— Oh.

175

— Réfléchis, continua Othman en pinçant les lèvres. Tous ces gens en train d'essayer des manteaux... Quel meilleur camouflage pour se livrer à un acte de ce genre ?

— Ces femmes doivent choisir leurs victimes, s'emporta Nayir d'un ton plein de rancœur. Elles sont sûrement dotées d'un sixième sens qui leur permet de détecter l'homme qui sera le plus offensé par leur impudeur.

— Cela ne t'était jamais arrivé avant ?

— Non.

— Alors, elle t'a choisi au hasard, déclara Othman. Toutefois, c'est exact que, dès qu'on te voit, on a l'impression que tu es un homme vertueux.

— Ce n'est pas ce que je voulais dire, répliqua Nayir en lui lançant un regard sceptique.

— Frère, reprit Othman en souriant, loin de moi l'idée de te taxer d'orgueil ou de vanité. »

Nayir hocha la tête, gêné. Il continuait à se demander s'il avait d'une manière ou d'une autre incité l'exhibitionniste à passer à l'acte, si elle avait senti qu'il serait plus offusqué que la majorité des autres hommes, et qu'elle l'eût choisi comme proie pour cette raison précise. À moins que ce ne fût un signe ? Un avertissement lui signifiant qu'il était allé trop loin et qu'en achetant cet imper, il succombait au péché de vanité ?

Il médita là-dessus pendant tout le trajet de retour et, en guise d'antidote à sa honte croissante, murmura la prière que le Prophète récitait chaque fois qu'il enfilait un vêtement neuf :

176

Ô Allah, loué sois-Tu pour m'avoir revêtu. Je Te remercie pour le bien que me procure ce vêtement, et le bien pour lequel il a été fabriqué, et je Te prie de me protéger du mal qu'il peut me faire et du mal pour lequel il a été fabriqué. Allah soit loué.

Il répéta la prière, car, plus il le regardait, plus il aimait cet imper.

10

Cet après-midi-là, Nayir roula jusqu'au Kilomètre 7 et se gara dans la rue qu'Othman lui
avait indiquée. Celle-ci était pratiquement
déserte, et le soleil martelait la chaussée non
goudronnée, se reflétant sur les vitres des
immeubles et créant cette sorte de lumière qui
permettait de voir à travers des paupières
closes. À l'angle, des femmes soudanaises,
assises sur des nattes, vendaient des graines de
citrouille dans de minuscules sachets de plastique qui pesaient moins que la piécette qu'ils
coûtaient.

Il portait son trench-coat. Au début, il s'était
senti profondément mal à l'aise dans ce vêtement, mais il l'avait mis pour aller au super-
marché et en avait retiré un sentiment accru
d'autorité. Il y avait une certaine part d'orgueil
là-dedans, mais après tout, c'était pour une
bonne cause et cela ne durerait pas. L'orgueil
n'était pas un trait de son caractère.

Il trouva la maison qu'il cherchait, toutefois,
quand il frappa à la porte, personne ne répondit. Les coups résonnèrent dans le vide ; peut-

être y avait-il une cour, de l'autre côté. Il tambourina de nouveau, puis recula et leva la tête. Du toit en terrasse, un visage voilé l'observait.

Quelques minutes plus tard, la porte s'ouvrit. Un jeune homme se tenait sur le seuil ; il ne devait pas avoir plus de vingt ans. Une barbe d'une semaine ombrait sa mâchoire, lui donnant un aspect négligé. Il portait une chemise de coton blanc froissée et un ample pantalon de lin. La lumière aveuglante empêcha Nayir de déchiffrer son expression.

« Je cherche Mohammed Ramdani, expliquat-il.

— Qui êtes-vous ? s'enquit l'autre, d'une voix aiguë d'adolescent.

— Je m'appelle Nayir ash-Sharqui. Mohammed habite-t-il ici ?

— Qui vous a dit ça ?

— Êtes-vous Mohammed ?

— Que voulez-vous ? demanda le jeune homme, sans bouger d'un pouce.

— Parler de Nouf ash-Shrawi. On m'a dit que vous étiez son garde du corps.

— C'est sa famille qui vous envoie ? reprit l'homme, l'air inquiet.

— Non.

— Vous êtes de la police ?

— Non, je suis enquêteur. »

Mohammed cligna des yeux dans un tic nerveux et, après l'avoir longuement dévisagé, s'écarta pour le laisser entrer.

Nayir se retrouva dans la pénombre relative d'un vestibule. Un manteau était accroché à

180

une patère, et une douzaine de chaussures alignées contre le mur. Il perçut une odeur bizarre et familière. Une odeur de fumier.

« Vous avez des animaux ?

— Non.

— Aucun ? Pas même des poulets ?

— Non. Pourquoi ? demanda Mohammed, éberlué.

— Aucune importance », répondit Nayir, prenant brusquement conscience du caractère offensant de ces questions.

Le jeune homme le précéda dans un étroit couloir et le fit pénétrer dans un salon. Juste au-dessus de la porte, on avait placé un *khamsa*, une main de Fatima dont les cinq doigts étaient une garantie de protection contre le mauvais œil.

Des coussins élimés s'entassaient dans un coin du salon, et trois nattes de bambou étaient disposées sur le sol. Mohammed désigna à Nayir la plus propre d'entre elles et appela quelqu'un pour qu'on apporte du thé. Les deux hommes s'assirent en tailleur l'un en face de l'autre et attendirent en silence. Malgré les volets fermés, la chaleur s'insinuait dans la pièce. Quelque part, un bébé se mit à pleurer.

Mohammed parut brusquement se détendre. Nayir comprit qu'il était entraîné à conserver son sang-froid en toutes circonstances. Le jeune homme affichait à présent un air d'autorité tranquille. Rien d'étonnant à ce qu'il travaillât comme garde du corps.

On frappa légèrement à la porte. Mohammed se leva et sortit dans le couloir. Nayir entendit une voix de femme chuchoter :

« Nous n'avons plus de dattes ! Il ne me reste que du ragoût. Je suis terriblement gênée. Dois-je le servir ?

— Non. Le thé suffira, *hubibti*. Merci. »

Mohammed reparut, portant un service à thé sur un plateau, et referma la porte du pied.

« C'était Hend, ma femme », expliqua-t-il avec un sourire timide.

Il se rassit et remplit deux verres pas plus grands que des dés à coudre. Il en offrit un à Nayir et posa l'autre sur le sol, près de ses pieds. Le bébé hurlait à présent, mais Mohammed paraissait sourd à ces cris.

Nayir dégusta son thé à petites gorgées, en s'émerveillant de la désinvolture avec laquelle Mohammed avait parlé de sa femme. Il n'avait pourtant nul besoin de lui préciser qui elle était, et lui révéler son prénom était encore plus inhabituel. Cette attitude rangeait carrément le jeune homme dans la catégorie des aspirants infidèles, des imitateurs des Occidentaux. C'en était bien fini de l'époque où l'on désignait son épouse par le terme « la mère de Mohammed junior ». Aujourd'hui, les femmes avaient un prénom, un nom de famille, un métier et tout le reste. Nayir se demanda combien d'hommes avaient connu le nom de Nouf.

Il reposa son verre, et Mohammed le remplit de nouveau.

« Toutes mes condoléances pour Nouf, murmura Nayir.

— Merci.

— Je sais ce que c'est de perdre un être cher.

— Je suis anéanti », déclara Mohammed en se passant une main dans les cheveux.

Une fois de plus, l'étrange odeur de fumier parvint aux narines de Nayir.

« Depuis combien de temps travaillez-vous pour les Shrawi ? reprit-il.

— Depuis mon enfance. Mon père était le chauffeur d'Abu-Tahsin quand il avait mon âge. Il est mort l'an dernier, ajouta-t-il en secouant la tête.

— La paix d'Allah soit sur lui.

— Merci.

— Était-il heureux chez eux ?

— Oui. Les Shrawi le traitaient bien. J'ai grandi dans leur ancienne propriété, celle où ils vivaient avant de s'installer sur l'île. Quand ils ont déménagé, je me suis marié et j'ai pris une maison à moi, si misérable soit-elle, ajouta-t-il avec un geste en direction des murs nus. Je me disais parfois que j'aurais mieux fait d'emménager sur l'île, mais finalement, je suis content d'être parti.

— Vraiment ? demanda Nayir en lui lançant un regard surpris.

— Je ne me sentais pas à l'aise là-bas. Sauf avec Nouf. Elle, elle était différente.

— Différente en quoi ? »

Mohammed haussa les épaules et plissa les yeux.

« Êtes-vous proche des Shrawi ?

— Je ne les fréquente que dans l'exercice de mes fonctions. Je leur sers de guide dans le désert.

— Ah. Je crois avoir entendu parler de vous. Vous êtes le Bédouin. »

Nayir pinça les lèvres.

« Les Shrawi m'ont engagé pour rechercher Nouf, quand elle s'est enfuie. »

Mohammed hocha la tête d'un air pensif.

« Mais personne ne vous paie pour enquêter sur sa mort ?

— Non.

— Dans ce cas, pourquoi venir ici ?

— Je ne suis pas convaincu qu'il s'agisse d'une mort accidentelle.

— Vous avez la panoplie du parfait détective, commenta Mohammed avec un léger sourire, en indiquant l'imper. Je dois reconnaître que son décès ne m'a pas paru suspect. Tragique, oui, mais je n'ai pas pensé à un meurtre.

— Un meurtre ?

— Oh. Je... N'est-ce pas la raison de votre visite ?

— Ainsi, vous croyez qu'elle a été assassinée ? reprit Nayir en le dévisageant avec attention.

— Non, pas du tout. Je veux dire... Je supposais que c'était ce que vous, vous pensiez.

— Pas tout à fait.

— Alors, pourquoi êtes-vous venu ici ? répéta le jeune homme en essuyant la sueur qui perlait à son front.

« — Racontez-moi ce qui s'est passé le jour où elle a disparu. Vous avez dû la voir, non ?

— Elle m'a appelé pour me dire qu'elle n'aurait pas besoin de moi.

— Cela vous a-t-il paru bizarre ?

— Non, pas vraiment, répondit Mohammed en clignant des yeux. C'était déjà arrivé.

— Elle a dit à sa mère qu'elle allait échanger les escarpins achetés en prévision du mariage. Et vous ne l'avez pas conduite au centre commercial ?

— Non.

— Comment a-t-elle quitté l'île, dans ce cas ? demanda Nayir, en se penchant en avant.

— Je l'ignore. Généralement, quand je n'étais pas là, elle sortait avec sa mère, ou l'une de ses belles-sœurs, et son garde du corps... Écoutez, acheva-t-il en écartant les mains, j'ai déjà dit à Tashin tout ce que je savais. Nous en avons discuté en long, en large et en travers une bonne douzaine de fois.

— Je veux entendre votre version des événements. Quand avez-vous compris qu'elle s'était enfuie ? »

Mohammed battit des paupières pour chasser la sueur qui ruisselait de son front.

« Sa mère m'a téléphoné en fin de journée. Je lui ai dit tout ce que je savais, et je me suis aussitôt rendu là-bas. Mais bien sûr, il était trop tard pour... »

Nayir attendit la suite, mais la phrase demeura en suspens.

185

« Qu'avez-vous fait, cet après-midi-là ? s'enquit-il d'un ton sévère, qui fit sursauter Mohammed.

— J'avais des courses à faire avec ma femme.

— Elle a passé toute la journée avec vous ?

— Oui, et sa sœur était là aussi. »

Nayir savait qu'il aurait dû, en théorie, interroger l'épouse et la belle-sœur de Mohammed pour corroborer cette histoire, mais c'eût été contraire à la bienséance. Posant son verre sur le sol, il reprit :

« Je me demande pourquoi une femme comme Nouf se serait enfuie de chez elle. C'est assez peu vraisemblable, n'est-ce pas ? Elle avait tout : l'argent, une bonne famille, un fiancé. Peut-être pourriez-vous m'aider à y comprendre quelque chose. Vous la connaissiez bien. »

Mohammed lui versa du thé, mais il n'y avait plus assez d'eau, et des feuilles tombèrent dans le verre. D'un geste brusque, il reposa la théière et il pressa ses poings contre ses yeux. Un long silence s'ensuivit. Quand il retira ses mains, il avait les paupières rouges et gonflées.

« Je vous prie de m'excuser. J'étais censé la protéger. »

Nayir ne doutait pas de la sincérité de son chagrin, mais il se demanda si le jeune homme se reprochait uniquement d'avoir commis une faute professionnelle.

« Écoutez, poursuivit Mohammed, en faisant un effort visible pour le regarder dans les yeux, il est évident que Nouf s'est sauvée parce qu'elle en avait assez de la vie qu'elle menait. Vous ne le croirez peut-être pas, mais je peux vous affirmer qu'elle n'était pas la seule à en avoir envie. Les autres filles ne supportent pas non plus de rester enfermées sur cette île. Elles sortent tout le temps, pour faire du shopping ou se promener sur leurs scooters des mers. *Yanni*, je n'aurais jamais cru qu'elle le ferait vraiment. Pas comme... Pas comme ça. »

Nayir vit des larmes jaillir des yeux de Mohammed. Plongeant sa main dans sa poche, il en sortit un miswak.

« Cela ne vous dérange pas que je... ?

— Non, allez-y, je vous en prie. »

En se servant de l'ongle de son pouce, Nayir débarrassa l'extrémité du bâtonnet de son écorce, puis il jeta les débris sur le plateau, et fourra le miswak dans sa bouche.

« Vous prétendez que les femmes souffrent ici, dit-il. Mais, à ma connaissance, une seule femme a souffert suffisamment pour s'enfuir dans le désert et trouver la mort. Qu'est-ce qui l'a poussée à agir ainsi ?

— Je l'ignore, murmura Mohammed d'une voix étranglée.

— Vous avez déclaré qu'elle était différente. Différente en quoi ?

— Je ne sais pas, soupira Mohammed. Elle était... Elle était Nouf, voilà tout. »

Il paraissait ne savoir que faire de ses mains, et la sueur coulait si abondamment de son visage que le col de sa chemise était trempé.

187

Un nouveau silence s'installa, et Nayir en profita pour le scruter intensément.

« Vous connaissiez Nouf depuis... seize ans, c'est ça ? Assez longtemps, il me semble, pour savoir un certain nombre de choses à son sujet.

— Oui, bien sûr. Nous étions presque comme des membres de la même famille. »

Ces mots parurent flotter un instant dans l'air.

« Assez longtemps pour... qu'une relation se soit établie entre vous ? » insista Nayir.

Une relation qui n'était pas entravée par les obligations de la parenté et du mariage, ajouta-t-il en lui-même. Le jeune homme était-il tombé amoureux de Nouf ? Elle était jolie, elle était riche, elle possédait tout ce dont il était dépourvu. Il la connaissait sans doute mieux que quiconque, et cependant elle lui était interdite.

Le garde du corps baissa les yeux au sol et battit rapidement des paupières, plusieurs fois de suite. Son teint avait pris une couleur blafarde.

« Je n'ai rien à voir avec sa mort, affirma-t-il.

— Il y a une autre chose que je ne comprends pas, reprit Nayir. Si elle est vraiment partie au volant d'un pick-up... comment a-t-elle appris à conduire ?

— C'est moi qui lui ai appris. On faisait ça pour s'amuser. Les autres filles conduisent aussi, même Zainab, et elle n'a que six ans. Je sais que c'est insensé, mais de toute façon, elles l'auraient fait en cachette, et je me suis dit qu'il valait mieux qu'elles s'entraînent sous ma surveillance et que je leur impose quelques règles. Elles n'avaient le droit de conduire que sur le chemin de terre derrière la maison, où personne ne pouvait les voir.

— Bon. Mais admettons qu'elle ait fait une fugue. Elle a bien dû préparer sa fuite. Elle devait avoir un point de chute. Possédait-elle des cartes ? Un GPS ? Où se serait-elle procuré ces objets ? En les volant ? À moins que quelqu'un ne l'ait aidée...

— Ce n'était pas moi, en tout cas.

— Pourquoi ? Vous lui avez appris à conduire, ce qui est plus dangereux que de voler, et tout aussi illégal.

— Je sais, mais ce n'est pas..., protesta Mohammed, l'air apeuré.

— Et d'abord, comment a-t-elle pu se procurer les clés du pick-up ? Comment a-t-elle réussi à faire grimper le chameau à l'arrière ? Ça n'a pas dû être une tâche facile, cela demandait une certaine force. Quelqu'un a également frappé la fille du gardien sur la tête, or cette fille est plus grande que Nouf. Comment Nouf a-t-elle pu l'assommer ? Je crois que quelqu'un l'a aidée, quelqu'un qui savait qu'elle voulait s'enfuir.

— *Ya Allah, Allah, bism'Allah !* s'écria Mohammed au bord des larmes.

— Et comment est-elle arrivée dans le désert ?

— Je ne sais pas ! gémit le jeune homme en se balançant d'avant en arrière, les mains crispées dans son giron.

— Et puis il y a son... état...

— *Allah* ! Je ne l'ai jamais touchée !

— Quelqu'un l'a pourtant fait. À ma connaissance, vous étiez le seul homme à la voir régulièrement. »

Les épaules de Mohammed se mirent à trembler.

« Non, non. Écoutez, il y avait ce type, Eric. Eric Scarsberry. Nouf le voyait souvent. Elle voulait aller en Amérique, et il disait qu'il l'aiderait.

— En Amérique ? répéta Nayir en se redressant. Comment ?

— Elle devait lui verser un million de riyals. En échange, il lui trouverait un appartement à New York, une carte verte et je ne sais quoi d'autre. C'était ce dont elle avait toujours rêvé. Elle voulait partir. »

Nayir regarda son hôte avec incrédulité. Nouf s'apprêtait à s'enfuir avec un Américain ? En dépit de tout, il ne pouvait s'empêcher d'être surpris. Comment une telle chose aurait-elle pu être possible ? Les femmes n'étaient pas autorisées à quitter le pays sans un visa de sortie signé par leur mari ou leur père. Abu-Thasin ne lui aurait sûrement pas accordé sa permission. Elle aurait dû obtenir celle de son mari, mais il ne pouvait en aucun cas s'agir de cet Eric. Les musulmanes n'ont pas le droit d'épouser des infidèles.

« Comment comptait-elle partir ? demanda-t-il.

— Au cours de sa lune de miel. Elle devait se rendre à New York avec Qazi.

— Son fiancé ?

— Oui. Elle pensait lui fausser compagnie une fois arrivée là-bas, et rejoindre Eric.

— Elle voulait épouser Qazi pour s'enfuir ensuite avec l'Américain ? »

Mohammed enfouit sa tête entre ses mains et marmonna une réponse indistincte.

« Quoi ?

— Je sais que c'est ma faute, dit le jeune homme en relevant la tête. Je n'aurais pas dû la laisser faire. Je savais que c'était mal, mais elle en avait tellement envie...

— De quoi avait-elle envie ? s'enquit Nayir, retenant son souffle.

— De... De vivre en Amérique. »

Devant l'expression horrifiée de Nayir, il s'empressa d'expliquer :

« Elle avait vu une émission un jour, à la télévision, sur une femme qui étudiait les chiens sauvages en Afrique. Elle voulait faire comme elle, même si cette femme vivait au milieu des chiens. Des chiens ! répéta-t-il avec dégoût. Elle était sale, elle était en Afrique depuis trois mois, mais elle adorait cette vie. Je crois que c'est ce qui a le plus impressionné Nouf – que cette femme puisse vivre comme un chien et avoir l'air aussi heureuse. Plus heureuse qu'elle, en tout cas. »

Sa voix s'étrangla et il déglutit, avant de poursuivre :

« Toutes ses camarades de classe se rendaient souvent à Londres et à New York. C'étaient des filles riches, comme Nouf, et elles allaient où elles voulaient. Mais les parents de Nouf ne l'auraient jamais autorisée à quitter le pays, et surtout pas pour aller en Amérique ! Tout ce qu'elle voulait, c'était aller à l'université, étudier la zoologie et, ensuite, partir vivre dans la brousse je ne sais où. En Afrique peut-être. Mais elle ne pouvait rien faire de tout ça tant qu'elle serait ici, son père ne le lui permettrait pas. C'était ce qu'elle désirait plus que tout au monde et je... je n'ai pas pu lui refuser ! »

Ses larmes se remirent à couler. Nayir détourna les yeux, mais les sanglots discrets du jeune homme le troublèrent néanmoins.

« Je suis désolé, murmura-t-il, ne sachant que dire.

— *Bism'Allah*, siffla Mohammed en s'essuyant les joues d'un geste rageur. Je me sens presque aussi coupable que si je l'avais tuée.

— Dites-moi, reprit Nayir, comment communiquait-elle avec cet Eric ?

— Elle le rencontrait dans le centre commercial de la Corniche. Je ne sais pas où il habite.

— Vous l'accompagniez à ces rendez-vous ?

— Oui.

— Quand avez-vous rencontré Eric pour la dernière fois ?

— Il y a trois semaines environ. Il lui a donné une clé et l'adresse d'un appartement à New York.

— Le sien ?

— Oui. »

Mohammed détacha une clé d'un trousseau et la tendit à Nayir.

« Vous devez me croire. Je suis dévoré de remords. Je me disais qu'Eric était peut-être responsable de sa mort, mais je ne sais pas où le trouver. J'ignore où il habite, pour quelle entreprise il travaille, ni même s'il est encore dans le pays », déclara-t-il, l'air désemparé.

Nayir n'avait pas envie de poser la question suivante, et pourtant, il n'avait pas le choix.

« Pensez-vous qu'elle tenait à cet Eric... Qu'elle tenait à lui suffisamment pour...

— ... pour avoir des relations intimes avec lui ? termina Mohammed, la mine dégoûtée, ou offensée, ou les deux à la fois. Quand je l'emmenais voir Eric, je ne la quittais pas des yeux une minute. Il n'a même jamais entrevu son visage. »

Nayir essaya de déterminer s'il disait la vérité. Son instinct lui soufflait que oui, même si la chose paraissait improbable.

« Vous allez raconter ça à sa famille ? demanda le jeune homme.

— Pour le moment, je garderai le secret, le rassura Nayir. Mais permettez-moi de vous poser une question. Nouf a disparu trois jours avant son mariage. Si ce que vous dites est vrai, pourquoi aurait-elle renoncé à son projet, en s'enfuyant avant la cérémonie ? Elle n'aurait pas pu quitter le pays sans Qazi.

— Eric avait dû lui promettre qu'il trouverait un moyen... J'ignore lequel, mais ce n'est pas impossible. Il a des relations au port, il possède même un bateau ! Il aurait pu la faire sortir du pays clandestinement.

— Vous a-t-elle fait part d'une telle éventualité ?

— Non. »

Mohammed s'absorba dans la réflexion et ferma les yeux.

« J'avais toujours cru, reprit-il, que, si elle partait pour de bon, elle me ferait ses adieux avant. »

Il prononça ces mots d'un ton si tragique que Nayir en eut la gorge serrée, mais il se força à déglutir. Après tout, Mohammed s'était rendu complice du projet d'évasion de Nouf. Il l'avait aidée à rencontrer Eric, à l'insu de sa famille. Il faisait assurément un bien piètre chaperon.

Et puis, certains détails de son récit ne paraissaient pas cohérents. Pourquoi Nouf voulait-elle vivre en Amérique ? Pourquoi pas en Europe ou en Égypte ? Au Caire, elle aurait joui de la plupart des libertés qu'elle aurait trouvées en Amérique, sans avoir à surmonter la barrière de la langue. Peut-être l'Égypte était-elle trop proche ; elle se trouvait juste de l'autre côté de la mer, et un départ pour l'Égypte aurait été moins dramatique qu'un exil en Amérique, pays peuplé d'infidèles. Elle devait souhaiter rompre définitivement avec sa famille, et rompre de manière spectaculaire. Fuir vers l'Amérique n'aurait pas représenté un simple camouflet, mais un véritable coup de massue pour une famille aussi pieuse que celle des Shrawi...

Il s'aperçut qu'il tapotait son miswak contre le dos de sa main, et s'interrompit.

« Nouf se rendait-elle parfois dans la partie de la maison réservée aux hommes ? Dans les chambres de ses frères, ou celles qu'ils occupaient quand ils étaient enfants ? Leurs bureaux ?

— Non. Pourquoi ?

— Vous ne l'avez jamais vue entrer dans ces pièces ?

— À dire vrai, je n'y vais jamais moi-même, donc il m'est difficile de le savoir. Que serait-elle allée faire dans leurs chambres ?

— A-t-elle jamais fait allusion à un vêtement appartenant à l'un de ses frères ? Une parka, peut-être ? »

Mohammed réfléchit un instant, puis secoua la tête.

« Elle parlait rarement de ses frères. Elle avait l'air de les craindre. Ils ne se montraient pas précisément affectueux envers elle.

— Et comment étaient-ils, alors ?

— Distants.

— Une dernière chose, dit Nayir, en entendant du bruit dans le couloir. Nouf était-elle superstitieuse ?

— Non, pas vraiment, répondit Mohammed d'un air intrigué.

— Le chameau qu'elle a emmené dans le désert portait une marque sur la patte, un

195

symbole de protection contre le mauvais œil.
Pourquoi lui aurait-elle fait cette marque ?

— Je l'ignore. Cela me semble étrange.

— J'ai remarqué le *khamsa*, poursuivit Nayir
en montrant la porte, et Mohammed se
retourna en sursaut. Êtes-vous superstitieux ?

— C'est ma femme qui... »

Soudain, la porte s'ouvrit, livrant passage à
l'épouse de Mohammed, qui tenait dans ses bras
un bébé endormi. Elle portait un foulard sur la
tête, mais son visage était découvert et elle
arborait un sourire radieux, malicieux. Nayir
détourna la tête et son hôte se leva. Il embrassa
sa femme sur la joue et prit le bébé pour le montrer à Nayir qui se redressa à son tour.

« Ma fille, dit Mohammed, rayonnant de
fierté. Elle fait autant de bruit qu'un avion qui
s'écrase, mais nous pouvons la présenter aux
visiteurs quand elle dort.

— *Ism'Allah ! Ism'Allah !* » murmura Nayir en
caressant la joue de l'enfant.

Il aurait voulu demander à l'épouse de
Mohammed de confirmer l'alibi de celui-ci,
mais la honte s'empara de lui à cette seule
idée. Il garda les yeux résolument fixés sur le
bébé, se demandant si la jeune femme avait
rencontré Nouf, et ce qu'elle en avait pensé.

« Je vous en prie, restez, lui dit-elle. Je vais
servir le dîner.

— Oh, non, merci », bredouilla Nayir en
s'adressant à Mohammed, au risque de paraître
impoli.

L'épouse parut comprendre son embarras et, prenant le bébé, s'éclipsa en silence.

Mohammed le reconduisit jusqu'à la porte, en disant :

« Prévenez-moi si vous retrouvez Eric. »

Les Soudanaises avaient déserté la rue. Nayir cala le miswak dans sa bouche et regagna sa voiture, qui avait été recouverte d'une nouvelle couche de poussière. Il ouvrit les portières pour laisser sortir la chaleur et s'appuya contre le pare-chocs, perplexe et troublé par ces nouvelles révélations qui jetaient sur la disparue un tout autre éclairage. Certes, il s'était imaginé qu'elle avait pu dissimuler certaines choses à sa famille, mais la Nouf qui lui apparaissait à présent n'était plus simplement une fiancée effarouchée, désireuse d'échapper à un mariage arrangé ; c'était une fourbe qui ourdissait un complot pour satisfaire ses désirs et mortifier sa famille. Elle n'était pas motivée par la peur, mais par l'hédonisme. Elle était prête à plonger ses parents dans la consternation, peut-être même à salir leur réputation, et tout ça pour quoi ? Pour vivre avec des chiens ? Il fit de son mieux pour se la représenter sous ce jour nouveau et prit conscience que, jusqu'à maintenant, il l'avait toujours considérée comme une victime.

Pourtant, cette version présentait elle aussi des zones d'ombre. Si Mohammed la connaissait mieux que ses frères, si elle lui faisait confiance à ce point, pourquoi n'avait-elle pas cherché à lui dire adieu ? Lui aurait-elle menti également ?

Quand il remonta dans sa voiture, une pensée le préoccupait par-dessus tout : n'était-il pas étrange que Mohammed, après s'être donné tant de mal pour aider Nouf à quitter l'Arabie Saoudite, ne fasse rien pour retrouver son assassin ?

11

Il y avait de nombreuses raisons d'aimer la marina. Savourer dès le réveil l'odeur de la mer et la vision enchanteresse d'un horizon bleu. Passer la journée au grand air, rafraîchi par l'eau et le vent. Observer les colporteurs offrant des tapis de prière et des miswaks, des marmites en cuivre et des sandales en coton fabriquées en Chine. Le gros camion gris métallisé d'un marchand ambulant garé devant les grilles de la marina et, à six heures tapantes, l'odeur de la pita fraîche, du *foul*, ces grosses fèves à l'ail, et du meilleur café du monde commençait à s'échapper par ses vitres. À 6 h 15, l'un des côtés du pick-up se relevait comme la patte d'une chienne qui allaite, et les hommes qui avaient attendu en faisant la queue se bousculaient autour du comptoir pour prendre leur petit déjeuner, telle une portée de chiots. Les voisins étaient vigilants, et la délinquance inexistante. Personne ne se battait pour un emplacement. La nuit, le roulis qui berçait la cabine avait quelque chose de magique, suggérant le mouvement au cœur même de l'immobilité. Mais le plus agréable, c'était peut-être le clapotis incessant de l'eau contre la coque et le choc sourd des bateaux contre le quai, qui vous rappelaient que vous n'étiez pas prisonnier d'une maison, et qu'il suffisait de larguer les amarres et de faire démarrer le moteur pour changer d'existence, et partir vivre en toute liberté, avec les vagues pour seul horizon.

Pourtant, les gens lui posaient toujours la même question : comment un amoureux du désert tel que lui pouvait-il éprouver une telle passion pour la mer ? Il n'avait pas vraiment de réponse à leur fournir. Il avait appris à aimer le désert dans son enfance mais, parvenu à l'âge adulte, il avait ressenti le désir de découvrir un autre aspect de la nature. Il voyait dans la mer une curieuse réplique de l'étendue sableuse. La même immensité, le même calme, la même vie secrète et le même mélange paradoxal, et tellement excitant, de monotonie et de mystère. La même possibilité, aussi, d'échapper aux regards des voisins. S'il lui devenait un jour trop difficile d'éviter leur curiosité, leurs questions sur sa carrière, sa famille, ses chances de mariage, il pourrait tout simplement changer de point d'ancrage, et voilà : il se retrouverait face à des yeux inconnus, pas encore assez habitués à lui pour l'espionner, et qui s'abriteraient pudiquement derrière les rideaux des hublots. Depuis son arrivée dans cette marina, il n'avait pas changé d'emplacement, mais le fait de savoir qu'il en avait la possibilité lui procurait un formidable sentiment de liberté et rendait son voisinage plus supportable.

Ce matin, posté sur le quai, les yeux tournés vers le ciel à l'ouest, l'imper de Columbo drapé sur son bras. Il essayait en contemplant la beauté du monde de chasser la morosité qui s'était emparée de lui, mais cette contemplation fut brusquement interrompue par l'irruption de son voisin, Majid.

« *Salaam !* lança l'importun depuis la proue de son bateau, en posant sur lui un regard curieux.

— *Sabaah al-khayr* », répondit Nayir, comprenant trop tard que se tenir planté là avec un vêtement bizarre plié en deux sur son bras ne pouvait que lui attirer des commentaires.

« Quoi de neuf ?

— *Al-hamdullilah* », murmura Nayir en guise de réponse.

Majid était l'autre célibataire du quai et, à ce titre, lui servait à la fois de consolation et d'avertissement. Chacun d'eux était vaguement offensé par le parallélisme de leur situation, d'autant plus remarquable qu'ils avaient tous les deux la même taille, le même âge, que leurs traits présentaient une troublante similitude et qu'ils avaient tous deux du sang palestinien. Il existait cependant entre eux une différence majeure : Majid était le benjamin d'une très grande famille, et pas seulement par le nombre de ses frères et sœurs : ses cousins et cousines se comptaient par dizaines. Néanmoins, il avait réussi à ne pas se marier. C'était un homme d'une dévotion ostentatoire mais, apparemment, aucune femme n'était assez vertueuse pour qu'il la juge digne de lui.

Descendant sur le quai, Majid demanda :

« Tu sors, ce matin ?

— Oui. J'ai des choses à faire.

— Qu'est-ce que c'est ? reprit l'autre en montrant le trench-coat. Fais-moi voir ça. Tu t'es acheté un imper ? poursuivit-il en tripotant les boutons. Où vas-tu donc, pour risquer de trouver de la pluie ? s'enquit-il avec un sourire en coin.

— Je ne vais nulle part.

— Prévoit-on de la pluie ici ? » railla Majid.

Son air moqueur rappela à Nayir que son voisin et lui étaient en fait aussi différents qu'un chien et un chat. Il se souvint également qu'il avait en face de lui un homme qui, cinq fois par jour exactement, accomplissait ses ablutions et parcourait les quinze mètres qui le séparaient de la mosquée de la marina, de l'autre côté du parking. Si, au cours de ce bref trajet, il apercevait une femme (et que ses ablutions étaient ainsi souillées par cette vision impure), il invectivait la malheureuse d'une voix de stentor, regagnait son bateau en hâte, ouvrait avec fracas la porte de sa cabine et recommençait tout le rituel avec force éclaboussures, faisant tanguer l'embarcation. Il reparaissait ensuite, l'âme et le corps purifiés de nouveau, scrutait le quai en tous sens d'un air méfiant, comme s'il espérait détecter une femme dans la périphérie de son champ de vision, ce qui ne serait pas tout à fait pareil que de la *voir*. Puis, si la voie était libre, il chaussait une paire de lunettes noires à titre préventif et descendait le quai d'un pas martial. Nayir ne l'avait jamais vu croiser une femme deux fois de suite durant la même sortie, sa première explosion de colère suffisant généralement à faire fuir toutes celles qui se trouvaient dans les parages – sans parler des oiseaux.

Il regarda Majid droit dans les yeux. C'étaient précisément ceux dont il redoutait le jugement entre tous et, pour cette raison, cela valait la peine de se montrer poli.

« Et de ton côté, quoi de neuf ? Le travail, ça va ?

— Toujours pareil, rétorqua son voisin en haussant les épaules. Et pour toi, tout s'est-il bien passé dans le désert, ces derniers temps ?

— Très bien. »

Nayir commença à s'éloigner, en jetant par-dessus son épaule :

« Bonne matinée. »

Mais le ton condescendant de la dernière question de Majid l'avait piqué au vif, et il remâcha sa rancœur jusqu'à ce qu'il soit installé au volant de sa voiture.

Le reste de la matinée ne se déroula pas mieux. La circulation était effroyable. Il s'arrêta devant une baraque pour prendre un café et des œufs, mais l'air était tellement empuanti par les gaz d'échappement qu'il n'arrivait pas à respirer.

Il remonta dans son véhicule et roula droit devant lui, pied au plancher, oubliant ses projets et ne souhaitant plus qu'une chose : échapper à cette cacophonie d'avertisseurs et aux émanations nauséabondes de diesel. Mais l'évasion se révéla impossible, même lorsque les bâtiments se raréfièrent et qu'il n'y eut plus le long de l'autoroute que des champs de sable. Dans un accès de rage, il monta sur l'accotement, passa en mode quatre roues motrices et fonça dans le désert, en direction de nulle part.

Quand l'autoroute ne fut plus qu'une mince ligne à l'horizon, il s'arrêta, avala son petit déjeuner et, vérifiant l'heure, descendit de la Jeep et déroula son tapis sur le sol pour prier.

Alors seulement sa colère se dissipa. Après avoir terminé ses prières, il s'assit dans le sable à l'ombre de sa voiture et essaya d'analyser ce qui avait à ce point assombri son humeur. Depuis son entretien avec Mohammed, une nouvelle crainte le rongeait. Nouf avait échafaudé un plan pour s'enfuir. S'enfuir vers l'Amérique. Elle était morte dans le désert, mais cette fuite aurait été une autre forme de mort. Et c'était cela qui le hantait : que l'Amérique représente pour elle la liberté et l'aventure, qu'elle soit prête à effacer toute sa vie antérieure pour aller vivre là-bas, que ce lieu, cette ville, ce désert, cette mer, ne suffisent plus à alimenter ses rêves de jeune fille.

Qazi ash-Shrawi posa son bloc-notes sur le bureau et alla se placer devant la fenêtre, à côté de Nayir. Il avait une voix douce, et les bruits qui montaient du hangar en dessous l'obligeaient à hausser le ton de façon déplaisante.

C'était là que travaillait Qazi, un entrepôt de chaussures qui appartenait à son père. Une pièce entièrement vitrée surplombant des rangées de caisses qui formaient parfois des piles si hautes qu'il fallait une grue pour en atteindre le sommet.

Qazi était presque aussi grand que Nayir, mais moitié moins large de carrure. Il portait une robe blanche immaculée et une *ghutra*[1] impeccablement repassée, retenue par un *igal* flambant neuf en poil de chèvre noir. Quand il s'approcha de lui, Nayir remarqua la paire de vieilles tennis élimées pointant sous l'ourlet de la robe. Bizarre, quand on savait que le père du jeune homme était à la tête de la plus grosse entreprise d'importation de chaussures de Djeddah, et que Qazi, en tant qu'aîné de ses fils, en hériterait un jour. Cependant, les chaussures avaient l'air confortables et semblaient suggérer que, malgré son élégance raffinée, Qazi était un travailleur acharné.

« Je ne l'ai vue qu'une fois en personne, déclara le jeune homme. Et tout le monde était présent : mon oncle, mes cousins, mon père, ainsi que des domestiques. Elle n'a pas été

---

1. Coiffe traditionnelle similaire au *shumagh* mais généralement de couleur blanche. Elle est fixée au moyen d'un cordon, ou *igal*. *(N.d.T.)*

autorisée à soulever sa burqa, de sorte que je n'ai pas pu contempler son visage.

— Lui avez-vous parlé ?

— Je lui ai demandé si elle était contente à l'idée de se marier, et elle m'a répondu oui. C'est tout.

— Vous a-t-elle donné l'impression qu'elle le pensait vraiment ?

— Je ne sais pas. Elle paraissait intimidée. »

Qazi abaissa son regard vers ses ouvriers et prit un air songeur.

« Donc, vous ignorez totalement à quoi elle ressemblait ? reprit Nayir.

— Non. Son frère Othman m'avait montré une photo d'elle.

— Comment l'avez-vous trouvée ? »

Le jeune homme lui adressa un sourire gêné. Dès qu'il l'avait vu, Nayir avait éprouvé d'instinct l'envie de le protéger. Il émanait de lui une telle impression de prudence et de grâce ! Il ressemblait à une girafe dans la savane, les oreilles pointées, à l'affût du danger ; et comme chez cet animal inoffensif, il y avait en lui quelque chose de triste, d'étrangement vulnérable.

Nayir contempla d'un œil navré le panorama qui s'offrait à lui, en essayant d'imaginer les raisons qui avaient poussé Qazi à accepter ce mariage. Les pressions familiales ? L'argent ? L'amour ? Il ne semblait pas le genre d'homme à prendre un tel engagement avant que chaque détail eût été débattu. Avec ses yeux d'ambre et sa mâchoire carrée, il était d'une beauté remarquable. Les candidates au mariage devaient faire la queue devant sa porte, se dit Nayir. Il avait dû choisir Nouf pour une raison bien précise.

« Savez-vous ce qui lui est arrivé ? s'enquit Qazi.

— Comme je vous l'ai dit, l'enquête est en cours.

— Je croyais que la police avait conclu à un accident...

— En effet. »

Un ouvrier ouvrit la porte du bureau et, les apercevant, s'excusa pour cette intrusion.

« Pas de problème, Da'ud, répondit Qazi. Je suis à toi dans quelques minutes.

— Désolé de vous faire perdre votre temps, murmura Nayir.

— Ce n'est rien, protesta Qazi en levant la main. Asseyez-vous donc, s'il vous plaît. J'ai tout mon temps. »

Nayir s'installa face au bureau et Qazi regagna sa place, posant ses coudes sur la table comme pour dire : *Allez-y, demandez-moi tout ce que vous voudrez.*

« Ainsi, vous n'avez parlé à Nouf qu'en cette seule occasion ? » reprit-il.

Qazi pinça les lèvres et regarda fixement la table, avec une expression qui semblait signifier : *Je retire ce que j'ai dit, posez-moi une autre question.*

« Se marier, c'est une grave décision, s'obstina Nayir. Vous êtes jeune.

— J'ai dix-neuf ans.

— Si je m'étais marié à votre âge, j'aurais voulu tout savoir de ma future femme avant de m'engager définitivement. »

Il vit un tic nerveux parcourir le visage de son interlocuteur.

« C'est un engagement à vie, insista Nayir. Personnellement, j'aurais tenu à m'assurer que je ne commettais pas une erreur, surtout si je ne connaissais pas bien la jeune fille en question.

— Je la connaissais quand même un peu, rétorqua Qazi. Nous jouions ensemble, quand nous étions enfants.

— Comment était-elle, à l'époque ?

— Je l'aimais bien. Elle était belle.

— C'est tout ?

— Eh bien, poursuivit le jeune homme avec un sourire nostalgique, je me souviens d'un jour où elle m'avait battu au foot. Nous étions sur le toit de la maison de mes parents. Elle devait avoir six ans. Bref, elle m'a plaqué au sol et a commencé à me bourrer les côtes de coups de poing. J'ai été pris de court. J'avais trois ans de plus qu'elle, je ne voulais pas lui faire de mal. Elle criait qu'elle me tuerait si je faisais encore exprès de la laisser gagner, ajouta-t-il en riant. Elle était persuadée que j'avais perdu volontairement.

— Et c'était vrai ?

— Non. Je le lui ai laissé croire jusqu'à ce qu'elle gagne de nouveau et... Ma foi, reprit-il, en cessant de sourire, nous étions des gamins, et la seule façon pour moi de me protéger, c'était de prendre l'offensive, de la jeter au sol et de la frapper. Elle a saigné du nez, expliqua-t-il en secouant la tête. Je n'arrive toujours pas à croire que j'aie pu agir ainsi. Elle m'a affirmé par la suite qu'elle ne m'en voulait pas.

— Donc, c'était une fille robuste », dit Nayir.

Comme Qazi ne répondait pas, il poursuivit :

« Les gens changent en grandissant. Si j'avais été à votre place, j'aurais été curieux de voir ce qu'elle était devenue. »

Qazi se mordit la lèvre sans rien dire.

« Écoutez, déclara Nayir. Ce n'est pas sa famille qui m'a demandé de venir ici. Je voulais seulement vous parler. Vous êtes la seule personne susceptible de me donner des clés pour mieux la comprendre. Ses frères étaient beaucoup plus âgés qu'elle, ils ne la connaissaient pas bien. J'espérais que vous m'en diriez davantage. Elle devait se comporter différemment avec vous, je me trompe ?

— Ce ne sont pas ses parents qui vous ont demandé de m'interroger ?

— Non. Et je ne leur dirai rien. Vous avez ma parole.

— Très bien, dit Qazi à voix basse. Je lui ai téléphoné une fois ou deux. Mais ce n'était pas ce que vous croyez, se hâta-t-il d'ajouter.

— Comment était-elle, au téléphone ?

— Elle était... Je ne sais pas. Très gentille. »

Il prit un air cachottier et l'ombre d'un sourire passa sur ses lèvres.

« Elle m'a demandé si j'aimais les chiens, et je lui ai répondu que oui. Et elle voulait savoir si je l'emmènerais à New York pour notre lune de miel. Elle me l'a fait promettre. Au début, ça m'inquiétait un peu, continua-t-il avec un petit rire, tellement elle semblait excitée par cette idée. Elle m'a expliqué qu'elle avait toujours rêvé d'aller là-bas, et qu'elle voulait que je sois avec elle quand elle accomplirait ce rêve. »

Nayir espéra en son for intérieur que sa physionomie ne trahissait pas la peine qu'il ressentait pour le jeune homme. C'était vraiment trop douloureux d'imaginer ce beau garçon si prévenant, si attentionné, partant pour New York sans se douter que sa femme projetait de l'abandonner... Il semblait peu vraisemblable qu'il ait pu la tuer. Même s'il avait deviné qu'elle se servait de lui, ce n'aurait pas été un motif suffisant pour quelqu'un comme Qazi.

« De quoi d'autre avez-vous parlé ? s'enquit-il.

— Surtout de New York. De ce que nous y ferions, de l'hôtel où nous descendrions. Elle me demandait sans cesse si elle pourrait découvrir son visage et porter seulement un foulard.

— Qu'avez-vous répondu ?

— Je lui ai dit que cela ne me dérangeait pas. Je voulais qu'elle puisse voir la ville en toute liberté. »

Nayir baissa les yeux pour dissimuler une grimace. Il sentait la colère affluer de nouveau en lui. Toute la pitié qu'il avait éprouvée pour Nouf lui semblait à présent complètement injustifiée. Il se força à se remémorer qu'elle avait probablement été assassinée, et que, si quelqu'un avait pu être humilié par son comportement, c'était bien Qazi.

« Je sais qu'elle était belle et que c'est cela qui vous attirait en elle. Mais pourquoi vouliez-vous l'épouser ? Elle devait avoir quelque chose de spécial...

— Oui, acquiesça Qazi avec un sourire attendri. Elle était belle, et j'étais attiré par cette beauté, mais quand j'ai commencé à mieux la connaître, elle m'a paru... pleine de joie de vivre. C'est la seule de mes cousines qui riait ainsi, et qui ne pensait pas tout le temps aux convenances. Elle parlait de ses chiens, de ses promenades sur la plage, de ses virées en scooter des mers. Mais elle n'était pas frivole pour autant, simplement... parfaitement équilibrée. »

Il tressaillit et porta une main à sa bouche. Nayir comprit que cette perte l'avait profondément affecté, et qu'il n'avait pas encore surmonté son chagrin. Le jeune homme était au bord des larmes ; il s'excusa et passa dans une petite salle de bains attenante.

Nayir fut surpris de percevoir en lui une telle tristesse. Il avait seulement parlé une ou deux fois à Nouf au téléphone, l'avait vue une fois dissimulée sous sa burqa, mais avait dû néanmoins s'attacher profondément à elle, ou du moins, à l'idée qu'il s'était faite d'elle. Et pourquoi pas, après tout ? Ils se connaissaient depuis l'enfance. Elle allait devenir sa femme, il devait déjà la considérer comme telle...

Qazi revint un instant après, les yeux rougis. Il se rassit derrière son bureau et lui renouvela ses excuses. Nayir lui accorda un répit avant d'aborder la question suivante.

« Quand avez-vous appris sa… conduite ? »

Les mains de Qazi se mirent à trembler, et il les posa sur ses genoux.

« C'est mon père qui m'en a informé, le jour de l'enterrement.

— Je vois. C'était bien tard. Vous n'aviez pas eu le moindre soupçon jusque-là ?

— Non, bien sûr ! se récria Qazi en se rembrunissant.

— Pouvez-vous me dire où vous étiez, le matin de sa disparition ?

— J'étais… en fait, j'étais dans sa maison.

— Vous étiez chez les Shrawi ?

— Oui. J'étais venu déposer de nouveaux articles pour son trousseau. Je ne suis resté qu'un quart d'heure. Othman pourra vous le confirmer, ajouta-t-il en lui lançant un regard anxieux.

— À quelle heure ?

— Un peu avant midi. Vous croyez que j'ai quelque chose à voir là-dedans ?

— Où êtes-vous allé ensuite ?

— Je suis revenu ici. Mais je me suis arrêté en route pour déjeuner, et puis je me suis promené un moment au volant de ma voiture. »

Il était visiblement tendu, à présent, les bras croisés sur sa poitrine dans une attitude défensive.

« Je ne suis pour rien dans sa disparition, affirma-t-il avec force. J'espère que vous le savez.

— Combien de temps a duré votre petite balade ?

— À peu près une heure. Je fais ça tous les jours, au moment du déjeuner. Vous pouvez demander à n'importe qui.

— Si bien que personne ne peut dire où vous étiez au moment où Nouf a disparu ?

— Non, soupira Qazi en se penchant vers lui. Je croyais que vous désiriez seulement que je vous parle d'elle.

— C'est exact », répondit Nayir d'un ton radouci.

Il s'en voulait de harceler ainsi le jeune homme, mais celui-ci semblait finalement plus résistant qu'il ne l'aurait cru.

« Vous devez reconnaître que c'était à vous que sa conduite aurait fait le plus de tort, poursuivit-il. Si cela s'était su, on aurait pu vous accuser...

— Pourquoi l'aurait-on fait ?

— Pour empêcher le mariage. »

Qazi secoua tristement la tête.

« Et pour résoudre ce problème, je l'aurais enlevée ? C'est insensé. »

Plongeant ses yeux dans ceux de Nayir, il reprit :

« Si j'avais voulu empêcher le mariage, j'aurais tout annulé, purement et simplement. Ce n'était pas plus compliqué que ça. »

Il avait raison : il lui aurait été facile d'annuler le mariage, et si on lui en avait demandé la raison, il aurait pu avancer une douzaine de prétextes. Il n'était pas prêt, il avait changé d'avis... Nul n'aurait tenu rigueur à un garçon de dix-neuf ans d'hésiter à franchir le pas. Pour que Nouf ait été enlevée par son fiancé, il aurait fallu que celui-ci soit quelqu'un de plus arrogant, de plus orgueilleux, quelqu'un qui se serait senti profondément insulté par la conduite indigne de sa fiancée. Et Qazi n'était rien de tout cela.

12

Quand elle ouvrit la porte de son appartement, Katya fut accueillie par le vrombissement strident du mixer. En soupirant, elle ôta ses chaussures, dénoua son foulard, déposa son manteau et son sac sur la table basse. Une seconde après, le vacarme cessa.

« Je suis rentrée ! » cria-t-elle.

Son père apparut sur le seuil de la cuisine, brandissant un verre givré rempli de milk-shake.

« C'est pour moi ? s'enquit-elle.

— Si tu veux. »

Elle s'effondra sur le canapé et tendit la main – exactement, se dit-elle, comme un oisillon attendant la becquée. Son père s'approcha et, en lui donnant la boisson, demanda d'un ton plein de sollicitude :

« Ta journée de travail s'est bien passée ?

— Très bien, répondit-elle. Merci, Abu », ajouta-t-elle avec un temps de retard, alors qu'il avait déjà regagné la cuisine.

« Othman a appelé cet après-midi. »

Elle attendit la suite, serrant dans ses mains le verre glacé, mais Abu demeura silencieux, si bien qu'elle se leva et alla le rejoindre. Il ouvrit le robinet et entreprit de laver la vaisselle.

« Qu'as-tu fait aujourd'hui ? » reprit-elle.

Il ne répondit pas. Prudemment, elle goûta le milk-shake. Il avait un étrange goût de terre et d'herbe, mais elle parvint quand même à l'avaler.

« Qu'y a-t-il pour le dîner ?

— Le réfrigérateur est presque vide, répondit-il en haussant les épaules. Il nous reste quelques œufs. »

Elle était assez affamée pour en dévorer une douzaine, mais si elle lui demandait de les préparer, elle savait qu'il répondrait : « Fais-le toi-même. »

Les effets de ses longues journées de travail commençaient à se faire sentir. Quand elle avait débuté, il y avait près d'un an de cela, elle était tellement heureuse d'avoir un emploi qu'elle n'éprouvait jamais de fatigue, ou, quand c'était le cas, cette lassitude s'accompagnait d'un sentiment de satisfaction. Toutefois, aujourd'hui, elle était exténuée. Elle s'était levée à six heures et n'avait plus le courage d'aller à l'épicerie ni de cuisiner. Son père aurait dû s'en occuper.

Il est retraité, songea-t-elle avec une pointe de ressentiment. *Il a tout son temps*. Mais, en scrutant son visage, elle comprit que lui aussi n'avait plus d'énergie. Quelque chose le tracassait, et ce n'était pas seulement Othman.

Après la mort de sa femme, des suites d'un cancer, son père avait démissionné de son emploi à l'usine chimique et s'était rapidement glissé dans la peau d'un retraité. Du jour au lendemain, ou presque, ses cheveux poivre et sel étaient devenus entièrement gris, ses yeux noirs et perçants avaient perdu leur vivacité, et son corps, jadis d'une taille et d'une robustesse peu communes, semblait s'être ratatiné. Peut-être cela venait-il du fait qu'il ne portait plus jamais ses costumes bien coupés et se promenait toujours en robe d'intérieur, ce qui lui donnait un air avachi.

Sans son salaire, leurs revenus étaient faibles ; le montant de sa retraite ne suffisait pas à couvrir les dépenses courantes. Heureusement, ils étaient propriétaires de leur logement, un trois-pièces dans un immeuble sans ascenseur au cœur de la vieille ville, mais certains mois ils ne parvenaient pas à régler leurs factures, et quand on leur avait coupé le téléphone, Katya avait décidé de trouver un vrai travail.

Pendant des années, elle avait donné des cours particuliers de chimie à des lycéennes. Toutes ses élèves fréquentaient l'école de jeunes filles située juste au bout de la rue ; elles venaient généralement par deux, escortées de leurs frères ou de leurs cousins qui attendaient dans le vestibule pendant toute la durée du cours. Parfois, quand ses élèves partaient, Katya entendait leurs chaperons les taquiner : « Pourquoi étudies-tu la chimie ? Cela va-t-il te servir pour faire la cuisine ? Comme si tu allais un jour avoir un métier ! » Ces commentaires lui faisaient autant de mal qu'à ses étudiantes. Elle aimait cette occupation ; encourager des jeunes filles à devenir autre chose que de bonnes cuisinières avait beaucoup d'importance à ses yeux. En outre, c'était assez bien payé, et cela lui permettait de ne pas quitter son domicile. Mais, depuis longtemps, elle rêvait aussi d'exercer une activité qui lui permettrait de faire un meilleur usage de ses compétences.

Elle était titulaire d'un doctorat en biologie moléculaire de l'université du roi Abdul-Aziz ; pourtant, comme toutes les filles de sa promotion – exclusivement féminine bien sûr –, elle avait amèrement pris conscience, à la fin de ses études, que bien qu'elle eût accompli un formidable exploit en le décrochant, ce diplôme ne lui offrait guère de débouchés. Il y avait très peu d'emplois ouverts aux femmes, et encore moins aux femmes diplômées. Elles ne pouvaient travailler que dans des endroits où elles ne seraient pas en contact avec des hommes, ou très rarement, et se trouvaient donc cantonnées dans les écoles de filles et les services hospitaliers pour femmes.

À sa sortie de l'université, Katya avait trouvé un poste d'enseignante. Elle avait tenu le coup pendant un an. C'était trop de travail pour un trop petit salaire, et elle n'était pas assez motivée. Elle aurait préféré le calme d'un laboratoire où elle ne serait pas constamment entourée de gens, où elle pourrait connaître le frisson de la découverte, les plaisirs de la propreté, de l'organisation et de la méthode. Il aurait dû y avoir plus de places pour les femmes dans un tel environnement, pourtant les postes scientifiques étaient en priorité réservés aux hommes. Frustrée et de plus en plus amère, elle s'était donc contentée de donner des cours particuliers de biologie et de chimie pendant près de deux ans.

Quand sa mère était décédée et que l'argent s'était tari, elle avait pris conscience qu'elle n'avait pas d'autre solution que de trouver un travail mieux rémunéré. Et lorsque les laboratoires de la police scientifique avaient ouvert un département féminin, elle avait posé sa candidature. La direction l'avait aussitôt embauchée, impressionnée par son niveau d'études. L'idée de travailler dans un labo la remplissait d'enthousiasme, toutefois elle n'osait pas en parler à son père. Déjà, il n'avait guère apprécié qu'elle enseigne, même dans un établissement non mixte. Une stricte ségrégation entre les sexes régnerait dans le laboratoire comme partout ailleurs, mais il existait néanmoins une possibilité qu'elle rencontrât des hommes de temps en temps.

Ce fut donc en tremblant qu'elle lui annonça la nouvelle. Ils étaient assis à la table de la cuisine, en train d'éplucher des carottes tout en buvant du thé. Le réfrigérateur était vide, le réchaud ne fonctionnait plus, et ils étaient tous deux déprimés. Quand elle lui apprit qu'elle avait trouvé un emploi, il sursauta et plissa les yeux.

« Voyons, nous ne sommes quand même pas pauvres à ce point ! » s'était-il exclamé.

219

Elle en avait été tellement blessée qu'elle avait failli se mettre à pleurer. Autoriser une femme à travailler était un acte désespéré. Ils étaient décidément tombés bien bas. Mais son père dut lire la déception sur son visage, car il fit aussitôt marche arrière.

« Attends, reprit-il. Est-ce que tu as vraiment envie de faire ce travail ? »

Elle hocha la tête, trop bouleversée pour parler.

« Eh bien, dans ce cas..., poursuivit-il d'un ton réticent, accepte le poste qu'on te propose. »

Il lui sourit tristement quand elle ne réussit plus à contenir ses larmes. Elle les essuya d'un geste irrité, gênée par cette démonstration de faiblesse.

« Si ça ne marche pas, ajouta-t-il, tu pourras toujours démissionner. »

Elle acquiesça de nouveau, profondément soulagée. Même s'ils n'avaient pas vraiment le choix, elle lui était reconnaissante d'avoir l'esprit assez large pour ne pas se soucier du qu'en-dira-t-on. Elle était emballée à la perspective de travailler dans le secteur public, mais elle éprouvait cependant une secrète angoisse à la pensée qu'en prenant un emploi salarié, elle exposait leur pauvreté aux yeux du monde et couvrait ainsi son père de honte.

Par la suite, il prit garde de ne pas la froisser. Il lui déclara qu'il était fier qu'elle ait trouvé un emploi si bien rétribué, et qu'elle soit devenue chimiste à son tour, mais elle le soupçonnait de se sentir quand même un peu humilié, tout au fond de lui. Et cela se manifestait par une franche réticence à s'occuper des tâches ménagères. Tous les matins, quand elle partait travailler, il demandait invariablement :

« Qui va préparer le dîner ce soir ? »

Elle lui avait promis qu'elle continuerait à cuisiner et à se charger du ménage, de la lessive et des courses, comme sa mère le faisait quand elle était encore de ce monde. Cet accord lui paraissait acceptable car, même si elle savait qu'il n'avait rien d'équitable, elle était également consciente qu'il ne fallait pas trop en demander à Abu d'un coup. Pour le moment, il tolérait qu'elle ait un travail, et c'était suffisant.

Son métier lui plaisait. Il lui avait fallu un certain temps pour s'habituer à côtoyer la mort, mais elle se réjouissait de contribuer à résoudre des affaires criminelles. Au fil des mois, Abu s'était rendu compte qu'elle n'avait ni le temps ni l'énergie de s'occuper de tout elle-même, et il avait commencé à lâcher du lest. À présent, il faisait le ménage et la lessive ; il effectuait même parfois les courses, mais ne préparait le dîner que quand il était vraiment affamé et, à soixante-quatre ans, cela lui arrivait rarement. *Il a l'appétit d'un vieillard*, se disait souvent Katya, *et moi j'ai de l'appétit pour nous deux*.

Elle avait conscience qu'il était un peu déprimé – qui ne le serait pas, après avoir perdu celle qui avait été son épouse pendant trente ans et renoncé au métier qu'il avait exercé toute sa vie ? Elle avait toutefois espéré que le temps finirait par guérir sa tristesse ou, du moins, la rendre plus supportable. Quelquefois, en rentrant du travail, elle trouvait un dîner complet disposé pour elle sur la table : de l'agneau, du riz, des aubergines et du pain. D'autres fois, comme c'était le cas ce soir, il n'y avait que quelques œufs dans le frigo et un breuvage expérimental.

Étreignant le verre dans sa paume, elle prit une profonde inspiration et déclara :

« J'ai réfléchi toute la journée au cas de Nouf. »

Abu se tourna vers elle, des bulles de savon ruisselaient sur ses poignets.

« Je commence à croire qu'elle a été enlevée, comme Othman l'affirme », poursuivit-elle.

Son père se rembrunit. Elle vit à son expression qu'il était en proie à un conflit intérieur.

« Je me demande ce que sa famille sait au juste, murmura-t-il.

— Othman m'a raconté tout ce qu'il savait, répondit-elle avec un haussement d'épaules, tout en posant son verre sur le comptoir.

— Je présume que ce n'est pas grand-chose.

— Il essaie de surmonter son chagrin. De plus, il est tellement pris par son travail... »

Elle ne termina pas sa phrase, et agita la main comme pour signifier qu'elle avait déjà dit tout cela bien des fois.

« Je vais me débarbouiller un peu avant le dîner. »

222

Elle sortit en hâte, espérant couper court aux inévitables critiques à l'encontre d'Othman. Abu désapprouvait leur projet de mariage. Son mécontentement s'exprimait sous la forme de ronchonnements incessants, d'un monologue à voix basse dans lequel il dressait l'inventaire de tous les menus griefs accumulés contre Othman et sa famille. Elle savait qu'il s'inquiétait pour elle, qu'il craignait qu'Othman ne l'aime pas vraiment, ou qu'il ne revienne sur sa décision et n'annule le mariage, l'abandonnant sans plus de formes, parce qu'il était riche et que, si un meilleur parti se présentait, il était libre d'agir à sa guise. Peut-être, tout simplement, Abu ne la croyait-il pas digne de l'amour d'un homme riche, elle, une fille de la classe moyenne, déjà trop vieille pour se marier par-dessus le marché. Cette idée la mettait mal à l'aise car il lui arrivait parfois de se le demander elle-même : Othman l'aimait-il vraiment ? Regrettait-il qu'elle ait vingt-huit ans ? Changerait-il d'avis, quand ils seraient mariés ? En présence d'Othman, toutefois, elle n'avait aucun mal à chasser ces doutes. L'affection qu'il lui témoignait paraissait sincère. Non, l'inquiétude d'Abu provenait plus vraisemblablement de la notion surannée selon laquelle le mariage est un marché qui se conclut entre deux familles. À cet égard, il n'était pas l'égal des Shrawi, rien qu'un beau-père dénué de prestige, dont la position se trouvait d'autant plus affaiblie que Katya et Othman avaient décidé eux-mêmes de cette union.

Elle avait connu Othman par l'entremise de sa meilleure amie, Aïcha, qui avait épousé un proche cousin du jeune homme et était elle-même une lointaine cousine des Shrawi. Lors du repas de noces, hommes et femmes avaient été placés dans deux salles distinctes, mais Katya et Othman s'étaient éclipsés discrètement pour échapper à la cacophonie engendrée par les cinq cents invités. C'était en sortant prendre l'air sur un balcon de la somptueuse demeure qu'elle était tombée sur Othman. En apercevant son visage dévoilé, il n'avait pas détourné les yeux et, croisant son regard, lui avait adressé un sourire qui lui avait paru empli de tristesse. Mais il s'était présenté, lui avait demandé son nom et, chose incroyable, lui avait même serré la main. Elle avait apprécié son flegme et son assurance tranquille. Au début, elle avait été un peu intimidée, ne sachant que penser de lui, puis ils s'étaient mis à bavarder tout aussi naturellement que des membres d'une même famille. La conversation avait duré deux heures, jusqu'à ce qu'il soit obligé de partir. Par la suite, elle s'était émerveillée qu'ils aient pu rire ensemble comme de vieux amis, et échanger des histoires sur leurs familles qu'ils n'avaient encore jamais racontées à quiconque, elle en était persuadée.

Au cours des mois suivants, ils s'étaient revus fréquemment. Ils se promenaient dans la voiture d'Othman, où ils pouvaient converser sans craindre la police religieuse. Ils se retrouvaient aussi dans des centres commerciaux, où la climatisation leur permettait de déambuler confortablement et où la foule innombrable diminuait le risque d'être reconnus des personnes de leur entourage. Au début, elle avait éprouvé pour lui une forte attirance physique, mais au bout de quelque temps, elle s'était rendu compte qu'Othman n'était pas motivé par des pulsions sexuelles. C'était le genre d'homme qui pouvait contempler le visage d'une femme, lui serrer la main et se présenter à elle sans en éprouver d'excitation. Il était chaleureux et drôle, parfois brillant causeur, mais elle le soupçonnait d'être froid, au plus profond de lui. Consternée, elle avait découvert une douloureuse vérité : un homme moderne et éclairé tel qu'Othman, capable de rencontrer une femme en public sans la considérer comme une putain, était peut-être en fait incapable d'éprouver une passion véritable.

Mais lorsqu'un soir, quatre mois après le début de leur relation, il l'emmena dans un lieu isolé en bordure de l'autoroute, et qu'il l'embrassa enfin, elle se dit qu'elle s'était trompée. Il était capable de passion ; simplement, c'était un homme lent et prudent. Et elle ne l'en avait aimé que davantage. Quelques semaines après, il l'avait demandée en mariage et elle avait accepté.

Bien sûr, elle s'était comportée de manière scandaleuse en rencontrant un homme célibataire dans des lieux publics, et elle ne l'avait jamais avoué à Abu, même après lui avoir fait part de ses fiançailles. Elle lui avait seulement raconté qu'elle l'avait rencontré lors du mariage de son amie, qu'elle lui avait plu et qu'ils avaient ensuite entretenu des relations téléphoniques. Abu ne l'avait pas crue, elle l'avait bien vu, mais elle n'avait pu se résoudre à lui dire la vérité. Abu était encore très traditionaliste sur ce chapitre, insistant pour qu'elle porte le voile lorsqu'il recevait des amis (des amis de quarante ans pourtant) et se livrant à des remarques désobligeantes sur ses deux cousines qui avaient eu l'impudence de choisir elles-mêmes leurs époux. Mais les temps étaient en train de changer et, tout doucement certes, Abu changeait avec eux, en acceptant qu'elle travaille et en se chargeant des corvées ménagères. Peut-être son attitude envers Othman n'était-elle qu'un ultime sursaut de résistance face au progrès des mœurs.

Parfois, elle se disait aussi que c'était à cause de son âge avancé qu'il ne lui avait pas purement et simplement interdit ce mariage : dans l'esprit d'Abu, et de pratiquement tous les gens qu'elle connaissait, à vingt-huit ans, une femme était déjà vieille. Elle devait s'estimer heureuse d'avoir trouvé un homme qui ne soit pas déjà pourvu de trois femmes et de seize marmots.

En sortant de la cuisine, elle se rendit dans la salle de bains, sans refermer complètement la porte. Elle ouvrit le robinet et noua ses cheveux en chignon, mais comme elle se penchait au-dessus du lavabo, elle aperçut Abu dans l'encadrement de la porte.

« C'est vraiment dommage pour cette fille, dit-il, tout en extrayant le linge sale du panier. Tu affirmes qu'elle était intelligente. Je présume qu'elle aurait eu une belle vie.

— Je le crois aussi », répondit Katya en refermant le robinet et en retirant la bonde, qui était couverte de savon et de cheveux.

Elle ôta ce magma peu ragoûtant, le jeta dans la poubelle et se lava rapidement les mains.

« Qui l'aurait enlevée, d'après toi ? reprit son père.

— Je n'en ai aucune idée.

— Il n'y a aucun suspect ?

— Pas encore. Et pour ce que nous en savons, elle peut très bien s'être enfuie de son propre chef.

— Mais tu ne le crois pas. »

Katya ne répondit pas. Serrant contre lui une brassée de serviettes sales, Abu s'adossa au chambranle.

« Ce doit être lié au fait qu'elle était enceinte. Mais la question que je me pose, c'est : qui aurait été le plus contrarié par cette nouvelle ? Sa mère ? Son père ? À mon avis, la personne que cette grossesse tracassait le plus, c'était Nouf elle-même, ne penses-tu pas ? »

Katya hocha la tête. Cette question ravivait la peur tapie en elle depuis qu'elle avait découvert que la jeune femme attendait un enfant : et si Nouf avait été violée ? Pas le jour de sa disparition, puisque la grossesse datait déjà de plusieurs semaines, mais avant cela. Et si elle s'était enfuie en prenant conscience de cette épouvantable réalité ? Katya avait vu Nouf deux semaines avant sa disparition. Elle devait déjà être enceinte, à ce moment-là, mais elle ne lui avait pas paru différente des autres fois. Sans doute cachait-elle de son mieux son angoisse et son désespoir.

Pourtant, il n'y avait sur le corps aucun signe d'un viol remontant à plusieurs mois, aucune trace de coupure cicatrisée ou de contusion.

« Tu as peut-être raison, dit-elle. Nouf a sûrement été bouleversée. Mais je ne pense pas qu'elle était suicidaire, et les éraflures sur ses poignets montrent que, même si elle s'est enfuie, elle s'est battue avec quelqu'un.

— C'est possible. Mais la façon dont on élève les enfants dans cette famille me préoccupe. Tu le sais, donc je n'ajouterai rien d'autre, sauf que, selon moi, Nouf a probablement été victime de son éducation.

— Que veux-tu dire ?

— Elle voulait peut-être se punir elle-même, davantage que personne d'autre n'aurait pu le faire. Les Shrawi se donnent tellement de mal pour paraître vertueux. Ils y sont obligés ; c'est leur fonction. Ils reçoivent de l'argent au nom d'Allah, donc ils doivent se montrer absolument irréprochables. C'est une pression énorme, surtout pour une jeune fille au caractère un peu rebelle. »

Katya scruta les grands yeux marron de son père. Il avait raison : par certains côtés, les Shrawi étaient sous pression. Mais ce qui la fascinait le plus, c'était la description qu'il venait de donner de Nouf. Est-ce vraiment ainsi qu'il la voit, se demanda-t-elle : une jeune fille ordinaire, « au caractère un peu rebelle » ? Cela donnait d'elle une image charmante, inoffensive même. C'était pourtant le même homme qui, d'une humeur différente, aurait qualifié Nouf de garçon manqué ou de mauvais exemple pour les femmes. Décidément, la retraite adoucissait les mœurs... Elle se rappela comment il s'était mis en colère, deux ans auparavant, quand après avoir passé des semaines à arranger un mariage pour elle, il s'était aperçu qu'elle refusait d'épouser l'homme en question. Il ne lui avait pas parlé pendant un jour entier, et lorsqu'il lui avait enfin adressé la parole, ç'avait été pour laisser exploser sa colère en une violente tirade, la traitant de « misérable ingrate » et la prévenant qu'elle allait devenir une « femme inutilisable ». Comment la décrirait-il aujourd'hui ?

« Peut-être dis-tu vrai », concéda-t-elle.

Une minute plus tard, en s'essuyant le visage, elle vit son père toujours à la même place, les épaules voûtées, le regard triste.

« Si tu allais préparer les œufs ? » lui proposa-t-elle.

Il se redressa et prit un air sévère, avant de répliquer dans un sourire :

« Je fais la lessive. C'est à ton tour de cuisiner. »

De retour dans la cuisine, elle retira sa bague de fiançailles et la déposa soigneusement sur le rebord de la fenêtre. Elle termina la vaisselle qu'Abu avait abandonnée dans l'évier, réfléchissant au moyen de discuter de Nouf avec son père sans y mêler Othman. Cette affaire commençait réellement à l'obséder. Avec qui Nouf s'était-elle battue ? Était-ce la même personne qui lui avait porté ce coup à la tête ? Pourquoi avait-on retrouvé des traces de purin sur son poignet ? Et un éclat de bois dans sa tempe ? De toute évidence, il ne s'agissait pas seulement d'une noyade accidentelle, et Katya se sentait obligée de clarifier les faits, sinon pour établir qu'il y avait eu meurtre, du moins pour s'assurer – et pouvoir assurer à Othman – que c'était bien un accident.

Mais, quoi qu'elle fasse, n'importe quelle théorie sur la mort de Nouf l'obligeait à évoquer Othman ou, sujet plus dangereux encore, son travail.

Quelques minutes plus tard, Abu la rejoignit. Il s'adossa au comptoir et, s'emparant du verre de milk-shake, demanda :

« Tu n'as pas aimé ?

— Si, si, c'était bon », affirma-t-elle.

Elle constata que son humeur s'était améliorée depuis qu'elle était rentrée, et elle se demanda à quel point il souffrait de la solitude quand elle n'était pas là.

« Comment s'est passée ta journée ? s'enquit-elle de nouveau.

— Pas mal, répondit-il en haussant les épaules, avant de venir se placer à côté d'elle devant l'évier. Ce collègue dont tu m'avais parlé ne vous harcèle plus, j'espère ?

— Non, tout va bien. »

Il faisait allusion à Qasim, un technicien de laboratoire qui avait fait irruption un jour dans la section féminine pour exiger que toutes les femmes portent des chaussettes, affirmant que toutes ces chevilles exposées à sa vue le mettaient mal à l'aise.

« Est-ce qu'il arrive souvent aux hommes de pénétrer ainsi dans le labo des femmes ? reprit son père.

— Non, non, Abu, rassure-toi. La direction a décidé de faire poser un verrou sur la porte.

— Donc, tu n'es pas amenée à côtoyer des hommes ?

— Mais non. »

Aussitôt, elle pensa à Maamoon et Nayir, et fut assaillie par la culpabilité. Oui, elle avait rencontré des hommes dans le cadre de son travail, mais l'un était un vieux légiste aigri, et l'autre ne comptait pas. C'était un employé des Shrawi et, à en croire Othman, une sorte de guide bédouin mystique. Tous les deux ou trois mois, Othman partait avec lui dans le désert pour communier avec la nature.

Elle ouvrit le réfrigérateur pour en examiner le contenu : à part les œufs, il était effectivement vide. Elle en prit quatre, mit une poêle sur la cuisinière, alluma le brûleur et versa une goutte d'huile dans le récipient. Elle devait reconnaître qu'avant de rencontrer Nayir, elle était intriguée par la description qu'Othman lui en avait faite : un être pur et noble, un personnage romantique. Mais il s'était révélé être un véritable ayatollah, incapable de s'adresser à elle sans rougir, ou de croiser son regard. Et il avait été sur le point de s'évanouir à la vue du corps de Nouf, comme s'il avait contemplé le visage du diable en personne ! Nayir était exactement le genre d'homme à arrêter les femmes dans la rue pour leur reprocher de ne pas porter de gants ou de trop laisser deviner leurs traits derrière leurs burqas.

Par comparaison, elle n'aurait dû en apprécier son fiancé que davantage, mais cette rencontre avait au contraire fait naître en elle une certaine appréhension. Était-il donc si aveugle à l'égard de ses amis ? Ou Nayir se comportait-il de manière entièrement différente avec Othman ? Peut-être était-il vraiment à ses yeux un modèle spirituel ? D'une certaine manière, cette idée la révoltait : ne pas avoir à se soucier de la probité de ses amis était un des nombreux privilèges des hommes.

Abu était toujours planté à côté d'elle. En silence, ils attendirent que les œufs soient cuits, puis, habilement, elle les fit glisser sur des assiettes, reposa la poêle et éteignit le feu.

Montrant ses mains, Abu murmura :

« Tu me rappelles ta mère. Elle avait les mêmes gestes pour manipuler la poêle. »

La gorge de Katya se contracta à tel point qu'elle fut incapable de répondre. Sa mère était morte depuis plus de deux ans, mais elle ne pouvait toujours pas penser à elle sans être accablée de chagrin. Ces derniers temps, quand elle se laissait aller à évoquer sa mémoire, c'était immanquablement pour déplorer qu'elle ne pût assister à son mariage. Sa maman, qui n'avait pas pu avoir d'autre enfant après elle, voulait des petits-enfants, le plus grand nombre possible. Elle pensait que le mariage devait être l'objectif principal de toute femme et avait été profondément déçue que Katya ne partageât pas cette vision des choses.

Ils mangèrent dans un silence quasi total et, quand ils eurent terminé, allèrent s'asseoir sur le balcon surplombant la rue. Abu lui lança un regard de reproche parce qu'elle ne portait pas sa burqa, et elle marmonna en guise d'excuse qu'elle était trop fatiguée pour aller la chercher.

À cette heure, la foule qui encombrait habituellement les trottoirs dans la journée avait disparu, les vendeurs ambulants avaient plié bagage, et les habitants du quartier se promenaient en toute tranquillité, certains saluant Abu du geste ou de la voix, d'autres évitant de lever les yeux vers lui, de crainte d'entrevoir le visage dévoilé de Katya. Elle les compta à mesure qu'ils passaient, tous ces hommes qui s'abstenaient de dire bonjour à leur ami parce qu'elle était là, parce que la regarder aurait été aussi dangereux que fixer le soleil. Elle était arrivée à quatre quand elle se résolut à rentrer.

Une fois dans sa chambre, elle décida d'appeler Othman. Elle désirait l'informer que le sang relevé sous les ongles de Nouf était celui d'une autre personne. Elle avait repoussé cet instant parce qu'elle ne savait pas comment lui annoncer que la jeune fille s'était battue contre un agresseur. Elle avait déjà eu la lourde tâche de lui apprendre sa mort, et ensuite sa grossesse. Elle ne voulait pas rester à jamais associée, dans l'esprit d'Othman, à ces nouvelles désolantes. Désormais, chaque fois qu'elle prononçait le nom de Nouf, il devenait silencieux. Elle savait que la mort de sa sœur l'avait profondément affecté et que, d'une manière générale, il répugnait à exprimer ses sentiments, mais son mutisme sur le sujet commençait à la préoccuper. Elle craignait que ce drame ne l'afflige beaucoup plus qu'il ne voulait l'admettre.

Il lui répondit d'une voix empreinte de lassitude, et s'excusa en disant qu'il avait été en réunion toute la journée.

« J'aimerais te voir, poursuivit-il. Auras-tu un peu de temps cette semaine ? »

Elle accepta avec soulagement. Ils s'étaient parlé brièvement lors de l'enterrement, mais n'avaient pu se rencontrer en tête à tête. Avant cela, il avait passé douze jours dans le désert à rechercher Nouf. Pendant cette période, elle était devenue une sorte de zombie, ne parvenant plus à trouver le sommeil tant elle s'inquiétait pour lui.

Il lui fallut un certain temps avant de trouver le courage de lui parler des analyses. Il garda le silence, ainsi qu'elle s'y attendait, et elle se sentit prise de remords. *Cela pouvait attendre jusqu'à demain*, se reprocha-t-elle. Au bout d'un long moment, elle l'entendit soupirer.

« Je suis désolé. Je n'ai fait que penser à ça toute la journée. Je te remercie de ton aide.

— Ce n'est rien.

— Eh bien, je te remercie quand même.

— As-tu une idée de l'identité de cet agresseur ?

— Non. Pas la moindre.

— Une dernière chose, poursuivit-elle, et ensuite je ne t'importunerai plus avec ça. J'aimerais obtenir un échantillon de l'ADN de son garde du corps. Pourrais-tu lui parler ?

— Pourquoi as-tu besoin d'ADN ?

— Je crois qu'il était le mieux placé pour l'enlever. J'aimerais comparer son ADN à celui du sang trouvé sous les ongles de Nouf.

— C'est une bonne idée, déclara Othman. Mais il ne m'aime guère, tu sais. Il vaudrait peut-être mieux demander à Nayir. Il a l'intention d'interroger Mohammed. Peut-être l'a-t-il déjà fait. Je vais te donner son numéro de téléphone. »

À contrecœur, Katya nota le renseignement. Elle n'avait aucune envie d'appeler Nayir. C'était tout à fait le genre d'homme à refuser de parler à une femme, même au téléphone.

« Je l'appellerai demain, si tu penses qu'il n'y verra pas d'objection.

— Bien sûr que non ! Il est un peu à cheval sur les traditions, mais si tu lui expliques ce

235

dont tu as besoin, il sera tout à fait disposé à t'aider. »

Elle était persuadée du contraire, mais prête à essayer néanmoins.

« Si tu ne réussis pas à le joindre sur son portable, reprit Othman en hésitant, il faudra que tu ailles le voir sur son bateau. Ou que tu envoies ton chauffeur.

— Oh, voyons, je ne peux pas faire ça !

— Crois-moi, je n'y vois pas d'inconvénient. Je te fais confiance. »

Elle fut contente de savoir que son fiancé se fiait à sa chasteté, mais là n'était pas le problème.

« Nayir sera effaré de me voir débouler sur son bateau, objecta-t-elle, ajoutant en son for intérieur : *Il trouvera ça complètement indécent.*

— Je sais que ce n'est pas tout à fait convenable, rétorqua Othman, mais parfois, il laisse son portable éteint plusieurs jours d'affilée. C'est très agaçant quand on cherche à le joindre. »

Katya demeura silencieuse.

« Vas-y avec ton chauffeur, reprit Othman, et veille à porter ta burqa. Il ne devrait pas y avoir de problème. Nayir se comporte comme un vrai Bédouin vis-à-vis des femmes, mais c'est un brave homme. Il comprendra. »

Elle aurait voulu lui expliquer combien cette idée l'épouvantait, *elle* – elle avait toujours jugé dégradant que les hommes l'ignorent ostensiblement, qu'ils refusent de croiser son regard et réagissent comme si elle était une prostituée quand elle se risquait à ouvrir la bouche. Mais

236

Othman avait une si haute opinion de Nayir qu'elle n'osait pas dire du mal de lui.

« Je l'appellerai », assura-t-elle une nouvelle fois à son fiancé.

Cette nuit-là, elle rêva qu'elle confectionnait des petits gâteaux, ces succulents petits gâteaux tout chauds et sucrés que faisait sa mère. Mais quand elle s'apprêtait à y goûter, sa mère apparaissait sur le seuil de la cuisine et lui conseillait de ne pas trop en manger. Un homme n'aime pas que sa femme devienne trop grasse, déclarait-elle, du moins, tant qu'elle n'a pas enfanté, car alors, il la jugera trop gourmande. Il craindra qu'elle ne dévore tout, cette goinfre, qu'elle n'arrache même la nourriture de la bouche de leurs enfants, et que ceux-ci ne soient maigres, arriérés, et ne fassent honte à leur père. Quelle sorte de mère serait-elle, si elle se conduisait ainsi ?

Dans son rêve, Katya se mit à pleurer.

13

Nayir rentra à la marina, après avoir vainement cherché Eric Scarsberry toute la matinée. Il s'était rendu dans trois complexes résidentiels habités par des Américains sans trouver la moindre trace de sa présence. En chemin, il n'avait cessé de penser à cette fameuse théorie sur l'amant américain de Nouf, et à la façon dont ses hommes l'avaient constamment enrichie de nouveaux détails, pendant tout le temps qu'avaient duré les recherches. Un soir, autour du feu de camp, ils avaient imaginé le genre d'arguments auxquels l'homme avait dû recourir pour séduire une fille comme elle. « En Amérique, tu pourras faire du shopping autant que tu le voudras ! » « En Amérique, tu auras ta propre voiture ! » Mais la phrase qui était restée gravée dans l'esprit de Nayir, c'était : « En Amérique, un homme ne peut pas prendre une seconde épouse. »

Cet argument avait retenu son attention parce qu'il considérait que vouloir demeurer l'unique épouse était une idée respectable, et que Nouf avait peut-être raison, en fin de compte, de refuser un mariage à la saoudienne. Lui-même n'était pas favorable à la polygamie. Certes, le Coran autorisait un homme à avoir quatre femmes, mais à la seule condition qu'elles soient traitées sur un pied d'égalité – ce qui, dans son esprit, revenait à interdire la polygamie, car enfin, quel homme parviendrait à traiter quatre femmes exactement de la même manière ? À leur accorder chaque jour la même attention, la même somme d'argent ? Le même nombre d'enfants ? Les mêmes baisers, les mêmes étreintes ? Pour déployer une telle énergie, il fallait manifestement n'avoir rien d'autre à faire. Comment trouver le temps de travailler, dans de telles conditions ? D'élever des enfants ? De prier ? C'était grotesque, et pourtant, il en voyait tous les jours, des familles comme celles-là, des maris se démenant entre quatre femmes et une vingtaine d'enfants. Il les voyait piqueniquer sur la Corniche, les enfants s'égaillant dans les alentours comme des hordes de bandits, les épouses se chamaillant tout en étendant d'immenses nattes et en installant tout un attirail de cuisine en plein air, des réchauds de camping et des glacières par douzaines. Il s'asseyait sur un banc et les observait de loin, étudiant les femmes voilées de pied en cap en essayant de déterminer si leur époux les traitait équitablement. Dans la plupart des cas, l'époux en question prenait place sur une natte distincte, en compagnie d'autres hommes, audessus de la mêlée. Quand les enfants s'approchaient de lui, c'était toujours avec une crainte visible. Et les femmes ne s'adressaient à lui que pour lui proposer de la nourriture. Au moins, pensait Nayir, leur mari leur accordait-il le même traitement à toutes – en les ignorant complètement.

Mais même si ce spectacle n'avait rien de rare, même s'il était tout à fait banal, Nayir était chaque fois irrité de constater que certains hommes pouvaient avoir quatre femmes, alors que d'autres n'en avaient aucune. Ce n'était pas juste.

Terrassé par la chaleur de la mi-journée, il gara sa Jeep sur le parking de la marina. D'habitude, il cherchait une place à l'ombre, bien que celle-ci se réduisît à une bande étroite et mouvante, projetée par une remise délabrée. Comme il était le plus ancien de tous les résidents, les autres semblaient lui en reconnaître l'usage exclusif, par une sorte d'accord tacite. Même si l'ombre ne durait guère plus d'une heure, et que sa Jeep fût la voiture la plus minable de tout le parking, Nayir était touché par une telle marque d'attention de la part de ses voisins. Aujourd'hui, toutefois, une autre voiture était garée à l'endroit convoité – une Toyota noire avec des plaques neuves et un Coran sur le tableau de bord.

Intrigué, il examina longuement le véhicule. Peut-être s'agissait-il d'un nouveau voisin, ignorant des usages, un homme d'affaires ou un plaisancier du week-end...

Il s'engagea sur le ponton branlant, dont le bois usé craquait sous ses pieds, et les embarcations se mirent à osciller au même rythme. Il les inspecta du regard, cherchant à repérer celle du nouveau venu, mais au lieu de cela, ce fut une femme qu'il découvrit. Il ne la reconnut pas : elle portait une abaya noire et une burqa. Seuls ses yeux étaient visibles.

En apercevant Nayir, elle se redressa, et il sut aussitôt qu'il s'agissait de Mlle Hijazi. Il ne connaissait pas d'autres femmes, et elle l'avait manifestement reconnu. Que faisait-elle ici ? se demanda-t-il, en manquant trébucher contre un amas de cordages. Oui, c'était bien elle, il reconnaissait ses yeux, à présent, et la forme de ses épaules...

Elle ne fit pas un pas vers lui et attendit qu'il lui adresse la parole.

« Mademoiselle Hijazi ?

— Monsieur Sharqi », répondit-elle, sans lui tendre la main.

Son regard se posa sur l'imper de Nayir et elle l'examina de bas en haut à deux reprises, mais n'émit pas de commentaire.

« *Ahlan wa'sahlan* », reprit-il, ne sachant pas très bien quelle conduite adopter.

Si les voisins la voyaient, les commérages iraient bon train – qui sait, ils pouvaient même appeler la police religieuse –, mais il ne pouvait la cacher nulle part, et l'inviter à monter à bord était hors de question. Cela équivaudrait à l'inviter dans son lit. Le seul fait de se tenir face à elle lui donnait l'impression d'être en faute.

« Où est Othman ? demanda-t-il, en jetant un regard anxieux vers le bateau de Majid.

— Au travail.

— Sait-il que vous êtes ici ?

— Oui, c'est lui qui m'a donné votre adresse.

— Vraiment ?

— Je suis désolée, expliqua-t-elle. J'ai essayé de vous joindre sur votre portable, mais vous l'aviez éteint. »

Il sortit le téléphone de sa poche. C'était exact.

« Vous n'avez pas de chaperon ?

— J'ai un chauffeur, rétorqua-t-elle d'une voix où perçait la contrariété.

— Où est-il ?

— Il est parti se promener. »

Nayir ne répondit rien, et elle baissa les yeux.

« Je ne suis pas venue ici pour de mauvaises raisons, monsieur Sharqi, reprit-elle. Mon chauffeur me connaît depuis mon enfance. Il me fait confiance. »

Nayir entendit un bruit sourd dans un bateau proche, et cela l'incita à passer à l'action.

« Venez, dit-il, en montrant le chemin. Mon bateau est par là. »

À une quarantaine de mètres de distance, le *Fatima* était magnifique à voir. C'était un Catalina de trente pieds de long avec une grand-voile rouge vif et un foc bleu marine, tous deux étroitement enroulés au pied de leur mât. Mais en se rapprochant, Nayir prit conscience avec gêne de la saleté qui régnait dans le port. Des pages de magazine déchirées et des immondices flottaient sur l'eau. Il conduisit Mlle Hijazi jusqu'à la passerelle, grimpa sur le pont et lui tendit une main qu'elle ignora, pour sauter à bord d'un mouvement gracieux.

« *Tfaddalu* », dit-il en montrant la cabine.

Monter à bord était une chose, descendre l'échelle instable en était une autre. Il la précéda et se retourna pour aider la jeune femme, mais il ne voulait pas la toucher ni avoir l'air de regarder sous ses jupes, et préféra s'écarter.

Elle descendit lestement, et il l'invita à s'asseoir sur le petit canapé face au coin repas, après en avoir retiré en hâte une pile de cartes de navigation qu'il emporta dans sa cabine. En revenant, il éprouva un choc en découvrant sur le siège ce qui ressemblait à un étron desséché. Il lui fallut un moment pour identifier un vieux cigare, sans doute laissé là par son ami Azim. Il le fourra dans sa poche.

« *Tfaddalu*, répéta-t-il. Asseyez-vous. »

Aucune femme respectable ne se serait ainsi invitée chez lui. Si les voisins l'avaient vue, qui sait ce qui allait arriver ? *Ya'Allah*, ils pouvaient se retrouver en prison...

Elle prit place sur l'étroite banquette avec précaution en paraissant retenir sa respiration.

« Quelque chose ne va pas ? »

Elle ne répondit pas, et, devant son air gêné, Nayir se sentit à la fois coupable et rassuré, car cela prouvait qu'elle avait conscience de ce que sa présence avait d'incongru. Se rappelant les règles élémentaires de politesse, il passa dans la kitchenette et lui proposa du café, des confiseries et des dattes. Elle refusa poliment le tout, mais il prépara quand même du café et, ce faisant, goûta une datte. Elle avait la texture du ciment frais. Discrètement, il la recracha dans l'évier et jeta le reste à la poubelle.

Il déposa le café sur la table, en versa une tasse à Mlle Hijazi, et regagna la cuisine, afin de lui parler à distance décente.

« Vous ne m'aviez pas dit que vous connaissiez les Shrawi.

— Je ne voulais pas que le médecin expert sache que j'avais des liens avec eux. Il aurait été trop heureux de saisir ce prétexte pour me retirer le dossier. »

Nayir se sentit stupide de ne pas y avoir pensé.

« Je suis ici uniquement pour des raisons professionnelles, monsieur Sharqi. J'espère que vous le comprenez. »

Bien que cette remarque eût été faite sur un ton pudique, elle incita Nayir à imaginer toutes les autres raisons qui auraient pu motiver cette visite. C'était une façon détournée de l'accuser d'avoir de mauvaises pensées et il en éprouva un bref accès d'indignation.

« J'ai déjà fait analyser les échantillons, l'informa-t-il.

— Quels échantillons ?

— Le détective privé m'a donné un échantillon de terre prélevé dans la plaie que Nouf

245

avait à la tempe. Il semblerait que la blessure n'ait pas été faite dans le désert ; la terre était d'une couleur orange foncé et contenait de l'argile. Elle ne correspondait pas à l'échantillon prélevé dans le wadi.

— Bien, acquiesça-t-elle. Je n'ai pas encore eu le temps de les examiner. »

Elle avait l'air nerveuse et ses doigts tripotaient constamment le bord de sa manche.

« Othman m'a dit que vous saviez qu'elle était enceinte. »

Il hocha la tête, mais comme elle ne le regardait pas, il fut obligé de répondre à voix haute :

« Oui.

— J'espérais que vous pourriez m'aider à me procurer des échantillons d'ADN, poursuivit-elle, afin de déterminer qui était le père du bébé. »

Elle gardait les yeux rivés au sol, et Nayir avait le regard fixé sur le réchaud.

« Il me faut l'ADN de tous les hommes qu'elle connaissait, expliqua-t-elle. Son fiancé, ses cousins, son garde du corps, tous les hommes qui fréquentaient la maison. J'aimerais pouvoir le comparer aux fragments de peau et de sang retrouvés sous les ongles de Nouf. C'est probablement le père de l'enfant, quel qu'il soit, qui avait le meilleur motif pour l'enlever.

— Ne pouvez-vous pas vous procurer vous-même l'ADN de ses frères ? »

Elle prit un air surpris et, comprenant brus-quement ce que sous-entendait sa question, il sentit le rouge lui monter aux joues.

Mlle Hijazi était visiblement décontenancée, et une longue minute s'écoula dans un silence tendu. Finalement, elle s'enquit dans un soupir :

« Que faites-vous en ce moment ?

— Que voulez-vous dire ? demanda-t-il, effaré.

— Avez-vous des projets pour cet après-midi ?

— Oui, j'ai à faire. Et vous ? Je croyais que vous travailliez à temps plein.

— J'ai pris quelques heures de congé. Avez-vous pu parler au garde du corps ? »

Décidément, Othman lui raconte tout ! pensa-t-il en lui-même.

« Monsieur Sharqi, soupira-t-elle en se redressant. Je me rends bien compte que ma présence vous met mal à l'aise…

— Non, pas du tout, mentit-il.

— Si, je le vois bien. Mais c'est pour Nouf que je fais ça. Il ne s'agit ni de vous ni de moi, mais d'une femme qui est morte et qui réclame que l'on fasse toute la lumière sur sa mort. Vous êtes le seul en qui Othman ait confiance, le seul sur qui il puisse compter. »

Nayir croisa les bras et garda le silence, mais cette déclaration lui réchauffa néanmoins le cœur.

« J'espérais que vous pourriez m'en apprendre plus sur Mohammed, le garde du corps. C'est le suspect principal, à mes yeux.

— Je ne suis pas de cet avis. »

Il fit alors à la jeune femme un résumé des révélations de Mohammed au sujet d'Eric Scarsberry. Elle ne manifesta aucune surprise ; c'est à peine s'il vit ses épaules se raidir imperceptiblement. Mais elle n'émit aucun commentaire.

« J'ai essayé toute la matinée de trouver l'appartement de cet Eric, reprit-il. Je présume qu'il se trouve dans un de ces complexes résidentiels réservés aux expatriés américains. Il y en a six, à ma connaissance. J'en ai visité trois jusqu'à présent, sans résultat. »

Mlle Hijazi resta un instant silencieuse, puis, finalement, se leva en disant :

« J'aimerais vous accompagner.

— Non, non. Je peux y aller tout seul. Vous n'avez qu'à... Vous pouvez rentrer...

— Je ne vous demande pas de m'y conduire, répliqua-t-elle d'un ton têtu. J'ai mon propre véhicule, si vous préférez me suivre. »

Il hésita. Une partie de lui-même se révoltait à l'idée de se promener en compagnie de la fiancée de son ami – et dans un quartier américain, qui plus est ! Pourtant, il savait qu'elle avait raison : c'était pour Nouf qu'ils faisaient cela et, en fin de compte, c'était ce qu'Othman souhaitait. Néanmoins, elle n'avait aucune raison de l'accompagner là-bas, sinon pour prouver qu'elle était déterminée, ou pour impressionner Othman. Mais la partie la plus généreuse de sa personnalité soufflait à Nayir que la jeune femme prenait cette affaire vraiment à cœur. Elle courait un grand risque en poursuivant l'enquête alors que la mort avait été officiellement classée comme accidentelle. Elle allait probablement à l'encontre de la volonté de son patron, et mettait même sa carrière en danger. À contrecœur, il s'avoua qu'il l'admirait pour sa quête opiniâtre de la vérité.

« Très bien, concéda-t-il finalement. Puisque vous avez un moyen de transport... »

14

Tout en roulant derrière la Toyota de Mlle Hijazi, Nayir se demandait quelle sorte de parents avait la jeune fille pour l'autoriser à travailler dans un environnement mixte. Sans doute étaient-ils complètement occidentalisés. Il voyait d'ici le père, en costume d'homme d'affaires et parlant un anglais parfait ; quant à la mère, ce devait être une de ces femmes qui écrivent au roi et aux ministres pour se plaindre de la discrimination à l'encontre des femmes. (Pourquoi ne pouvons-nous pas conduire ? Pourquoi ne pouvons-nous pas nous rendre à La Mecque sans la permission de nos maris ?) Toutefois, il avait du mal à associer cette image à des proches de la famille Shrawi. Il était encore plus surprenant que la jeune fille fût sur le point d'épouser l'un des fils. Il s'étonnait qu'Othman accepte qu'elle travaille, non seulement parce que cela impliquait qu'elle côtoie des hommes, mais parce que cela montrait qu'elle avait besoin d'argent. Voilà qui ne devait pas enchanter les Shrawi...

Ils arrivèrent devant les grilles du complexe

résidentiel américain. Sur la gauche, une enseigne au néon bleue annonçait « Club Jed » en pseudo-caractères arabes ornementés. Un agent de la sécurité s'approcha de la Toyota et conversa un instant avec le chauffeur. Puis il lui fit signe de passer, ainsi qu'à Nayir.

À l'intérieur du domaine, le décor changeait du tout au tout. Les maisons étaient pour la plupart de style saoudien, en stuc de couleurs vives avec des volets ouvragés et des toits plats, mais les jardins étaient étrangement américains et regorgeaient de fleurs qu'il ne connaissait pas. Les résidents étaient des citoyens des États-Unis et des ressortissants d'autres pays occidentaux venus travailler deux ou trois ans en Arabie Saoudite. La plupart étaient attirés par les salaires élevés et totalement exempts d'impôts ; certaines entreprises offraient même à leurs salariés des vols vers l'Amérique une ou deux fois par an. Le besoin en main-d'œuvre était énorme, car un grand nombre de Saoudiens étaient assez riches pour ne pas avoir à travailler et, de l'avis de Nayir, estimaient que le travail était indigne d'eux. Mais, bien que la présence des expatriés fût nécessaire, il éprouvait un certain ressentiment à les voir recréer ici leur propre petit monde, un univers bien clos où ils pouvaient s'imaginer vivre en Amérique.

Il suivit la voiture de Mlle Hijazi à travers le damier des rues, jusqu'à un parking encombré de pick-up et de SUV. Elle descendit et il l'imita. Sur leur droite s'amorçait un sentier qui gravissait une petite colline.

« D'après le garde, c'est un club, expliqua la jeune fille en montrant un bâtiment au sommet du monticule – une construction basse et laide, à laquelle une balustrade de marbre conférait cependant une touche de raffinement. On pourra peut-être nous y renseigner sur Eric.

— Est-ce un club pour femmes ? s'enquit Nayir.

— Il est ouvert à tous. C'est une sorte de bar.

— Un bar ? » s'exclama-t-il, effaré.

Même dans les quartiers réservés aux étrangers, l'alcool demeurait interdit.

« On n'y sert que des boissons non alcoolisées, bien sûr, le rassura Mlle Hijazi. Venez, allons jeter un coup d'œil à l'intérieur. Nous aurons peut-être la chance de le trouver, ou de trouver quelqu'un qui le connaît.

— Votre chauffeur ne vient pas ?

— Il n'a aucune raison de le faire, répondit-elle après une brève hésitation. Puisque vous m'accompagnez », ajouta-t-elle, d'un ton qui laissait toutefois entendre : *À moins que je ne me trompe à votre sujet.*

Le club était pratiquement désert, à l'exception de quelques rares clients affalés sur des sièges en retrait. Des plafonniers diffusaient une faible lumière au-dessus d'eux. L'immobilité des clients et la manière bizarre dont l'éclairage sectionnait leurs corps en deux créaient une déprimante impression de vide et faisaient ressembler la salle à un entrepôt de pièces détachées pour mannequins de cire. Une odeur rance flottait dans l'air. Ils passèrent devant une table autour de laquelle trois femmes étaient en train de bavarder. L'une d'elles adressa un sourire à Nayir, mais il détourna les yeux.

Mlle Hijazi avait l'air impressionnée, peut-être un tantinet nerveuse. D'un geste désinvolte, elle releva sa burqa. Nayir fit de son mieux pour ne pas regarder son visage, mais c'était impossible ; il irradiait comme un clair de lune. Il nota qu'elle était jolie, à sa façon singulière : un nez un peu long, une bouche un peu asymétrique. Si elle avait eu un minimum de pudeur, elle aurait gardé son voile en présence de tous ces étrangers. Il constata toutefois qu'aucun d'eux ne lui prêtait attention.

Il n'y avait personne au bar, et ils franchirent une porte de verre coulissante pour gagner le patio. Des tables de bistrot en fer étaient disposées au hasard. Il y avait là une plate-bande de gazon, un massif de fleurs inidentifiables et – extravagance suprême – une piscine. L'eau scintillait d'un frais éclat bleu-vert, mais l'air empestait le chlore.

Au bord de la piscine, deux femmes prenaient un bain de soleil. Il aurait été impossible à Nayir de les ignorer, aussi ferma-t-il à demi les paupières et porta-t-il une main à ses yeux, en faisant semblant d'être aveuglé par le soleil. Dans un coin, un homme bronzé et ridé était assis sur une chaise longue. Il buvait de l'eau glacée tout en lisant un journal. En les apercevant, il posa son journal sur la table.

Mû par une subite impulsion, Nayir s'avança

vers lui et lui demanda s'il connaissait Eric Scarsberry.

« Vous voulez parler de Scarberry, répondit l'homme. Oui, je le connais. Il habite ici.

— Pourriez-vous me donner son adresse ? Nous enquêtons sur un crime et nous avons quelques questions à lui poser.

— Bien sûr. Il vit dans Peachtree Street. »

L'Américain lui indiqua le numéro de la maison de Scarberry et lui expliqua comment s'y rendre, avant d'ajouter :

« Il y a longtemps que je ne l'ai pas vu. Il a des ennuis ?

— Non, mais il pourrait nous aider. »

Nayir s'aperçut que Mlle Hijazi avait battu en retraite près de la porte et avait rabattu sa burqa. Il remercia l'étranger et prit congé de lui, puis la rejoignit.

« J'ai l'adresse, dit-il. Vous pouvez m'attendre dans la voiture avec votre chauffeur, si vous voulez. »

Elle ne répondit pas, mais lui emboîta le pas quand il contourna la piscine pour traverser une pelouse d'un vert éclatant, aussi élastique que du caoutchouc sous leurs pieds. Arrivés devant une grille blanche, ils passèrent sous une charmille et se retrouvèrent sur le trottoir d'une paisible avenue résidentielle. Ils poursuivirent leur chemin, examinant les maisons.

« D'après ce type, c'est par là », déclara Nayir en montrant une rue sur la gauche.

Ils s'y engagèrent, et Nayir essuya la sueur qui ruisselait dans son cou. Mlle Hijazi semblait plus calme à présent, et marchait d'un air dégagé, sans paraître troublée par le fait de se trouver seule avec lui. Peut-être était-ce l'effet de ce cadre plus américain que nature. Quant à lui, il était toujours un peu tendu.

« Il y a une chose qui m'intrigue, dit-elle soudain. Comment se fait-il que vous n'ayez jamais emmené Nouf dans le désert ?

— Son père ne l'aurait pas permis. D'après lui, c'était trop risqué.

— Mais d'après vous, ça ne l'était pas ? »

Pour une raison inconnue – peut-être la brise qui purifiait l'air environnant –, il perçut alors son odeur pour la première fois. Une odeur chaude et propre qui, en lui emplissant les narines, fit vibrer son corps tout entier. Elle s'aperçut peut-être de son émoi, car elle s'écarta soudain et prit un air gêné.

« Elle aurait été en sécurité avec moi », déclara-t-il.

Il promena son regard autour de lui. Ce n'était pas une rue saoudienne, il n'y avait pas de police religieuse ici, personne pour les arrêter et leur demander un certificat de mariage, et cependant il sentit un frisson lui parcourir la nuque.

Une plaque leur indiqua qu'ils étaient arrivés dans Peachtree Street et ils obliquèrent à gauche pour pénétrer dans une résidence d'un blanc immaculé. Un silence absolu régnait sur ce lieu, et leurs pas résonnaient avec tant de force sur le trottoir qu'ils préférèrent marcher sur la pelouse.

L'appartement 229-B était dissimulé derrière un haut mur de pierre. Des lianes de henné grimpaient à l'assaut du mur, s'insinuant dans les fissures, et un lézard solitaire, plus immobile que les pierres, se chauffait au soleil. Ils se faufilèrent sous une nouvelle charmille et s'approchèrent de l'habitation. Il s'agissait en fait d'une maison jumelée, dont chacune des parties était pareillement silencieuse. L'appartement de droite comportait un petit patio jonché d'objets hétéroclites : une balle de base-ball, une petite piscine en plastique, une assiette cassée. Ils se dirigèrent vers celui de gauche. À travers une porte de verre, ils aperçurent une pièce vide. Nayir frappa contre la vitre, mais personne ne répondit. Il tira sur la poignée, et la porte coulissa.

À l'intérieur de la pièce, il n'y avait qu'un fauteuil relax de couleur marron dans un angle et un téléviseur à écran de taille moyenne posé sur une caisse.

« Cela sent mauvais, fit remarquer Nayir. D'où vient cette odeur ?

— On se croirait dans un zoo, acquiesça la jeune femme en reniflant. Il a peut-être un animal domestique ? »

En silence, ils visitèrent les pièces l'une après l'autre. Il n'y avait pas grand-chose à voir. Seule la chambre semblait avoir été occupée. Du linge était éparpillé un peu partout ; les draps étaient froissés et des bouteilles d'eau vides encombraient le dessus de l'armoire. Il n'y avait ni gravures ni photos sur les murs.

« Je dois dire, murmura Mlle Hijazi, que je ne vois aucun signe d'une présence féminine. »

Ils passèrent dans le bureau où une fouille rapide leur permit de trouver des papiers au nom d'Eric Scarberry. Un talon de chèque, un formulaire d'assurances. Pas de livres ni d'ordinateur, rien qui indique qu'il ait passé ici plus de quelques heures de temps à autre, pour régler ses factures.

« Pensez-vous que quelqu'un soit venu ici avant nous ? demanda Mlle Hijazi.

— Non. C'est sans doute Eric lui-même qui a semé tout ce désordre. »

Ils pénétrèrent dans la cuisine, où les ustensiles semblaient se résumer à des assiettes en carton et des couverts en plastique. La poubelle était vide et le réfrigérateur ne contenait qu'une assiette de fromage moisi et une brique de lait périmé depuis un mois. Mlle Hijazi s'aventura dans la salle de séjour.

Jetant un dernier coup d'œil à la cuisine, Nayir aperçut un livre coincé entre le réfrigérateur et un placard. Il l'en extirpa à grand-peine. *Mille et Une Recettes d'Arabie*, une publication des Résidentes américaines de Djeddah. En le feuilletant, il découvrit des taches de graisse. Quelqu'un s'en était servi, mais, à en juger par la poussière, cela devait remonter à plusieurs siècles.

« J'ai trouvé d'où vient l'odeur », cria Mlle Hijazi.

Il la rejoignit. Elle était accroupie près d'une cage posée sur une table basse. À l'intérieur, il y avait un oiseau mort, une perruche, d'après la taille. Le récipient à eau était vide. En examinant la mangeoire, Nayir constata que toutes les graines avaient été mangées, et qu'il n'en restait plus que les téguments.

« Il est sans doute parti depuis longtemps, déclara-t-il. Étrange qu'un type aussi peu soigneux ait élevé un oiseau.

— C'est la mode. Les oiseaux sont censés vous avertir des attaques chimiques. Ils sont les premiers à mourir. J'ai entendu dire que beaucoup d'Américains en ont, surtout dans ces complexes résidentiels.

— Avez-vous vu un masque à gaz où que ce soit ? » demanda Nayir.

Elle fronça les sourcils sans répondre.

Passant une main par la porte de la cage, Nayir arracha une page du journal qui en tapissait le fond. Chassant les fientes du revers de la main, il la déplia. C'était la couverture d'un exemplaire d'*Arab News*, datant d'un bon mois avant la disparition de Nouf.

« Eric serait parti avant qu'elle disparaisse ? murmura-t-il en reposant la feuille de papier.

— Il a pu revenir, en négligeant de changer le papier, répondit-elle. Il ne s'intéressait visiblement pas à l'entretien de sa maison. »

Elle enveloppa la perruche dans le journal et l'emporta dans la salle de bains. Nayir resta planté devant la cage vide, se demandant si Eric s'était enfui, ou s'il avait fini comme son oiseau. Mais, même dans ce cas, il devait être possible de le retrouver.

15

Le chauffeur était toujours là quand ils regagnèrent le parking. Nayir s'était imaginé qu'il serait contrarié, mort d'ennui ou d'un coup de chaleur, mais il était assis dans la voiture, lisant tranquillement le Coran. Il avait laissé tourner le moteur de la Toyota et avait dû mettre la climatisation à fond car, lorsque Nayir ouvrit la portière à Mlle Hijazi, une bouffée d'air froid le frappa en pleine poitrine, le faisant frissonner.

Elle ne monta pas tout de suite à bord de la voiture. Elle paraissait réticente à prendre congé de lui, et il se rendit compte, à son grand étonnement, qu'il ne la voyait plus tout à fait comme avant. Elle ne faisait pas précisément preuve de modestie, mais n'était pas non plus complètement effrontée. Plutôt entre les deux, floue et changeante comme un mirage...

Puis il se souvint qu'elle était fiancée à Othman, et une barrière mentale lui interdit d'aller plus loin. Il fit signe à la jeune fille de s'asseoir.

« Il y a encore une chose que je voulais faire avant de retourner au travail, dit-elle. Mon chauffeur est pris, donc il va simplement me déposer là-bas, mais je ne crois pas pouvoir y parvenir toute seule.

— De quoi s'agit-il ?

— Un optométriste a téléphoné à Um-Thasin. Nouf avait commandé une paire de lunettes avant de s'enfuir, et sa mère l'ignorait. Elle voulait envoyer un domestique les chercher, mais je lui ai proposé d'y aller moi-même. J'ai l'impression que c'est important pour elle, qu'elle tient à récupérer ces lunettes en souvenir de sa fille. »

Cette idée parut à Nayir d'une tristesse poignante, et il s'empressa de déclarer :

« Je peux vous accompagner. »

Elle accepta avec reconnaissance et s'installa enfin à l'arrière du véhicule.

Tout en suivant la Toyota en direction du centre-ville, Nayir se répéta qu'il rendait service à Othman en servant d'escorte à sa fiancée, mais une petite voix en lui murmurait qu'il se rendait coupable du péché de *zina* en côtoyant une jeune femme non mariée, et qu'il commettait également un péché contre son ami qui lui accordait sa confiance.

Même si la visite de Mlle Hijazi était parfaitement déplacée, il devait reconnaître qu'elle lui offrait une occasion inespérée d'en apprendre un peu plus sur Nouf, sur des choses qu'il n'aurait jamais découvertes autrement, et qu'Othman ignorait. Elle pourrait peut-être aussi lui révéler certains détails de l'autopsie que le médecin légiste avait dissimulés pour éviter tout scandale. Et puis, s'avoua-t-il finale-ment, il avait *envie* de l'accompagner, sans bien savoir pourquoi.

Quand la Toyota se rangea le long du trottoir d'une rue très animée, il se gara derrière elle et descendit, en jetant des regards inquiets autour de lui. Il y avait quelques hommes à proximité, mais ils ne semblaient pas apparte-nir à la police religieuse. Et ils n'étaient qu'à peu de distance de l'institut médico-légal.

Mlle Hijazi regarda sa voiture s'éloigner, puis, tout en fouillant dans son sac, murmura :

« Je crois que c'est par là. »

C'était un immense fourre-tout, et il lui fallut plusieurs minutes pour en explorer les profon-deurs, où gisaient pêle-mêle bourse et por-tefeuille, clés, agendas et une phénoménale quantité de petite monnaie. Agacée, elle remonta sa burqa et poursuivit ses recherches. Pour éviter de regarder son visage, Nayir baissa les yeux vers le sac et y vit un chargeur de télé-phone portable, un horaire de prières, une burqa de rechange et, surprise, un flacon de vernis à ongles.

« Vous vous peignez les ongles ? » s'exclama-t-il.

Elle le dévisagea sans répondre, l'obligeant à se détourner, puis elle reprit sa fouille.

C'est alors qu'une main moite se posa sur l'épaule de Nayir, et celui-ci, alarmé, se retourna avec un sursaut.

« Pardon, dit l'homme, fixant sur lui un regard sévère, tout en désignant Mlle Hijazi d'un geste de la tête. Au nom d'Allah, et que Sa paix soit sur vous. Excusez-moi, monsieur, mais votre épouse n'est pas convenablement voilée. »

Nayir sentit la panique monter en lui, mais rendit à son interlocuteur un regard impassible. L'homme était d'apparence soignée, avec des cheveux courts, un pantalon au pli impeccable et une cravate imprimée dont les motifs représentaient les quatre-vingt-dix-neuf noms d'Allah. Il avait l'air bien trop occidentalisé pour appartenir à la police religieuse, et pourtant ses yeux noirs, derrière les verres épais de ses lunettes, flamboyaient d'une indignation pharisaïque.

« Seriez-vous en train de regarder ma femme ? » s'enquit Nayir d'un ton menaçant.

L'homme ouvrit la bouche, mais, sans lui laisser le temps de répondre, il poursuivit :

« C'est mon épouse, et vous feriez bien d'avoir une bonne excuse à me présenter pour vous être permis de la dévisager ainsi ! »

L'homme battit en retraite.

« Pardonnez-moi, frère, mais vous comprendrez que c'est une question de décence.

— Ce n'est pas une excuse, répliqua Nayir en s'avançant vers lui, le regard mauvais. Ne pouvez-vous donc pas vous préoccuper plutôt de votre propre femme ? »

Rouge de confusion, l'homme tourna les talons et s'éloigna à grands pas, pour disparaître à l'angle de la rue. Nayir fut aussitôt pris de remords et demanda pardon à Dieu pour son mensonge. Rien de tout cela ne serait arrivé s'il n'avait pas commis le péché de *zina*. En se retournant, il vit que Mlle Hijazi avait rabattu sa burqa.

« Il est parti ? chuchota-t-elle.

— Oui, répondit-il, portant une main à son cœur pour en comprimer les battements. Oui, il est parti.

— C'était un membre de la police religieuse ?

— Non, seulement un de ces types qui s'érigent eux-mêmes en défenseurs des bonnes mœurs.

— Comment pouvez-vous en être certain ?

— Il portait un costume Armani.

— Ah ! soupira-t-elle d'un ton empli de soulagement, avant d'ajouter, en brandissant la carte d'un magasin : Je l'ai trouvée.

— *Al-hamdulillah* », répondit-il en s'emparant du morceau de bristol.

Il lut l'adresse et se remit en route d'un pas décidé.

Le Dr Ahed Jahiz avait été jadis le meilleur optométriste d'Égypte. Son commerce, à l'origine une minuscule boutique dans une ruelle du centre du Caire, s'était transformé en un magasin de trois étages aux somptueuses façades de verre, après des années et des années de labeur acharné et de totale dévotion aux arts optiques. Il possédait ses propres machines pour examiner les yeux, tailler les verres et polir les montures. Il vendait des verres bifocaux de marque italienne coûtant plus cher qu'une automobile de moyenne cylindrée. Il avait même créé une bourse d'études pour permettre aux apprentis issus des milieux paysans de se former dans les meilleures écoles d'optique européennes, à condition de travailler pour lui à leur retour.

Mais à mesure que l'islamisme militant s'était répandu à travers le monde musulman, la ville du Caire, cette sœur immorale et trop complaisante de La Mecque, était devenue le théâtre de fréquentes explosions de violence. Le point culminant, en ce qui le concernait, avait été atteint quand une voiture bourrée d'explosifs avait défoncé la devanture de Jahiz & Co, expédiant au paradis douze clients, cinq employés et trois touristes allemands.

Le Dr Jahiz, qui se trouvait alors au Mali pour y livrer un plein camion de lunettes usagées destinées aux populations démunies, avait découvert à son retour son immeuble réduit en miettes, comme un gâteau d'anniversaire laissé sans surveillance et dévoré par une meute d'enfants affamés. Le produit de toute une vie de travail, dispersé sur des centaines, voire des milliers de mètres carrés. (On avait même retrouvé des montures dans le Nil.) Des gens étaient morts. Les bons musulmans étaient en colère ; les mauvais criaient vengeance, et Jahiz avait décidé qu'il était temps de recommencer à zéro. Il avait empoché les indemnités des assurances, et s'était envolé vers l'Arabie Saoudite, patrie du Prophète et site de la ville la plus sacrée de l'islam, un pays qui, espérait-il, ne se révélerait pas aussi imprévoyant que son Égypte bien-aimée.

Toutefois, si Le Caire avait la vue basse, l'Arabie quant à elle était frappée de cécité. Jahiz avait supposé que la population la plus riche du Moyen-Orient apprécierait ses compétences et son dévouement, sa vision grandiose d'un empire optique qui serait un jour en mesure de corriger toutes les défaillances de l'œil humain – mais il se trompait. Les Saoudiens, découvrit-il, s'adressaient à des optométristes saoudiens. Peut-être parce que ceux-ci savaient que leurs compatriotes étaient réputés partout dans le monde pour leur excellente vue. Peu d'entre eux portaient des lunettes. Cela n'avait jamais été la mode et ne le serait jamais. Le port de verres correcteurs était un sujet sensible, puisque tous les Bédouins s'enorgueillissaient de leur capacité à voir n'importe quoi à n'importe quelle distance, et à n'importe quel âge. Bien que l'époque des Bédouins fût depuis longtemps révolue, et que les sédentaires eussent abandonné beaucoup de leurs coutumes en quittant le désert – cracher toutes les cinq minutes, voyager de nuit et laver leurs bébés avec l'urine des chameaux –, ils n'avaient pas renoncé à cette croyance erronée selon laquelle ils étaient tous dotés d'une vue d'aigle.

De sorte que son entreprise n'avait guère prospéré et que Jahiz, même s'il vénérait toujours la science optique, sentait sa passion et son enthousiasme se dégonfler peu à peu comme des ballons d'anniversaire plusieurs semaines après la fête. Il se faisait vieux. Il devenait impatient et enclin à des accès d'humeur. Pis que tout, il haïssait ses clients qu'il jugeait ridicules. Quel autre terme pouvait-on appliquer aux membres d'une société aussi riche, qui imposait le voile à la moitié de sa population et prétendait que l'autre moitié pouvait voir à travers un mur de brique ?

Ce matin-là, Jahiz, pour passer le temps, astiquait les lunettes de soleil Calvin Klein présentées dans une vitrine près de l'entrée. Les lunettes de soleil étaient les articles qui se vendaient le mieux ; il en faisait venir une nouvelle cargaison toutes les semaines. Cela lui évitait de faire faillite et de devoir remettre sa misérable vie dans les mains d'Allah, le Clairvoyant.

Mlle Hijazi et Nayir entrèrent dans le magasin, s'arrêtèrent au bord de l'immense tapis persan et saluèrent l'opticien, qui rempocha son chiffon et répondit par la formule rituelle qu'il adressait à chaque client : *Que la paix d'Allah et Sa miséricorde infinie soient sur vous.*

Nayir lui expliqua ce qu'ils voulaient et Jahiz, en soupirant, alla dans la réserve chercher la commande.

« Une monture Sophia Loren, taille 12, couleur mauve, garnitures en laiton. Verres incolores, non correcteurs.

— Non correcteurs ? répéta Nayir, fronçant les sourcils.

— C'est ce qui est écrit, dit Jahiz en montrant le document d'une main tremblante. Elle

268

a téléphoné le mois dernier pour commander des lunettes à verres non correcteurs. »

Perplexe, Nayir se frotta le menton, et tourna vers Mlle Hijazi un regard interrogateur.

Elle ne semblait pas avoir entendu. Son visage était dissimulé derrière sa burqa, et ses mains camouflées dans les manches de son manteau.

« Bon, dit Nayir. Si c'est ce qui est écrit...

— Je vous en prie, demandez à votre épouse de s'asseoir au comptoir.

— Les lunettes ne sont pas pour elle, se hâta de répondre Nayir. Elles étaient destinées à une amie qui vient de mourir.

— Oh ! soupira Jahiz, dont les épaules se voûtèrent un peu plus. Je suis désolé de l'apprendre.

— Merci. »

Jahiz rangea les lunettes dans un étui de cuir avant de les remettre à Nayir.

« Je vois que vous avez tendance à plisser les yeux, reprit l'opticien. Dites-moi, passez-vous beaucoup de temps dans le désert ?

— Euh... oui, répondit Nayir, interloqué.

— Vous savez, monsieur, que la lumière dans le désert est extrêmement forte. Le sable crée une réfraction intense qui peut abîmer les yeux. Les nettoyez-vous régulièrement ?

— Mes yeux ?

— Oui, il faut les nettoyer une fois par semaine, surtout dans le désert. Tout ce sable pénètre sous les paupières, il irrite la conjonctive, il provoque des saignements, des inflammations, et finalement des infections. Il peut même entraîner certaines maladies. Avez-vous du mal à lire les plaques de rue ?

— Non... enfin, si, parfois, le soir.

— La vision nocturne est la première touchée. Je crois qu'il serait dans votre intérêt de procéder à un examen de contrôle, ne serait-ce que pour vous assurer que vos yeux sont en excellent état.

— Ah non ! s'exclama Nayir. J'y vois parfaitement.

— Oui, oui, bien sûr, susurra Jahiz d'un ton apaisant. Mais parfois la poussière peut irriter les yeux, et on ne sait jamais quelles conséquences cela peut avoir. J'ai ici les meilleurs instruments du monde, des instruments perfectionnés, importés d'Europe. Nous pourrions effectuer l'examen tout de suite, si vous voulez. Cela ne prendra pas plus d'une demi-heure. »

Nayir regarda Mlle Hijazi, qui faisait semblant d'être absorbée par le spectacle de la rue.

« Non, c'est impossible pour le moment. J'ai à faire, bafouilla-t-il.

— Dans ce cas, nous pourrions peut-être prendre rendez-vous pour une date qui vous conviendrait ? »

Nayir fit de son mieux pour décliner cette offre, mais Jahiz était tenace ; en désespoir de cause, il lui proposa un rabais sur une paire de lunettes de soleil Gucci toute juste arrivée de Rome.

« Vous savez, dit-il en passant une main devant ses yeux, parfois, même l'épervier a besoin de reposer sa vue des images accablantes de ce monde.

— Je ne porte jamais de lunettes de soleil », répondit Nayir en hésitant.

Le commerçant poussa un soupir exaspéré. Nayir paya les lunettes de Nouf, le remercia une dernière fois, et sortit du magasin en compagnie de Mlle Hijazi.

Ils s'immobilisèrent sur le trottoir, et Nayir demanda :

« Pourquoi avait-elle commandé ces lunettes, si sa vue n'avait pas besoin d'être corrigée ?

— Peut-être voulait-elle simplement se donner l'air intellectuel ? »

Il hocha la tête sans conviction et lui tendit l'étui, avant de s'apercevoir qu'elle ne regardait pas ses mains.

« Tenez, insista-t-il. Prenez-les. »

Elle s'exécuta, mais elle paraissait toujours perdue dans ses pensées. Pendant un instant, Nayir demeura embarrassé, évitant de la regarder et ne sachant comment prendre congé.

« Merci, Nayir, dit-elle enfin. Je peux aller jusqu'au bureau toute seule, c'est tout près d'ici. »

Il fut tellement surpris de l'entendre prononcer son nom qu'il répondit trop tard, alors qu'elle s'éloignait déjà. Plus gêné et perplexe que jamais, il regagna sa voiture.

16

Sur le seuil, un panneau annonçait : RÉSERVÉ AUX FEMMES. Pourtant les portes étaient grandes ouvertes, et des gens entraient et sortaient, des femmes surtout, souriantes et non voilées. Deux hommes arabes pénétrèrent dans la salle d'un air désinvolte. Ils portaient des costumes occidentaux et bavardaient en anglais, mais l'un d'eux égrenait un chapelet entre ses doigts.

Nayir boutonna son trench-coat et leur emboîta le pas.

L'immense salle de conférences de l'hôtel ressemblait à une caverne. La moquette épaisse, les lourdes tentures et la présence d'un si grand nombre de gens avaient pour effet d'atténuer le bruit, étouffant les éclats de voix et les rires stridents qui semblaient toujours accompagner les réunions d'Américains. On avait toutefois l'impression que les réjouissances touchaient à leur fin : des serveurs indonésiens débarrassaient les tables du banquet, tandis que les invités grouillaient encore de toutes parts, réticents à quitter les lieux.

L'arrivée de Nayir ne lui attira que quelques regards indifférents.

Au centre de la pièce, trois douzaines de tables avaient été disposées en file, proposant des objets artisanaux, du matériel de dessin, des livres, des pâtisseries, des vêtements pour enfants. Nayir se fraya un passage jusqu'à un stand de livres. Il examina les titres : *Comment survivre un an en Arabie Saoudite*, *Manuel à l'usage des femmes d'expatriés*, *Brodez comme les Bédouines (motifs authentiques pour macramé, broderie et tissage)*. Pas de doute : il se trouvait bel et bien à l'assemblée du club des Femmes américaines de Djeddah. Il inspecta les stands voisins, observant leurs occupantes du coin de l'œil, et il s'apprêtait à poser des questions sur un livre de cuisine intitulé *Mille et Une Recettes d'Arabie* quand un autre présentoir attira son attention. Plus petit que les autres, il offrait néanmoins une grande variété d'origamis, et amena Nayir à se rappeler que, parfois, en cherchant l'évidence, on découvrait quelque chose d'infiniment plus subtil.

Des profondeurs d'une poche, il extirpa la cigogne à motifs jaunes trouvée dans les effets de Nouf. Dissimulant l'oiseau froissé au creux de son poing, il s'avança vers le stand, en se félicitant que la foule lui évitât de se faire trop remarquer, malgré sa stature imposante.

La propriétaire du stand, un petit bout de femme en jean et tee-shirt blancs, était assise sur une chaise haute et frêle, concentrée sur son travail. Nayir éprouva un premier choc en contemplant une femme de si près et un second en découvrant qu'elle ne portait manifestement pas de sous-vêtements sous sa tenue moulante. Immédiatement, ou presque, il recourut à sa tactique habituelle et regarda ses mains. Agiles et rapides, elles découpaient de minuscules carrés dans une feuille de papier rouge au moyen de ciseaux de poupée. Puis il fit remonter son regard jusqu'au visage de la femme : des yeux verts, un teint rougeaud, des rides de sécheresse au coin de la bouche et des paupières, qui détonnaient avec son apparence juvénile et son allure d'elfe.

Le caractère de ses œuvres était encore plus révélateur. Dans du papier aux nuances délicates, elle avait façonné une théière bédouine, la sainte Kaaba, un chameau, des moutons et une représentation excessivement romantique de la vie dans le désert où ne manquaient ni les coussins brodés ni le *hookah*. Au milieu de tout cela, Nayir aperçut un sujet moins plaisant : un prince obèse sur son trône, tenant sur ses genoux un plateau rempli de hamburgers à demi mangés et d'emballages de chez McDonald's. Ses cuisses grasses débordaient du siège ; l'air écœuré, il semblait étouffer un rot. Une autre scène montrait un homme debout sur un tapis de prière dans lequel était incrusté un système GPS : « Pour prier, tourne-toi toujours en direction de La Mecque ! » Mais dans la bulle sortant de la bouche du personnage, on constatait qu'il criait dans son portable : « J'en ai marre de l'ingérence de ces infidèles dans notre culture ! » La pire de toutes ces œuvres, cependant, celle qui fit rougir Nayir, était un pliage représentant une chaîne d'hommes en robe blanche se tenant par la main, comme des poupées de papier. Sur leurs traits se dessinait un sourire lascif. La légende disait : « On s'amuse mieux entre hommes. »

Nayir se demanda si cette femme se montrait aussi sarcastique vis-à-vis de sa propre culture.

Les autres clients s'étaient éloignés, et il demeura planté devant les origamis, dans un silence qu'il se sentait soudain incapable de rompre. La femme interrompit sa tâche.

Il se força à regarder son visage. Elle arborait une expression aimable, qui semblait l'inviter à parler. Rassemblant les notions d'anglais qu'il avait acquises auprès des amis de Samir et des touristes, il bredouilla :

« C'est vous qui faites ça – sans que son ton indiquât s'il s'agissait d'une question ou d'une constatation.

— Ouais », répondit-elle.

La cigogne n'était plus qu'une boule de papier chiffonnée au creux de sa paume moite. Il la posa sur la table et tenta de la redresser.

La femme se pencha et l'examina tout en défroissant les plis.

« Une cigogne, dit-elle. Symbole de fertilité. Oui, ça ressemble à l'un de mes pliages. Où l'avez-vous trouvée ?

— Connaissez-vous un homme du nom d'Eric Scarberry ?

— Ouais, bien sûr. Et qui le demande ? s'enquit-elle en détaillant l'imperméable de Nayir.

— Moi. »

Elle se rendit compte qu'il parlait sérieusement et se mit à rire, d'un petit rire aigu.

« Ma foi, je m'en serais doutée. »

Il éprouva l'envie soudaine de satisfaire sa curiosité, de lui demander comment elle s'appelait, pourquoi elle était ici, si elle était mariée, si elle avait des enfants et s'ils avaient, comme elle, les cheveux blonds et des airs garçonniers ? Que faisait-elle en Arabie Saoudite, cette femme qui n'en était pas vraiment une et ressemblait davantage à un homme ? Les femmes comme elles étaient-elles mal vues en Amérique, d'une façon générale, ou était-ce la norme ? Mais il se contenta de dire :

« Savez-vous qu'Eric a disparu ? »

Elle posa ses ciseaux sur la table et se mordit pensivement la lèvre inférieure.

« Vous êtes flic ?

— Non.

— Quoi, alors ?

— Enquêteur.

— Enquêteur de police ?

— Non, j'enquête seulement pour le compte d'un ami. »

Elle hocha la tête, réfléchit un instant, puis, brusquement, lui décocha un sourire diabolique.

« Dans ce cas, vous devez m'expliquer pourquoi vous portez cet imper.

— Je vous propose un marché, répondit-il en abaissant de nouveau les yeux sur les mains de son interlocutrice. Répondez à mes questions, et je répondrai aux vôtres. Je veux savoir si vous pouvez m'aider à retrouver Eric. »

Il se risqua à la fixer droit dans les yeux, et s'aperçut qu'elle refusait d'affronter son regard. Reprenant ses ciseaux, elle se remit à découper, sans cesser de se mordiller la lèvre. Quand elle releva la tête, on aurait dit qu'elle portait un voile au-dedans.

« Ce n'est pas un marché équitable, déclara-t-elle. En répondant à vos questions, je me compromettrais davantage que vous ne le feriez en répondant aux miennes.

— Qu'en savez-vous ?

— Bon, alors, commencez, reprit-elle, après l'avoir dévisagé un moment.

— À condition que vous me promettiez de ne pas vous moquer de moi.

— D'accord, répondit-elle, avec un sourire fugitif.

— Très bien. J'ai acheté cet imper parce que j'avais besoin d'un... *tilasm* ?

— Un talisman.

— Quelque chose qui m'aiderait quand je... »

Il leva les yeux vers le plafond, impuissant à démêler ce qu'il ne s'était pas encore expliqué à lui-même.

Elle posa les ciseaux et, se penchant par-dessus la table, lui tendit la main.

« Je m'appelle Juliet. Et vous ? »

Il considéra longuement la main tendue, puis la prit dans la sienne, avec la même délicatesse qu'il l'avait fait pour l'oiseau de papier.

« Nayir ash-Sharqi.

— Enchantée, dit-elle avec un sourire chaleureux, empreint de curiosité et nettement moins sexy. C'est moi qui ai donné la cigogne à Eric, l'année dernière. J'en confectionne rarement, c'est beaucoup trop banal, mais c'est toujours comme ça, quand on tombe amoureux. Tous les clichés stupides... »

Elle balaya les rognures de papier éparses sur ses genoux et se leva, avant de poursuivre :

« Je voulais avoir des enfants de lui. Des tas. Dix, ou même vingt... Je suis trop vieille à présent pour en avoir vingt, mais je pourrais encore en avoir dix, en m'y mettant tout de suite », ajouta-t-elle, le regard embué de tristesse.

Nayir accueillit cette déclaration d'un sourire poli.

« Et je ne sais vraiment pas où il se trouve, reprit-elle avec vivacité. Nous nous sommes perdus de vue, après notre rupture. Il habitait au Club Jed, mais j'ai entendu dire qu'il avait emménagé avec son petit a... »

Elle se tut brusquement et lui lança un coup d'œil furtif.

« Cela répond-il à votre question ?

— Oui, merci », répondit Nayir en se détournant.

C'est alors qu'il remarqua les deux hommes aperçus un peu plus tôt, les Arabes en costume à la George Bush. Ils conversaient avec une

Américaine blonde vêtue d'une robe qui la couvrait à peine. Il était évident que la jeune femme se délectait de l'attention dont elle était l'objet et que les hommes, un tantinet gênés, essayaient de voir jusqu'où ils pouvaient aller. Mettre les Américaines à l'épreuve : une étude comparative des cultures... Subitement, il eut honte de lui-même, du plaisir qu'il avait pris à parler à une femme qu'il ne connaissait que depuis quelques minutes, et qui aurait tout aussi bien pu se laisser prendre au baratin des types en costumè. Elle avait une liberté de ton qui frisait le grotesque, cette Miss « Serrez-moi la main et regardez gigoter mes seins », cette Miss « Je vous donnerai dix enfants et, au fait, comment vous appelez-vous ? »

« Donc, vous ne savez pas où je pourrais trouver Eric », reprit-il.

Elle ne répondit pas.

« N'êtes-vous pas curieuse de savoir..., commença-t-il, en montrant la cigogne.

— Non, répliqua-t-elle en se redressant. Je ne me crois pas capable de le supporter », ajouta-t-elle, avec un vague geste de la main.

Une vieille blessure, toujours aussi tendre, cependant, qu'une figue trop mûre...

« Eh bien, la femme qui l'avait en sa possession est morte à présent », dit-il en s'emparant de l'oiseau.

— Comment s'appelait-elle ? s'enquit-elle en relevant vivement la tête.

— Nouf ash-Shrawi. Vous la connaissiez ?

— Non, murmura-t-elle, sans détacher ses yeux de Nayir.

— Elle est morte dans le désert, la semaine dernière. Elle avait l'oiseau sur elle au moment de sa mort, mais il était en meilleur état. Je l'ai abîmé par accident.

— Et vous croyez que c'est Eric qui a fait ça... qui l'a tuée ?

— Il la connaissait peut-être, répondit-il en haussant les épaules. Je cherche simplement à le rencontrer. »

Elle abaissa vers le sol un regard vide, visiblement en proie à des émotions conflictuelles.

« Je suis sûre qu'il n'a rien à voir dans cette mort. S'il s'agit d'un crime sexuel, croyez-moi, vous vous trompez de coupable, ajouta-t-elle avec un rire nerveux.

— Je souhaiterais lui poser quelques questions, c'est tout.

— Vous n'allez pas l'arrêter, n'est-ce pas ?

— Je n'ai pas ce pouvoir », rétorqua-t-il en secouant la tête.

Elle se rongea l'ongle du pouce sans rien dire.

« Écoutez, reprit Nayir, s'il est innocent, nous pourrons facilement en établir la preuve. Je prélèverai un échantillon de son ADN, et il sera lavé de tout soupçon. Pas de problème.

— Et d'abord, comment m'avez-vous trouvée ? » s'enquit-elle brusquement.

Il lui parla du livre de cuisine découvert dans l'appartement d'Eric. Elle l'écouta, avec une expression soupçonneuse au début, puis le soupçon fit place à une certaine résignation.

Calmement, elle se mit en devoir de rassembler ses œuvres. Elle les replia soigneusement à plat, et les glissa dans des pochettes plastique qu'elle rangea dans une mallette. Les plus volumineuses, comme la représentation de la vie dans le désert ou la Cadillac, furent placées dans des boîtes. Il eut envie de l'aider, mais n'osa pas le faire : ç'aurait été comme de toucher sa peau.

« Eric ne vit pas dans cette résidence, dit-elle enfin. Il garde l'appartement, mais il n'y est jamais. Il vit dans la vieille ville, avec un *ami*, précisa-t-elle, en prononçant ce dernier mot d'un ton lourd d'insinuations.

— Et où habite cet ami ? » s'enquit Nayir.

Elle lui donna une adresse. Il la remercia, mais elle était plongée dans ses pensées et se borna à répondre d'un air distrait :

« Ne lui dites pas que c'est moi qui vous envoie. Et ne lui faites pas de mal. Je vous fais confiance pour le traiter avec respect.

— Bien sûr », affirma Nayir, avec la plus totale sincérité.

17

L'homme qui vint ouvrir l'énorme porte en noyer était âgé d'une quarantaine d'années, ses cheveux blonds commençaient à grisonner, ses yeux étaient bleus et perçants. Il toisa Nayir d'un air peu amène.

« Que désirez-vous ?

— Je cherche Eric Scarberry.

— C'est moi.

— Je m'appelle Nayir ash-Sharqi. Je suis un ami des Shrawi. J'aimerais vous parler, si vous n'y voyez pas d'inconvénient. »

Eric parut hésiter, puis il répondit, en s'effaçant devant lui :

« Ma foi, les amis des Shrawi sont mes amis. Entrez, je vous en prie. »

Nayir pénétra dans un vestibule où régnait une agréable fraîcheur, et Eric demanda :

« De quoi s'agit-il ?

— De la mort de Nouf ash-Shrawi. »

Eric hocha la tête d'un air grave et, précédant Nayir le long d'un élégant couloir, l'introduisit dans un immense salon au centre de la maison. De larges poutres de cèdre soutenaient le plafond majestueux. Les parquets de bois sombre mettaient en valeur les canapés et les fauteuils blancs, tandis qu'une lucarne faîtière laissait entrer un rayon de soleil. La pièce eût été agréable, si elle n'avait été encombrée de tous ces livres – des milliers de volumes tous aussi poussiéreux et dépenaillés que si on les avait trimballés à travers le désert. Ils encombraient les murs, les tables, les sièges, ils s'entassaient sur le sol, exhalant une odeur de moisissure. À certains endroits, ils formaient des piles d'une hauteur si vertigineuse qu'on craignait de les voir s'écrouler d'un instant à l'autre.

« Asseyez-vous, dit Eric. Je reviens tout de suite. »

Nayir promena son regard sur les ouvrages. Des traités d'archéologie, tous sans exception. Il n'en avait jamais vu autant en un même lieu. Pendant qu'il se frayait précautionneusement un passage parmi ces vestiges d'un homme obsédé par des civilisations mortes, le plancher se mit à craquer de façon menaçante sous son poids.

Une cour qui s'étendait derrière les portes-fenêtres attira son attention. Il y entra. On se serait cru dans une grotte délicieusement ombragée de palmiers et de citronniers. Le sol était couvert de dalles médiévales d'un bleu vibrant, qui s'élevaient au centre du patio pour former un bassin circulaire. Nayir plongea ses mains dans l'eau et s'en aspergea le cou. Quelle quantité d'eau s'évaporait chaque jour de cette fontaine ? Des dizaines et des dizaines de litres, certainement. Seuls les très riches pouvaient se permettre un tel gaspillage. Il s'essuya d'un revers de manche et regarda autour de lui. La plupart de ces maisons de style ottoman au cœur de la vieille ville appartenaient à des membres de la famille royale et à l'élite de Djeddah ; leur prix de vente atteignait plusieurs millions. Et pourtant, celle-ci, semblait-il, était la propriété d'un Américain. À moins qu'il n'en fût que locataire ?

Il se souvint de la façon venimeuse dont Juliet avait fait allusion à l'« ami » d'Eric, et se demanda si celui-ci était gay. Cela paraissait impossible, insensé – un Américain homosexuel vivant en Arabie Saoudite ! Savait-il que, dans le royaume, on exécutait les homosexuels pour avoir enfreint la loi religieuse ? D'après son ami Azim, les gays étaient néanmoins nombreux dans le quartier de la Corniche, mais ils restaient discrets, et les autorités avaient tendance à les laisser tranquilles. Quand la police voulait faire un exemple, elle s'en prenait aux étrangers.

Eric apparut sur le seuil du salon et s'appuya contre le chambranle, gracieux comme une femme. Nayir garda les yeux rivés sur une mosaïque qui dessinait une symphonie géométrique sur le mur sud, tout en observant son hôte à la dérobée. Il portait un pantalon kaki et une chemise de lin blanc. Ses cheveux, flottant derrière lui comme un voile dans la brise, brillaient malgré la pénombre, et la légère impatience que trahissait son attitude mit Nayir mal à l'aise.

« Thé ou café ? » demanda Eric.

Nayir se tourna pour lui faire face. Il avait du mal à associer cet homme svelte à l'image qu'il s'était faite de l'occupant du taudis du Club Jed, qui ne payait jamais ses factures et avait laissé mourir un oiseau par négligence.

« Du thé, merci. »

Eric acquiesça et disparut de nouveau. Il n'était pas davantage assorti à Juliet, se dit Nayir. Elle était beaucoup trop expansive, beaucoup trop familière, mais il y avait en elle une réelle gentillesse. Nayir connaissait peu d'Américains, toutefois il savait reconnaître un chacal quand il en voyait un.

Il regagna le salon au moment même où Eric revenait, portant une carafe de thé glacé et deux verres. Il déposa le tout sur la table basse et invita Nayir à prendre place sur un siège en forme de houppette, qui paraissait aussi accueillant qu'une plante carnivore. Eric retourna dans la cuisine, et Nayir s'assit prudemment sur le bord du fauteuil. Avec des yeux ébahis, il regarda Eric disposer devant lui une grande assiette de viande, de purée de haricots et de pain, des chaussons aux épinards qui ressemblaient à des roses épanouies, des poivrons et des aubergines grillés, déployés tout autour comme des feuilles. Il remarqua les bras d'Eric, nus jusqu'aux coudes et d'une propreté méticuleuse.

Son hôte versa du thé, s'assit en face de lui et, sans plus de façon, invita Nayir à se restaurer.

Ce dernier était embarrassé. Refuser aurait été maladroit et impoli, cependant, il avait plus ou moins envie de le faire, rien que pour étudier la réaction d'Eric. Il se força néanmoins à manger un peu.

« Je crois que les visiteurs doivent toujours être traités comme des rois, déclara Eric de sa voix rendue plus grave encore par la mastication. C'est l'une des choses que j'apprécie dans ce pays.

— Vous êtes archéologue ? demanda Nayir.

— Non, je suis analyste en recherche pétrolière. C'est mon colocataire qui est archéologue, expliqua-t-il en montrant les livres.

— C'est une association inattendue.

— Ma foi, nous avons quand même le désert comme point commun.

— Où travaillez-vous exactement ?

— Dans les montagnes, essentiellement. Le bouclier arabo-nubien. Il y a quantité de sites différents. »

Nayir se rappela que la carte établie par les Bédouins avait révélé l'existence éventuelle d'un champ de forage à proximité du wadi.

« J'aimerais connaître leur emplacement exact, si ça ne vous ennuie pas.

— Pourquoi ? s'enquit Eric, l'air hésitant.

— Nouf a été retrouvée dans le désert, non loin d'un site de recherches.

— Vous pensez que je suis pour quelque chose dans cette histoire ?

— Est-ce le cas ?

— Bien sûr que non ! »

Nayir le dévisagea avec attention, et conclut que son indignation n'était pas feinte.

« Comment avez-vous connu les Shrawi ?

— Ils ont financé les fouilles de mon colocataire, dans le passé. Ce sont des donateurs d'une grande générosité.

— Est-ce ainsi que vous avez fait la connaissance de Nouf ? »

Si la question alarma Eric, il n'en laissa rien paraître, sinon peut-être dans une expression fugitive trahissant l'embarras.

« Je ne la connaissais pas si bien que ça.

— Je tiens de source sûre que vous l'aidiez dans son projet d'évasion vers l'Amérique. »

Eric posa son pain sur la table. Pinçant les lèvres, il déclara :

« Je n'ai pas la moindre idée de ce dont vous parlez.

— J'ai cru comprendre que vous retrouviez régulièrement Nouf à la Corniche pour mettre au point votre arrangement. »

Eric se redressa et prit un air outragé, mais Nayir s'aperçut que ses mains tremblaient.

« Écoutez, monsieur... Sharqi, c'est cela ? Faites-vous partie de la police ?

— J'agis pour le compte de la famille.

— Bon, très bien. Dans ce cas, par politesse à l'égard des Shrawi, je vous dirai ceci : je n'ai pas l'habitude de faire la cour aux jeunes filles des familles influentes. Si vous estimez que la mort de Nouf est suspecte, je vous suggère d'enquêter sur sa vie, et plus précisément sur sa vie familiale, puisque c'est sans doute la seule qu'elle ait connue.

— Selon mes sources, elle vous rencontrait dans différents endroits de la ville afin de préparer son installation à New York. Vous deviez l'aider à se procurer un visa, un appartement, peut-être à s'inscrire à l'université... Tout ce dont elle aurait eu besoin.

— Quelle preuve avez-vous de ce que vous avancez ? »

Sortant de sa poche la cigogne en papier, Nayir s'enquit :

« Avez-vous déjà vu cet objet ?

— J'en ai vu des douzaines.

— Vous l'avez donné à Nouf, déclara Nayir en posant l'origami sur la table.

— Et je présume que vous êtes en mesure de le prouver ? » reprit Eric avec un reniflement de dédain.

Imperturbable, Nayir plongea de nouveau la main dans sa poche et en sortit la clé que Mohammed lui avait remise.

« Et ceci ? Est-ce que ça vous dit quelque chose ? »

Eric devint livide.

« C'est la clé de votre appartement de New York. Vous l'aviez également donnée à Nouf, en lui disant qu'elle pourrait y séjourner jusqu'à ce qu'elle ait trouvé un logement à elle. »

Eric demeura silencieux, et Nayir poursuivit :

« Je crois que vous l'avez effectivement aidée. Elle avait besoin de quelqu'un pour organiser son départ vers une nouvelle vie, et il fallait que ce soit un Américain. Vous deviez aimer l'idée de vous porter à son secours. Et puis, il y avait l'argent qu'elle vous avait promis. Sans doute une très grosse somme. Qui sait, peut-être même aviez-vous de l'affection pour elle ? Elle était jeune et charmante. C'était un plan parfait... jusqu'à ce que vous découvriez qu'elle était enceinte. »

Eric émit une exclamation d'incrédulité, mais Nayir l'ignora.

« Ça annonçait de sacrés ennuis, n'est-ce pas, même pour un Américain. Tout à coup, elle était devenue un danger pour vous, et vous avez dû vous en débarrasser.

— Je n'ai rien fait de tel, déclara Eric en se levant. Je crois que nous n'avons plus rien à nous dire.

— Si vous tenez à ce que votre colocataire continue à recevoir des financements pour ses recherches, lui intima Nayir d'un ton menaçant, vous feriez mieux de vous rasseoir. »

Eric obéit à contrecœur. Puis il croisa les bras et attendit.

« Nouf a sans doute été enlevée et emmenée dans le désert. Je me risquerai à avancer l'hypothèse que l'un des sites sur lesquels vous travaillez n'est pas très éloigné de l'endroit où elle a été retrouvée, ce qui fait de vous le suspect idéal. »

Eric garda le silence.

« Ou bien vous me dites toute la vérité immédiatement, en faisant confiance à ma discrétion, ou bien j'irai expliquer l'affaire aux Shrawi. Je suis persuadé que cela les intéressera énormément, même si cela doit nuire à leurs relations avec votre... colocataire ?

— D'accord, soupira Eric d'une voix frémissante. C'est vrai, je l'ai aidée. Elle n'avait personne, j'étais son seul recours. Mais je ne suis absolument pour rien dans sa mort. Pourquoi l'aurais-je tuée ? Elle devait me donner un demi-million de riyals. À présent, je ne toucherai pas un sou, ajouta-t-il en se rembrunissant.

— Alors, vous vous êtes donné tout ce mal pour elle, et elle ne vous a rien versé en échange ? Pas même un acompte ?

— Non... oui, oui, elle m'a donné un peu d'argent pour l'appartement et l'inscription à l'université, mais ce n'était pas grand-chose.

— Un million de riyals, rétorqua Nayir. Pour vous, ce n'est pas grand-chose ? »

C'était Mohammed qui avait avancé ce chiffre. Nayir était prêt à admettre que le chauffeur exagérait peut-être, mais Eric paraissait suffoqué.

« Elle vous a bel et bien payé. Et pas cinq cent mille riyals, mais un million. C'est une coquette somme, néanmoins, cela vous place dans une situation délicate. Dites-moi, a-t-elle changé d'avis et exigé que vous lui restituiez l'argent ? »

Pour toute réponse, Eric fit entendre un petit rire moqueur.

« Bien entendu, reprit Nayir, rien ne vous obligeait à lui rendre cette somme, puisqu'il n'y avait sans doute pas de contrat écrit, et que personne n'était au courant de votre accord, à part son garde du corps. Mais elle a pu vous menacer de tout dire à ses frères. Elle aurait pu inventer une histoire, raconter que vous lui aviez volé cet argent. Ç'aurait été votre parole contre la sienne, et qui aurait-on cru, à votre avis ? Elle ou vous ? » s'enquit-il en accentuant le « vous » d'un ton sarcastique, ce qui eut pour effet de déstabiliser encore davantage Eric.

Celui-ci s'efforça de prendre un air arrogant, mais, quand il parla, ce fut d'une voix tremblante.

« Je suis dé... désolé, mais ce n'est pas ce qui s'est passé. Elle n'avait nullement l'intention de leur révéler son plan. »

Nayir scruta son regard, pour juger de la franchise de cette réplique. L'Américain semblait effrayé, mais craignait-il d'être arrêté pour s'être livré à des transactions frauduleuses ou bien pour avoir commis un meurtre ? C'était difficile à dire.

« Combien vous a-t-elle payé ? insista-t-il.

— Un demi-million.

— Comment ?

— En espèces. Mais surtout en or. Comme toutes les femmes de ce pays, elle préférait se constituer un capital sous cette forme. Immobilisé par des chaînes dorées, en quelque sorte.

— Comment une jeune fille de cet âge pouvait-elle disposer d'autant d'argent ?

— Allons donc ! Sa famille est riche. Quelqu'un dont j'ignore l'identité lui a donné une grosse somme en vue du mariage, et le reste lui appartenait sans doute en propre. »

Nayir se demanda qui avait offert cet argent à Nouf, et si le donateur en question avait découvert qu'elle ne l'avait pas utilisé pour acheter son trousseau.

« Quand l'avez-vous vue pour la dernière fois ? demanda-t-il.

— Deux jours avant sa disparition. Et je vous jure que je ne l'ai pas touchée. Je ne savais même pas qu'elle était enceinte.

— Qu'est-il arrivé lors de votre dernière rencontre ?

— Rien, répondit Eric d'une voix ferme. Nous avons passé une nouvelle fois tous les détails en revue, et je lui ai donné la clé.

— Donc, elle n'avait pas renoncé à son projet ?

— Absolument pas. Tout était au point. »

Malgré la profonde aversion qu'il éprouvait envers cet homme, Nayir dut s'avouer qu'il n'était pas convaincu de sa culpabilité. Tout en s'essuyant les mains sur une serviette de table, il s'enquit :

« Où étiez-vous, le jour où elle a disparu ?

— Ici, à Djeddah.

— Vous travailliez ?

— Probablement.

— Quelqu'un pourrait-il le confirmer ?

— Oui.

— Dans ce cas, j'aurai besoin du numéro de téléphone de votre bureau et de tous les renseignements utiles sur le site de forage. Mais d'abord, si vous êtes aussi innocent que vous le prétendez, je suis certain que vous ne verrez pas d'objection à me donner un échantillon de votre ADN ? »

Il pensait que cette demande allait susciter une vive réaction chez son interlocuteur, cependant Eric demeura parfaitement immobile sur son siège, se contentant de fixer sur lui un regard intrigué.

« Bien sûr », répondit-il enfin.

Nayir parvint à garder un visage impassible, bien que cette réponse ne fît qu'accroître son malaise. Il essaya d'analyser les raisons qui expliqueraient l'antipathie qu'il éprouvait à l'encontre d'Eric. L'homme était trop sûr de lui, un peu snob : en quelque sorte, le type même de l'Américain malfaisant qui ne vient en Arabie Saoudite que par cupidité, qui est prêt à tout pour de l'argent et sème le désordre dans la société – en corrompant de jeunes vierges, dans le cas présent – sans paraître se préoccuper le moins du monde du sort qui attend les gens dont il détruit la vie. Nayir avait le sentiment que, même si Eric avait tué Nouf de ses propres mains, il aurait certes peur de se faire arrêter mais n'éprouverait aucun remords.

« Sous quelle forme désirez-vous cet échantillon ? s'enquit son hôte, avec un sourire contraint.

— Un cheveu », grommela Nayir, en cherchant dans sa poche une pochette en plastique.

Eric s'arracha une petite mèche de cheveux. Nayir prit la cigogne en papier et la brandit devant ses yeux.

« Et ça ? demanda-t-il.

— C'est moi qui la lui ai donnée. Pour sceller notre contrat, si vous voulez.

— Une cigogne ?

— Le symbole d'un avenir fécond, expliqua Eric avec un geste las. Comme vous l'avez dit vous-même, nous ne pouvions pas conclure un contrat en bonne et due forme, car il aurait pu tomber en de mauvaises mains.

— Bien sûr », répondit Nayir d'un ton cassant.

Le geste désinvolte qui avait souligné ces paroles le troublait profondément, car il laissait entendre que Nouf était stupide d'avoir cru que ses rêves se réaliseraient un jour.

« Comment l'avez-vous connue ? reprit-il. Je doute que cette jeune fille vous ait été présentée par ses parents.

— Non, effectivement, reconnut l'Américain sans paraître offusqué. C'était une rencontre fortuite, en fait. Mon colocataire et moi étions allés rendre visite aux Shrawi, un après-midi. Nous nous sommes promenés sur la plage et cette superbe jeune fille est apparue sur son scooter des mers jaune vif. Elle était entièrement vêtue, bien entendu, et en nous voyant, elle a jeté un foulard sur ses cheveux et l'a drapé autour de son visage. Ken, mon colocataire, l'a saluée à la manière rituelle. Elle semblait un peu intimidée, mais elle nous a demandé si nous étions américains, et nous avons répondu par l'affirmative. Puis elle a décampé brusquement. Nous nous sommes dit qu'elle devait nous considérer comme des chiens d'infidèles, mais au moment de partir, un domestique est venu nous demander notre numéro de téléphone. Il s'est révélé qu'il s'agissait de son garde du corps, et que c'était elle qui l'avait envoyé, à l'insu de ses frères.

— Et vous lui avez donné votre numéro.

— Pourquoi pas ? Nous ne savions pas du tout ce qu'elle cherchait, mais... comment dire ? expliqua-t-il, choisissant ses mots avec soin. J'étais persuadé qu'elle n'agissait pas dans un but immoral. »

Nayir eut l'impression que la première pensée d'Eric, au contraire, avait été que les intentions de la jeune fille étaient rien moins que pures, et qu'il avait été déçu en apprenant qu'elle n'attendait de lui qu'une transaction commerciale. Puis il se rendit compte qu'il le jugeait sans doute trop sévèrement.

« Une dernière chose, dit-il. Durant vos visites chez les Shrawi, vous est-il arrivé d'entrer dans d'autres pièces que le salon ? Dans les chambres des hommes, par exemple ?

— Non ! » répliqua Eric d'un ton offensé.

L'expression de l'Américain s'était brusquement durcie, et son cou s'était coloré de pourpre. Nayir s'en étonna, avant de comprendre qu'il avait dû interpréter sa question comme une allusion à ses préférences sexuelles.

« Ce que je voulais dire... », bredouilla-t-il.

Il voulait en fait lui parler de la parka dont Othman lui avait signalé la disparition, mais son embarras était si grand qu'il préféra renoncer. Il se leva gauchement, en murmurant :

« Ça n'a pas d'importance. »

Eric avait l'air soulagé de le voir partir. Nayir le remercia et sortit en hâte.

Dehors, l'air était aussi frais que la nuit dans le désert. Il inspira profondément et enfila son imper, qui avait gardé l'odeur de la maison d'Eric. Il avait remercié ce dernier pour le dîner, mais il était infiniment plus reconnaissant envers Allah pour lui avoir permis de retrouver la liberté de la rue, de quitter cet endroit.

Le soir n'était pas encore tout à fait tombé quand il arriva chez Mohammed. Celui-ci était chez lui, et lui donna volontiers quelques-uns de ses cheveux. Nayir les rangea dans une pochette et se rendit tout droit à l'institut médico-légal. Sans chercher à voir Mlle Hijazi, il confia au gardien le sac en papier contenant les échantillons. L'homme lui promit de le remettre à la jeune fille, et quand il lui demanda s'il souhaitait lui transmettre un message, Nayir répondit par la négative.

Il fit ensuite ce qu'il faisait toujours quand il avait besoin de se vider l'esprit : rouler. Tourner en rond à travers la ville. Il n'avait guère d'autres possibilités. En Arabie Saoudite, il n'y avait pas de bars, pas de boîtes de nuit, de discothèques ni de cinémas. Il existait bien quelques repaires clandestins, dans les résidences habitées par l'élite locale ou par des membres de la famille royale, où l'on pouvait acheter un verre de vin ou de whisky. Il y avait même des bordels, des maisons privées où l'on pouvait louer les services de prostituées – toutes non musulmanes, évidemment, car c'était *haram* de coucher avec une putain musulmane. Mais Nayir ne s'intéressait pas aux bars ni aux bordels, sinon pour essayer d'imaginer, avec une curiosité scandalisée, ce qui se passait dans ce genre de lieux.

Quoi qu'il en soit, il y avait une chose ici dont on ne manquait pas : à cinquante-deux cents le gallon d'essence, il pouvait conduire aussi longtemps qu'il le voulait. Et il ne s'en privait pas, de même qu'un million d'autres hommes qui trompaient leur ennui de cette manière. La circulation était si dense qu'il était obligé de décrire des cercles de plus en plus larges.

Il n'y avait pas de croisements dans cette ville, seulement des ronds-points, rayonnant dans une dizaine ou une vingtaine de directions. Au centre de chacun d'eux se dressait une sculpture dont les formes colossales et parfois gênantes offraient aux conducteurs une distraction commode. Des cafetières bédouines géantes, des voitures volantes encastrées dans des blocs de béton. Des parties anatomiques – un poing ou un pied démesuré. Mais la plupart des quatre cents sculptures ornant la ville étaient soit totalement abstraites soit grotesquement figuratives, sans jamais représenter le corps humain.

À l'instar de nombreux résidents, Nayir, quand il roulait ainsi pour tuer le temps, s'amusait à inventer pour chacune de ces œuvres un surnom péjoratif. Une habitude acquise auprès d'Azim qui était parti pour la Palestine enterrer une tante, il y avait de cela sept semaines, et dont il était sans nouvelles depuis.

Il déboucha sur le premier rond-point après Medina Road, où trônait une bicyclette géante dont le guidon était d'une taille trois fois supérieure à celle d'un homme, et qu'il avait surnommée *Made in China*. Il en fit deux fois le tour puis obliqua vers l'est, traversant le rond-point où était exhibé le premier avion à réaction acquis par l'Arabie Saoudite (« Dieu bénisse l'Amérique pour sa technologie infidèle ») afin de gagner les artères encombrées se déployant tout autour des « Instruments de géométrie » – un compas et une équerre surmontés par un rapporteur grand comme un Boeing. Il en fit lentement le tour, étudiant la sculpture sous tous les angles, sans parvenir à trouver un surnom spirituel. *Les Inventions arabes* ? *Ce que nous faisions jadis, quand nous nous occupions de choses importantes* ?

Toute son énergie s'était dissipée, mais il ne parvint pas à sortir du rond-point, à cause des embouteillages. Pris de panique, il s'imagina tournant en rond pour l'éternité. Désespérément, il braqua à droite et, après force coups d'avertisseur, réussit à s'extirper de la circulation.

Un brusque désir de fuir cette ville s'empara de lui et il se dirigea vers la Corniche. De là, il pourrait continuer en toute liberté pendant quatre-vingts kilomètres. Il longerait la côte et contemplerait les étoiles. Peut-être dormirait-il sur la plage. Parfois, il envisageait de quitter la ville, d'aller vivre dans une cabane, plus près du désert, mais toutes ses relations habitaient à Djeddah, c'était là qu'il trouvait de nouveaux clients et pouvait rester en contact avec les habitués. Il ne pouvait pas abandonner son oncle, d'autant que celui-ci commençait à se faire vieux. En outre, vivre sur un bateau, c'était presque comme vivre en pleine nature ; il partait souvent en mer, et la navigation le détendait.

Il décida qu'il ne rentrerait pas à la marina ce soir. Il se trouverait un coin tranquille à l'écart de la route. La seule idée de se retrouver tout seul à proximité du désert le rasséréna et, dans un regain d'impétuosité, il alluma la radio. Il écouta un imam déblatérer sur la conduite qu'il convenait d'observer vis-à-vis des femmes. D'habitude, il n'appréciait pas ces discours enflammés, mais cette fois, il en fut bizarrement réconforté.

« Toucher, tonna l'imam, c'est forniquer avec la main. Vous ne devez pas regarder les femmes *na-mehram*, vous ne devez regarder aucune femme étrangère à votre famille, car cela équivaut à forniquer avec les yeux. »

Nayir songea à Mlle Hijazi, et se rappela leur promenade à travers le complexe résidentiel américain. À un moment embarrassant, quand il avait senti son estomac se nouer, il avait lu quelque chose dans ses yeux – de l'admiration ? Mais quelle raison aurait-elle eu de l'admirer ? Il imagina Othman parlant de lui à sa fiancée, traçant de lui le portrait de... quoi, au juste ? D'un musulman pieux ? D'un homme qui priait cinq fois par jour, accomplissait le Hadj tous les ans, s'acquittait de la *zakat* et se comportait décemment en toutes choses ? Nayir doutait que cela pût impressionner une femme comme elle. Peut-être le voyait-elle comme un guide héroïque, un homme capable d'abattre un chacal.

Il dépassa les « Lumières de Blackpool », des réverbères de l'ère victorienne importés d'Angleterre, complètement incongrus parmi les palmiers et les dunes. Il reporta son attention sur les immeubles, les mosquées aux structures alvéolées comme des nids d'abeilles défilant derrière ses vitres, et les missiles Patriot qui se dressaient au milieu, tels des dards menaçants. Soudain, le paysage redevint uniforme, de longues étendues vides interrompues çà et là par de hideux ensembles immobiliers auxquels l'obscurité conférait un air d'abandon, et ses pensées se tournèrent alors vers Eric. Quel attrait un homme tel que lui pouvait-il exercer sur une femme comme Juliet ? Il était trop vieux pour elle, trop compassé et prétentieux. Avaient-ils été amants ? Brusquement, une image de Nouf surgit dans son esprit, mais il secoua la tête avec force pour la chasser.

Pourquoi Eric avait-il accepté d'aider Nouf ? En échange de faveurs sexuelles ? À cause de ses convictions ? Nayir le soupçonnait d'avoir été uniquement motivé par l'appât du gain. Eric semblait s'en sortir très bien, puisqu'il vivait dans une maison luxueuse. Toutefois, il devait éprouver un sentiment d'insécurité : c'était la demeure de son « colocataire », et il n'était qu'un invité, d'une certaine manière. Il avait d'ailleurs pris soin de conserver son appartement du Club Jed. Cette transaction avec Nouf représentait peut-être pour lui une espèce d'assurance, au cas où son ami déciderait de le jeter dehors.

« Et même la voix ! rugit la radio, rompant le cours de ses pensées. Ses intonations subtiles peuvent constituer une fornication des lèvres, des dents, du souffle même dont nous nous servons pour louanger Allah ! » Nayir se demanda comment était la voix de Nouf. Se mettait-elle, comme certaines femmes, des pièces de monnaie dans la bouche pour en atténuer la douceur ? Parlait-elle à travers sa burqa, ou était-elle assez moderne pour montrer son visage à Eric ? Après tout, c'était un Américain, et les Américains avaient la fâcheuse habitude d'abolir les règles ; quand on leur parlait, il était parfois indiqué de se comporter comme eux. Nayir avait pu le constater avec Juliet qu'il avait dévisagée sans vergogne. Nouf, qui était assez rebelle pour projeter d'abandonner son fiancé, s'était sans doute dévoilée devant Eric. Elle lui avait probablement serré la main et l'avait regardé droit dans les yeux, pour lui prouver qu'elle pouvait être américaine, elle aussi.

La voix de l'imam, pleurnicharde et malveillante, gênait sa concentration, aussi éteignit-il la radio ; puis il baissa la vitre pour laisser l'air lui emplir les oreilles. Il tenta de se rappeler la voix de Mlle Hijazi. Pour une femme aussi téméraire, elle parlait avec une douceur inattendue. Il la soupçonnait de vouloir atténuer ainsi ce que ses paroles avaient de choquant et paraître pudique alors qu'elle ne l'était pas. Mais sa voix n'avait rien de particulièrement tendre ou chaleureux, et il décida qu'il n'y avait aucune honte à l'avoir écoutée.

Une pensée nettement plus préoccupante était tapie dans son cerveau, prenant forme peu à peu. Eric ne savait probablement rien de la parka d'Othman et même s'il en connaissait l'existence, pourquoi l'aurait-il volée ? C'était une idée ridicule : il possédait sûrement ses propres cartes et son GPS. Il se sentit stupide d'avoir même voulu lui poser la question. Il comprenait à présent qu'il avait espéré ainsi éviter la seule autre hypothèse envisageable : que Nouf ait été enlevée par un proche. Il avait considéré cette théorie dès le début. Samir l'avait clairement formulée, tous les indices allaient dans ce sens, et pourtant, il continuait à la rejeter.

Qu'allait-il se passer ensuite ? Mlle Hijazi ana-
lyserait les échantillons, mais lui communique-
rait-elle les résultats ? Ou se comporterait-elle
de façon plus appropriée en en parlant d'abord
à Othman ? Si c'était le cas, et que les analyses
révèlent l'identité du père du bébé, il ne la
reverrait sans doute jamais. Ce serait un soulagement de ne plus avoir à se soucier de l'attitude à adopter face à elle mais, à vrai dire, il
ne sentait pas soulagé le moins du monde.

Revenant à la réalité, il s'aperçut qu'il tournait autour d'une sculpture à laquelle il n'avait
pas prêté attention jusqu'à maintenant. C'était
une abstraction assez rudimentaire, un haut
poteau d'acier segmenté comme une épine
dorsale. Il était brisé en son milieu, manifestement dans une intention artistique, et la partie
supérieure pendait dans l'air. Un titre jaillit
spontanément à l'esprit de Nayir : *Du Viagra,
par pitié !* Tournant le volant d'un geste frénétique, il s'arracha au flot de la circulation et
s'enfonça dans une ruelle déserte où il s'arrêta
brutalement en faisant crisser ses pneus.

Il se trouvait dans une impasse – dans tous
les sens du terme.

18

En ce milieu de journée, le temps était trop lourd, la lumière trop éclatante, et le soleil brûlant semblait remplir le ciel tout entier. Un air irrespirable et pénétrant se déversait comme de la lave en fusion sur chaque surface, créant des ondes de chaleur, de brusques scintillements et des mirages propres à induire en erreur une armée entière et à la précipiter au cœur de l'enfer. Katya attendait Ahmad à l'endroit habituel, derrière l'institut médico-légal, mais, au bout de cinq minutes, les semelles de ses nouvelles sandales avaient déjà fondu et collaient à la chaussée comme de la gomme liquide.

Quand il gara la Toyota, Ahmad la vit danser sur la pointe des pieds, tel un yogi marchant sur un lit de braises, et il descendit en toute hâte. Arrachant les pages de son journal, il les déposa une à une sur le sol, en les testant du bout de son pied nu afin de s'assurer qu'elles formaient une couche suffisamment épaisse pour permettre à la jeune fille d'atteindre le véhicule sans difficulté. Un étranger témoin de la scène, un

Yéménite vêtu d'une longue robe grise et d'un veston, se précipita pour l'aider, déchirant son propre journal et maudissant la chaleur en termes assez virulents pour faire naître sur le visage d'Ahmad un de ses rares sourires. Les gestes de l'homme étaient empreints d'une telle bienveillance que Katya eut le sentiment qu'elle pouvait le remercier directement sans qu'il s'en offusque. Il lui répondit par un large sourire et une profonde courbette.

Ahmad conservait une manique dans sa boîte à gants en prévision de journées comme celle-ci, où toucher la portière de la voiture pouvait occasionner des brûlures au troisième degré et où manier le volant exigeait une détermination farouche. C'était un énorme gant de plastique bleu, inspiré d'un modèle conçu par les chercheurs russes dans leurs programmes spatiaux, et il s'en servit pour ouvrir la portière à Katya, en lui recommandant de ne toucher ni celle-ci ni la vitre.

« On dirait un de ces gants dont on se sert pour sortir les agneaux du ventre des brebis, commenta le Yéménite en riant.

— Il appartenait à ma femme, répondit Ahmad avec un sourire fragile. Elle s'en servait plutôt pour sortir l'agneau du four.

— Ah, murmura l'homme en haussant les sourcils d'un air compréhensif. Je suis désolé. »

Katya eut brusquement l'impression que ce dialogue se déroulait dans un autre monde. Qu'une conversation aussi banale se termine par une allusion directe à la fécondité féminine n'avait rien de surprenant, mais elle se demandait combien de réflexions analogues elle avait entendues au cours des années, sans toujours en percer le sens.

Elle monta à bord de la Toyota. Ahmad avait laissé tourner le moteur et poussé à fond la climatisation. Quand le temps était particulièrement chaud, le chauffeur prévoyant emportait une glacière remplie de serviettes de toilette, et il avait étendu une de celles-ci sur la banquette arrière. En dépit de toutes ces attentions, la chaleur avait réussi, au cours des cinq minutes d'attente, à pénétrer tout le corps de Katya, et la relative fraîcheur qui régnait à l'intérieur du véhicule, si elle ne suffisait pas à assécher la transpiration qui l'inondait, permit néanmoins de la contenir.

Ils s'arrêtèrent devant le premier chausseur qu'ils trouvèrent sur leur chemin. Ahmad descendit pour lui acheter des sandales et effectua deux aller-retour, d'abord pour lui demander le prix qu'elle était disposée à payer, puis sa pointure. Les sandales qu'il lui rapporta étaient plates, robustes, et se fermaient par des bandes Velcro. C'étaient peut-être les chaussures les plus laides qu'elle eût jamais portées, mais elles paraissaient assez solides pour résister au soleil et elle les enfila avec gratitude.

Les voies express étaient embouteillées. C'était l'heure du déjeuner, tout le monde avait déserté les bureaux, mais personne ne voulait quitter le confort climatisé de sa voiture. Il leur fallut près d'une heure pour sortir de la ville et quand ils atteignirent enfin la route menant à la propriété, Katya se laissa aller contre le dossier de la banquette et ferma les yeux.

Les derniers jours avaient été éprouvants. Elle s'était rendue au labo tous les matins, mais Salwa s'y trouvait en permanence, se déchargeant sur elle de toutes les tâches, si bien qu'en arrivant plus tôt, Katya n'avait réussi qu'à accumuler plus de travail. En ce moment, elle était censée analyser des indices dans une affaire de violences conjugales. Une femme avait tué son époux en mettant le feu à son lit. Katya ne détenait que peu d'informations sur l'inculpée, toutefois elle s'imaginait que, comme dans la plupart des cas de ce genre, la femme avait eu peur pour sa propre vie et n'avait agi que pour se défendre.

Elle aurait aimé pouvoir s'impliquer davantage dans les enquêtes – tout au moins en apprendre davantage sur les meurtres – mais son travail consistait à analyser les preuves, non à les découvrir. De manière générale, elle devait s'estimer heureuse quand elle arrivait à deviner les mobiles du crime. Les dirigeants du département promettaient sans cesse que certaines enquêtes seraient confiées à des femmes, dans un proche avenir. Après tout, il y avait des suspects de sexe féminin, et il aurait été plus approprié de les faire interroger par des enquêtrices. Mais les responsables trouvaient toujours des excuses pour confiner les employées dans leurs bureaux. Ils ne disposaient pas de fonds suffisants, le gouvernement s'opposait à ces nominations... Depuis quelque temps, tout le monde avait les yeux rivés sur la nouvelle équipe d'auxiliaires de police féminines, que l'on avait envoyées sur le terrain depuis peu. Elles n'étaient pas très efficaces, mais que pouvait-on attendre de femmes incapables de conduire ou de monter à bicyclette, et qui n'avaient même pas le droit d'arrêter un homme dans la rue ?

La voiture cahota, et Katya rouvrit les yeux. Sur sa droite, la mer Rouge miroitait d'un éclat bleu vif, et elle fut prise d'un violent désir de faire stopper le véhicule, de courir jusqu'à la plage et de se jeter dans l'eau, avec son abaya et tout le reste.

« Pourrions-nous nous arrêter une minute ? demanda-t-elle à Ahmad.

— J'ai un autre rendez-vous en ville à deux heures », répondit-il en haussant les épaules avec impatience.

Elle jeta un coup d'œil à sa montre. Ils n'avaient pas le temps. *Attends un peu*, s'exhorta-t-elle. Et, tout de suite après : *Attendre quoi ?* Un jour de congé, un jour où la température descendrait en dessous de 38°, un jour où son père serait d'humeur à l'emmener à la plage... Avant de rencontrer Othman, elle avait attendu des années pour trouver un mari. Ce serait lui qui l'emmènerait à la plage, lui qui la conduirait à son travail et l'accompagnerait dans les magasins. Et aujourd'hui encore, elle n'était pas au bout de ses peines : elle avait un fiancé, mais devait attendre le mariage. La date de la cérémonie n'avait toujours pas été fixée.

Ahmad ouvrit la glacière posée sur le siège du passager et en sortit une bouteille d'eau glacée, qu'il lui tendit. Elle souleva sa burqa et le remercia avec un grand sourire.

« As-tu du nouveau sur la mort de la fille des Shrawi ? » s'enquit-il.

Elle le scruta dans le rétroviseur, en se demandant si c'était son père qui l'avait chargé de la questionner.

« Une ou deux choses, répondit-elle, mais rien de significatif.

— Je me demandais seulement si tu apportais des nouvelles à la famille.

— Non, c'est une simple visite de politesse. »

Elle savait qu'il s'étonnerait qu'elle n'ait pas attendu la fin de la journée pour cela, mais le soir, les hommes seraient rentrés de leur travail et les femmes seraient occupées.

« Je ne les ai pas revus depuis l'enterrement, expliqua-t-elle. Je veux simplement m'assurer qu'ils vont bien. »

Ahmad parut se satisfaire de cette réponse, et Katya se reprocha une fois de plus d'avoir menti. Elle voulait prendre des nouvelles des femmes, bien sûr, mais ce n'était pas le but principal de sa démarche.

Au cours des derniers jours, elle avait réussi à établir que l'ADN des fragments de peau prélevés sous les ongles de Nouf correspondait à celui du père de l'enfant qu'elle portait. Nouf avait donc vu son amant avant de mourir. Peut-être lui avait-elle annoncé sa grossesse et en avait-il été horrifié. Ils s'étaient querellés et...

À partir de là, des douzaines d'hypothèses étaient envisageables. S'étaient-ils disputés parce que l'homme avait honte de l'avoir mise enceinte ? Parce qu'il était marié et ne voulait pas s'encombrer d'une deuxième épouse ? Ou parce qu'il la savait fiancée à un autre ? Nouf n'avait pas besoin de le contraindre au mariage. Elle allait devenir la femme de Qazi, et pourrait faire passer l'enfant pour celui de son mari – à moins, évidemment, que le bébé ne soit d'une autre race, qu'il ait les cheveux blonds, la peau noire ou des traits asiatiques... Et si elle n'avait pas voulu de Qazi ? Si elle avait préféré épouser le père de son enfant et que ce dernier eût refusé ? Elle en aurait été suffisamment bouleversée pour prendre la fuite. Une dispute expliquerait les fragments de peau sous ses ongles et les blessures défensives sur ses bras, mais pas la blessure à la tête. Le coup ne l'avait pas tuée, certes, mais il avait dû suffire à l'assommer. Était-elle même en état de s'enfuir, après cela ?

Et si Qazi était le père ? Se serait-il fâché en l'apprenant ? Probablement pas. Ils étaient sur le point de se marier, quelle différence cela pouvait-il bien faire ?

En dépit des efforts de Katya pour se montrer objective, elle penchait en faveur d'une autre théorie : Nouf avait-elle révélé au père du bébé son intention de s'installer en Amérique, et celui-ci le lui avait-il refusé ? Ce projet avait de quoi rendre furieux n'importe quel homme, y compris Qazi. Lui aurait-elle demandé une chose pareille ?

Katya poussa un soupir de frustration. Elle n'avait jamais été proche de Nouf. Généralement, elles se rencontraient dans le salon des femmes, une pièce commune à l'atmosphère quelque peu guindée. Elle ne lui avait parlé en privé qu'en de rares occasions, suffisamment toutefois pour se rendre compte qu'elle était plus éveillée que ses sœurs. Elle avait le rire facile et parlait avec animation de ses chiens, des salukis. Un jour, elle lui avait confié qu'elle préférait les animaux aux enfants et que, si elle le pouvait, elle élèverait des chiens.

Mais comme toutes les femmes de cette famille, Nouf pouvait faire preuve d'une étrange réserve et se taire brusquement au milieu d'une conversation, souvent à l'instant même où elle allait faire une confidence. Katya ne savait jamais comment se comporter en de tels moments qui annonçaient généralement la fin de la visite : Nouf s'éclipsait poliment, en prétextant qu'elle avait des choses à faire, et Katya se sentait légèrement dépitée. Elle éprouvait de la sympathie pour Nouf, peut-être parce que c'était la sœur préférée d'Othman. Elle-même n'avait pas eu de sœur et aurait aimé être admise dans l'intimité de la jeune fille, être autorisée, ne serait-ce qu'une seule fois, à pénétrer dans sa chambre pour voir ses livres, ses bibelots, ses gravures ou ses animaux en peluche. Était-elle désordonnée ? Ou

312

au contraire soigneuse ? Comment était son lit ? De quelle couleur était la pièce ? Disposait-elle d'une femme de chambre personnelle ? Elle avait l'impression que Nouf se serait montrée plus détendue si elle l'avait reçue dans sa chambre, et elle avait espéré que, quand elle serait mariée à Othman, les barrières de la timidité et des conventions tomberaient et qu'elles pourraient se connaître mieux.

Quand la voiture s'engagea sur le pont qui menait à la propriété, Katya sentit sa gorge se serrer. Depuis le début, elle brûlait d'envie de parler aux femmes de cette maison, de leur demander ce qu'elles savaient de Nouf et de sa vie. Mais depuis cet horrible matin où elle avait identifié le corps à la morgue, elle n'avait pas réussi à aborder le sujet sans se heurter à un mur de silence et de larmes. Ce serait peut-être plus facile maintenant que leur chagrin avait eu le temps de s'apaiser...

Ahmad baissa les vitres à l'avant, et une brise fraîche s'engouffra à l'intérieur de la Toyota. Ils roulaient au-dessus du bras de mer, à présent, et le palais apparaissait à leur vue. Voir ces hauts murs blancs la remplissait toujours d'excitation car elle se disait que, bientôt, elle habiterait ici. À condition, bien sûr, de ne pas se voir interdire l'accès de la maison après cette visite, à cause d'une curiosité excessive...

Elle avait passé suffisamment de temps en compagnie des femmes de cette famille pour savoir qu'elles vivaient surtout dans le salon. Elles ne faisaient ni la cuisine, ni la vaisselle, ni la lessive, et n'avaient pas d'autre occupation que recevoir les visiteurs, prier et se pomponner. Les jeunes enfants jouaient avec leurs nounous philippines dans des pièces qui leur étaient réservées, tandis que les mamans et les aînés passaient la plus grande partie de leurs journées dans le salon climatisé, une vaste pièce lumineuse aux murs blancs, pourvue de canapés aux coussins moelleux, de fenêtres à moucharabieh, d'un téléviseur et de versets du Coran accrochés aux murs. Au fond de la pièce, une rangée de fenêtres s'ouvrait sur la mosquée privée et, à l'autre bout, une porte à double battant donnait accès à un patio arboré et entouré de hauts murs. Ce jardin était égayé par une fontaine qui semblait jaillir de la roche du mur. Une pergola couverte de plantes grimpantes abritait des chaises et des bancs capitonnés, et des citronniers en pots, alignés en bon ordre, parfumaient l'air de leur fragrance acidulée. Pourtant, malgré l'ombre de la tonnelle et la fraîcheur de l'eau, il faisait souvent trop chaud pour s'asseoir dans le patio, et les femmes restaient à l'intérieur.

Nusra était toujours en mouvement ; c'était elle qui accueillait les visiteurs à leur arrivée, avant de s'esquiver en hâte pour vaquer à ses tâches de maîtresse de maison. Ses belles-filles se prélassaient dans le salon, en compagnie de leurs cousines ou de leurs amies. Quand Nouf était encore en vie, c'était là qu'elle passait le plus clair de son temps, avec sa sœur cadette, Abir. Les servantes ne s'absentaient jamais longtemps, elles étaient contraintes à d'incessantes allées et venues, remplissant les théières, débarrassant les plats vides, en rapportant d'autres. Abir les taquinait en jouant avec la nourriture sur la table basse, tandis que les domestiques, indécises, se demandaient si elles devaient ou non intervenir.

Il avait fallu un certain temps à Katya pour retenir les noms de toutes ses futures belles-sœurs, mais sa tâche s'était trouvée facilitée par le fait qu'elles s'asseyaient toujours à la même place. Les quatre canapés étaient disposés en carré ; la femme de Fahad, Zahra, occupait celui de gauche, au côté de sa sœur Fatima, occupée généralement à se brosser les cheveux, à inspecter ses ongles ou à lire. Le canapé de droite était réservé à Nusra et à ses plus jeunes filles. Muruj, la sœur aînée de Nouf, était assise, dos tourné à la porte, et, face à elle, l'épouse de Tahsin, Fadila, disposait du canapé du milieu pour elle seule.

En entrant dans la pièce, Katya releva sa burqa et répondit aux salutations qui l'accueillirent. Au silence qui régnait dans la pièce, elle devina qu'elle arrivait à un moment où les conversations s'étaient taries. En sentant tous ces regards posés sur elle, elle craignit de marcher sur l'ourlet de sa robe ou de trébucher sur Abir avant d'avoir pu se réfugier sur un canapé. Elle parvint néanmoins à s'asseoir à côté de Zahra après un parcours sans incident. On lui proposa du café, et elle accepta avec empressement car elle pourrait ainsi occuper ses mains. Promenant les yeux autour de la pièce, elle constata que, comme d'habitude, des images de La Mecque défilaient silencieusement sur l'écran du téléviseur placé dans un angle.

« Tu ne travailles pas aujourd'hui ? demanda Zahra.

— J'ai pris mon après-midi, répondit-elle.

— Cela t'arrivera beaucoup plus souvent quand tu seras mariée », répondit la jeune femme avec un clin d'œil complice.

Katya lui adressa un faible sourire, puis le silence retomba. Elle se demanda si les autres étaient embarrassées par la remarque de Zahra, ou si elle aurait dû lui adresser une repartie amusante. Mais elle n'avait rien trouvé à lui répondre de spirituel.

« Alors, mademoiselle la future épouse du petit Othman, lui lança Fadila, as-tu déjà choisi ta robe ? »

Katya la regarda. L'épouse de Tahsin, par son physique et son comportement, ressemblait tellement à celui-ci qu'on aurait pu croire qu'elle le parodiait. Ils avaient le même visage rond aux joues rebondies et aux lèvres charnues, les mêmes yeux langoureux. Ils portaient tous deux des robes à la coupe impeccable, et posaient sur leur entourage un regard altier, comme des souverains face à leurs courtisans.

Elle l'interrogeait sur sa robe de mariée, alors que Katya n'avait même pas commencé à y réfléchir. La vérité, c'était que toutes les robes qui lui convenaient avaient l'air soit trop fades, soit trop bon marché. Même si c'était *son* mariage, elle ressentait un vif désir de plaire à sa belle-famille ou, du moins, de ne pas s'attirer leur aversion. Quelques semaines plus tôt, Nusra avait fait venir une couturière professionnelle. La femme avait apporté une vingtaine de modèles, mais ils étaient tous trop voyants et trop onéreux, surchargés de paillettes et de broderies byzantines, de lamé et de pompons, de multiples couches de satin et de dentelle. Certains comportaient des corsets à baleines rigides, d'autres de monstrueuses jupes à cerceau, dans lesquelles elle se faisait l'effet d'être une de ces grotesques statues ornant les ronds-points. Pis que tout, les couleurs étaient hideuses – du jaune moutarde et du rose vif, du vert pomme et un incroyable orange fluo. Elle aurait voulu expliquer à Nusra ce qu'elle pensait de ces robes, mais ne voulait pas la vexer, ni passer pour une ingrate. Elle aurait de loin préféré un discret rose tamarin, ou le rouge franc des couvertures bédouines.

Devant son refus, Nusra s'était confondue en excuses.

« Je suis sans doute bien mal placée pour recommander une couturière », avait-elle plaisanté en montrant ses yeux aveugles.

Katya s'était excusée à son tour, disant qu'elle avait besoin d'un peu de temps pour prendre une décision.

« Je n'ai toujours pas arrêté mon choix, répondit-elle à Fadila. Je voudrais trouver quelque chose de simple et d'élégant. »

Son interlocutrice s'agita sur son siège, trahissant ainsi son scepticisme.

« Ma sœur est couturière, reprit-elle. Dis-moi la couleur que tu souhaites, et elle te confectionnera une robe. »

Katya ne pouvait imaginer pire éventualité que d'être obligée de porter une robe faite par une femme qu'elle ne connaissait même pas. Mais, à la façon dont les autres la regardaient, elle comprit que Fadila n'était pas coutumière d'une telle amabilité, et qu'une offre pareille ne se refusait pas.

« Merci, se hâta-t-elle de répondre, mais en fait, une couturière doit venir à la maison ce week-end. C'est une vieille amie de ma mère. Toutefois, je prends note de ta gentille proposition. »

Fadila la dévisagea d'un air indécis, flairant peut-être le mensonge, mais elle acquiesça poliment, et la conversation s'éteignit de nouveau.

À mesure que le silence se prolongeait et que l'atmosphère se faisait plus tendue, Katya sentait le découragement la gagner. Elle avait échoué de bout en bout. Elle n'était pas assez intéressante pour réveiller la moindre lueur de curiosité chez ces femmes. Elle réfléchit désespérément à un moyen de rompre la glace, d'évoquer Nouf sans manquer de tact, mais aucune idée ne lui vint. Et la situation empira encore quand la porte s'ouvrit, livrant passage à la jeune Huda. C'était une cousine des Shrawi, venue de Dharan pour accomplir le Hadj. Elle était ici depuis deux ans et avait effectué le pèlerinage une douzaine de fois. Loin de se lasser de sa présence, les femmes de la maison ne tarissaient pas d'éloges à son sujet, l'appelant la plus grande pèlerine de la terre, la main droite d'Allah, tandis que Huda, toujours modeste, les remerciait profusément d'avoir mis La Mecque à sa portée.

Cette arrivée déclencha une certaine animation ; Muruj se leva d'un bond pour aller l'accueillir. Avec un sourire timide, Huda annonça que c'était l'heure de la prière, au moment même où l'appel du muezzin emplissait la pièce, entrant par la fenêtre la plus éloignée qui surplombait la mosquée familiale. Des haut-parleurs étaient installés un peu partout dans l'île, mais deux des plus puissants étaient pointés droit vers le salon des femmes, de sorte que, cinq fois par jour, les pieuses incantations rendaient toute conversation impossible pendant plusieurs minutes. Huda et Muruj se rendirent dans la salle de bains adjacente pour exécuter leurs ablutions, mais les autres ne bougèrent pas de leur place, n'osant pas se regarder, gênées de ne pas se joindre à la prière, mais ne faisant aucun effort pour y participer.

Katya resta assise elle aussi. Elle s'était déjà trouvée dans cette situation. Si Nusra avait été présente, ou des visiteurs ne faisant pas partie de la famille, tout le monde serait allé prier, mais quand les jeunes femmes se trouvaient entre elles, elles n'en faisaient qu'à leur tête.

Elle les observa en silence. Le malaise qu'elle ressentait en leur présence provenait en grande partie de cette apathie dont elles lui offraient une nouvelle illustration en ce moment même. Jusqu'à maintenant, ses relations avec ses futures belles-sœurs s'étaient bornées à un élégant simulacre, un échange de formules de politesse. Mais elle serait bientôt obligée de passer de longs moments avec elles, en dehors de la présence d'Othman. Elle n'avait jamais cru qu'on épousait un homme en fonction de la sympathie qu'on éprouvait pour sa mère ou ses sœurs, même si c'était fréquemment le cas pour ses amies. À entendre celles-ci, le mari lui-même ne comptait pas tellement, il n'était jamais là de toute façon, et si la maison était suffisamment grande, on ne le voyait même pas lorsqu'il s'y trouvait. Non, quand on se mariait, c'était surtout avec une belle-mère, des belles-sœurs et des nièces. Katya avait beau se répéter qu'elles finiraient par s'apprécier mutuellement, que leur relation deviendrait plus chaleureuse, ou du moins plus supportable, elle ne pouvait que constater qu'elle n'avait rien en commun avec ces femmes. Elle était d'un milieu trop différent du leur.

Chez elle, Abu passait sa journée dans la cuisine, à préparer les repas, fumer, lire les journaux et regarder la télé. Ici, aucun membre de la famille ne cuisinait ni ne lisait le journal : des serviteurs le faisaient à leur place. Othman lui avait promis de prendre un appartement en ville, mais il tiendrait certainement à ce qu'elle fréquente la demeure familiale, qu'elle y passe ses vacances, qu'elle y amène son père et, un jour, ses enfants. Elle passerait sans doute entre ces quatre murs un temps inimaginable...

Elle se demanda ce que Nouf pensait de son entourage. Nouf, qui voulait vivre parmi les chiens sauvages, partir pour l'Amérique, aller à l'université et avoir des relations sexuelles avant le mariage... Comment avait-elle pu cohabiter avec des femmes comme Huda et Muruj ? L'intrusion de Huda, en particulier, avait dû lui peser : sa cousine avait un an de moins qu'elle, mais était dix fois plus dévote – la fille que toute mère pieuse aurait rêvé d'avoir. À moins que cette présence ne lui soit apparue comme une bénédiction car, en attirant l'attention de sa famille, elle lui laissait les coudées franches pour élaborer son plan d'évasion ?

En face d'elle, Abir était assise en tailleur à même le sol, l'expression maussade. Elle ressemblait tellement à Nouf qu'elles auraient pu être jumelles. Elle était vêtue d'une simple robe d'intérieur noire et ses mains étaient jointes sur son giron, dans un geste de pudeur inconscient. Mais on percevait en elle un mécontentement, une frustration dont on ne voyait nulle trace chez Nouf – ou qu'elle dissimulait mieux. Abir était semblable à Nouf, non par son tempérament, mais par sa situation : jeune, bonne à marier. Leur famille les surveillait avec une certaine angoisse : comment se comporteraient-elles ? Qui épouseraient-elles ?

Toutefois, alors que Nouf avait été traitée comme une adulte, Abir était encore une enfant que sa mère grondait quand elle jouait avec la nourriture. En ce moment même, elle regardait fixement la salle de bains d'un air bizarre, comme si elle était tenaillée par l'envie de rejoindre sa sœur et sa cousine, ou comme si elle les méprisait pour d'obscures raisons.

Quand Muruj et Huda reparurent, elles s'avancèrent vers la fenêtre d'angle, déroulèrent deux des tapis qui étaient empilés dessous et commencèrent à prier. Katya les observa, songeuse. Huda était venue pour une simple visite, mais n'était jamais repartie. La famille l'avait pratiquement adoptée, comme elle avait adopté Othman des années auparavant, même si l'histoire de celui-ci était beaucoup plus dramatique que celle de Huda. C'était, se rappelait-elle, l'une des premières choses qu'il lui avait racontées sur lui-même.

Les Shrawi ne connaissaient pas vraiment le père d'Othman, mais savaient qu'il se prénommait Hussein et que c'était un ouvrier immigré, originaire du sud de l'Irak. Six mois après son arrivée à Djeddah, l'entreprise de construction qui l'employait avait cessé de le payer. Sans fiches de salaire, il n'avait pas pu faire renouveler son permis de travail, mais n'avait pas assez d'argent pour rentrer en Irak. Au bout d'un mois, il n'avait pas eu d'autre solution que mendier dans les rues de Djeddah, en compagnie de son fils de six ans.

Un beau jour, en se rendant à son travail, Abu-Thasin les avait aperçus par la vitre de sa limousine et avait demandé au chauffeur de s'arrêter. Il avait emmené le père et le fils dans l'un des foyers d'hébergement financés par la famille, et avait veillé à ce qu'on les nourrisse et qu'on leur donne des vêtements neufs. Il avait inscrit Othman à l'école primaire et s'était même débrouillé pour faire renouveler le permis de travail du père. Il leur avait remis assez d'argent pour tenir quelques jours, puis les avait abandonnés à leur sort.

Deux jours plus tard, alors qu'il arpentait la ville en quête d'un emploi, Hussein attrapa une insolation qui lui fut fatale. Il mourut dans la nuit.

Abu-Thasin fut tellement apitoyé par les malheurs du petit garçon qu'il entama aussitôt la procédure d'adoption. Katya se demandait souvent ce qui l'y avait poussé. Il ne s'agissait pas d'un geste irréfléchi car la procédure avait duré un an et demi, mais c'était un acte irrévocable qui liait Othman à la famille Shrawi pour la vie. Qu'est-ce qui avait pu émouvoir à ce point Abu-Tahsin chez ce garçonnet ? En quoi Othman était-il différent des autres gamins des rues ? Quoi qu'il en soit, songea Katya, l'histoire en disait long sur Abu-Tahsin : il était rare de trouver chez un homme à la fois autant de spontanéité et de constance dans la générosité.

Quand les deux jeunes femmes revinrent s'asseoir, leurs prières finies, Muruj déclara qu'elle mangerait bien des fruits, et toutes s'affairèrent à exaucer ce vœu. Zahra décrocha le téléphone pour appeler les domestiques. Huda empila les tasses et la cafetière vides sur un plateau. Mais Abir continua à ôter d'un air distrait des peluches sur le canapé. Katya se demanda si la mort de Nouf les avait vraiment affectées autant qu'elle le croyait. Elles avaient l'air aussi nonchalantes qu'avant.

Zahra raccrocha et se tourna vers elle :

« Tu sembles fatiguée », remarqua-t-elle.

Les autres bavardaient entre elles et Katya se sentit donc libre de répondre en toute sincérité.

« C'est vrai, je suis fatiguée. Et cela me rend triste de venir ici, et de ne plus voir Nouf. »

À la seule mention de ce nom, les conversations cessèrent. Abir elle-même parut émerger brusquement de sa rêverie.

« Oui, c'est triste », acquiesça Zhara à voix basse.

Les bavardages reprirent, mais avec beaucoup moins d'animation.

« Je me demandais, poursuivit la jeune femme, si tu démissionneras, une fois que tu seras mariée ? »

De nouveau, le silence se fit, et toutes les têtes se tournèrent vers Katya avec curiosité.

« Je n'en ai pas encore discuté avec Othman, répliqua-t-elle en haussant les épaules.

— Mais tu voudras certainement avoir des enfants.

— Oui. Nous voulons en avoir », reconnut-elle, sans pouvoir s'empêcher de rougir.

Elle savait ce qui allait suivre, ce que Zahra n'aurait pas manqué de dire si l'ambiance avait été un peu moins guindée : tu devrais avoir des bébés tant que tu n'es pas trop vieille pour cela. Tu es peut-être déjà trop âgée, en fait ! Qu'est-ce qu'un métier, comparé à ce trésor inestimable que constituent les enfants ?

Zahra se contenta toutefois d'acquiescer en souriant.

« Puisses-tu avoir autant de descendants qu'Um-Tahsin.

— Merci, répondit Katya, avant de s'enquérir, non sans appréhension car on jugerait peut-être sa question déplacée : Comment va Nusra ? J'imagine combien ce doit être terrible de perdre un enfant...

— C'est la pire chose au monde », opina Zahra.

Il y eut un instant de silence respectueux. Katya avait le plus grand mal à refréner la question qui lui brûlait les lèvres : *Croyez-vous qu'elle se soit enfuie volontairement ?* Mais ce fut la douce voix de Huda qui mit fin à cette accalmie.

« Allah lui pardonne ! Elle n'aurait pas dû agir ainsi. »

Cette déclaration ne souleva aucune réaction. Katya observa ses compagnes à la dérobée : toutes avaient le regard fixé sur leurs mains.

« C'est bizarre, dit-elle. J'ai longtemps cru qu'elle avait été enlevée. »

Muruj renifla bruyamment et se redressa sur son siège.

« Non, déclara-t-elle, en dardant sur Katya des yeux pleins de mépris. Je vais te dire ce qui s'est passé. Ma sœur avait la tête pleine de rêves chimériques, depuis son plus jeune âge ! »

Sa voix avait pris un ton si aigu qu'elle se fêla. Les autres femmes exprimèrent tacitement leur agrément, Fadila en hochant imperceptiblement la tête et Abir en poussant un profond soupir, comme pour dire : *Bien sûr, comme si nous ne le savions pas !*

« Elle s'est enfuie pour la plus honteuse raison qui soit, reprit Muruj. Pour rejoindre un homme ! Sans doute un garçon qu'elle avait rencontré au centre commercial ou – Allah nous en préserve ! – par l'entremise de son chauffeur. Elle est tombée amoureuse, ou du moins elle l'a cru, et quand elle s'est enfuie pour le retrouver, il lui a fait faux bond. Il l'a laissée mourir seule dans le désert. »

Fadila lança à Katya un regard qui signifiait : *Pourquoi as-tu mis ce sujet sur le tapis ?*

« Ce chauffeur devrait être renvoyé ! s'écria Muruj.

— Si vous avez la preuve de ce que vous avancez, objecta Katya sans élever la voix, la famille ne devrait-elle pas chercher à savoir qui était ce garçon ?

— C'est une histoire vieille comme le monde, répliqua Muruj. Il l'a souillée, puis il l'a abandonnée. C'est toujours comme ça quand il n'y a pas de contrat de mariage. Nouf n'a pas été la première malheureuse à l'apprendre à ses dépens !

— Oui, murmura Zahra. Nous essayons de découvrir de qui il s'agit. Est-ce que Thasin... ? »

Elle regarda Fadila, qui leva une main pour indiquer qu'elle ne souhaitait pas en parler et qu'elle était écœurée du tour qu'avait pris la discussion.

Face à leur dédain manifeste, Katya dut faire appel à tout son courage pour poser une nouvelle question :

« N'avez-vous vraiment aucune idée de son identité ? »

Personne ne répondit immédiatement, mais Huda et Muruj échangèrent un coup d'œil entendu, puis la première ferma les yeux et se mit à prier tout bas.

« Celui qui a sali ma sœur sera jugé là-haut », déclara Muruj d'une voix blanche.

Sur ses mots, toute colère s'effaça de ses traits et elle se renfonça dans le canapé avec

327

une expression défaite et attristée qui, bizarrement, semblait plus sincère que l'agressivité qui l'avait précédée.

Seule Abir continua à fixer Katya, mais au moment où celle-ci croisa son regard, on frappa à la porte et la jeune fille se leva d'un bond pour ouvrir. Trois femmes entrèrent dans la pièce.

Katya en éprouva une vive frustration ; cette arrivée anéantissait tout espoir de pousser plus loin la discussion. Les nouvelles venues n'étaient visiblement pas des habituées des lieux. Quand elles ôtèrent leurs burqas, personne ne parut les reconnaître, et elles lancèrent de timides salutations à la ronde. L'une d'elles se présenta, expliquant que son mari était venu faire une donation. Les deux autres conservèrent leur anonymat, mais Katya supposa qu'elles étaient venues elles aussi avec leurs époux. Ces derniers devaient être riches, à en juger par les vêtements que leurs femmes portaient. Leurs sacs à main venaient de chez Gucci, leurs escarpins à talons hauts révélaient hardiment leurs chevilles et, autre signe qui ne trompait pas, leurs abayas en soie étaient habilement taillées de manière à suggérer l'élégance des formes qu'elles recouvraient. L'une des femmes arborait même de faux ongles laqués d'un rouge éclatant. Comparées à ces gravures de mode, les femmes de la maison Shrawi avaient l'air de débarquer tout droit du désert. Elles ne portaient ni maquillage ni vêtements de soie ni talons hauts et, à coup sûr, ne se peignaient jamais les ongles. Abir contemplait les mains des élégantes avec une expression que Katya ne parvint pas à déchiffrer. Était-ce de la réprobation ? du dégoût ? de l'envie ? Avant même que la porte ne se soit refermée, la jeune fille se faufila hors de la pièce.

Muruj invita les femmes à s'asseoir et Katya se leva en hâte pour leur laisser la place, malgré leurs protestations. Elle en profita pour prendre congé, disant qu'elle devait retourner au travail. Fadila lui lança un regard étrange, et ce fut seulement lorsqu'elle se retrouva dans le couloir que Katya en comprit la cause : elle avait prétendu un peu plus tôt qu'elle avait demandé un après-midi de congé ! À l'idée d'avoir été prise en flagrant délit de mensonge, elle sentit ses joues s'empourprer.

Au bout du couloir, elle arriva dans un vestibule. À gauche se trouvait la sortie exclusivement réservée aux femmes, et à droite s'étendait ce domaine qu'elle n'avait encore jamais exploré, le quartier des femmes – leurs chambres, leurs salles de bains, leurs cuisines et leurs salles de couture. Nusra lui en avait fait faire rapidement le tour lors de sa première visite, mais depuis, elle n'y avait jamais remis les pieds. Abir se trouvait sans doute dans un de ces appartements.

Il n'y avait personne en vue. Katya avança à pas de loup, à l'affût d'un bruit susceptible de la guider jusqu'à l'adolescente. Le crissement d'un stylo sur un cahier ? Des accords assourdis de musique rock écoutée au casque ? La jeune fille avait-elle seulement le droit d'écouter de la musique ? C'étaient les seules activités qui venaient à l'esprit de Katya, celles auxquelles elle se livrait au même âge, la technologie en moins.

En passant devant une porte ouverte, elle aperçut une salle de bains. Au fond du couloir, elle découvrit une multitude d'autres portes. Poussant la première, elle pénétra dans une sorte d'antichambre, une pièce minuscule garnie d'une petite table carrée sur laquelle était posé un exemplaire du Coran.

Elle frappa doucement à la porte de la chambre. N'obtenant pas de réponse, elle ouvrit et jeta un coup d'œil à l'intérieur. La première chose qu'elle vit, ce furent les lettres en bois bleues dessinant sur le mur le nom NOUF. Regardant furtivement derrière elle pour s'assurer que personne ne pouvait la voir, Katya pénétra dans la chambre.

C'était une pièce spacieuse, au sol recouvert d'une moquette d'un bleu céruléen, semblable à une mer solide sur laquelle les meubles flottaient à la dérive. Un lit blanc à baldaquin se dressait entre deux commodes jumelles. Les murs étaient lisses et blancs, dépourvus de toute décoration à l'exception des lettres. Sur une commode, néanmoins, trônaient des photos de famille dans des cadres dorés. Les deux palmiers en pots encadrant la porte de la salle de bains avaient l'air vrais. Comme des détritus accumulés dans un port, toutes les babioles qu'on trouve généralement dans une chambre de jeune fille, chaussures dépareillées, animaux en peluche et coffrets à bijoux, s'entassaient dans un coin.

La pièce était dépourvue de fenêtres, mais deux lucarnes au plafond laissaient entrer la lumière. Il y avait une lampe de chevet près du lit et un petit bureau, avec un magazine qui dépassait du tiroir. Katya s'approcha du lit. Les oreillers étaient brodés de motifs en forme de cœur, et les draps de coton blanc évoquaient de façon touchante la pureté virginale. La moustiquaire diaphane renforçait encore l'impression que ce lit avait abrité un être innocent et vulnérable. Quand elle ouvrit le tiroir du bureau pour en sortir le magazine, un titre lui sauta aux yeux : « Les soixante-dix-sept noms de l'amour ».

Instinctivement, elle se tourna vers le seuil. Personne. D'autres portes donnaient de chaque côté de la pièce, mais toutes étaient fermées. Elle les examina une à une : aucune n'avait de verrou. Quelqu'un pouvait surgir à tout moment. Nouf avait dû souffrir de ce manque d'intimité, et pourtant, elle n'avait pas craint de laisser traîner cet article. Ses parents n'auraient sûrement pas approuvé ce genre de lecture, sauf s'il s'était agi des quatre-vingt-dix-neuf noms d'Allah... Katya s'assit sur le lit et parcourut l'article. Peut-être, avec une mère aveugle, une adolescente pouvait-elle faire ce que bon lui semblait.

Il y eut un bruit, et une porte s'ouvrit brusquement. Katya se leva d'un bond et, mue par un réflexe absurde, fourra le magazine dans son sac. Elle regretta aussitôt son geste : à présent, elle était devenue une voleuse.

« Que fais-tu ici ? demanda Abir, plantée sur le seuil.

— Je... euh, désolée. Je te cherchais, en fait, et je me suis retrouvée ici. »

Abir abaissa son regard vers le sac à main, lorgnant le magazine mal dissimulé.

« Et pour quelle raison me cherchais-tu ?

— Eh bien, je commençais à m'ennuyer dans le salon et, en te voyant partir, je me suis dit... »

Elle haussa les épaules sans terminer sa phrase. Abir la dévisageait comme le font tous les adolescents face à un adulte qui paraît les comprendre, hésitant à le croire sincère mais redoutant qu'il ne le soit pas, chacune de ces éventualités leur inspirant la même répulsion. Katya soutint son regard. La jeune fille portait un foulard et serrait contre sa poitrine un Coran ouvert. Sans doute venait-elle de prier.

« Quelle sourate lis-tu ? » lui demanda Katya.

Abir referma le livre et le posa sur la table de chevet, avant de s'asseoir gauchement sur le lit.

« En réalité, j'essayais de lire, mais je n'arrivais pas à me concentrer. »

Katya sentit une soudaine tristesse envahir la pièce. Elle tourna les yeux vers les photos alignées sur la commode, et s'aperçut qu'Abir ne figurait sur aucune d'elles. Il y en avait quatre ; deux d'entre elles représentaient Abu-Tahsin et Nusra, une autre Nouf en train de découper un gâteau d'anniversaire avec un sourire radieux. Sur la dernière, on voyait deux salukis, la langue pendante, tout frétillants de joie.

« Je suis navrée pour ta sœur », murmura-t-elle.

Abir ne répondit pas.

« Vous deviez être proches, insista Katya.

— Tu as vu son corps, n'est-ce pas ? s'enquit l'adolescente, en fourrant ses mains sous ses cuisses d'un geste qui trahissait sa gêne.

— Oui, répondit Katya d'une voix douce, en s'asseyant près d'elle.

— Alors, tu sais comment elle est morte ?

— Oui, acquiesça la jeune femme, en baissant les yeux. Elle s'est noyée.

— Oh ! s'exclama Abir, en plaquant une main sur sa bouche.

— Je suis désolée », murmura Katya.

La jeune fille n'en avait rien su jusqu'à présent, elle le comprenait bien. Ses parents avaient-ils estimé qu'elle était trop jeune pour connaître la vérité ? Quelle honte y avait-il à s'être noyée, alors que la position dans laquelle Nouf avait été enterrée équivalait à proclamer publiquement un péché cent fois pire – celui de fornication ? Mais peut-être qu'Abir n'avait rien remarqué ? Quoi qu'il en soit, cela la réconfortait un peu de constater qu'elle n'était pas la seule à être tenue à l'écart des secrets familiaux.

Les mains d'Abir tremblaient, et elle faisait des efforts visibles pour ne pas pleurer.

« Ils ne veulent rien nous dire. Je sais qu'elle s'est sauvée. Elle s'est perdue dans le désert et elle est morte, mais j'ignore les détails. Il faut que je sache. Je n'arrête pas de me faire du souci à l'idée que…, bredouilla-t-elle, serrant les poings et se martelant les cuisses. Je n'arrête pas de me demander si… si elle… Et si ce n'était pas un accident ? Si elle s'était enfuie pour ne plus jamais revenir ? Peut-être qu'elle voulait…

— Tu te demandes si elle s'est tuée, c'est cela ? murmura Katya.

— Je ne veux pas penser que son âme est en enfer, gémit Abir, les joues ruisselantes de larmes. C'était ma sœur… »

Sa voix se brisa et elle éclata en sanglots. Katya résista à l'impulsion de la prendre dans ses bras ; elle pressentait que la jeune fille n'aurait pas apprécié ce geste.

« Je ne sais pas exactement ce qui est arrivé, dit-elle, mais je suis à peu près certaine qu'elle ne s'est pas tuée. »

Abir déglutit et leva les yeux vers elle.

« Elle a reçu un coup sur la tête, reprit Katya. Ce n'est pas cela qui a causé sa mort, mais elle était sans doute inconsciente, et quand la crue s'est produite, elle n'a pas pu réagir.

— Je ne comprends pas, murmura Abir qui était devenue livide. Qui l'a frappée ? Y avait-il quelqu'un avec elle ?

— Je l'ignore », avoua Katya. Elle hésita un instant avant de poursuivre : « Écoute, Abir, vois-tu une raison qui ait pu l'inciter à s'enfuir ?

— Je sais qu'elle était un peu angoissée à l'idée de se marier..., répondit la jeune fille en secouant la tête.

— Pourquoi ?

— Elle ne connaissait pas Qazi si bien que cela, expliqua Abir en haussant les épaules.

— A-t-elle jamais parlé de fuguer ?

— Non. Ou alors seulement pour plaisanter, répondit l'adolescente en se frottant les yeux. Tu crois que c'était une fugue ?

— Je n'en sais rien », répondit Katya d'un ton incertain.

Abir parut se calmer. Elle se redressa et ses épaules cessèrent de frémir. Elle s'essuya le nez sur sa manche.

Un silence embarrassé s'ensuivit, et Katya tenta maladroitement de dissiper la tension.

« Excuse-moi d'avoir posé toutes ces questions au sujet de Nouf. Je ne voulais pas te bouleverser. Je sais bien que cela ne la ramènera pas. »

Abir se contenta de hocher la tête.

« J'aurais aimé avoir la possibilité de la connaître mieux », reprit Katya.

Abir se leva et, d'une démarche raide, se dirigea vers une porte située dans un angle. Elle l'ouvrit, alluma la lumière et fit signe à Katya d'entrer.

C'était un immense dressing bourré à craquer de vêtements – accrochés sur des portants, suspendus à des cintres, rangés dans des casiers en plastique ou des malles, remplissant les étagères de bas en haut. Des dizaines de paires de chaussures étaient alignées dans leurs armoires. Tout était propre et bien repassé, constata Katya en promenant autour d'elle un regard stupéfait.

« C'est inouï ! s'exclama-t-elle. Était-elle toujours aussi organisée ?

— Non, non. Après l'enterrement, ma mère a demandé aux domestiques de tout remettre en ordre. »

Katya n'osait toucher à rien, mais Abir se mit à décrocher des vêtements pour les inspecter. C'était une garde-robe des plus hétéroclites : un blazer rayé côtoyait un négligé rouge, une robe de bal moulante, ornée de paillettes, était accrochée à côté d'un pull torsadé en mohair rose et d'un pantalon en cuir de la même couleur. Des shorts et des tee-shirts s'empilaient sur une étagère, et les sous-vêtements paraissaient ridiculement petits, culottes ornées de rubans et soutiens-gorge transparents. Pour la première fois, Katya eut l'impression d'entrevoir un aspect de la personnalité de la défunte, qu'elle avait cherché en vain dans la chambre. Ce dressing fabuleux, dont le contenu devait valoir plusieurs centaines de milliers de riyals, permettait à Nouf d'accéder à un monde de rêve où il lui était permis de porter un blazer d'homme ou un short. Il y avait des jeans, bien sûr, des douzaines de jupes noires et de chemises bleues à boutons, l'uniforme d'une école privée, apparemment. Mais juste à côté était suspendu un somptueux manteau de fourrure blanche, qui descendait jusqu'au sol.

Katya s'immobilisa devant le vêtement, saisie d'un désir irrépressible de posséder un jour un pareil manteau et de vivre dans un monde où elle pourrait s'en revêtir. La femme de qui elle tenait son nom aurait pu en porter un semblable. Sur le cintre voisin étaient accrochés deux gants, un cache-nez, une écharpe et une énorme toque de fourrure. Elle enfonça ses doigts dans le poil soyeux. Il était doux et frais au toucher et, l'espace d'une seconde, elle devint Nouf, franchissant dans cette penderie le temps et l'espace pour contempler un lac gelé ou le sommet d'un glacier.

En se retournant, elle vit Abir qui brandissait à bout de bras une robe de cérémonie d'un rose flamboyant. La jupe était si large que la robe pouvait presque tenir debout toute seule. Katya comprit brusquement de quoi il s'agissait.

« C'est sa robe de mariage ?

— Oui.

— Complètement extravagante, murmura Katya en promenant autour d'elle un regard pensif. Dis-moi, qu'est-ce qui fait partie de son trousseau, dans tout cela ?

— Tout ce qui est de ce côté, et à peu près un tiers de ça », répondit Abir en montrant les tenues les plus originales.

Katya regarda de nouveau le manteau, et ne put s'empêcher d'éprouver une pointe de déception. Ce n'était pas Nouf qui avait acheté ces vêtements, mais Qazi. Les possessions de Nouf se résumaient en fait à une rangée d'abayas, une paire de jeans, des tee-shirts et une douzaine de robes d'intérieur.

« Je croyais que c'était elle qui avait choisi tout ça, expliqua-t-elle en montrant le trousseau.

— Elle détestait le rose », déclara Abir en secouant la tête.

Qazi, bien sûr, l'ignorait totalement. Avait-il acheté ces tenues en pensant que toutes les femmes aimaient le rose ? Ou parce que c'était cela qu'il voulait : une femme à qui cette couleur aurait parfaitement convenu ? Katya pensa à son propre trousseau. Othman n'avait pas encore fini de le composer, mais elle espérait qu'il éviterait ce genre d'articles, dont la seule fonction était de symboliser tout ce que celle qui les portait ne serait jamais, et qui constituaient en fait un vrai supplice de Tantale.

Quand elle reporta son regard sur Abir, elle s'aperçut que la jeune fille se disposait à partir, et elle la suivit dans la chambre. L'expression de l'adolescente était froide et distante à présent.

« Je dois m'en aller, dit-elle en prenant le Coran resté sur le lit.

— Oui, bien sûr. »

Il y eut un silence embarrassé, puis Abir se dirigea vers la porte.

« Je suis désolée, répéta Katya. Je ne voulais pas te faire de la peine. »

Abir se retourna et lui lança un regard qui semblait dire : *Ce n'est pas ta faute*, avant de disparaître dans un léger bruissement de robe.

19

Katya risqua un œil prudent à l'intérieur du laboratoire. C'était l'heure du déjeuner, et elle s'était jointe aux autres femmes dans la salle qui leur était réservée, avant de s'éclipser au bout d'un quart d'heure en prétextant qu'elle devait aller aux toilettes. Dans les couloirs, elle n'avait rencontré personne. Les hommes prenaient généralement leurs repas à l'extérieur et les locaux étaient déserts.

Elle alla s'asseoir devant sa paillasse. Au cours des deux derniers jours, elle avait préparé en cachette les échantillons d'ADN, en extrayant les fragments à séquencer pour les mélanger à une solution tampon de polymérases et d'amorces génétiques. Ce matin, elle avait placé les tubes dans le thermocycleur. Le processus demandait quelques heures et elle devait absolument être présente quand les résultats seraient prêts, pour éviter que quelqu'un ne les emporte par erreur.

Il y avait deux échantillons, l'un appartenant à Eric Scarberry, l'autre au chauffeur de Nouf, Mohammed. La machine s'arrêta dans un ultime vrombissement et Katya jeta un regard inquiet vers la porte.

Elle eut tout juste le temps de glisser les résultats dans son sac et de faire disparaître toute trace de son travail avant que Maddawi ne revienne, suivie de Bassma. Les deux femmes s'installèrent à leurs tables et se remirent à leur tâche, sans paraître remarquer la présence de Katya. D'un ton animé, elles poursuivirent la conversation entamée pendant la pause déjeuner.

Avec un soupir de soulagement, Katya se pencha sur les échantillons sanguins qu'on l'avait chargée d'analyser ce matin, en jetant un coup d'œil subreptice en direction du sac. Elle n'avait même pas pu lire les résultats et elle était dévorée par la curiosité. L'un des deux ADN correspondait-il à celui du bébé que Nouf portait en son sein ? Elle allait devoir attendre d'être rentrée chez elle pour le découvrir.

Le soir, à table, elle se montra distraite, absorbée dans ses réflexions. Mais, quand Abu voulut savoir ce qui la préoccupait ainsi, elle mentit et prétendit qu'elle couvait un rhume. Durant tout le repas, elle ne cessa de penser à Othman, se demandant comment lui annoncer ce qu'elle avait découvert.

Le dîner fini, elle appela Ahmad. Une demi-heure plus tard, il se présenta à la porte. Abu l'invita à entrer et les deux hommes bavardèrent pendant que Katya allait chercher son abaya et ajustait sa burqa. Elle n'avait pas prévenu son père qu'elle sortait, mais si elle laissait les deux hommes discuter suffisamment longtemps, Ahmad finirait par le lui apprendre, et il serait alors plus difficile à Abu de refuser.

Un instant plus tard, son père frappa à la porte de sa chambre.

« Katya ! appela-t-il d'un ton fâché.

— Je dois m'absenter un petit moment, répondit-elle en lui ouvrant, voilée de pied en cap.

— Je sais, Ahmad vient de me le dire. Où vas-tu ?

— Il faut que je voie Othman. J'ai une nouvelle information au sujet de sa sœur.

— Et pourquoi ne lui passes-tu pas un coup de fil ? s'enquit Abu en braquant sur elle un regard suspicieux.

— C'est quelque chose que je ne peux pas lui annoncer par téléphone », répondit-elle en prenant un air implorant.

Mais le froncement de sourcils du vieil homme s'accentua encore, et il lui aurait certainement interdit de sortir si Ahmad n'était pas soudain apparu au fond du couloir.

« Tu es prête ? Dépêchons-nous. »

Katya l'aurait volontiers embrassé pour cette intervention si opportune.

« Surveille-la bien », grommela Abu à l'intention de son ami.

Katya sentit son regard peser sur elle tandis qu'elle s'éloignait. Ahmad acquiesça et, affichant son air le plus sévère, l'escorta jusqu'à la voiture.

Tandis qu'ils roulaient à travers la vieille ville, Katya observa d'un œil distrait les boutiques sur le point de fermer et les immeubles faits de blocs de corail prélevés sur les récifs de la mer Rouge. Elle fut saisie par l'impulsion de passer la main par la vitre pour en toucher un, sentir sous ses doigts la texture rugueuse, et cesser un instant de penser à tous ces gens dont les noms tournoyaient sans fin dans sa tête. Abu. Nouf. Nayir. Salwa et Abdul-Aziz. Othman.

Quand ils arrivèrent sur le parking du parc d'attractions, elle vit qu'Othman s'y trouvait déjà. Il était venu dans sa Porsche gris métallisé et avait baissé la capote. Il portait une chemise bleue boutonnée jusqu'en haut, et ses cheveux noirs, épais et bouclés étaient plus courts que la dernière fois. Mais c'était la vue de son profil, de ses longs bras, et quelque chose dans la façon dont sa main était nonchalamment posée sur le volant qui lui serraient la gorge.

Derrière lui, le parc était en train de fermer pour la nuit et les attractions s'éteignaient une à une – d'abord la grande roue, puis les montagnes russes, et enfin les installations de moindres dimensions. Katya demanda à Ahmad d'attendre que toutes les lumières soient éteintes avant d'aller se ranger à côté de la Porsche. Ils auraient ainsi moins de risques de se faire remarquer. Leur manège aurait pu paraître passablement louche – deux voitures sur un parking désert et une passagère descendant de l'une pour monter dans l'autre. La nuit, la police religieuse était moins présente, toutefois Katya était un peu tendue.

« Ton père exigerait sans doute qu'il garde la capote baissée, déclara Ahmad. Sauf, évidemment, si vous allez sur l'autoroute. »

Elle lui sourit et descendit.

Quand elle fut assise près de lui, Othman appuya sur un bouton, déclenchant la fermeture du toit. Ses yeux étaient humides, comme s'il avait pleuré, mais elle se dit que ce devait être dû à la fatigue. Il lui prit la main et y posa ses lèvres. Aussitôt, le cœur de Katya se mit à palpiter.

« Je suis content de te voir.

— Tu m'as manqué », répondit-elle, s'enhardissant à l'embrasser sur la joue.

Si pudiques qu'ils soient, ces gestes de tendresse la mettaient toujours mal à l'aise. *Cela ira mieux*, se dit-elle, *lorsque nous pourrons le faire sans qu'Ahmad nous observe.*

Othman lui prit le menton au creux de sa paume.

« Tu vas bien ? lui demanda-t-elle en lui caressant les cheveux.

— Oui.

— J'aime bien ta nouvelle coupe. »

Othman sourit, avant de reprendre :

« Veux-tu que nous allions faire un tour ? »

Elle accepta. Il lui effleura le front d'un baiser, lâcha sa main et démarra. Othman gardait un œil sur le rétroviseur pour s'assurer qu'Ahmad les suivait. Ils roulèrent sans échanger un mot, le rugissement du moteur emplissant l'habitacle. Maintenant que son fiancé était près d'elle, Katya sentait son cœur déborder d'affection. Elle n'arrivait pas à comprendre comment elle avait pu douter de lui. Peut-être était-ce seulement à cause du stress et des longs jours qui s'écoulaient sans qu'ils se voient ni même qu'ils se parlent, bien que ce ne fût pas de leur fait. Ce qui l'effrayait le plus, en fait, c'était la fragilité du sentiment qu'elle éprouvait pour lui et qu'elle ravivait en jetant de fréquents regards sur ses mains fermes et ses yeux mélancoliques, et en respirant son odeur musquée, si réconfortante.

Vingt minutes plus tard, il s'arrêta sur une plage plongée dans l'obscurité, au sud de la ville. C'était en fait une succession de concessions privées. Comme les autres, celle-ci était fermée sur trois côtés par de hauts murs de pierre, avec une petite porte en métal à l'angle. Ils refermèrent la grille derrière eux et s'avancèrent sur le sable. À travers les barreaux, ils apercevaient Ahmad assis dans sa voiture, le visage faiblement éclairé par la lumière de son lecteur de DVD.

« Que regarde-t-il ? s'enquit Othman.

— Une copie pirate de *Hour el-Ayn*.

— Qu'est-ce que c'est ? »

Elle fut surprise de découvrir qu'il n'avait jamais entendu parler des *Belles Vierges*.

« C'est une dramatique télévisée sur les récents attentats contre les bâtiments américains.

— Et ça s'appelle *Hour el-Ayn* ?

— Le film raconte l'histoire des victimes et de leurs assassins. Je suppose qu'il y est aussi question de vierges, quelque part. »

Othman sourit, secoua la tête, puis l'entraîna vers le rivage. Il y avait une cabane au bord de l'eau, dont la porte était cadenassée à l'aide d'une chaîne.

« Cette plage appartient à ta famille ? demanda-t-elle.

— Oui, mais ça fait des années que je n'y suis pas venu. Nous pouvons profiter des plages de l'île, à présent.

— C'est ravissant. »

Elle avait déjà été invitée sur des plages privées, mais généralement, leurs murs s'étendaient suffisamment loin dans la mer pour que les baigneurs des propriétés voisines ne puissent les atteindre qu'à la nage. Ici, ils s'arrêtaient à trois mètres du bord et, même si Katya ne percevait aucun bruit émanant des enclaves proches, la lune jetait sur la mer une lumière crue, et elle n'osait pas ôter son abaya. Othman lui proposa de s'asseoir sur le sable, et ils s'installèrent côte à côte, si près que leurs jambes se frôlèrent. Remontant ses genoux contre sa poitrine, Othman contempla les flots, et elle devina qu'il mourait d'envie de se mettre à l'eau. Surprenant son regard, il inclina la tête.

« Tu veux aller nager ? s'enquit-elle.

— Non, non. Je suis épuisé.

— Ne t'en prive pas à cause de moi, surtout.

— Ce n'est pas ça, soupira-t-il. Je suis vraiment exténué. J'ai eu des réunions toute la

347

journée. C'est tous les jours pareil ! Si seulement je pouvais partir un peu...

— Ne peux-tu pas prendre un jour de congé ?

— Pas cette semaine. Depuis que mon père est à l'hôpital, nous avons deux fois plus de travail. Je ne sais pas ce que nous ferons quand – Allah me pardonne ! – quand arrivera le jour où il nous quittera », ajouta-t-il en secouant la tête.

En l'entendant mentionner son père, Katya repensa à Nouf et aux échantillons d'ADN. Peu désireuse d'aborder le sujet de front, elle préféra laisser Othman poursuivre ses confidences. Elle pourrait ainsi juger de son état d'esprit, et voir si le moment était vraiment propice aux révélations.

Il continua à parler de son travail, se plaignant d'un donateur qui avait pris l'habitude de les interroger sur l'utilisation de chaque somme versée à la famille, si modique fût-elle. Elle écouta, riant aux moments appropriés, mais mille pensées s'entrechoquaient dans sa tête. *Parler de Nouf le rend toujours si triste... J'ai peur de le contrarier. Je ne devrais pas avoir peur ! Si nous voulons former un couple, nous devons nous parler franchement. Il devrait se rendre compte que c'est important. Mais je comprends son chagrin...*

« Tu sembles distraite », finit-il par dire. Ce n'était pas un reproche, mais une simple constatation.

« Je suis désolée. J'ai moi-même des soucis avec mon travail. »

Elle s'aperçut qu'il regardait sa main. Il la prit négligemment dans la sienne et commença à lui caresser les doigts.

« J'ai vu ta sœur Abir hier, reprit-elle.

— C'est ce que j'ai appris », dit-il en souriant.

Du bout de l'index, il traçait des spirales et des traits au creux de sa paume, et il fallut un moment à Katya pour comprendre qu'il écrivait un message. Elle déchiffra les lettres une à une... V-E-U-X-T-U-QU'-O-N-S-E-M-A-R-I-E... B-I-E-N-T-Ô-T ? Elle sourit et s'empara de sa main à lui pour y écrire la réponse.

O-U-I.

Il serra ses doigts entre les siens et s'enquit :

« Alors, tu as des soucis au labo ?

— Oh ! des problèmes avec mon patron, comme d'habitude. En fait, j'ai travaillé sur le cas de Nouf, aujourd'hui...

— Ah, murmura-t-il en se raidissant imperceptiblement.

— Excuse-moi d'avoir mis si longtemps à te donner les résultats, mais j'ai dû... j'ai dû effectuer la plus grande partie des analyses en dehors de mes heures de travail.

— Tu ne risques pas de t'attirer des ennuis, j'espère ? demanda-t-il en fronçant les sourcils.

— Non, pas vraiment. J'ai fait vite », dit-elle, consciente qu'il ne la croyait pas.

Un silence s'ensuivit. Il lâcha sa main et soupira lourdement, se passant les doigts dans les cheveux.

« *Ya'Allah*. Je n'y avais même pas pensé.

— Non, non, ne t'inquiète pas...

— Si, je te dois des excuses ! Je suis désolé. Il ne m'était pas venu à l'idée que tu serais obligée de... d'agir en cachette. C'est bien ce que tu fais, n'est-ce pas ? »

Elle fut incapable de le nier.

« Quel idiot je suis ! Katya... pardonne-moi, murmura-t-il en reprenant sa main et en la serrant avec plus de force cette fois.

— Ne t'excuse pas. J'avais envie de le faire, déclara-t-elle, en répondant à sa pression. Je t'assure, il n'y a pas de problème. J'essayais simplement d'identifier le père du bébé ; j'espérais que l'ADN correspondrait à celui du chauffeur.

— Et c'est le cas ? s'enquit-il en laissant retomber sa main.

— Non. »

Elle aurait voulu lui parler d'Eric, mais craignait qu'il ne fût pas en mesure de supporter trop de révélations en même temps. Elle fut brusquement convaincue qu'il ignorait les liens de sa sœur avec l'Américain. Comment pourrait-elle lui expliquer ce que Nayir lui avait appris ? Que Nouf projetait d'aller vivre à New York ? Qu'elle rencontrait cet étranger en secret ? Cela pouvait avoir des conséquences dangereuses, surtout si Eric était toujours en relation avec la famille... *Non, je ne peux pas le lui dire ce soir.*

« As-tu d'autres suspects ? » reprit-il.

Elle serra les dents sans répondre.

« Non, attends, tu n'as pas à répondre à cette question. Excuse-moi. Ce n'est pas ton travail. Je suis un égoïste de t'imposer ces corvées.

— Je t'en prie, ne t'excuse pas.

— Katya, répondit-il, d'une voix brusquement tendue, j'apprécie ton dévouement envers ma sœur, cependant je crois que tu devrais penser d'abord à préserver ton emploi. »

Katya garda le silence, trop abasourdie pour réagir.

« Toutes les femmes n'ont pas le courage de travailler, poursuivit-il. Je sais que je l'ai déjà dit, mais je suis vraiment fier de toi. Sincèrement, je ne veux pas que tu fasses quoi que ce soit qui risque de te faire perdre ta place.

— Fais-moi confiance, répondit-elle. Je prends les plus grandes précautions. »

Après un silence gêné, il hocha la tête, mais elle sentit qu'il s'était replié sur lui-même. Il y avait dans son regard la même expression que dans celui de Nouf, juste avant qu'elle ne se referme comme une huître.

Un nouveau silence s'ensuivit. Il remonta ses jambes contre sa poitrine en les entourant de ses bras. Elle ressentit cette attitude comme un reproche à son encontre. Elle eut beau se dire que ce n'était pas dirigé contre elle, qu'il souffrait et que c'était sa façon d'exprimer sa douleur, il était d'une humeur si sombre que cela empoisonnait l'atmosphère, et elle avait l'impression que leur relation n'y survivrait pas.

« Je suis désolée, murmura-t-elle.

— Tu n'as pas à t'excuser, répondit-il, émergeant soudain de sa rêverie. Écoute-moi bien. J'apprécie vraiment tout ce que tu as fait, et l'attachement que tu avais pour Nouf. Tu m'en as donné la preuve, je sais que tu l'aimais beaucoup. Mais ce qui est fait est fait. Pense à ce que cela risque de te coûter. Tu ne peux pas la ramener. Je crois que ça devrait s'arrêter là, termina-t-il en la regardant intensément.

— Qu'est-ce qui devrait s'arrêter ? demanda-t-elle, décontenancée.

— Tout ce… travail que tu fais en cachette. Je t'en suis reconnaissant, et je souhaiterais moi aussi savoir ce qui est arrivé à Nouf. Mais c'est dangereux. Et puis, cette… cette recherche de paternité, cela ne fera que causer davantage de chagrin. Que se passera-t-il si tu découvres qui est le père ? Nous ne voulons punir personne, nous ne voulons pas causer davantage de souffrance. »

Il semblait au bord des larmes et Katya comprit combien il devait prendre sur lui-même pour ne pas révéler ses sentiments.

« Je sais à quel point cela a été difficile pour toi et ta famille, dit-elle enfin. Et je ne veux pas vous faire davantage de peine. Mais je me disais que le père du bébé de Nouf était peut-être impliqué dans sa disparition.

— C'est possible, répondit-il, ses mains fouissant le sable comme des griffes. Et après ? Faut-il punir quelqu'un parce qu'il est tombé amoureux ? Qu'il a enfreint les règles ? »

La voix d'Othman s'était faite stridente, et elle attendit un instant, pour lui donner la possibilité de se calmer.

« Écoute, reprit-il, pour le moment, ma famille essaie d'accepter le fait qu'elle était enceinte. De nouvelles révélations pourraient avoir un effet dévastateur. Et de plus, tu mets ton emploi en danger.

— Je suis navrée. Peut-être suis-je indiscrète...

— Pas du tout.

— Mais le père de son enfant est peut-être responsable de sa mort. Ne serait-il pas souhaitable de connaître son identité ?

— Si ma famille préfère penser que sa mort était accidentelle, autant ne pas la détromper pour le moment, déclara Othman, levant une main pour couper court à ses protestations. J'ai dit : pour le moment. Si tu te fais prendre la main dans le sac, je ne te pardonnerai pas d'avoir compromis ta carrière. »

Elle détourna les yeux, en proie à des émotions confuses. Elle avait envie de lui dire qu'il se comportait de manière suspecte et que, s'il savait qui était le père, s'il protégeait quelqu'un, il ferait mieux de tout lui dire.

« Je t'en prie, ne gâche pas ta vie, poursuivit Othman en lui prenant doucement le menton pour l'obliger à lui faire face. Nouf est morte, ajouta-t-il en plongeant son regard dans le sien, mais toi, tu es vivante. »

Elle hocha la tête. Elle comprenait, sinon le sens profond de ces déclarations, du moins ce qui le poussait à lui parler ainsi. Il l'embrassa doucement et frotta son nez contre sa joue, mais au lieu de s'écarter, il se remit à l'embrasser de façon plus pressante. Un frisson de plaisir la traversa quand il lui passa un bras autour de la taille, mais soudain, ils entendirent un bruit derrière eux. Ahmad avait dû baisser sa vitre, car le son du lecteur de DVD leur parvenait à présent avec plus de force. Ils comprirent tous deux qu'il s'agissait d'un avertissement : *N'allez pas plus loin.* Othman retira sa main et se redressa.

Katya demeurait profondément troublée par ce discours véhément. Croyait-il vraiment qu'elle effectuait ces recherches pour lui prouver quelque chose ? Et pourquoi s'inquiétait-il tellement à l'idée qu'elle puisse perdre son travail ? C'était plutôt à elle de s'en préoccuper. Et si, après leur mariage, elle décidait de démissionner pour avoir des enfants ? Lui en voudrait-il de renoncer à son métier ? Le comprendrait-il ? Elle prit brusquement conscience qu'ils n'avaient jamais abordé le sujet, et son agitation ne fit que croître.

De nouveau, le doute s'insinua en elle. Il n'aimait pas parler de Nouf, elle le savait : dès qu'on l'évoquait, il se renfermait en lui-même. Par rapport aux fois précédentes, néanmoins, cette conversation avait dû être pour lui une véritable catharsis. Qu'est-ce qui l'avait poussé à se livrer ainsi, à exprimer des sentiments si longtemps refoulés ? Elle n'avait pas envie d'y réfléchir. Il était tard, et elle en avait assez de se livrer à de vaines spéculations.

20

Il était étendu sous elle. Ses longs cheveux bruns lui frôlaient la poitrine et le visage, lui chatouillaient les joues. Il faisait frais dans la pièce, mais aux endroits où leurs épidermes se trouvaient en contact, il éprouvait une agréable sensation de chaleur. Il avait rêvé cent fois de cette femme sans jamais voir ses traits. Ses cheveux en cascade, longs et noirs, les lui dissimulaient entièrement, mais quand il levait une main pour les écarter, elle se dérobait. Plus vif était son geste, plus vite elle disparaissait, comme si c'était lui, en fait, qui la repoussait. À force de faire le même rêve, il avait fini par apprendre que le seul moyen de la saisir, c'était de ne plus la désirer, de ne plus chercher à la voir, de laisser sa chevelure la voiler de ténèbres, et de laisser ce corps féminin exercer sur lui ses sortilèges, l'envelopper de sensations. Un jour, il verrait son visage, mais en attendant, il pouvait se délecter du poids de son corps sur le sien, de la douceur de sa peau.

En ouvrant les yeux, Nayir se rendit compte qu'il n'était pas tout à fait sorti de son rêve. Son

bas-ventre palpitait et quelque chose lui cha-
touillait la joue, mais le bateau oscillait, et il
comprit qu'il y avait quelqu'un sur le pont. Il
entendit un bruit sur le seuil et, repoussant le
drap, il se leva en hâte. Mlle Hijazi apparut en
haut de l'échelle, serrant entre ses doigts le
bas de son abaya.

« Nayir ? appela-t-elle. Est-ce que vous êtes
là ? »

Il se rua dans la salle de bains, vacillant sur
ses jambes.

« Nayir ? Je suis désolée. Il fallait absolument
que je vous parle. J'ai essayé de vous joindre sur
votre portable, mais il était éteint... Puis-je
entrer un instant ? » reprit-elle, après un silence.

Fermant la porte de la salle de bains derrière
lui, il se frotta le visage. Il ne l'avait pas vue
depuis plusieurs jours, et s'était efforcé de ne
pas penser à elle.

« J'arrive », annonça-t-elle.

Il décela un manque d'assurance dans sa
voix. Entrouvrant la porte, il la vit descendre
précautionneusement l'échelle, entraperçut une
cheville et referma vivement.

« Désolée de faire ainsi irruption chez vous,
lança-t-elle, mais votre voisin m'observait.

— Et vous êtes quand même entrée ?
s'exclama-t-il.

— Je lui ai raconté que j'étais votre sœur.

— Oh, non !

— Je n'avais pas le choix. Écoutez, Nayir, j'ai
essayé de vous joindre. Pourquoi n'allumez-
vous jamais votre portable ?

— Je suis occupé. Othman sait-il que vous êtes ici ?

— C'est important. J'ai les résultats des tests ADN. L'enfant de Nouf n'était ni d'Eric ni de Mohammed. »

Encore trop irrité par cette intrusion pour prêter attention à ce qu'elle disait, Nayir ouvrit le robinet. L'eau était tiède et visqueuse. Il se regarda dans le miroir : il avait l'air exténué. À quelle heure s'était-il endormi ? Il avait passé toute la soirée à étudier des cartes du désert, pour essayer de trouver le site sur lequel travaillait Eric.

« Vous m'entendez, Nayir ? reprit-elle, d'une voix essoufflée. C'est quelqu'un d'autre qui est le père. »

Rassemblant son courage, il décrocha sa robe de chambre de la patère et l'endossa. Puis, se faufilant par l'entrebâillement de la porte, il se précipita dans la chambre. Du coin de l'œil, il constata qu'elle lui tournait pudiquement le dos, et il lui en fut reconnaissant. Hâtivement, il ramassa un pantalon sur le sol et une chemise sur le lit ; tous deux étaient copieusement froissés, mais il les enfila néanmoins.

« Cela implique l'existence d'un troisième homme », reprit Mlle Hijazi.

Un instant plus tard, il sortit de la chambre et la rejoignit dans la kitchenette.

« Eh bien, ce n'est pas moi », déclara-t-il sèchement.

Elle rit nerveusement, puis porta une main à sa bouche, dissimulée sous la burqa.

Il lui lança un regard sévère.

« Je suis désolée.

— Vous ne devriez pas être ici, répliqua-t-il d'un ton irrité. On pourrait nous accuser du crime de zina, vous savez. Avez-vous informé Othman de votre visite ?

— Non, mais...

— Et pourquoi n'êtes-vous pas au labo ? Je croyais que vous travailliez.

— J'ai pris ma matinée. Écoutez, je suis navrée de vous déranger ainsi. »

Elle paraissait sincère, et il détourna son regard. Même si elle portait une burqa, il préférait ne pas la fixer dans les yeux.

« J'ai besoin de votre aide, insista-t-elle.

— De quoi s'agit-il ?

— Je veux me rendre dans un lieu qui est peut-être lié à la mort de Nouf.

— En quoi mon aide vous serait-elle nécessaire ? Vous avez un chauffeur. Et un fiancé. »

Au lieu de répondre, elle se tourna vers le hublot et croisa étroitement ses bras autour d'elle. Nayir attendit, en proie à une tension grandissante.

« Othman ne veut plus que je m'occupe de cette enquête, déclara-t-elle d'une voix tremblante. Il dit que je risque de perdre mon emploi.

— Et c'est vrai ? demanda Nayir, qui s'assit sur le canapé et chercha ses chaussures du regard.

358

— Pas vraiment. Enfin, si, peut-être un peu. Mais je suis très prudente, et il s'agit quand même de Nouf ! De sa propre sœur. On s'attendrait à ce qu'il considère toute aide comme la bienvenue. »

Nayir ne savait comment réagir. Il faillit lui répondre que cela ne servait à rien de se plaindre d'Othman auprès de lui ; le jeune homme était son ami, et rien de ce qu'elle dirait ne le ferait changer d'avis. Mais il ne pouvait s'empêcher d'éprouver un élan de sympathie à son égard, en lisant le chagrin qui transparaissait dans ses grands yeux expressifs.

« Je sais qu'Othman souhaite sincèrement découvrir ce qui est arrivé à Nouf », commença-t-il d'un ton circonspect, en s'abstenant de formuler le fond de sa pensée : *Mais peut-être ne veut-il pas que vous vous en mêliez.*

Ou peut-être Othman commençait-il à ne plus supporter de la voir travailler et se comporter avec une telle témérité... Lui avait-elle parlé de leur expédition dans l'appartement d'Eric, et chez l'optométriste ?

« D'après vous, pourquoi veut-il que vous renonciez à cette enquête ? demanda-t-il.

— Je n'en sais rien, soupira-t-elle. Il avait l'air inquiet.

— Lui avez-vous raconté que nous étions allés chez Eric, tous les deux ?

— Je lui ai dit que nous avions effectué quelques recherches ensemble. Mais cela remonte déjà à plusieurs jours et cela n'a pas paru le contrarier. C'est seulement hier soir qu'il s'est fâché. Il est toujours bouleversé dès qu'il est question de Nouf. Hier, je lui ai parlé des tests ADN. Je crois que le seul fait de mentionner la grossesse le met hors de lui, et cette fois, il a réagi encore plus vivement. Il a dit qu'il se faisait du souci pour moi. Je lui ai répondu qu'il n'y avait pas de quoi, mais il a insisté pour que j'arrête immédiatement mes investigations. Il m'a affirmé que si je compromettais ma carrière, il ne me le pardonnerait jamais. »

Nayir fut surpris par ces révélations ; il comprenait la réticence d'Othman, mais cette réaction était excessive. Et même carrément suspecte. Et puis, pourquoi Othman s'inquiétait-il tellement à l'idée que Mlle Hijazi puisse perdre son emploi ? Y attachait-il une telle importance ? Tenait-il vraiment à ce qu'elle travaille ?

La jeune fille paraissait anxieuse d'entendre sa réponse. Il en était flatté et, en même temps, il hésitait à exprimer franchement son opinion. Pour gagner du temps, il se leva, ouvrit la penderie et prit son imper.

« Je ne peux pas expliquer le comportement d'Othman, dit-il enfin.

— Mais vous ne le trouvez pas bizarre ? »

Il garda le silence. Peut-être Othman savait-il quelque chose sur la disparition de Nouf, et ne voulait-il pas en informer sa fiancée. Cela ne signifiait pas pour autant qu'il était coupable.

« Vous pensez qu'il ne me fait pas confiance, murmura-t-elle.

— Je n'ai pas dit ça.

— Votre visage parle pour vous. »

Bien que cette réflexion le mît mal à l'aise, il fut impressionné par sa perspicacité. Elle avait toujours les bras croisés dans une attitude de défi, et il se rappela son silence obstiné dans le cabinet du médecin légiste. *Elle ne renoncera pas*, pensa-t-il. *Même pour Othman*. Et il ressentit alors le même mélange d'indignation et de respect qu'elle lui avait inspiré lors de cette première rencontre.

« Je lui parlerai, dit-il. C'est ce que vous voulez, non ? »

Elle se retourna pour lui faire face, et il baissa aussitôt les yeux.

« Oui, si vous le pouvez. Mais surtout..., poursuivit-elle en se tournant de nouveau vers la fenêtre, surtout, j'aimerais savoir si je peux toujours compter sur vous. »

Il marqua une brève hésitation avant de répondre :

« Je veux savoir ce qui est arrivé à Nouf. Et je crois qu'Othman, au fond de lui, le souhaite également, même s'il s'en défend pour le moment. »

Elle parut soulagée et décroisa les bras.

« Dans ce cas, acceptez-vous de venir avec moi, tout de suite ? C'est important. J'ai besoin de vos compétences. »

Il hésitait encore et elle ajouta, comme si cela expliquait tout :

« Pour relever des traces. »

Après un bref instant de réflexion, il acquiesça en disant :

« Laissez-moi juste le temps de dire mes prières du matin. »

Quand il eut terminé, elle lui expliqua qu'elle voulait se rendre au zoo. L'odeur étrange qui imprégnait l'appartement d'Eric lui avait rappelé la trace de purin sur le poignet de Nouf, si profondément incrustée dans la peau que même la crue n'avait pu l'effacer. Nayir lui avait parlé des traces de toxines découvertes par Samir dans le prélèvement. Hier soir, en feuilletant le journal, elle était tombée sur un article traitant de l'importation illégale de chimpanzés utilisés comme animaux de compagnie – un trafic qui se poursuivait dans le royaume, en dépit de l'interdiction. L'article évoquait également les conditions de vie déplorables des singes dans les petits zoos de Djeddah. Et une idée lui était alors venue à l'esprit : quel meilleur endroit pour trouver des déjections d'animaux empoisonnés que le zoo abandonné ?

C'est ainsi que, suivant une fois de plus la Toyota, il quitta l'autoroute pour s'engager sur une voie déserte traversant une étendue de sable gris. Durant tout le trajet, son sentiment de culpabilité ne fit qu'augmenter : à présent, ils agissaient bel et bien à l'insu d'Othman. Il essaya de se dire que celui-ci approuverait certainement leurs motivations, en dépit de ce qu'il avait dit la veille à sa fiancée, mais dans son cœur, Nayir connaissait la vérité : quand elle lui avait demandé de l'accompagner, il avait accepté parce qu'il voulait avant tout passer du temps avec elle.

Il se répétait qu'elle avait raconté à Othman qu'ils étaient allés chez Eric ensemble, et qu'il n'en avait pas paru contrarié. Bien sûr, son ami n'avait aucune raison de l'être car il avait confiance en lui. Mais Nayir se sentait vexé de voir qu'on le considérait comme une espèce d'eunuque. Il était pire qu'un eunuque, en fait : aucun organe ne lui faisait défaut, mais c'était autre chose qui lui manquait, cette essence mystérieuse qui fait de vous un homme. Il se rappela l'incident du bazar, et le rire d'Othman : il avait ri parce que Nayir était la dernière personne au monde qui aurait dû voir une femme nue. C'était comme si l'exhibitionniste s'en était prise à un ayatollah. Plus il y pensait, plus il se dégoûtait lui-même d'y penser.

Il commença à gravir une route abrupte à flanc de colline. Des nuages de poussière volaient derrière les vitres, lui masquant la vue, mais quand il arriva au sommet, le panorama était dégagé. En dessous de lui, une douzaine de maisonnettes blanchies à la chaux parsemaient le fond de la vallée, et au-dessus, un grillage rouillé, plié en accordéon, était tout ce qu'il restait de la clôture du zoo.

Baissant la vitre, il inspira profondément. Ce n'était pas du crottin de chameau ; il aurait reconnu l'odeur. Non, aucun doute, c'était une odeur de zoo. Il dut reconnaître que Mlle Hijazi avait eu une idée judicieuse.

Ils se garèrent sur un parking attenant à une aire de jeux qui semblait inutilisée depuis des années. En descendant de voiture, il vit la jeune femme extraire du coffre de la Toyota ce qui ressemblait à une boîte à outils. Son chauffeur s'empressait autour d'elle, devançant tous ses gestes, lui tendant la boîte, refermant le hayon.

« Merci, Ahmad, dit-elle d'une voix où perçait un soupçon d'irritation. Je ne devrais pas en avoir pour longtemps. »

Elle rejoignit Nayir et ils se dirigèrent vers l'entrée, où se dressait une guérite métallique à l'ombre d'un palmier. Au-dessus du guichet, une pancarte annonçait : *Les enfants peuvent être accompagnés de leur père ou de leur mère, mais pas des deux à la fois. Au-dessus de l'âge de 10 ans, les enfants sont considérés comme des adultes.* À côté étaient indiqués les horaires réservés aux hommes, aux femmes, aux enfants et aux groupes scolaires, de façon que les diverses catégories d'humains ne se rencontrent pas.

En regardant derrière lui, Nayir constata que le chauffeur était remonté dans son véhicule climatisé. La désinvolture dont il faisait preuve en laissant la jeune fille en compagnie d'un homme étranger à sa famille était une vexation supplémentaire. Ahmad, lui aussi, devait le juger inoffensif. Évidemment, il était digne de la confiance qu'on plaçait en lui, mais ce n'était pas une consolation.

Le portillon était bloqué, si bien que Nayir dut l'escalader. Il se retourna ensuite pour aider la jeune fille, mais elle lui tendit la boîte à outils et franchit l'obstacle sans son aide.

« Vous savez, je pourrais y aller tout seul », lui dit-il.

Pour toute réponse, elle darda sur lui un regard féroce, et il se sentit rougir. Puis elle lui arracha la boîte des mains.

Ils descendirent une large allée ombragée de palmiers et découvrirent des rangées de bâtiments et de cages vides, des fontaines bourbeuses et des bancs cassés.

« Nouf avait du purin sur le poignet, murmura la jeune fille.

— Son garde du corps en avait également sur ses chaussures, répondit Nayir, se rappelant l'odeur qui lui avait assailli les narines.

— Oh. Vous ne me l'aviez pas dit. »

Comme il ne répondait pas, elle poursuivit :

« Si vous étiez Mohammed, pour quelle raison viendriez-vous ici ? Pour chercher quelqu'un ? Pour rencontrer quelqu'un ?

— La vraie question, c'est : si vous étiez Nouf, que viendriez-vous faire ici ?

— Retrouver un homme, peut-être ? » répondit-elle en lui lançant un regard hésitant.

Une fraîcheur bienfaisante les enveloppa quand ils avancèrent sous une rangée de palmiers qui surplombait l'ancienne attraction vedette : des animaux du Seregenti. Quelques ossements gisaient au fond de profonds fossés qui séparaient les cages des plateformes d'observation – les vertèbres d'un cou de girafe, peut-être, le crâne d'un gros félin. Les lions, rois de la savane, n'étaient que des mauviettes dans le désert. La chaleur les avait tous tués.

Non, rectifia Nayir en lui-même, c'étaient les Saoudiens qui les avaient tués, avec leur extravagante ambition de construire un zoo en plein air sous le climat le plus inhospitalier du monde. Ils avaient importé les animaux à grands frais, mais le public n'était pas venu ; pourquoi se serait-il donné ce mal ? Qui avait envie de déambuler dans cette chaleur étouffante pour contempler une troupe de bêtes souffreteuses ? Certainement pas les Saoudiens qui, c'était bien connu, n'avaient que mépris pour les espèces placées en dessous d'eux dans la chaîne alimentaire. Le résultat déplorable était-il seulement dû à une mauvaise gestion et à un manque de fonds ? Ou à la négligence ?

Une légère brise s'infiltra sous son imper quand ils pénétrèrent dans le vivarium. Là, les ossements étaient plus intéressants. Il vit de longs fragments d'épine dorsale au milieu d'os plus gros, comme si un serpent avait dévoré son compagnon de cage, l'avait gobé tout entier avant de mourir. Les serpents auraient-ils survécu si les gardiens avaient pris la peine de les relâcher ? Le bruit courait qu'ils avaient transféré les animaux les moins dangereux dans une animalerie locale et laissé mourir les autres.

Ils ressortirent dans l'allée, passèrent devant les cages des crocodiles et les anciennes volières couvertes de plantes grimpantes desséchées. Au loin, ils aperçurent le sommet d'une montagne, un décor représentant le mont Cervin qui avait sans doute accueilli des chèvres, autrefois.

« Allons voir », proposa-t-elle.

Il acquiesça en grommelant.

Le mont Cervin était silencieux comme une tombe, et ils s'en approchèrent avec précaution. Il n'était pas aussi haut qu'il le paraissait de loin, une dizaine de mètres tout au plus. Autour du pied poussaient çà et là des buissons fleuris.

« Du laurier-rose, je crois, murmura Nayir.

— Oui, acquiesça-t-elle. C'est bizarre d'en avoir planté à la portée des animaux. »

Ils progressèrent à travers les buissons, enjambèrent la clôture basse qui ceinturait la montagne et traversèrent une étroite prairie où l'herbe était carbonisée et les ravines emplies de sable. La jeune femme posa sa boîte sur le sol et l'ouvrit. Elle en sortit un sac plastique et y plaça un échantillon de laurier-rose et de la terre à sa base.

Pendant ce temps, Nayir fit le tour de la « montagne » – une structure de plâtre vert et brun, avec un sommet peint en blanc pour figurer la neige. Apercevant une porte, il la poussa et entra.

L'intérieur du décor était creux, et la lumière du jour, qui filtrait à travers les multiples craquelures dans le plâtre, lui permit de distinguer un sol de terre battue, des murs blancs et une couverture gisant en tas dans un coin. L'air était lourd et humide. En inspectant le sol, Nayir remarqua, juste devant la porte, de larges traces dans la poussière, comme si quelqu'un avait balayé récemment. Elles se poursuivaient à l'extérieur et disparaissaient dans l'herbe proche. Aucune trace de pas n'était visible.

« Vous avez trouvé quelque chose ? demanda Mlle Hijazi.

— Une cachette, dirait-on. »

Elle entra dans la pièce et murmura aussitôt, en lui jetant un regard gêné :

« Il y a une odeur de... de sexe.

— Je sais », répondit-il, en demandant intérieurement pardon à Dieu pour ce mensonge.

Il la rejoignit à l'intérieur et porta sa manche à son nez. De multiples signaux d'alarme retentirent dans sa tête : comment pouvait-elle connaître cette odeur ? Peut-être cela faisait-il partie de son travail, mais comment enseignait-on ce genre de choses ? Un signal plus insistant encore l'avertit qu'il se trouvait en compagnie d'une femme, dans un espace clos et dangereusement restreint. Et qui sentait le sexe. Il ressortit en hâte.

Elle le rejoignit, portant la couverture. Soigneusement, elle la déplia, la brandit devant elle et en examina la surface.

« Je pourrai peut-être en tirer quelque chose. »

Il retourna à l'intérieur de la montagne en toc, alluma sa lampe torche et promena rapidement le faisceau sur le sol, l'immobilisant brièvement sur un petit morceau de gravier.

« Vous avez trouvé autre chose ? s'enquit-elle depuis le seuil.

— Non, répondit-il en secouant la tête. Le sol est impeccable, si l'on songe à ce qui s'est passé entre ces murs. Quelqu'un a tout nettoyé. »

Il regarda une dernière fois autour de lui et, persuadé que l'endroit ne renfermait pas d'autre indice, referma la porte.

« J'emporte la couverture, déclara Mlle Hijazi. Avec un peu de chance, je trouverai peut-être des cellules cutanées.

— Ce sera peut-être sans aucun rapport avec notre affaire, objecta Nayir. Qu'y a-t-il ? demanda-t-il en voyant un éclair d'amusement passer dans son regard.

— Vous avez dit "notre affaire"

— Non, j'ai dit "votre affaire". »

Rieuse, elle fouilla une nouvelle fois dans sa boîte à outils et y prit un sac assez grand pour contenir la couverture. Ils passèrent encore une demi-heure à fouiller l'herbe au pied de la montagne, sans aucun résultat. Quand ils eurent terminé, ils quittèrent le décor alpin, passèrent devant une rangée de cages à oiseaux vides et empruntèrent un étroit sentier menant à une sortie. La grille était surmontée de barbelé, mais la porte n'était pas fermée. Ils suivirent ensuite un chemin qui descendait en pente raide vers la vallée, sur le versant sud de la colline. L'air devenait de plus en plus chaud, et tous deux commençaient à transpirer.

« Vous devez me dire tout ce que vous avez découvert jusqu'à maintenant, déclara la jeune fille. Y a-t-il quelque chose que vous ayez omis de me signaler ? Tout sera plus facile si chacun de nous connaît les faits dans leur intégralité.

— Je pense vraiment ce que j'ai dit tout à l'heure : c'est *votre* affaire.

— Très bien. Alors, qu'y a-t-il d'autre ?

— Vous ai-je parlé des marques sur la patte du chameau ?

— Non. »

Un peu embarrassé, il lui raconta la découverte qu'il avait faite dans l'écurie. Elle marchait devant lui, trébuchant de temps à autre quand la pente était trop escarpée.

« J'ai toujours trouvé bizarre qu'on puisse croire au mauvais œil. Personnellement, je trouve l'idée ridicule. »

Il s'abstint de répondre.

« Et je pense que Nouf aurait été du même avis, poursuivit-elle. Je ne la connaissais pas très bien, mais les rares fois où j'ai pu discuter avec elle, elle m'a paru très rationnelle. Je doute qu'elle ait cru aux esprits, aux djinns et à tout ce fatras.

— Alors, qui a tracé ce signe sur la patte du chameau, d'après vous ?

370

— Qui était avec elle dans le désert ? répondit-elle en haussant les épaules. Qui *pouvait* être avec elle ? Tout le monde a un alibi. Tous les membres de la famille se trouvaient à la maison. Othman m'a dit que le garde du corps faisait des courses avec sa femme. Et pour Eric, avez-vous vérifié ?

— Son alibi a été confirmé. J'ai passé quelques coups de fil hier soir : il était au travail toute la journée.

— Je ne vois qu'une seule possibilité, reprit-elle en arrivant au pied de la colline. Il devait forcément y avoir un troisième homme, quelqu'un que nous ne connaissons pas encore. »

Ils se trouvaient sur une esplanade circulaire marquant la fin d'une voie d'accès qui rejoignait probablement, présuma Nayir, la route principale. La première chose qu'il remarqua, ce fut la couleur orange foncé de la terre. Il la gratta avec les ongles ; elle avait la dureté de l'argile.

« Vous savez que mon oncle a analysé la terre trouvée dans la plaie que Nouf avait à la tempe, dit-il. Je crois que sa couleur était identique à celle-ci.

— Donc, elle a pu être assommée ici », murmura Katya, qui se mit en devoir de prélever un échantillon de sol.

Nayir se tourna vers un bouquet de palmiers au feuillage assez dense pour offrir un peu d'ombre. Derrière les arbres s'étendait un amas de broussailles touffues ; une impression de tristesse et d'abandon se dégageait de ce lieu où même le vent ne parvenait pas à faire bouger les feuilles. Mais le sol, en dessous des palmiers, révélait les traces d'une activité humaine. Nayir s'avança jusqu'au bord de la clairière et examina les empreintes de pneus.

« Ne marchez pas là-dessus », recommanda-t-il à Katya.

Elle posa sa boîte à outils près des buissons et promena son regard aux alentours. Nayir suivit des empreintes de pas sur le chemin. Il essaya de les voir avec les yeux de Mutlaq, mais les traces étaient recoupées par des dizaines d'autres et, très vite, il n'arriva plus à les distinguer. Visiblement, de nombreux véhicules empruntaient cette voie. À partir des empreintes de pneus, des traces de semelles rayonnaient dans toutes les directions, mais il lui était impossible de démêler leur écheveau.

L'une des traces de pneus s'arrêtait au beau milieu de la clairière. Prenant soin de ne pas les brouiller, Nayir remonta la piste jusqu'à l'endroit où la voiture avait dû faire demi-tour et repartir dans l'autre sens. Et là, juste en bordure de la clairière, il aperçut une lueur métallique dans les buissons. Quand il s'en approcha, il trouva une boîte de conserve à demi enterrée. Déçu, il la ramassa machinalement ; il se retourna quand il entendit Mlle Hijazi l'appeler d'une voix étrange.

Elle était agenouillée près des taillis, en train de creuser le sol avec précaution.

« Venez voir, vite », ajouta-t-elle.

Il laissa tomber la boîte rouillée et la rejoignit. Elle était en train de dégager du sable un objet rose tout tordu. C'était un soulier, un escarpin à talon aiguille, aplati par la roue d'une voiture.

« C'est la chaussure manquante ! s'écria Nayir, en s'accroupissant pour aider la jeune fille. Nouf a dû la perdre en route.

— Mais ne s'en serait-elle pas rendu compte ? objecta Katya. Ne serait-elle pas revenue la chercher ? »

Nayir hocha la tête. Nouf tenait à ces souliers, puisqu'elle avait emporté l'autre dans le désert où il ne pouvait lui être d'aucune utilité.

« Je ne crois pas qu'elle l'ait abandonné ici exprès.

— À moins qu'elle n'ait voulu laisser un indice derrière elle…, murmura Mlle Hijazi. Ce qui semblerait démontrer qu'elle a bel et bien été enlevée. »

L'excitation s'empara de Nayir à l'idée qu'ils venaient peut-être de découvrir un indice capital, et il vit le même enthousiasme luire dans les yeux de la jeune femme. Il eut soudain envie d'alimenter cette flamme en lui parlant de la parka d'Othman, dont la disparition ne pouvait être imputée qu'à un membre de la famille. Mais il y renonça, car cela équivalait à incriminer Othman. Inspectant le sol, il s'enquit :

« Voyez-vous des traces de sang ? Elle a été frappée à la tête, elle a dû en perdre une bonne quantité.

— Pas nécessairement, objecta Mlle Hijazi. Le sang a pu couler en grande partie sur sa robe et sur son visage. Regardez, dit-elle en tendant le doigt. On dirait que le sol a été balayé à cet endroit. S'il y avait une flaque de sang, on a peut-être essayé de la recouvrir.

— Ces traces me font plutôt penser qu'on a traîné quelque chose de lourd sur une courte distance. Et si elle avait été assommée ici ? Son agresseur a pu ensuite la transporter jusqu'au pick-up, continua-t-il, suivant les traces qui s'arrêtaient près des empreintes de pneus. Et dans ce cas, ne devrait-on pas trouver du sang le long du chemin ?

— Je n'en distingue pas à l'œil nu, déclara la jeune femme, mais je vais prélever des échantillons de sol pour les analyser.

Elle se redressa et alla prendre un sac en plastique pour y ranger l'escarpin. Puis, le tenant à bout de bras, elle le contempla un instant, avant de dire d'un ton pensif :

« C'est bizarre qu'elle ait emporté ces souliers.

— Oui, opina Nayir. Pourquoi ne les a-t-elle pas tout bonnement laissés dans le pick-up ?

— Ils se seraient abîmés sous l'effet de la chaleur, ne croyez-vous pas ?

— Les gens laissent bien leur Coran sur le tableau de bord, rétorqua Nayir. Et puis, elle aurait pu se garer à l'ombre. »

Il continua à examiner attentivement les marques sur le sol, en quête d'une tache de sang.

374

« Peut-être les a-t-elle effectivement laissés dans le pick-up, reprit Mlle Hijazi. Il est possible que l'un d'eux soit tombé quand son agresseur l'a obligée à descendre du véhicule.

— Et l'autre escarpin ? questionna Nayir en relevant la tête. Savez-vous exactement dans quelles circonstances il a été retrouvé ?

— Que voulez-vous dire ?

— Était-il rangé dans un sac ?

— Non. Non, il n'y avait pas de sac.

— Alors, elle devait le transporter dans sa poche. Sinon on ne l'aurait pas retrouvé sur le corps. La crue a été assez forte pour emporter les chaussures qu'elle avait aux pieds.

— Oui », acquiesça-t-elle d'un air pensif.

Elle déposa le soulier dans la boîte à outils et épousseta la terre sur son abaya.

« Admettons que Nouf soit venue ici pour rencontrer quelqu'un – quelqu'un en qui elle avait suffisamment confiance pour se rendre seule à ce rendez-vous. Comment est-elle arrivée jusqu'ici ? Avec le pick-up ? Elle aurait ensuite attendu ici...

— Pourquoi pas sur le parking ?

— Parce que, ici, elle risquait moins d'être vue. Même si elle était déguisée en homme, quelqu'un aurait pu deviner la supercherie. La personne qu'elle devait retrouver est venue avec sa propre voiture, et toutes deux sont descendues. Ici, précisa-t-elle en montrant les empreintes de pas près des traces de pneus. À en juger par la taille de ses pieds, la personne avec qui elle avait rendez-vous ne devait pas être grande. »

Sortant un mètre à ruban, elle entreprit de mesurer les empreintes.

« Elles sont toutes de la même taille, fit observer Nayir.

— Le dessin des semelles est différent, mais c'est la même pointure, acquiesça-t-elle en relevant la tête. Du trente-six. Et pourtant, on dirait bien des chaussures d'homme. »

Nayir lui tendit l'escarpin écrasé. Elle le mesura, puis déclara d'un air affligé :

« Un trente-six, également.

— Elle avait dit à sa mère qu'elle voulait les échanger, sans doute parce qu'ils ne lui allaient pas.

— Peut-être mentait-elle, répondit Katya.

— J'ai en ma possession la chaussure qu'elle portait dans le désert. Elle est dans mon bateau. Je la mesurerai ce soir. Et le chameau ? Je crois que l'agresseur l'a amené ici... »

Il se tut, car le reste était évident : si le ravisseur avait amené le chameau ici, il s'était forcément rendu dans la propriété des Shrawi et connaissait suffisamment les lieux pour pouvoir y dérober le pick-up et la bête.

« Ma foi, nous ignorons si le chameau était ici à ce moment-là, rétorqua Mlle Hijazi, visiblement mal à l'aise.

— Je doute que quelqu'un ait enlevé Nouf et soit ensuite retourné chez les Shrawi pour voler la bête, avec sa prisonnière inconsciente à l'intérieur du pick-up.

— Soit, dit-elle en sortant une poignée de flacons de la boîte à outils. À dire vrai, nous ignorons quel genre de relation Nouf entretenait avec son ravisseur. Elle a peut-être amené le chameau elle-même, en vertu d'un... arrangement quelconque qu'ils avaient conclu entre eux. Qui sait ? » acheva-t-elle d'une voix essoufflée.

Elle s'agenouilla pour prélever deux échantillons de terre, puis reboucha les flacons.

« Peut-être a-t-elle réussi à s'enfuir, poursuivit-elle. Peut-être le coup à la tête ne lui a-t-il pas fait perdre conscience. Elle était encore en état de conduire, mais légèrement désorientée. Cela expliquerait comment elle a perdu le soulier et, par la suite, le chameau.

— C'est possible, concéda Nayir, mais cela n'explique pas la disparition du pick-up. On ne l'a toujours pas récupéré. Si elle l'a conduit elle-même jusque dans le désert, on aurait dû le trouver près du wadi.

— Il a sans doute été volé par des nomades. »

Il s'abstint de lui faire remarquer que c'était une chose extrêmement peu fréquente. Mieux valait ne pas spéculer là-dessus, puisqu'ils n'avaient aucune preuve. Il la regarda ranger les flacons dans la boîte, et reprit :

« Si la personne qu'elle a retrouvée ici l'a assommée, puis enlevée, le deuxième véhicule a dû être abandonné sur place. Où est-il ?

— Le ravisseur est peut-être revenu le prendre plus tard, pour le faire disparaître. »

Bien qu'il ne fût guère convaincu par cette explication, Nayir n'y opposa pas d'argument.

« Et pour commencer, comment connaissait-elle l'existence de cet endroit ?

— Peut-être son chauffeur pourrait-il nous le dire ? Il n'a pas mentionné ces visites au zoo, n'est-ce pas ?

— Non », répondit Nayir, tout en se penchant de nouveau sur les empreintes.

Elle referma la boîte à outils avant de poursuivre :

« Les traces indiquent que d'autres gens sont venus ici, mais ils n'ont probablement rien à voir avec Nouf. Je pense que vous devriez retourner voir Mohammed. Il sera peut-être en mesure de nous expliquer comment elle a connu cet endroit et si elle y était déjà venue avant. Il pourrait également élucider l'histoire des escarpins.

— Je l'ai déjà interrogé à ce sujet.

— Réfléchissez un peu. Nouf avait ces escarpins sur elle. Peut-être désirait-elle vraiment les échanger. Pour cela, elle avait besoin de son chauffeur, c'est pourquoi elle les a emportés. Elle devait avoir rendez-vous ici avec Mohammed. Il faut absolument que vous l'interrogiez à nouveau. Je viendrai avec vous, déclara-t-elle en lui lançant un regard circonspect.

— Non, répliqua-t-il catégoriquement.

— Si.

— *Non.* »

Comprenant, à l'obstination qu'il lisait dans son regard, qu'il ne faisait qu'aggraver les choses, il reprit d'une voix plus douce :

« Il vaut mieux que j'y aille seul. Il a confiance en moi, et j'ai l'impression qu'il serait disposé à me faire des confidences, ce qui ne serait pas possible en votre présence. »

Elle en convint à contrecœur. Ils se tinrent un instant face à face, trop las et trop accablés de chaleur pour parler. Le soleil au zénith tapait en surplomb de leurs têtes, et l'air était chargé de poussière. Au loin, un oiseau poussa un cri perçant. Nayir prit brusquement conscience qu'il la fixait droit dans les yeux, à travers la burqa. Mais il n'avait pas envie de se détourner. Il n'y avait aucun mal à scruter son regard, à suivre les mouvements de ses mains, à observer les contours de son corps sous l'abaya. Le tissu était fin et, dans la lumière, on voyait presque au travers. Elle avait des bras fuselés et la taille étroite. Pendant un bref instant, il se laissa aller à imaginer qu'elle n'était pas la fiancée d'Othman, seulement une femme rencontrée par hasard. Il se demanda si elle fantasmait elle aussi à son sujet et il essaya de lire la réponse dans ses yeux, mais elle le dévisagea d'un air soupçonneux.

« Je vais être obligée d'en parler à Othman, dit-elle.

— Lui parler de quoi ? s'exclama-t-il, avec un sursaut d'effroi.

— Du soulier. »

Il faillit pousser un soupir de soulagement. *Qu'Allah me pardonne ces pensées impures.*

« Ce n'est pas une chose que nous pouvons passer sous silence, insista-t-elle.

— Je lui en parlerai, si vous voulez. »

Elle se retourna et cligna des paupières dans la lumière crue.

« Ce serait peut-être préférable. Si vous lui disiez que c'est vous qui avez eu l'idée de venir ici ? En fait, mieux vaudrait ne pas mentionner ma présence.

— Je ne peux pas faire ça.

— Non, vous avez raison, reconnut-elle en se tournant de nouveau face à lui. Je ne veux pas vous forcer à mentir, ajouta-t-elle en se massant le front. Je vous suis reconnaissante d'être venu ici. J'espère que cela ne vous mettra pas dans l'embarras vis-à-vis d'Othman. Je ne voudrais pas nuire à votre amitié.

— Ne vous inquiétez pas », répondit-il, songeant à part lui : *C'est déjà trop tard.*

Elle se pencha pour remballer ses outils, tout en poursuivant :

« Vous savez qu'il parle constamment de vous. À ses yeux, vous êtes une sorte de héros. »

Il ne sut que répondre.

« Peut-être vaudrait-il mieux que nous fassions tous deux part à Othman de ce que nous avons découvert ici. Il réagira peut-être différemment s'il l'entend de votre bouche. »

Nayir hocha la tête. Avec un soupir de lassitude, Mlle Hijazi referma la boîte, se redressa et s'achemina vers la colline.

« Il me reste une heure et demie avant de retourner au labo. Nous devrions mettre au point le récit que nous allons faire à Othman. Ahmad va devoir s'en aller bientôt. Accepteriez-vous de déjeuner avec moi ? »

Il pouvait concevoir dix bonnes raisons de refuser, mais l'exaltation suscitée en lui par cette proposition fut plus forte que ses scrupules. Il objecta toutefois par principe :

« Je ne vois pas comment cela pourrait se faire.

— Je connais un endroit. Vous n'avez qu'à me suivre. »

21

Nayir descendit de sa voiture et fut aussitôt assailli par une chaleur infernale. L'air humide et chargé de polluants lui donna la nausée. Ils s'étaient garés sur les deux derniers emplacements libres d'un minuscule parking près d'Al-Barad. Le terrain, entouré de hauts immeubles, était à demi dans l'ombre, mais cela ne faisait guère de différence. Le soleil de l'après-midi déformait les objets, et tout prenait des allures de mirage, les voitures, la chaussée, les panneaux publicitaires. Une fontaine asséchée et solitaire à l'entrée d'une impasse semblait ruisseler d'ondes de chaleur. Seuls les bâtiments échappaient à ce phénomène, avec leur solide structure de calcaire et leurs croisées fermées par des moucharabiehs qui ne laissaient pas entrer la chaleur.

Une femme traversa le parking d'un pas pressé en direction de l'impasse, jetant autour d'elle des regards inquiets, comme pour s'assurer qu'elle n'était pas suivie. Nayir éprouva un pincement d'angoisse à cette vue, comme chaque fois qu'il apercevait une femme seule dans la rue. Comment font-elles pour marcher si vite avec ce voile qui les aveugle à demi ? se demanda-t-il. Elle ralentit l'allure en pénétrant dans la ruelle ; peut-être se hâtait-elle seulement à cause de la chaleur.

Il s'avança vers la voiture de Mlle Hijazi ; quand il l'atteignit, sa chemise était trempée et les jambes de son pantalon collaient à ses chevilles. Il regretta de n'avoir pas mis une robe.

Elle avait déjà sorti sa boîte à outils du coffre et était en train de dire au revoir à Ahmad. Celui-ci lança à Nayir un regard sévère, qui semblait à la fois lui intimer de traiter la jeune fille avec respect et lui témoigner sa solidarité masculine.

« Je vais la porter, proposa Nayir en montrant la boîte.

— Merci, ce n'est pas nécessaire. »

Elle le distança et s'engagea dans une ruelle. Gauchement, il lui emboîta le pas. Marcher derrière elle lui donnait l'impression d'être un enfant, mais il lui était difficile de faire autrement, puisqu'il ne connaissait pas le chemin. Il aurait pu marcher à ses côtés, mais cela n'aurait pas été très convenable. Qu'aurait dit Othman en les apercevant ensemble ? Maris et femmes eux-mêmes ne se promenaient pas côte à côte ; l'épouse marchait derrière, en signe de respect.

Il la rattrapa au sortir de la ruelle. Elle tourna à droite et ralentit, puis regarda autour d'elle en faisant pivoter sa tête, car la burqa gênait la vision latérale.

« C'est quelque part par ici, murmura-t-elle.

— Où allons-nous ?

— Dans l'un de ces restaurants familiaux où l'on peut emmener une femme non mariée. »

Nayir avait entendu parler de ce genre d'endroits, des cafés où femmes et hommes pouvaient manger à la même table sans se voir confinés à la section réservée aux familles. Les femmes n'étaient pas obligées de se voiler le visage, simplement de couvrir leurs cheveux. Plus surprenant encore, les femmes seules étaient acceptées – mais les hommes étaient admis à condition d'être accompagnés d'une invitée. Nayir avait entendu dire que certains louaient les services de Philippines dans le seul but d'accéder à ces établissements. Une fois à l'intérieur, ils pouvaient flirter avec qui bon leur semblait. En fait, c'étaient généralement des lieux de drague, et il pria le ciel que ce ne fût pas le cas de celui-ci. Comment pourrait-il l'expliquer à Othman ?

Comme ils passaient devant des vitrines où étaient exposés des parfums et des colifichets, il sentit ses paumes devenir moites et pensa qu'il était stupide de chercher un café que les autorités avaient sans doute fermé aussitôt après son ouverture. Toutefois, quelques mètres plus loin, ils aperçurent une enseigne métallique au-dessus d'une porte : *Le Grand Mélange, les familles sont bienvenues !*

« C'est là ! dit-elle, en dissimulant mal son excitation.

— Je ne crois pas que ce soit..., bafouilla-t-il, s'immobilisant net.

— Ne vous inquiétez pas, le rassura-t-elle, d'un air amusé. Ce n'est pas ce que vous croyez. »

Avant qu'il ait pu répliquer, elle franchissait la porte et commençait à gravir une volée de marches étroites. Il la suivit, en se demandant si elle ne le conduisait pas dans un piège. Il imagina le guet-apens : elle voyait en lui un solitaire incapable de rencontrer des femmes, il n'avait pas la chance d'avoir une famille pour arranger un mariage à son intention. Alors elle avait élaboré un plan pour l'entraîner ici, dans l'espoir d'allumer en lui une étincelle. Mais elle faisait fausse route.

En haut des marches, ils pénétrèrent dans une salle d'attente aux parois de verre.

« Une de mes amies est déjà venue ici, expliqua la jeune femme. Elle m'a dit que la nourriture était excellente. »

Un maître d'hôtel les accueillit et les invita à entrer dans la salle à manger.

C'était un immense atrium surmonté d'une coupole de verre, dont le centre s'ornait d'une fontaine gazouillante. La lumière filtrée par les vitres de cristal posait des touches irisées sur la moquette bleue et les grandes tables à plateau de verre disposées au milieu de la salle. Au fond, un imposant escalier menait vers des tables individuelles de dimensions variées, séparées par des palmiers en pots pour préserver l'intimité des convives. Le maître d'hôtel leur avait déclaré qu'ils pouvaient s'asseoir où ils voulaient, aussi Mlle Hijazi guida-t-elle Nayir jusqu'à une table pour deux qui semblait les attendre. Il jeta un rapide regard à la ronde. Il y avait certes quelques hommes dans la foule, mais ils se trouvaient assez loin et étaient occupés à manger.

La jeune fille posa la boîte sur le sol, s'assit et releva sa burqa. Il n'eut pas d'autre choix que de s'asseoir en face d'elle, en se demandant comment il parviendrait à soutenir, pendant toute la durée du repas, la vue de ses traits dévoilés. Mais elle ne le regardait pas, promenant un regard émerveillé sur la clientèle composée d'hommes, d'enfants et de femmes toutes pourvues d'un visage.

« Je n'arrive pas à y croire, dit-elle avec un soupir d'aise. Il y a si longtemps que je voulais venir ici, pour voir si ce qu'on m'avait raconté était vrai. »

Nayir observa la foule à son tour, en évitant scrupuleusement les visages féminins, et en concentrant son attention sur les hommes. Il semblait n'y avoir aucun célibataire parmi eux, tous étaient entourés de femmes et d'enfants. Ils avaient l'air heureux et détendus, et ne paraissaient pas se soucier que les traits de leurs épouses soient ainsi exposés à la vue de tous. Se hasardant à regarder furtivement une ou deux d'entre elles, il dut reconnaître qu'elles se comportaient décemment. La plupart portaient des *abayas* et des foulards, et semblaient ne s'intéresser qu'à leur famille. Il en éprouva un vif soulagement, auquel se mêlait la surprise de découvrir qu'un restaurant aussi moderne était, en fin de compte, fréquenté par des gens convenables.

Du coin de l'œil, il vit que Mlle Hijazi souriait. Elle s'était extasiée devant l'argenterie et le lustre à pendeloques, et il fut enchanté de constater que si indépendante qu'elle fût, elle était encore, à certains égards, une ingénue sans grande expérience du monde.

Puis il prit conscience que c'était la première fois qu'il se trouvait dans un restaurant en compagnie d'une femme. Un jour à marquer d'une pierre blanche, sans doute, mais que la culpabilité l'empêchait de savourer pleinement. Glissant une main dans sa poche, il effleura son misyar, son faux certificat de mariage. Il devrait y ajouter le nom de Mlle Hijazi, au cas où ils se feraient interpeller, mais ce geste lui-même lui donnerait l'impression de commettre une faute.

« Qu'en pensez-vous ? lui demanda-t-elle.

— C'est un endroit agréable.

— N'est-ce pas ? Et il y fait frais, mais pas trop froid, comme dans certains magasins. Et le meilleur reste à venir, annonça-t-elle en se levant. Ici, on va se servir soi-même.

— Allez-y, je vous rejoins. »

Elle lui lança un regard étrange, puis se dirigea vers le buffet. Quand elle fut hors de vue, il sortit le misyar de sa poche et prit un stylo. Il gardait ce document depuis des années, songea-t-il, en comptant l'utiliser pour une occasion mémorable. Et voilà que les circonstances le contraignaient à y recourir et avec une femme qui lui était interdite. Ce n'était pas ce qu'il avait souhaité. Inscrire le nom de Mlle Hijazi dans cette case aurait été un péché.

Il replia le papier, le rangea et se leva pour gagner le buffet.

Il passa une vingtaine de minutes à inventorier le choix prodigieux de fruits et de pâtisseries, de sandwiches chauds, de brochettes de viande, de légumes et de riz. Il y avait aussi des yaourts et des crèmes glacées. Dix variétés de thé. Du café, noir ou américain. Du chocolat chaud. Du chocolat froid. De la glace – de pleins seaux de glace ! – sur tous les étals. Quand ils retournèrent à leur table, la jeune femme était aux anges.

« Je viendrais volontiers ici tous les jours », affirma-t-elle en dépliant sa serviette.

Nayir tenta de se la représenter en compagnie d'Othman. Elle était si joyeuse qu'elle parviendrait peut-être à dérider ce taciturne. Et c'était peut-être cela que le jeune homme aimait en elle – cette insouciance communicative, propre à le guérir de sa morosité. Nayir les imagina dans quelques années, assis à une grande table avec leurs enfants, et il se demanda si elle serait aussi heureuse qu'elle l'était en ce moment ?

Il se hasarda à la regarder, et lut dans son regard une joie puérile. Oui, peut-être une joie comme celle-ci pouvait-elle durer... Elle lui sourit, un sourire qui s'adressait moins à lui-même qu'à l'attention qu'il lui manifestait, et tout à coup ce futur imaginaire devint le sien. Il était assis auprès d'elle, avec leurs enfants autour d'eux, et son sourire généreux n'était destiné qu'à lui seul. Cette vision le ravit et le choqua tout à la fois. *Allah, pardonne-moi, je ne suis qu'un pécheur, un égoïste. Cela n'arriverait pas si j'étais marié.*

« Je pense que nous pouvons désormais considérer la thèse de l'enlèvement comme une certitude, déclara soudain Mlle Hijazi, interrompant le cours de ses pensées.

— Sans doute.

— Mais qui en est l'auteur ? reprit-elle en attaquant son repas. Peut-être devrions-nous considérer la chose sous cet angle : quelle faute impardonnable Nouf a-t-elle commise ? Elle est tombée enceinte. Et qui cela pouvait-il offenser le plus ?

— Sa famille, si elle l'a découvert.

— Admettons qu'elle l'ait appris. Qazi se serait aperçu au cours de la nuit de noces que son épouse n'était plus vierge. Il aurait aussitôt demandé le divorce. Alors, peut-être sa famille l'a-t-elle emmenée dans le désert, pour s'épargner la honte du scandale.

— C'est peu vraisemblable, rétorqua Nayir.

— Il ne s'agit pas vraiment d'un meurtre, ni d'un crime d'honneur, poursuivit Katya, seulement d'un enlèvement, même s'ils n'en assument pas la responsabilité. En ayant mis en scène une fugue, ils ont fait retomber toute la faute sur Nouf pour que les gens disent qu'elle voulait éviter le mariage. »

Elle se tut, mastiquant sa nourriture d'un air pensif.

« Mais pourquoi ne pas la tuer tout de suite, dans ce cas ? objecta Nayir. Elle avait quand même une chance d'en réchapper, et qu'auraient-ils fait alors ?

— Vous avez raison. »

Cette discussion avait mis Nayir mal à l'aise, et Mlle Hijazi parut s'en rendre compte, car elle mangea en silence un moment. Nayir avait lui-même envisagé cette théorie d'un enlèvement perpétré par la famille pour préserver son honneur, et l'avait évoquée avec l'oncle Samir, mais elle lui semblait grotesque – une comédie bouffonne dans laquelle des messieurs de la haute société aux manières distinguées s'échinaient à hisser un chameau à l'arrière d'un pick-up sans salir leurs coûteuses bottines, puis flanquaient un grand coup sur la tête de leur sœur à l'aide d'un morceau de tuyau et l'emmenaient dans le désert sans éclabousser de sang leurs chemises de marque. Non, décidément, il ne croyait pas les Shrawi capables d'assassiner leur sœur, et encore moins pour des raisons d'« honneur ».

« Nayir, s'enquit soudain Mlle Hijazi, que pensez-vous vraiment de cette affaire ? »

Pris au dépourvu, il ne sut que répondre.

« Allez, dites-le-moi. Il n'y a rien qui vous gêne dans cette histoire ?

— Ma foi, si, bien sûr, répondit lentement Nayir, en essayant de mettre de l'ordre dans ses pensées. Nouf allait épouser Qazi afin de pouvoir quitter le pays. Ça me paraît inconcevable. Elle était prête à l'abandonner en pleine lune de miel. »

Le sourire de la jeune femme s'effaça, et elle acquiesça :

« Oui, je sais. C'est affreux. Il fallait qu'elle soit vraiment désespérée.

— Pouvez-vous imaginer ce qui se serait passé si elle avait réussi ? Si elle avait planté là son époux pour s'enfuir avec un Américain ? Les Shrawi seraient devenus fous. Qui sait ce qu'ils auraient pu faire à Mohammed ? Il aurait à tout le moins perdu son emploi. La famille aurait sans doute envoyé quelqu'un en Amérique pour retrouver Nouf et la ramener de force à la maison. Ne croyez-vous pas que Mohammed le savait ? Que Nouf le savait ?

— Son garde du corps semblait disposé à se sacrifier pour elle, murmura Mlle Hijazi en hochant la tête.

— Peut-être avait-il quelque chose à y gagner.

— Et s'il avait tout simplement eu pitié d'elle ?

— Pourquoi ? Elle avait tout. Ses parents la laissaient piloter son scooter des mers, ils payaient un chauffeur pour l'emmener faire du shopping. Et je sais qu'elle possédait une fortune personnelle. »

L'expression de la jeune fille montrait clairement qu'elle ne partageait pas cette opinion.

« Mais elle n'avait pas le droit de faire la seule chose qui l'intéressait ! Ils ne voulaient pas l'envoyer à l'université, et je doute qu'ils auraient accepté qu'elle exerce une profession, et encore moins dans le domaine animalier. Vous ne vous rendez vraiment pas compte, n'est-ce pas ? Nouf avait tout ce que son père lui *permettait* d'avoir.

— Beaucoup de gens s'estimeraient heureux d'avoir seulement la moitié de ce qu'elle avait, répliqua-t-il en s'essuyant le visage avec sa serviette.

— Non. Vous vous trompez », dit-elle d'une voix calme.

Ce changement de ton n'échappa pas à Nayir ; il avait remarqué que, plus elle baissait la voix, plus ses déclarations se faisaient virulentes, et il attendit la suite avec appréhension.

« Imaginez que vous n'ayez pas le droit d'aller dans le désert, reprit-elle. Que vous n'ayez même pas le droit de sortir de chez vous sans en demander la permission. Oh ! vous auriez de l'argent et toutes sortes de choses, mais si vous vouliez *faire* quoi que ce soit, on ne vous y autoriserait pas. Tout ce qui vous serait permis, ce serait de vous marier et d'avoir des enfants. »

Nayir faillit répondre que c'était effectivement tout ce dont il avait envie, mais là n'était pas la question.

« Je ne pense pas que ses parents l'auraient forcée à se marier, dit-il en s'efforçant de ne pas s'emporter. Elle avait consenti à cette union.

— Cela ne change rien. Même si elle ne s'était pas mariée, elle n'aurait pas pu réaliser ses rêves. Le seul qu'elle avait pu concrétiser, c'était celui que sa famille avait choisi pour elle : être une bonne fille et une bonne épouse.

— Et cela lui paraissait tellement insupportable qu'elle a préféré s'enfuir ?

— Oui, très probablement, répondit Mlle Hijazi qui avait cessé de manger et jouait distraitement avec sa nourriture.

— Dans ce cas, c'est par pur esprit de vengeance qu'elle projetait d'abandonner son fiancé. Je présume que c'était une façon de cracher au visage de ses parents. »

La jeune femme ne répondit pas.

« Au lieu de quitter simplement le pays, poursuivit-il, elle voulait entraîner son fiancé dans le désastre, sans se soucier de lui briser le cœur. Sans se soucier de décevoir ses parents. Vous savez, elle possédait suffisamment d'argent pour partir à l'étranger par ses propres moyens. Elle aurait pu payer un passeur pour la faire entrer clandestinement en Égypte. Il ne lui aurait pas fallu vingt-quatre heures pour franchir la frontière. »

Prenant conscience qu'il trahissait son irritation, il s'interrompit un instant pour reprendre sa respiration.

« Ce qu'elle avait l'intention de faire était extrêmement cruel, acheva-t-il.

— C'est vrai, acquiesça Mlle Hijazi en baissant les yeux. Elle aurait pu s'y prendre d'une autre façon. »

Elle parut s'absorber dans la contemplation de son verre. Le silence s'installa, et Nayir en éprouva un vif désappointement. Brusquement, la salle du restaurant sembla avoir perdu de son éclat.

Lentement, ils se remirent à manger. Le regard de Nayir se posa sur les mains de la jeune fille et il se les représenta en train de caresser la joue d'Othman. Aussitôt, la honte le submergea.

Il reporta son attention sur la clientèle masculine. Tous ces hommes se comportaient décemment, mais ce n'était qu'une façade ; au-dedans, ils étaient sans doute exactement pareils que lui, rêvant à des choses défendues. Il se sentit coupable d'avoir admiré les mains de la jeune femme : cela démontrait bien qu'il ne pouvait y avoir d'amitié entre un homme et une femme. N'était-ce pas l'idée sur laquelle étaient fondées toutes les lois et les règles qui régissaient la société ? Que les hommes et les femmes avaient des places différentes dans le monde ? Ce n'était pas une invention des hommes, c'était le message divin, le fondement des systèmes philosophique et juridique. Qui était-il pour rejeter ce principe ? Une espèce d'infidèle ?

Mlle Hijazi sembla percevoir son changement d'humeur et elle lui jeta un regard craintif.

« N'éprouvez-vous pas la moindre compassion pour Nouf ? demanda-t-elle.

— Si, bien sûr. Mais cela ne rend pas son comportement plus acceptable pour autant.

Seriez-vous capable de faire une chose pareille : épouser un homme rien que pour obtenir un visa de sortie ?

— Je ne sais pas.

— Allons donc, échafauder un plan si compliqué, et tout cela pour quoi ? Pour aller à l'université ? Ici aussi, les femmes peuvent faire des études, vous savez.

— Je serais prête à me marier si cela me permettait d'avoir mon entière liberté, répondit-elle d'une voix hésitante, en cherchant ses mots. À la place de Nouf, sans doute aurais-je agi de la même manière. »

Était-ce pour cela qu'elle allait épouser Othman ? se demanda Nayir. Pour jouir des libertés qui avaient été celles de Nouf, l'argent, les serviteurs, la grande vie ? Et finirait-elle comme Nouf, insatisfaite, avide de libertés d'un autre genre, indifférente à sa famille et à son mari, ne se souciant que d'elle-même et de ses appétits insatiables. Car tout se résumait à cela, comprit-il brusquement : les appétits de Nouf, ses envies insensées, son égocentrisme.

« Peut-être que vous vous trompez, reprit Mlle Hijazi. Peut-être que Nouf était amoureuse. Peut-être qu'elle aimait le père de son enfant et qu'elle voulait vivre avec lui.

— C'est ce que vous croyez ?

— Vous savez, partir pour l'Amérique, ça veut simplement dire qu'elle voulait être comme les Américaines, pas que c'était une prostituée.

— Mais..., bredouilla-t-il. Elle était enceinte.

— D'un homme dont elle était peut-être amoureuse.

— Bon, soit. Elle était amoureuse et elle ne s'enfuyait pas pour faire des études. Mais alors, elle n'était pas si opprimée que vous aimeriez le croire. Peut-être, en fin de compte, voulait-elle devenir épouse et mère. »

En la regardant, il vit que cette révélation la stupéfiait, à moins qu'elle ne fût seulement étonnée d'avoir manqué de logique à ce point.

« Eh bien ! ce n'est pas parce qu'une femme a envie de devenir mère qu'elle doit obligatoirement renoncer à ses ambitions professionnelles », rétorqua-t-elle, d'un air assuré.

L'espace d'une seconde, leurs regards s'affrontèrent, mais il lut dans le sien comme une prière, et son arrogance lui apparut brusquement comme une tentative malhabile de dissimuler une vulnérabilité qu'il n'avait pas devinée jusque-là. Et il eut aussitôt envie de la protéger.

« Est-ce également ce que vous souhaitez ? demanda-t-il en se détournant. Être mère de famille tout en poursuivant une carrière ?

— Oui, affirma-t-elle. Oui, c'est ce que je souhaite.

— Et si votre mari ne veut pas que vous travailliez ?

— Mon mari devra accepter que je travaille. »

Il hésita avant de poser une nouvelle question.

« Et si ce n'est pas le cas ? S'il vous fait croire qu'il l'accepte et que, par la suite, il change d'avis ? Qu'il décrète que vous devez rester à la maison pour vous occuper des enfants ?

— Peut-être changerai-je moi aussi d'avis, une fois que j'aurai des enfants. Mais je veux avoir le choix. »

Sans paraître troublée le moins du monde par cette allusion directe à Othman, elle s'intéressa de nouveau au contenu de son assiette, et Nayir resta silencieux, perdu dans des pensées déplaisantes. Othman se comportait comme tous les futurs époux, en promettant tout ce qu'elle voulait à sa fiancée. Un manteau. Un travail. Une belle maison. Nayir ne comptait plus les fois où des hommes de sa connaissance lui avaient décrit les supercheries dont ils usaient envers leurs épouses : les petits mensonges, les cadeaux destinés à les amadouer, les excuses, les prétextes fallacieux. La façon dont ils parlaient d'elles le rendait malade : « Cette vieille bique, elle ne ferme jamais son clapet. » Ou : « Je vais lui faire un autre gosse, ça l'occupera. » Ou encore : « Je vais prendre une deuxième épouse, on verra bien ce qu'elle dira ! » Si ce que prétendaient ses amis était vrai, les femmes ne faisaient rien d'autre que de récriminer constamment. Elles se sentaient prisonnières de leur foyer, et cela les rendait ennuyeuses et acariâtres. Quand leurs maris rentraient, elles les harcelaient de mille façons, priant, implorant, leur préparant des repas plantureux, leur promettant des faveurs sexuelles en échange d'une sortie, d'un peu d'argent, d'une virée dans les magasins, d'un pique-nique, d'une excursion. Certaines ne se plaignaient pas, elles étaient satisfaites de leur sort, mais les mariages malheureux étaient fréquents, et Nayir se disait parfois qu'il avait de fortes chances de décrocher un mauvais numéro. Toutefois, il avait remarqué que les hommes qui se lamentaient sur leur situation de la façon la plus véhémente n'étaient pas les plus admirables. Leurs mensonges et leurs stratagèmes ne faisaient certainement rien pour les hausser dans son estime et il était résolu, pour sa part, à ne jamais se comporter comme eux.

Nayir en vint à se dire que, dans le fond, il n'avait peut-être pas envie de se marier et qu'il était célibataire parce qu'il l'avait choisi. Cette constatation ne le surprit pas ; ce qui l'étonna, en revanche, ce fut de s'apercevoir tout à coup qu'il lui suffisait de regarder le visage de Mlle Hijazi pour se sentir apaisé. Elle mastiquait énergiquement, comme plongée dans de profondes réflexions. Il eut envie de lui demander à quoi elle pensait, de pénétrer ses pensées secrètes, au moment même où la culpabilité l'assaillait de nouveau, l'en dissuadant. *Allah, ce serait agréable de pouvoir le lui demander. Rien qu'une fois, sans avoir à me préoccuper des implications. J'aimerais avoir le choix.*

« Le choix, se surprit-il à dire à voix haute.

— Oui, avoir le choix, répéta-t-elle, avec un regard plein de gratitude. Je crois que c'est également ce que Nouf désirait.

— Pensait-elle que l'Amérique lui offrirait davantage de choix ? »

Elle haussa les épaules. Il vint soudain à l'esprit de Nayir qu'ils pouvaient se triturer les méninges jusqu'à leur mort sans jamais approcher la vérité, et il fut empli de tristesse à l'idée que peut-être personne ne la connaissait. Et si le père du bébé n'aimait pas vraiment Nouf, s'il ne savait pas qu'elle était enceinte, si cela lui était égal ?

« Vous ne m'avez jamais dit s'il y avait des signes de… des signes indiquant qu'elle n'était pas consentante, reprit-il d'une voix gênée.

— Non, elle n'a pas été violée, répondit-elle sans se troubler.

— Pourquoi ne me l'avez-vous pas dit dans le bureau du médecin légiste ?

— Je ne voulais pas que vous la jugiez », expliqua-t-elle en lui lançant un regard empli d'appréhension.

Il hocha la tête, étonné d'avoir deviné juste.

« M'avez-vous dissimulé d'autres faits parce que vous pensiez qu'ils me donneraient de Nouf une impression défavorable ?

— Non, je ne crois pas », répondit-elle après un court instant de réflexion.

Il remarqua cette hésitation et en fut vexé. Elle le croyait trop sévère, alors qu'il était raisonnable, réfléchi et juste. S'il paraissait critique à l'égard des autres, cela venait simplement du fait qu'il croyait dans les vertus traditionnelles. Et il fut tout aussi vexé de s'apercevoir que, après qu'elle l'eut brièvement observé, elle sembla rentrer en elle-même.

« Vous me jugez trop strict, rétorqua-t-il, mais ne venez pas me dire que vous n'avez pas foi en notre système, car je ne vous croirai pas. Il est destiné à protéger les femmes. Si l'on vous prescrit de vous vêtir pudiquement, de porter le voile, de vous conduire convenablement et de rester chastes jusqu'au mariage, n'est-ce pas pour éviter précisément des malheurs de ce genre ?

— Oui... théoriquement. Mais vous devez reconnaître que ces mêmes préceptes peuvent parfois être la cause de la déchéance contre laquelle ils sont censés nous prémunir », ajouta-t-elle, en proie à une agitation visible.

Incapable de réprimer le tremblement de ses mains, elle finit par les croiser gauchement et les poser sur ses genoux, avant de conclure à voix basse :

« Je crois que c'est ce qui est arrivé à Nouf. »

Il fut ébahi de voir qu'elle ne le méprisait pas, comme il l'avait cru ; au contraire, elle redoutait son jugement. Et donc, d'une certaine façon, elle attachait de l'importance à son opinion. Une nouvelle vague de remords le submergea, et il fut pris du désir de s'excuser, de retirer, non ses paroles, mais la froideur et la sévérité avec lesquelles il les avait prononcées.

« Je suis désolé », dit-il.

Elle leva vers lui des yeux interrogateurs.

« Vous avez raison. Rien n'est parfait. Ni le système ni les règles. »

Interdite, elle hocha la tête. Il eut l'impression qu'elle comprenait de quoi il voulait s'excuser. Mais un instant plus tard, elle lui demanda en le regardant en face :

« Et vous ? M'avez-vous dissimulé d'autres faits ? »

Immédiatement, il pensa à la parka d'Othman, et il hésita, ne sachant pas comment présenter la chose sans qu'elle en soit bouleversée, ni conférer à son fiancé le statut de suspect.

« Il y a une chose, en effet..., commença-t-il d'une voix incertaine. Une chose qui peut avoir de l'importance. »

Luttant contre son embarras, il lui parla alors du wadi et de la veste contenant les cartes. Elle l'écouta calmement, mais quand il eut terminé, elle se rembrunit.

« Il y a longtemps que vous le savez ?

— Euh..., balbutia-t-il, paniqué. Quelques jours... Je ne sais plus au juste. »

Elle le dévisagea froidement puis se détourna, visiblement offensée, et il se sentit accablé par la honte.

« Vous n'avez pas à me cacher quoi que ce soit sous le prétexte de m'épargner, reprit-elle d'une voix dure. Si je me suis lancée dans cette enquête, c'est que je me crois capable de supporter la vérité. Et que c'est important pour moi de la découvrir. »

Il sut qu'elle disait la vérité. Elle agissait dans un noble but, non par égoïsme. Elle allait à l'encontre de la volonté d'Othman, elle mettait peut-être sa carrière en danger, dépensait son temps et son énergie sans en attendre d'autre récompense que la révélation de la vérité. Il se sentit profondément stupide, et songea fugitivement que, quand on était aussi bête que lui, on devait s'abstenir de jouer les détectives.

Ils terminèrent leur repas en silence. Elle semblait de nouveau perdue dans ses pensées, et Nayir aurait donné n'importe quoi pour les connaître, tout en implorant Allah de lui pardonner ce péché.

Après avoir réglé l'addition, il la raccompagna jusqu'à l'institut médico-légal, où ils se séparèrent sur de brèves paroles embarrassées. Ce fut seulement après l'avoir quittée qu'il se rendit compte qu'ils n'avaient pas discuté de ce qu'il convenait de dire à Othman.

22

En arrivant dans l'île, Katya se sentit brusquement submergée par la fatigue accumulée
tout au long de la journée. Ahmad contourna la
maison pour se garer devant l'entrée réservée
aux femmes, mais elle ne descendit pas.

« Préfères-tu que je te ramène chez toi ? »
s'enquit le chauffeur.

Ce n'était pas seulement les événements
d'aujourd'hui, se dit Katya, mais tout ce qui était
arrivé durant le mois. Depuis la disparition de
Nouf, une sorte de frénésie s'était emparée
d'elle ; elle essayait de vaquer à ses occupations
quotidiennes comme si rien n'avait changé,
alors que tout était différent. Ses sentiments
envers la famille Shrawi étaient devenus confus ;
elle était hantée par le soupçon, rongée par le
doute et l'inquiétude, et n'arrivait plus à se
concentrer. Si Nouf ne s'était pas enfuie pour
échapper au mariage, un membre de sa famille
devait forcément savoir ce qui s'était passé. Et
ses pensées la ramenaient toujours à la seule
personne qu'elle connaissait assez pour pouvoir
la juger : Othman, qui apparemment était aussi,

de tous ses frères et sœurs, le plus proche de Nouf. Tout un éventail d'hypothèses se déployait dans l'esprit de Katya : il avait enlevé Nouf, l'avait entraînée dans le désert sous un faux prétexte et il avait soigneusement maquillé les faits. Il avait engagé quelqu'un pour la kidnapper. Il avait découvert qu'elle était enceinte et l'avait aidée à mettre en scène sa propre disparition. Les indices ? Tous avaient pu être placés là exprès pour égarer les soupçons : la boue, la parka disparue, le soulier. Si Othman avait orchestré l'enlèvement, il avait dû penser à tout. Mais la seule preuve infalsifiable se trouvait ici, à portée de sa main.

« Kati ?

— Excuse-moi. Non, je ne veux pas rentrer tout de suite. Je dois aller chercher quelque chose, je n'en aurai pas pour longtemps », dit-elle en ouvrant la portière.

Ahmad descendit lui aussi et alla prendre la boîte à outils dans le coffre pour la lui remettre avec un regard compatissant.

« Merci. »

Elle sortit quelques pochettes en plastique et des lames de verre, et rangea le reste, puis répéta :

« Je reviens tout de suite. »

Ce fut l'une des sœurs cadettes de Nouf, Jannah, qui vint lui ouvrir la porte. Elle lui adressa un sourire contraint, puis la conduisit dans le salon où Nusra prenait le thé avec un groupe de femmes. Katya reconnut quelques-unes des tantes d'Othman, mais Zahra et Fadila n'étaient pas là.

« Katya ! » s'exclama Nusra d'un air joyeux, en se levant pour venir à sa rencontre.

Légèrement troublée par le fait que l'aveugle l'ait immédiatement reconnue, autant que par ses yeux vitreux, Katya la salua gauchement, ne sachant que faire de ses mains. Les autres la dévisageaient d'un air indulgent, en songeant sans doute qu'Othman était bien bête d'épouser une femme aussi vieille. À vingt-huit ans, elle n'avait que quelques années d'écart avec les plus jeunes d'entre elles, mais n'avait pas l'air aussi décatie. Grisonnantes, ridées, obèses pour la plupart, vautrées sur leurs canapés... Les bourrelets de graisse qui capitonnaient leurs bras et leur taille les faisaient ressembler elles-mêmes à des sofas rembourrés. Katya baissa les yeux, gênée d'avoir de telles pensées.

Nusra l'introduisit dans le cercle et lui proposa du thé, qu'elle ne put refuser. Elle s'assit sur le bord du canapé et garda le silence, jusqu'à ce qu'une des femmes se tourne vers elle.

« Alors, Katya, tu dois être excitée à l'idée de te marier bientôt ? »

L'espace d'un instant, la question lui parut receler toutes sortes de pièges. Et si elle répondait non ? Qu'elle n'était pas excitée ? Et d'abord, excitée par quoi ? Par la perspective de la richesse ? Du sexe ? Ou par la cérémonie elle-même, le banquet, l'apparat ? Ces femmes seraient scandalisées si elle leur disait la vérité : toute excitation qu'elle aurait pu éprouver avait été effacée par la mort de Nouf et la réaction d'Othman face aux événements. Elle commençait à douter que le mariage ait lieu dans les prochains mois. Il fallait laisser à Othman le temps de faire son deuil ; on ne devait pas l'obliger à célébrer leur union dès maintenant. Mais elle ne pouvait pas leur dire ça ; elles la prendraient pour une folle. Une vieille fille comme elle devait saisir toutes les occasions qui se présentaient.

« Oui, répondit-elle. Oui, je suis très excitée.

— Ce doit être difficile pour toi de faire des préparatifs, après cette tragédie ?

— Ma foi…, soupira Katya, scrutant les visages autour d'elle, tous aussi sceptiques. Oui, la mort de Nouf assombrit notre joie. C'est difficile pour tout le monde.

— N'y pense plus ! déclara Nusra. C'est fini à présent. Tu auras tout le temps de pleurer quand tu seras plus vieille. Pour le moment, la vie s'ouvre devant toi, ajouta-t-elle en mimant avec ses mains une fleur qui éclôt. Tu dois t'en réjouir.

— Merci », murmura Katya, qui se surprit à rougir.

Lentement, le regard des femmes se détourna d'elle pour revenir vers le centre invisible du cercle, et elles reprirent leurs habituelles conversations sur les enfants, les petits-enfants et la kyrielle de menus problèmes qui semblaient accabler toutes les mères. Katya se renfonça dans le canapé, avec l'impression d'avoir survécu à une redoutable épreuve. Elle cessa de prêter attention aux propos qui s'échangeaient autour d'elle, et, aussitôt, toutes les questions sans réponses tapies au fond de son esprit revinrent la harceler. Elle prit alors conscience que les sujets qui la préoccupaient, les indices, les scènes de crime, les mobiles, n'intéresseraient probablement jamais ces femmes – pas plus que leurs préoccupations à elles ne pourraient l'intéresser.

Elle repensa à son déjeuner avec Nayir, à la délicatesse dont il avait fait preuve, et s'étonna de voir qu'elle ne le considérait plus du même œil. Il lui apparaissait désormais, non plus comme un ayatollah intransigeant, mais comme l'un de ces hommes grands qui, conscients de leur force physique, la compensent par une sorte de grâce virile, laquelle, dans le cas de Nayir du moins, se transmettait aussi à leur personnalité. Elle comprenait à présent pourquoi Othman l'aimait tant. Il n'était pas autoritaire, mais au contraire aimable, attentionné, intelligent et digne de confiance. Et, dans l'immédiat, il était bien le seul auquel elle pouvait se fier dans cette enquête.

Une servante apporta un plateau de biscuits aux dattes et, en en goûtant un, l'une des tantes laissa échapper un rire ravi.

« Ils sont incroyablement bons ! » roucoula-t-elle.

Il y avait eu un temps où le mode de vie des Shrawi lui avait paru attrayant, mais plus elle apprenait à connaître ces femmes, moins elle avait envie de devenir comme elles – bornées et ennuyeuses, uniquement absorbées par les petits détails ridicules de leur vie oisive. Jusqu'à présent, elles n'avaient pas semblé s'offusquer qu'elle ait un emploi, et l'une des tantes était allée jusqu'à lui poser des questions sur son travail, même si elle s'était vite désintéressée du sujet pour reparler de ses enfants. Katya essaya de reporter ses pensées sur Othman ; il encourageait et approuvait ses choix. Peut-être l'appréciait-il justement parce qu'elle ne ressemblait en rien aux femmes de sa famille...

« Tu n'as pas l'air en forme, dit l'une des vieilles tantes.

— Je vais bien, affirma Katya. Je suis un peu fatiguée, c'est tout.

— J'espère que ce ne sont pas les nerfs, glissa une autre.

— Non, pas du tout, assura-t-elle en posant sa tasse sur la table. Désolée de faire preuve d'un tel manque d'énergie, poursuivit-elle, à l'adresse de Nusra. J'étais simplement passée voir comment vous alliez. »

L'aveugle, pourtant maîtresse dans l'art de la repartie polie, se contenta de pincer les lèvres et de hocher la tête d'un air sévère.

« Je suis vraiment navrée », répéta Katya, avec le sentiment d'avoir commis une terrible gaffe, sans bien savoir laquelle.

« Je ne suis pas vexée que tu restes si peu de temps, déclara Nusra, mais je ne veux pas te

laisser repartir dans cet état. Tu as l'air exténuée. Pourquoi ne pas te reposer un moment ?
Je peux demander à une domestique de te
conduire dans une des chambres d'invitées.

— Oh non, ne vous dérangez pas pour moi.

— Cela ne me dérange aucunement. »

La vieille femme se leva et, d'un claquement
de doigts, appela la servante postée près de la
porte.

« Je vous en prie, ne vous donnez pas cette
peine.

— Ne dis pas de bêtises. Aaliyah, emmène
Katya dans une chambre et veille à lui donner
tout ce dont elle aura besoin.

— Oui, *Sayeeda.*

— Merci, Um-Tahsin, soupira Katya, vaincue.

— Il n'y a pas de quoi », répondit Nusra en
lui prenant la main, avant de la pousser vers la
porte.

Avec gratitude, Katya suivit la domestique
dans le couloir et referma la porte derrière
elle.

« Écoute, dit-elle à la femme, j'aimerais me
débarrasser de mon manteau, si c'est possible.

— Oui, bien sûr. Je vais le prendre, répondit
la servante en tendant la main.

— Non, non. Laisse-moi m'en occuper.
Comme ça, je saurai où le récupérer quand je
m'en irai.

— Bien. Par ici. »

Aaliyah la conduisit jusqu'au vestibule donnant sur l'entrée réservée aux hommes, et ouvrit
la porte d'un vestiaire ; quand elle appuya sur

l'interrupteur, Katya aperçut des dizaines de manteaux et de ghutras accrochés sur des cintres. La domestique se retourna pour l'aider à ôter son abaya, mais Katya se hâta de dire :

« Laisse, je peux le faire toute seule. Ce que j'aimerais, en fait, c'est que tu ailles me chercher un verre d'eau. Il faut que je prenne une aspirine, chuchota-t-elle en se penchant vers la fille.

— Ah ! Oui, bien sûr », répondit celle-ci avec un sourire compréhensif.

Dès qu'elle fut partie, Katya ferma la porte et poussa le verrou. Elle posa son abaya sur le sol et promena son regard autour d'elle. Les manteaux des hommes étaient rangés d'un côté, ceux des femmes de l'autre. Elle se dirigea vers les premiers et se mit à quatre pattes pour inspecter le sol dans l'espoir d'y trouver des cheveux. Il y en avait en abondance, et elle s'empressa de les déposer dans des sachets. Peu importait de savoir de quel crâne ils provenaient, tout ce qu'elle voulait, c'était un échantillon d'ADN de tous les hommes qui se trouvaient dans la maison ou y étaient venus récemment, serviteurs compris.

Ni Eric ni Mohammed n'avaient conçu le fœtus que Nouf portait en son sein. À défaut d'autres pistes, ces cheveux ramassés sur la moquette du vestiaire représentaient son meilleur espoir. Peut-être ne lui fourniraient-ils aucun nom, mais ils lui permettraient d'établir que l'homme avait fréquenté les lieux et, dans ce cas, elle pourrait demander à

Othman de lui dresser une liste de ceux qui leur avaient rendu visite au cours des derniers mois.

Elle se redressa et parcourut des yeux les manteaux accrochés à leurs cintres. Jusqu'à maintenant, elle avait refusé d'envisager que Nouf ait pu être engrossée par l'un de ses frères. C'était une idée abominable, mais il eût été lâche de sa part d'écarter l'hypothèse pour la seule raison qu'elle lui répugnait.

Elle ne savait pas ce que les hommes de la famille portaient à la maison, mais elle connaissait de vue leurs coiffes et leurs *bishts*. Celui de Tahsin était d'un blanc immaculé, gansé d'or ; celui de Fahad, défraîchi et d'aspect miteux ; le bleu pâle appartenait à Othman. Elle eut tôt fait de repérer les deux premiers et procéda à de nouveaux prélèvements. En arrivant au manteau d'Othman, elle hésita un instant, profondément troublée. Parce qu'elle avait l'impression de le trahir, de se montrer déloyale envers lui ? Ou parce qu'elle redoutait ce qu'elle pouvait découvrir ?

Il n'y a pas de crainte à avoir, se dit-elle. Les analyses d'ADN prouveraient qu'il était innocent. Elle trouva trois cheveux sur son *bisht* et les glissa dans une pochette.

Après avoir hâtivement trié et étiqueté les échantillons, elle ramassa son abaya et déverrouilla la porte. Le vestibule était vide. Sans se soucier des conséquences, elle se rua vers la porte principale. C'est alors qu'une voix s'éleva derrière elle.

« Katya ? »

Elle s'arrêta net et se retourna, pour découvrir Nusra devant la porte du vestiaire.

« Katya, que fais-tu ici ? »

Elle songea fugacement à se faire passer pour quelqu'un d'autre. Mais l'aveugle, avec son sixième sens, ne s'y laisserait pas tromper.

— Oui, Um-Tahsin, excusez-moi. Je me suis perdue.

— Où est donc Aaliyah ? Elle était censée te conduire dans une chambre, reprit Nusra d'une voix douce et étonnée.

— Je suis désolée. Je voulais seulement sortir du salon un moment. Je me sens quelquefois intimidée en compagnie de toutes ces dames.

— Je comprends, répondit son hôtesse après un instant de silence. Ce doit être difficile pour toi. Mais tu n'as aucune raison de t'inquiéter. Nous ne te jugeons pas. »

Katya se réjouissait déjà de s'en être tirée à si bon compte quand la porte d'entrée s'ouvrit soudain, et que des voix masculines résonnèrent. En hâte, Katya tira sur l'extrémité de son foulard et s'en couvrit le visage, à l'exception des yeux. Othman fit son entrée, accompagné d'un inconnu. Il lui lança un rapide coup d'œil, puis se tourna vers sa mère.

« *Ay, ummi ?* »

Nusra sourit et lui ouvrit les bras. Il l'embrassa sur le front et lui présenta son ami. Katya demeura clouée sur place. Peu à peu, la vérité se fit jour dans son esprit et la frappa soudain comme une gifle : Othman ne l'avait pas reconnue et l'avait sans doute prise pour une domestique. Elle l'observa intensément, certaine qu'il n'oserait pas affronter son regard, en présence de sa mère. N'avait-il donc pas reconnu ses yeux, ni la main qui tenait le foulard, ni même le sac pendu à son épaule ? Il ne lui accorda pas d'autre regard. Constater que son fiancé n'était pas le genre d'homme à lorgner les inconnues aurait sans doute dû la combler d'aise, mais elle avait l'impression que son cœur s'était arrêté, et elle le contempla comme si elle le voyait pour la première fois. Il était plus doux, plus tendre, plus gamin qu'à l'accoutumée en présence de sa mère. Il n'avait jamais manifesté autant de spontanéité avec elle, et cela la blessait cruellement. Nusra, elle aussi, semblait transformée. Sa voix était plus sonore, son visage plus radieux. Mais, plus saisissant encore, ses gestes s'étaient faits maladroits, hésitants, comme si elle n'était aveugle que depuis peu et devait s'en remettre à son fils pour la guider.

Katya attendit que son hôtesse vienne à son secours en disant : *Regarde, Katya est ici* ou : *Ne reconnais-tu pas ta fiancée ?* Mais, sans plus s'occuper d'elle, Nusra s'éloigna, escortant son fils et l'invité de celui-ci jusqu'au salon des hommes.

Elle demeura seule au milieu du vestibule, comme figée, les fragments de son cœur brisé éparpillés sur le sol, se demandant qui des deux était le plus aveugle – Nusra ou Othman ?

Ils avaient disparu à présent. Elle fit volte-face et se rua vers la porte, en espérant ardemment que personne ne la verrait. Elle se sentait étourdie, la tête vide, mais son corps semblait de plomb. Des émotions obscures montaient en elle, l'horreur, la tristesse, l'envie de rire aux larmes. Dès qu'elle se retrouva devant la Toyota, elles la submergèrent d'un coup.

Ahmad bondit de son siège, passa un bras autour d'elle et la laissa pleurer tout son saoul contre son épaule, sans se départir de son silence habituel. Quand elle fut calmée, il se servit de son *shumagh* pour sécher ses larmes et l'aida à monter dans la voiture.

La table basse du séjour était assez grande pour contenir toutes les pièces à conviction, et Katya les aligna soigneusement les unes à côté des autres : la boue prélevée sur le poignet de Nouf et celle du zoo ; les copeaux de cèdre et la terre provenant de la blessure à sa tempe ; les cellules épidermiques recueillies sur la couverture trouvée au zoo ; les divers échantillons d'ADN et les résultats de toutes les analyses correspondantes, imprimés noir sur blanc. Avant de s'asseoir, elle passa sa robe d'intérieur favorite, se fit une tasse de café fort et remonta ses cheveux en chignon. Elle était prête à se mettre au travail. Armée d'un stylo et d'un bloc de papier, elle s'installa sur le canapé et entreprit de cataloguer les preuves, pour tenter de considérer d'un œil neuf les événements qui avaient entouré la mort de Nouf.

La terre prélevée au zoo présentait exactement les mêmes caractéristiques que celle qui maculait le bras du cadavre ; toutes deux contenaient des toxines de laurier-rose. Même si elle n'avait décelé aucune trace de sang, ces résultats prouvaient que Nouf s'était bien rendue là-bas, juste avant sa disparition.

La couverture abandonnée sous la montagne en plâtre était encore plus intéressante : les cellules qu'elle y avait découvertes appartenaient en effet à deux personnes distinctes : Nouf et le père du bébé. Les analyses ne laissaient aucun doute. Donc, Nouf retrouvait son amant au zoo, mais ce n'était ni Mohammed ni Eric...

Elle passa aux échantillons d'ADN recueillis chez les Shrawi. Au cours de la semaine, elle avait réussi à effectuer tous les tests, tenaillée par un sentiment d'urgence et l'angoisse d'être prise sur le fait. Heureusement, Salwa et plusieurs de ses collègues s'étaient fait porter pâles, et il ne lui avait fallu qu'une journée et demie pour venir à bout de sa tâche. Elle avait terminé la dernière série cet après-midi même et avait fourré les résultats dans son sac sans les regarder. Jusqu'ici, elle n'avait pas eu le courage de les lire, ni dans le taxi d'Ahmad, qui l'avait ramenée vers une maison vide – Abu était allé faire une partie de cartes avec des amis – ni en dégustant son dîner qu'elle avait fait traîner en longueur pour retarder le moment fatal.

À présent, elle n'osait pas toucher les feuillets, comme s'ils risquaient de lui brûler les doigts.

Posant sa tasse de café sur la table, elle inspira profondément et s'empara de la liasse. Dix cheveux différents, dont sept appartenant à des hommes... La réponse qu'elle cherchait se trouvait certainement dans le lot.

23

Nayir se réveilla au bruit des manœuvres d'appareillage tout autour de lui : des pas résonnaient sur la jetée, des embarcations quittaient la rade en faisant rugir leurs moteurs. Les plaisanciers du week-end jetaient des ordres, les bouteilles et les glaçons s'entrechoquaient dans les glacières. Durant les moments d'accalmie, il entendait le claquement familier des haubans contre le mât du *Fatima*, qui témoignait de la force du vent et annonçait une journée parfaite pour la navigation.

Pris d'une vague envie de partir lui aussi en mer, il se leva et mit de l'eau à chauffer pour le café, puis s'adossa contre la cuisinière et promena autour de lui un regard encore endormi. Le désordre le plus complet régnait dans la cabine. Son réservoir d'eau était presque vide, et il aurait dû s'acquitter depuis deux jours déjà de ses droits mensuels de mouillage. Il savait, sans avoir besoin de le vérifier, qu'il n'avait plus de linge propre. Par-dessus le marché, ses pensées étaient tellement embrouillées qu'il ne se rappelait plus pourquoi il devait interroger de nouveau le chauffeur de Nouf, ni ce qu'ils avaient découvert au zoo, Mlle Hijazi et lui. Le bruit des haubans au-dessus de sa tête se mit à ressembler à un roulement de tambour militaire, le rappelant à ses obligations. Oubliant le café, il accomplit ses ablutions dans l'évier, empoigna son tapis de prière et monta sur le pont.

Il consacra sa matinée à remettre la cabine en état, faire sa lessive et régler ses dettes. L'air s'était rafraîchi et il lui fut ainsi moins pénible de rester enfermé dans cet espace exigu. Tout en rangeant son séjour, il mit également de l'ordre dans ses pensées. La signification des indices glanés au cours de la semaine commençait à lui apparaître. Une seule question continuait à le tracasser : pourquoi Nouf avait-elle emporté ses escarpins roses ?

Pour y répondre, il devait d'abord savoir à quel moment elle avait revêtu la robe d'homme. Avant de quitter l'île ? Sans doute, car elle n'aurait pas pu aller bien loin sans ce travestissement : si elle avait pris le volant habillée en femme, elle se serait probablement fait arrêter sur l'autoroute. Mais si elle était partie de l'île à bord du pick-up, déguisée en homme, pourquoi n'avait-elle pas posé les escarpins sur le siège du passager ? Pourquoi les avait-elle glissés dans ses poches ?

Peut-être parce qu'ils étaient trop voyants, et qu'elle craignait de se faire remarquer en se faufilant hors de la maison… Il sortit les effets de Nouf du sac en plastique et les posa sur le canapé. La thobe blanche était munie de poches suffisamment grandes pour contenir les souliers, même si les talons dépassaient légèrement et si le cuir rose vif était visible à travers le tissu fin. C'était sans doute plus discret néanmoins que de les tenir à la main, mais pourquoi ne pas les transporter simplement dans un sac ?

Les avait-elle fourrés machinalement dans ses poches et avait-elle oublié ensuite qu'ils se trouvaient là ? Il était difficile d'ignorer la présence d'un escarpin pourvu d'un talon de quinze centimètres, il en avait lui-même fait l'expérience récemment. En admettant néanmoins qu'elle les ait momentanément oubliés, pourquoi ne les avait-elle pas sortis en arrivant au zoo, ou pendant qu'elle conduisait ? Ils avaient pourtant dû la gêner dans ses mouvements. Pour s'en assurer, il en glissa un dans chacune de ses poches et s'assit sur le canapé – mais fut obligé de se relever aussitôt pour éviter toute atteinte à sa personne.

Non, cette histoire d'escarpins demeurait incompréhensible. C'était un argument de plus en faveur de la fugue, car on imaginait mal le ravisseur prendre la peine d'enfoncer les souliers dans les poches de la jeune fille.

En fin de matinée, Nayir retourna au Kilomètre 7. En arrivant devant la maison de Mohammed, il vit les marchandes soudanaises en train de replier leurs couvertures. Il gara sa Jeep à l'abri du soleil, descendit et observa son ombre sur la chaussée. Elle était courte, orientée vers le sud-ouest. Ce serait bientôt l'heure du *Zuhr*, la prière de midi. D'un pas vif, il se dirigea vers la maison, en espérant que le chauffeur serait chez lui.

Mohammed ouvrit immédiatement, comme s'il avait été juste derrière la porte et s'apprêtait à sortir. Il portait un pantalon bien coupé et une chemise de satin bleu. En rencontrant le regard de Nayir, il prit soudain un air timide. Cette timidité céda aussitôt la place à la piété, puis au remords – si bien qu'il finit par donner l'impression de porter un déguisement dans lequel il se sentait mal à l'aise.

« *Marhaba*, Mohammed.

— J'étais sur le point de partir.

— À cette heure-ci, tout est fermé, sauf la mosquée. Tu es un homme pieux, n'est-ce pas ?

— Oui, bien sûr, répondit Mohammed, en avalant sa salive.

— Dans ce cas, allons prier ensemble », proposa Nayir, en se mettant en marche.

Comme à contrecœur, le jeune homme ferma la porte et le suivit.

« J'ai retrouvé Eric, annonça Nayir.

— Que t'a-t-il dit ?

— Pour le moment, nous l'avons mis hors de cause.

— Je vois. »

Mohammed paraissait nerveux. L'appel du muezzin déchira l'air, et Nayir marcha dans la direction d'où provenait le son, entraînant son compagnon dans une succession de ruelles étroites, où les commerçants se hâtaient de baisser leurs rideaux de fer et d'éteindre leurs lumières.

La mosquée était nichée entre une échoppe de barbier et un immeuble d'habitation délabré, qui semblaient tous deux assoupis depuis longtemps. Des hommes convergeaient vers l'édifice dans un silence oppressant, épongeant la sueur qui ruisselait de leur front comme si c'était du sang. Nayir et Mohammed ôtèrent leurs chaussures et entrèrent. Ils se frayèrent un passage jusqu'à la fontaine, tout en marmonnant chacun leur version de la *niyyah*. Il y avait foule autour du bassin, aussi furent-ils obligés d'attendre leur tour.

Quand celui-ci arriva enfin, Mohammed fit signe à Nayir de passer le premier – peut-être par respect, mais Nayir n'en était pas sûr. Après s'être aspergé le visage, il déclara sans préambule :

« Je suis allé au zoo. »

Mohammed ne s'interrompit pas dans ses ablutions, mais il marqua une hésitation.

« J'ai trouvé le deuxième escarpin rose, là-bas. »

Le chauffeur ne fit pas de commentaire. Nayir trempa ses doigts dans l'eau et se frotta les oreilles.

« J'ai aussi découvert la cachette sous la montagne », poursuivit-il.

En se redressant, il vit que les mains du jeune homme tremblaient. La flèche avait atteint son but : quand ils pénétrèrent dans la salle de prière, le visage de Mohammed exprimait l'affliction.

Les prières ne parvinrent pas à apaiser l'esprit de Nayir. Il se sentait coupable d'accomplir son devoir envers Allah en sabotant le rituel. Peu importe, se dit-il, Allah comprendra. Près de lui, Mohammed récitait d'une voix forte :

« Accorde-moi Ton pardon et prends pitié de moi, car Tu es le Clément, le Miséricordieux. »

Quand ils eurent prononcé leur dernière *salah* et qu'ils se relevèrent, le jeune homme laissa une nouvelle fois Nayir passer devant lui. Ils regagnèrent la salle des ablutions, où les fidèles se rassemblaient pour bavarder. Mohammed semblait penser que Nayir se dirigerait vers la sortie, mais celui-ci l'entraîna vers un banc de pierre encastré dans une niche derrière la fontaine. D'autres hommes se trouvaient à proximité ; fort heureusement, le murmure du jet d'eau noyait le bruit des conversations.

« Nouf retrouvait quelqu'un au zoo, énonça Nayir sans ambages, et je pense que c'était toi. J'ai senti l'odeur sur tes vêtements, la dernière fois.

— Je sais qu'elle y allait souvent, répondit Mohammed, qui avait blêmi.

— Et pour cause. C'était avec toi qu'elle avait rendez-vous.

— Non ! protesta Mohammed à voix basse.

— Nouf rencontrait son amant au zoo, poursuivit Nayir. C'est sans doute là-bas qu'elle est tombée enceinte.

— Je jure que ce n'était pas...

— À ma connaissance, tu es le seul à être au courant de ces rendez-vous !

— Ce n'est pas ce que tu crois ! » s'écria Mohammed.

Deux hommes se tournèrent dans leur direction, et il baissa la voix, faisant un effort visible pour recouvrer son sang-froid.

— Bon, c'est vrai, je la retrouvais au zoo, mais seulement parce qu'elle me chargeait d'effectuer des courses à sa place.

— Ce n'est pas toi qui la conduisais là-bas ?

— Non. Elle s'y rendait seule », répondit Mohammed en croisant les bras.

Nayir sentit naître en lui une excitation irrépressible, et son estomac se noua.

« Comment s'y prenait-elle ?

— Elle avait une moto. Elle savait piloter. Sa sœur et elle s'amusaient à rouler autour de la propriété toute la journée.

— Et elle s'en allait, comme ça, à la vue de tous ?

— Non, bien sûr. Elle gardait une autre motocyclette sur une plage du continent. Elle s'y rendait avec son scooter des mers, puis prenait la moto. Elle aimait la sensation de liberté que lui procurait le fait de chevaucher cet engin, ajouta-t-il avec un regard apeuré en direction de Nayir.

— Comment te prévenait-elle que tu devais la retrouver au zoo ? »

Le jeune homme poussa un profond soupir.

« Elle me téléphonait dans la matinée et me disait à quelle heure je devais m'y rendre. Elle avait généralement besoin de moi pour confirmer ses alibis. Si elle avait raconté à sa mère qu'elle allait faire des courses, je devais la rejoindre là-bas avec des sacs remplis de toutes sortes d'articles. Peu lui importait ce que j'achetais. Elle n'était pas matérialiste. Piloter sa moto était plus important pour elle que s'acheter des vêtements. »

Nayir hocha la tête. Il comprenait à présent pourquoi Nouf avait emporté ces souliers.

« Elle devait te remettre les escarpins roses. Tu serais allé les échanger à sa place. »

Mohammed acquiesça d'un air morose.

— Donc, tu l'as vue le jour de sa disparition.

— Non ! s'exclama Mohammed, avant de lancer un regard inquiet à la ronde. Elle m'a appelé ce matin-là pour me donner rendez-vous au zoo, mais quand je suis arrivé, elle n'y était pas.

— Quelle heure était-il ?

— Je devais la retrouver à onze heures. J'étais légèrement en retard, et il n'y avait aucune trace d'elle.

— Si tu ne l'as pas vue, pourquoi tes vêtements étaient-ils imprégnés de l'odeur du zoo ?

— Depuis sa disparition, répondit le jeune homme sans pouvoir réprimer un frisson, je suis retourné plusieurs fois là-bas pour tenter de découvrir un indice, quelque chose qui pourrait m'aider à comprendre ce qui lui est arrivé.

— As-tu trouvé quoi que ce soit ? s'enquit Nayir en croisant les bras.

— Non. Même pas le soulier », rétorqua Mohammed.

Les yeux baissés, les mains jointes sur ses genoux, il avait l'air honteux d'un petit garçon qui a été puni.

« Il était à moitié enterré sur le bord de la voie de service, derrière le zoo.

— J'ai cherché partout, pourtant ! »

Il était scientifiquement établi que Mohammed n'était pas le père du bébé de Nouf, se rappela Nayir. Pourtant, il savait qu'elle se rendait fréquemment au zoo ; il la rejoignait là-bas en secret ; il avait menti pendant des mois, des années peut-être, aux parents de la jeune fille et avait continué à taire la vérité après la disparition de celle-ci. En agissant ainsi, il avait commis des fautes graves. Lors de sa première visite, Nayir s'était laissé abuser par les airs vertueux du chauffeur, et s'était dit qu'il dissimulait les secrets de Nouf dans le seul souci de la protéger. Mais après de tels aveux, il n'était plus possible de croire en sa vertu. Il ne se taisait pas par noblesse d'âme mais parce qu'il en retirait une satisfaction. Le plaisir de partager un secret avec une jolie femme, celui de se rebeller contre les Shrawi qu'il n'aimait pas. Ou peut-être un avantage d'un ordre plus pratique : quand Nouf n'avait pas besoin de ses services, il n'était pas obligé d'aller travailler.

Nayir regarda le jet d'eau d'un air pensif. Il comprit brusquement pourquoi Nouf avait laissé les escarpins dans ses poches. Elle devait piloter tour à tour un scooter des mers et une moto. Il n'y avait sans doute pas de boîte à gants sur le scooter, et il était plus simple de transporter les souliers ainsi que de les mettre dans un sac qui l'aurait encombrée.

« Et la moto ? reprit-il. Où la cachait-elle ?

— C'était son secret, répondit Mohammed en secouant la tête. J'ai cherché, mais elle a dû changer de cachette. »

Il essuya la transpiration qui lui baignait le front et se tut, l'air malheureux.

« Comment a-t-elle pu transporter cette moto sur le continent ?

— Allah me pardonne ! gémit Mohammed en fermant les yeux. Je n'en ai aucune idée. Écoute, j'ignore où elle la cachait, j'ignore si elle changeait souvent de planque. La famille possède plusieurs terrains le long de la côte, c'est tout ce que je sais. Je lui ai posé la question, un jour, mais elle n'a pas voulu me répondre. Elle m'a dit qu'il n'y avait qu'une seule personne à le savoir, à part elle. Sans doute un de ses frères, j'imagine... Qui d'autre aurait pu lui donner une clé ?

— Une clé ?

— Oui, pour accéder à une de ces plages privées.

— Bon. Et elle ne t'a pas dit qui lui avait remis cette clé ?

— Non, dit Mohammed en fronçant les sourcils. Mais je crois que c'était Othman.

— Pourquoi ?

— Je ne sais pas au juste, mais ça me tracasse depuis des semaines. Je n'ai pas arrêté d'y réfléchir. Ça ne pouvait être que lui, c'était le seul de ses frères à qui elle parlait.

— Soit, murmura Nayir en se frottant le menton. Elle portait une robe d'homme, pour piloter cette moto ?

— Oui, et un casque intégral pour dissimuler son visage. Et des gants.

— Et personne ne s'est jamais aperçu de rien, quand elle quittait la maison dans cet accoutrement ?

— Non. Elle mettait toujours son abaya pour sortir. Elle se changeait une fois arrivée sur le continent. Écoute, j'en ai discuté avec elle je ne sais combien de fois. Je lui ai dit que c'était dangereux, mais elle m'affirmait qu'elle ne le faisait que de temps à autre, pour s'amuser. Et puis, de toute façon, elle ne m'écoutait pas.

— Et tu n'en as pas parlé à sa famille. »

Mohammed croisa les bras et pinça les lèvres sans répondre.

Mais c'était inutile, car Nayir savait déjà qu'il n'aurait pour rien au monde trahi le secret de Nouf, pas plus à ses parents qu'à la police. Et cette loyauté aveugle l'irritait. Le devoir d'un garde du corps, c'était de protéger la femme confiée à ses soins, non de la gâter en lui passant tous ses caprices. Une des phrases préférées de son oncle lui revint en mémoire : *Si tu es incapable d'endurcir ton cœur, tu es incapable d'élever des enfants.*

« Tu ne leur as rien dit ? » répéta-t-il d'une voix glaciale.

Mohammed essuya la sueur qui coulait sur son front.

« Quand je suis arrivé au zoo, sa moto n'était pas là. J'ai attendu près de l'entrée de service pendant une heure, puis je suis entré dans le zoo, mais Nouf ne s'y trouvait pas non plus. Alors je suis parti. Je me suis dit qu'elle avait changé d'avis, et qu'elle m'appellerait si elle avait besoin de moi.

— Oui, mais plus tard, quand tu as compris qu'elle avait disparu… ne crois-tu pas que sa famille aurait aimé savoir où elle comptait se rendre ce jour-là – même si, d'après toi, elle n'y est pas allée ? »

Mohammed s'empourpra.

« Écoute, j'ai fouillé tout le zoo ; elle n'y était pas, et il n'y avait aucun signe de son passage. Je ne vois pas comment j'aurais pu empêcher… »

Sa voix se fêla, trahissant un regret inexprimé, et il poursuivit :

« Sincèrement, je ne pense pas qu'elle soit même arrivée jusqu'au zoo ce matin-là. »

Ravalant sa rage devant l'égoïsme et la stupidité du jeune homme, Nayir s'enquit sèchement :

« Qu'allait-elle faire dans cet endroit, pour commencer ?

— Elle aimait bien regarder les anciennes attractions. Je t'ai expliqué qu'elle adorait les animaux. Je te jure que je ne l'ai pas vue ce jour-là. Je le jure devant Allah. »

Nayir eut du mal à retenir une exclamation sarcastique. Les gens avaient tendance à jurer à tout bout de champ au nom d'Allah, en toute sincérité la plupart du temps, mais la veulerie du chauffeur l'écœurait. Mohammed était le seul en qui Nouf avait confiance, et il n'avait rien fait pour essayer de la retrouver. S'il avait parlé aux Shrawi de ces visites au zoo, ils auraient peut-être pu éclaircir plus vite les circonstances de sa disparition, ils auraient peut-être pu la retrouver vivante.

« Elle te faisait confiance, reprit-il. Elle a bien dû te dire qui elle allait y retrouver. »

Une rougeur diffuse monta peu à peu le long du cou de Mohammed.

« Eric, je pense. »

Il essaya de prendre un ton dégagé, mais sa voix frémissait de colère. Et la nature de cette colère sautait aux yeux, se dit Nayir : Mohammed ne s'inquiétait pas seulement pour la sécurité de Nouf, il était jaloux et s'imaginait qu'elle couchait avec l'Américain.

« Donc, d'après toi, c'est lui qu'elle rejoignait dès qu'elle échappait à ta surveillance ? »

Mohammed prit un air furibond. Nayir se tut, songeant à la ravissante épouse du garde du corps, à leur bébé, à leur apparente félicité conjugale. Il n'arrivait pas à croire que le jeune homme ait été l'amant de Nouf, mais il était à présent convaincu qu'il l'avait aimée, ou du moins qu'il avait cru l'aimer. Il l'avait mise sur un piédestal et avait fermé les yeux sur ses incartades malgré les risques encourus – les fugues,

les sorties à moto, les rencontres avec des inconnus dans des endroits isolés... Que Mohammed
veuille préserver les secrets de Nouf ne le sur-
prenait pas ; ce qui le choquait, c'était sa posses-
sivité. Comment aurait-il pu espérer que Nouf se
montrerait loyale envers lui, alors que lui-même
trompait sa femme, d'une certaine manière ?

Brusquement, Nayir se sentit honteux d'avoir
une telle conversation dans un lieu de prière,
et se leva d'un bond.

« Je regrette, dit le garde du corps. J'aurais
dû tout te dire depuis le début.

— Je ne suis pas ton juge », répliqua Nayir,
en lui faisant signe de se lever.

Quand ils se retrouvèrent dans la rue, les
pensées s'agitaient en si grand nombre dans
son esprit qu'il n'arrivait plus à se concentrer.
Il se força à se tourner vers Mohammed pour
lui demander :

« Ta femme connaissait-elle tes sentiments
pour Nouf ? »

Le tressaillement gêné de son compagnon
lui fournit la réponse.

« Je vois, murmura Nayir. *Ma'salaama.* »

Il avait déjà parcouru plusieurs mètres quand
un détail lui revint en mémoire. Se retournant,
il vit que Mohammed était resté figé à la même
place, la mine éplorée.

« Pourquoi Nouf avait-elle besoin d'une paire
de lunettes ? » demanda-t-il.

L'expression du jeune homme n'exprimait
plus seulement la honte, maintenant, mais le
dégoût de soi-même.

« Pour se déguiser, expliqua-t-il d'une voix sourde. Elle avait préparé un sac de vêtements en vue de son séjour à New York.

— Qu'y avait-il dans ce sac ?

— Une perruque, un tailleur marron, des souliers à talons hauts. Et les lunettes, bien sûr. »

Nayir lui lança un dernier regard écœuré et regagna sa voiture.

À la sortie de la ville, Nayir se dirigea vers le sud, comme pour se rendre chez les Shrawi. Le soleil était écrasant et l'océan, sur sa droite, semblait endormi sous la chaleur. Il suivit la route côtière, dépassa l'embranchement qui menait à l'île et arriva bientôt devant une large plage blanche très prisée des surfeurs, qui se trouvait juste au sud de la propriété. À bord de son bateau, durant ses excursions estivales, il était passé devant cet endroit de nombreuses fois, mais la présence des innombrables embarcations et des baigneurs l'avait toujours empêché de s'en approcher.

Il gara la Jeep en bordure de la plage, près d'un bouquet de palmiers. La mer était étale, et personne ne surfait. À sa gauche, le sable s'étendait à perte de vue, mais à sa droite se dressait un amas de rochers qui abritait une succession de plages privées séparées les unes des autres par de hauts murs de pierre. Ces murailles avançaient d'une bonne dizaine de mètres dans la mer, de façon à préserver l'intimité des familles et permettre aux femmes de se baigner. Il n'y avait aucune habitation à proximité, et toutes les plages étaient fermées par de lourdes grilles munies de verrous.

En toute logique, c'était sur l'une d'elles que Nouf devait se rendre, quand elle quittait l'île à l'insu de tous, sur son scooter des mers. Les courants étaient propices, et c'était le lieu d'accostage le plus proche. Le reste de la côte était rocailleux, difficile d'accès. Il paraissait également peu probable que Nouf ait hissé son scooter sur le rivage ; il lui était beaucoup plus facile de le laisser dans un endroit discret – à l'abri d'un haut mur, sur une plage privée.

Pour gagner la zone interdite, Nayir dut escalader l'amas de rochers noirs et déchiquetés. Il lui fallut plus d'un quart d'heure pour franchir l'obstacle. Les pierres avaient manifestement été importées – dans quel but, il n'arrivait pas à l'imaginer. Peut-être les riches propriétaires espéraient-ils se prémunir ainsi contre une éventuelle invasion des surfeurs. Quand il atteignit enfin le premier mur, il était essoufflé, écorché de partout – et assez exaspéré pour songer à abandonner sa Jeep et regagner son bateau à la nage, même si son trench-coat n'était pas la tenue idéale pour ce genre d'exercice.

Le mur défendant l'accès de la première plage était en mauvais état ; des pierres manquaient par endroits, et la moitié supérieure était recouverte d'un mélange de sable, de poussière et de guano. Il marcha jusqu'à la grille ; c'était un panneau de fer hermétique, solidement cadenassé. Puis il longea le mur, cherchant une brèche par laquelle il pourrait s'introduire. Mais sa recherche demeura vaine, et, en outre, avec sa corpulence, il se voyait mal en train de se faufiler telle une anguille dans un interstice. Non, il allait devoir passer par-dessus le mur.

Cela se révéla plus facile qu'il ne s'y attendait, en raison du tracé irrégulier de la construction. Quand il se fut hissé jusqu'au sommet, il se redressa et regarda autour de lui. Une série de murs identiques se déployait sous ses yeux, divisant la plage en sections régulières de dix mètres de large chacune, comme l'enclave qui se trouvait juste en dessous de lui.

L'énormité de la tâche lui apparut très vite. Il lui faudrait une semaine entière pour visiter chaque plage, escalader chaque mur, et se mettre en quête de... quoi, au juste ? Une cabane ? Une jetée ? Chacune de ces enclaves devait probablement être équipée de l'une et l'autre. Et même s'il avait eu une semaine à perdre, il doutait de réussir à franchir toutes ces murailles.

Il sauta à bas du mur. La plage était déserte, mais il inspecta néanmoins les alentours. Nouf aurait pu choisir ce lieu car, étant situé en bout de terrain, il était relativement isolé. L'autre extrémité, au nord, était trop proche de la voie menant à la propriété des Shrawi. Elle n'aurait pas pu y laisser son scooter et elle aurait été obligée d'emprunter la route princi-pale pour gagner l'autoroute, ce qui aurait été terriblement risqué. N'importe quel automobiliste se rendant dans l'île aurait pu la voir. Son choix avait donc dû se porter sur la partie sud de la grève. Du moins, c'était ce qu'il aurait fait, à sa place.

La plage ne recelant rien qui offrît un intérêt, il gravit le mur suivant et regarda en bas. Une petite yole, qui semblait n'avoir pas servi depuis des décennies, était attachée à un anneau. À côté, se dressait une vieille cabane à l'aspect vieillot et singulièrement prometteur. L'excitation s'empara de lui. En esprit, il vit la svelte silhouette de Nouf, toute drapée de noir, fendant résolument les vagues sur son scooter jaune pour débarquer sur cette plage. Il se laissa glisser au sol.

En examinant le sable, il découvrit un enchevêtrement d'empreintes, dont certaines étaient assez petites pour appartenir à une femme. Sortant de sa poche l'escarpin rose – celui qui n'était pas abîmé –, il procéda à une rudimentaire comparaison. Trois paires d'empreintes de pas au moins semblaient d'une pointure identique. Beaucoup de ces traces menaient à la cabane.

La porte de celle-ci était munie d'un loquet fermé par un cadenas à combinaison. Nayir fit le tour de la cahute pour voir s'il existait un autre moyen d'accès, mais il n'y avait même pas de fenêtre.

Le cadenas opposa une certaine résistance, mais quand il tira violemment dessus, un craquement se fit entendre, et tout le mécanisme, loquet inclus, lui resta dans la main.

Il poussa la porte, et un sifflement ravi s'échappa de ses lèvres. Son pressentiment était juste ! Là, au centre de la pièce, se dressait une moto d'un noir luisant, élégamment appuyée contre sa béquille.

Près de la porte, il découvrit une lampe de camping qu'il utilisa pour maintenir le battant ouvert. Le soleil entra à flots dans le local exigu, qui avait un aspect spartiate et poussiéreux et où flottait une vague odeur d'écran solaire. Dans un panier accroché à un clou, il trouva un tube de rouge à lèvres, de la poudre, une lotion pour la peau et une petite boîte de chewing-gums à la cardamome. Près du panier était suspendue une thobe blanche, ainsi qu'un casque dans lequel étaient fourrés des gants de cuir. Sur le sol, à demi caché par le bas de la robe, il aperçut un vieux plan de la ville. Il le ramassa et lut les inscriptions portées dans les marges. L'écriture était gracieuse, indubitablement féminine. *Deuxième à gauche après le feu* et *À droite sur le premier chemin de terre juste après.* Un cercle avait été tracé à l'emplacement du zoo.

Nouf. Un frisson lui parcourut la nuque, et il se massa machinalement pour chasser cette sensation de froid. Il l'avait imaginée bien des fois, mais jamais encore il n'avait eu, comme ici, le sentiment qu'elle pouvait apparaître d'un moment à l'autre. Il sortit et promena son regard sur la plage, s'attendant presque à apercevoir quelqu'un. Le rivage était désert, néanmoins la sensation troublante d'une présence persista.

Il se passa une main sur le visage et rentra dans la cabane. Il fit le tour de la moto, mais le plancher céda soudain sous son pied, qui s'enfonça dans le sable jusqu'à la cheville. En se dégageant, il aperçut quelque chose de noir sous le sable. Il s'accroupit et souleva la lame vermoulue. Une cavité lui apparut, une sorte de compartiment secret. À l'intérieur se trouvait un petit carnet noir, pas plus grand que sa main. Il fut tellement surpris qu'il n'osa tout d'abord pas y toucher, et se contenta de le regarder fixement, comme s'il craignait de le voir se transformer en une vieille brique ou un bout de bois pourri. Mais non, c'était bien un calepin, avec une couverture de cuir usagé. Délicatement, il balaya le sable qui le couvrait avant de l'extraire de sa cachette.

Au fond du trou, sur la gauche, il discerna un rayon de lumière ; en plaquant son visage contre le sol, il constata que le compartiment était facilement accessible de l'extérieur. Il suffisait de tendre le bras pour sortir le carnet ou le remettre en place.

Il l'ouvrit, et comprit qu'il s'agissait d'un journal intime, des pages et des pages d'un texte dense, tracé d'une main aussi élégante que les notes sur le plan.

Tout en priant Allah de lui pardonner cette indiscrétion, il feuilleta le carnet, et lut quelques passages au hasard.

Au nom d'Allah le Miséricordieux, l'Omniscient, j'ai failli me tuer aujourd'hui, mais je n'en ai pas eu le courage. J'ai eu peur de voir mon propre sang. Alors j'ai pris mon scooter des mers et j'ai foncé comme une folle. J'ai tourné, tourné, jusqu'à ce que je n'aie plus d'essence et que je me retrouve en panne au beau milieu de la mer. Je pouvais apercevoir la côte, mais il commençait à faire nuit, et j'ai pensé que j'allais périr accidentellement parce que, à ce moment-là, j'ai pris conscience que je ne voulais pas vraiment mourir. Je voulais seulement m'échapper. Cette découverte m'a remplie de bonheur mais, en même temps, j'étais épouvantée à l'idée que je risquais de perdre la vie à cause de ma stupidité. C'est alors que, tel un messager du ciel, il est arrivé sur son bateau. Il est apparu dans la lumière du projecteur et le bruit de la sirène, accompagné d'un homme d'équipage. Il m'a hissée à bord. Allah, pardonne-moi, je me suis accrochée à lui en pleurant et je ne l'ai plus lâché jusqu'à ce qu'il m'ait ramenée à la maison. Et je ne lui ai jamais demandé comment il m'avait retrouvée.

Tournant les pages, il lut un peu plus loin :

Allah, pardonne-moi. Je sais que c'est mal de l'aimer, je sais que cela m'enchaînerait et me rendrait malheureuse le reste de ma vie, mais mon corps tout entier a soif de lui. Je ne cesse de penser à lui. Je me rappelle le moindre de ses gestes. J'aimerais pouvoir regarder son sourire à jamais, entendre sa voix, si douce, si rassurante, si intelligente. Je voudrais qu'il me touche et il le sait, mais il ne fait rien. Il ne peut pas, et moi non plus. Cela entraînerait tellement de souffrance, ce serait tellement dangereux pour moi – et pour lui aussi, je le sais.

À grand-peine, Nayir arracha son regard des pages. De qui parlait-elle ? Quelqu'un qui possédait un bateau, ou pouvait en disposer – mais il pouvait s'agir de n'importe qui. La navigation de plaisance était un passe-temps extrêmement répandu, surtout les soirs d'été, quand il n'y avait que sur l'eau qu'on pouvait trouver un peu de fraîcheur. Pourtant, quelles pouvaient être les intentions d'un individu qui aurait suivi la jeune fille de la sorte ?

Mlle Hijazi avait raison : il devait exister un troisième homme. Nayir parcourut quelques lignes de plus, sans trouver aucune mention d'un nom, seulement l'expression constante d'un désir frustré. Il décida de reprendre cette lecture plus tard, quand il aurait les idées claires, et fourra le carnet dans sa poche.

Puis il se redressa et alla examiner la moto. Celle-ci était recouverte d'une fine pellicule de sable. La boîte à gants n'était pas fermée à clé, mais elle était vide et bien trop petite pour contenir une paire de chaussures. Il inspecta le guidon, les pédales, le siège, tous les endroits qu'elle avait pu toucher, ne serait-ce que pour s'assurer de n'avoir omis aucun détail. Une épaisse couche de sable était incrustée dans les pneus, entre les reliefs de la bande de roulement. Il introduisit son index dans l'un des sillons et gratta le sable pour le recueillir dans sa paume ; c'était un sable à grain fin, d'un beige très pâle, provenant vraisemblablement du désert.

Comme il se relevait, son regard se posa sur le logo chromé ornant le réservoir. Celui de la marque Honda. Du bout des doigts, il suivit le dessin familier : un oiseau dont une seule aile était déployée. Chaque plume était ourlée par un profond sillon. Et soudain, il eut une illumination.

« Allah, que je suis bête ! »

Il effleura de nouveau le logo. Cinq plumes, aussi nettes que les cinq stries sur la patte du chameau. En regardant de plus près, il aperçut une trace de sang et des poils sur le chrome.

Tout se mit brusquement en place dans son esprit. C'était donc ainsi que le meurtrier était revenu du désert ! Nouf était arrivée au zoo sur sa moto, pour y retrouver son assassin. Celui-ci l'avait assommée et hissée à bord du pick-up. Il avait ensuite chargé la moto à l'arrière du véhicule, avec le chameau, et s'était dirigé vers le wadi. Sous l'effet de la chaleur, le logo était devenu brûlant comme un fer rouge, imprimant sa marque sur la patte de la bête coincée dans cet espace étroit. Après avoir abandonné Nouf, le chameau et le pick-up dans le désert, le meurtrier avait enfourché la moto pour la rapporter ici...

Nayir sortit de la cabane et regarda fixement le sable. Des dizaines d'empreintes de pas descendaient vers la mer, d'autres menaient vers la grille. Une chose au moins était évidente : après avoir remisé l'engin, le coupable avait pu partir dans n'importe quelle direction.

Il sortit un miswak de sa poche et commença à le mastiquer. Le meurtrier n'avait peut-être pas laissé de traces reconnaissables, mais il avait cependant négligé un indice qui pouvait le trahir : le fait d'avoir rapporté la moto indiquait qu'il connaissait l'existence de cette plage et de cette cabane. Le genre de chose qu'il aurait pu facilement découvrir s'il suivait subrepticement la jeune fille à bord de son bateau, quand elle se promenait en mer. Mais après avoir remisé la moto, dans quelle direction était-il parti ?

Nayir s'avança jusqu'au bord de l'eau. Pas de scooter en vue, rien que cette vieille barque. Des yeux, il chercha les rames, en vain. Mohammed avait dit que Nouf prenait son scooter des mers pour venir ici. D'après Othman, les domestiques avaient trouvé l'engin amarré au ponton le soir de la disparition, donc, la personne qui avait rapporté la moto jusqu'à la cabane avait dû également rapporter le scooter dans l'île. Pour dissimuler le fait que Nouf s'était rendue ici ? Ou simplement... pour rentrer chez elle ?

Abaissant de nouveau les yeux sur l'écheveau d'empreintes, il décida qu'il était temps d'appeler Mutlaq.

Plus tard, le même après-midi, les deux hommes escaladèrent de nouveau le mur. En voyant le sable, Mutlaq émit un petit sifflement.

« Il y a eu beaucoup de passage », dit-il en se frottant les mains d'un air réjoui.

Nayir le suivit avec attention, écoutant les grommellements de son ami et tentant d'en deviner le sens d'après son expression, mais celle-ci ne trahissait qu'une intense concentration.

« Tu es venu ici, constata Mutlaq. Et ton ami Othman aussi. Mais pas en même temps. »

Nayir se demanda comment le Bédouin pouvait le savoir, puis se rappela qu'il avait déjà vu les empreintes d'Othman dans le désert, près du campement.

« Il est venu ici avant toi, reprit Mutlaq. Voici ses empreintes. Mais elles sont encore très récentes. »

Les traces étaient plus profondes que les autres, et, dès qu'il les eut repérées, Nayir remarqua autre chose.

« Il est venu ici avec quelqu'un ?

— Une femme, je crois, répondit Mutlaq en montrant d'autres empreintes, plus petites mais tout aussi marquées. C'est bizarre comme les traces s'impriment plus profondément la nuit, dans certains types de sable. »

Nayir se dit qu'Othman avait dû amener Katya ici, ou bien une de ses sœurs...

« Donc, tu penses qu'ils sont venus le soir ?

— Je dirais qu'il devait faire nuit.

— Reconnais-tu les autres empreintes ?

— Oui. Othman n'est pas venu ici avec la fille du désert. Mais elle est venue ici avant lui. Regarde. »

Il indiqua deux séries de traces allant de la jetée jusqu'à la cabane, puis de la cabane jusqu'à la grille. La pointure était identique, mais les empreintes totalement différentes. Quand Nayir lui fit part de cette observation, son ami haussa les épaules.

« Elle a changé de chaussures dans la cabane. Et elle poussait une moto – voilà les traces des pneus. Elle avait sans doute besoin de chaussures plus robustes pour piloter. »

Nayir ne répondit pas. Il savait qu'il pouvait se fier à la compétence du pisteur.

« En tout cas, reprit celui-ci, ces empreintes-là correspondent à la chaussure que nous avons retrouvée dans le désert.

— Donc, admettons que Nouf soit partie d'ici à moto, déclara Nayir. Qui a rapporté l'engin dans la cabane ? »

Mutlaq inspecta le sable. Il découvrit les traces laissées par la moto à son retour, mais les empreintes de pas qui les accompagnaient avaient été brouillées par d'autres plus récentes. Une seule demeurait visible, et elle appartenait à Nouf.

Mutlaq tourna autour, l'examinant sous tous les angles. Puis il s'agenouilla pour la contempler de plus près. Il posa même sa joue sur le sol pour la regarder latéralement. Quand il se redressa, il déclara, tout en brossant le sable collé à sa peau :

« C'est l'empreinte de Nouf. C'est elle qui a rapporté la moto. »

Nayir était abasourdi.

« En es-tu sûr ?

— Certain.

— As-tu trouvé des signes indiquant qu'elle a été enlevée ici ? demanda-t-il.

— Non, pas encore. »

Le Bédouin reprit son inspection, s'accroupissant de temps à autre pour toucher les empreintes du bout des doigts, tâtant les marques des talons et des pointes pour en éprouver la dureté. Nayir l'observait, admiratif. Il était pareil à un sauveteur qui connaissait un territoire jusque dans ses recoins les plus secrets. Mais le territoire de Mutlaq était un paysage en miniature, les reliefs et les creux d'une empreinte de pied. *Dans ce qu'Allah fait descendre du ciel comme subsistance pour revivifier la terre desséchée et dans le déplacement des vents, il y a des signes que les sages savent déchiffrer.* L'existence d'Allah se vérifiait dans ces signes, et le monde était le plus grand d'entre eux. L'univers de Mutlaq, beaucoup plus restreint, renfermait lui aussi ses divins secrets.

Il ne fit pas d'autres découvertes et confirma ses premières déductions : Nouf n'avait pas été enlevée ici, et c'était elle qui avait rapporté la moto.

Voyant son raisonnement ainsi battu en brèche, Nayir tenta désespérément d'échafauder de nouvelles hypothèses.

« Il est possible qu'elle ait eu rendez-vous avec quelqu'un, hasarda-t-il. Peut-être est-elle partie en voiture avec une autre personne, après avoir remisé la moto ?

— Je n'ai rien vu qui permette de le penser. En fait, les plus fraîches de ses empreintes s'arrêtent au bord de l'eau. Elle est plutôt montée à bord d'une embarcation. »

Nayir repensa à ce passage qu'il avait lu dans le journal de la jeune fille, l'allusion à l'homme mystérieux qui l'avait secourue en bateau. Le ravisseur avait pu arriver par la mer, mais, dans ce cas, où était le scooter que Nouf avait utilisé pour venir jusqu'ici ? Son agresseur s'en était-il débarrassé ? Ou bien l'avait-elle rapporté elle-même dans l'île ?

Tout s'embrouillait de plus en plus, et la seule théorie qui paraissait valable, celle d'un enlèvement au zoo, semblait sur le point de s'effondrer, face à ces nouveaux éléments. Mutlaq remarqua son air soucieux, et lui en demanda la cause. Dès qu'il eut entendu ses explications, il lui proposa de l'accompagner au jardin zoologique, pour une seconde inspection des lieux. Nayir accepta avec reconnaissance.

24

Le lendemain, Nayir se présenta à la résidence des Shrawi, armé d'une boîte de dattes
achetées au souk de Balad où les confiseurs
les roulaient toujours à la main, avant de les
arranger en une composition géométrique et
de les emballer dans du papier doré. Il se gara
devant la maison et cueillit délicatement le
paquet sur le siège arrière ; en palpant l'objet
chaud et pesant, il eut soudain l'envie de le
garder, non par gourmandise, mais parce que la
mission qui l'amenait ici n'avait rien d'agréable
et qu'offrir un cadeau, aussi simple et raffiné à
la fois, ressemblait à de la duplicité.

La femme qui lui ouvrit la porte portait une
robe d'intérieur noire et une burqa qui ne laissait voir que ses yeux. En regardant furtivement ses mains, il vit que les ongles étaient
coupés court et qu'un chapelet de prière était
enroulé à l'un de ses poignets. Elle inclina
brièvement la tête, cacha ses mains dans ses
manches et le salua d'un *Ahlan Wa'sahlan.* Il
détourna les yeux.

« Je suis désolée, dit-elle d'une voix basse et

humble. C'est le jour de repos de notre major-dome, mais je peux vous conduire dans le salon.

— Non, non. Si vous voulez seulement avoir l'amabilité de prévenir l'un des frères que Nayir ash-Sharqi est ici... »

Timidement, elle s'effaça en murmurant :

« Je vous en prie, *Ahlan Wa'sahlan*. Faites comme chez vous. Si vous savez où se trouve le salon, vous pouvez y aller. »

Comme gênée par sa propre audace, elle tourna les talons et s'éclipsa en hâte.

Quand elle eut disparu, Nayir entra et referma la porte. Tout en se faufilant silencieusement dans le couloir, il se demanda si elle aurait la prévenance d'informer les hommes de son arrivée.

Dix minutes plus tard, une femme voilée et drapée dans un long manteau noir apparut sur le seuil du salon, portant un service à café. Elle paraissait craintive et hésita à franchir la porte, le plateau oscillant entre ses mains mal-habiles. Au lieu de déposer son fardeau près de l'entrée, elle pénétra dans la pièce et tenta de le porter jusqu'à Nayir, mais elle était frêle, et le plateau chargé de verres, d'une coupe de dattes et d'une cafetière en cuivre semblait trop lourd pour elle. Pour ne rien arranger, des coussins étaient éparpillés un peu partout sur le sol, où l'on avait également laissé traîner un livre, un autre service à café et un jeu de cartes. Nayir se leva d'un bond pour se porter à son secours, mais ne parvint pas à l'empêcher de trébucher sur un coussin.

« *Ya'rub !* » glapit-elle, en se redressant de justesse.

Il rattrapa deux verres au vol avant qu'ils ne s'écrasent sur le tapis. Puis il aperçut les mains de la femme, et comprit que c'était celle qui était venue lui ouvrir. Elle lui tendit le plateau, et il s'en saisit. Dès qu'elle eut les mains libres, elle releva sa burqa. De stupeur, Nayir fit un pas en arrière.

La jeune fille était tout le portrait de sa sœur défunte, Nouf.

Écarlate, elle lui reprit le plateau des mains et baissa la tête. Nayir battit des paupières et se détourna, mais son regard était irrésistiblement attiré vers le visage de son hôtesse. Ce visage qu'il avait si souvent contemplé en photo, ce visage qui était resté gravé dans son esprit, figé par la mort, tel qu'il lui était apparu à la morgue…

« Excusez-moi. Vous êtes… une Shrawi.

— Oui.

— Une des sœurs de Nouf ? »

Celle qu'il avait aperçue sur le scooter des mers, ajouta-t-il en lui-même. Elle se prénommait Abir, croyait-il se rappeler. C'était la plus proche de Nouf par l'âge. Malgré tous ses efforts, il n'arrivait pas à détacher ses yeux de ces traits familiers ; plus il la regardait, plus cela lui devenait facile de les détailler sans vergogne, de suivre le modelé de ses tempes, de son menton, de sa mâchoire, en quête de la dissemblance qui lui prouverait qu'il ne s'agissait pas de Nouf. Du moins était-ce ce qu'il se disait. Il avait l'impression absurde qu'il la connaissait et donc qu'elle aussi aurait dû le reconnaître...

Au bout d'un moment, la jeune fille retrouva ses esprits et, envoyant voltiger les coussins d'un coup de pied pour faire de la place, déposa le plateau sur le sol. Elle s'accroupit et lui versa une tasse de café. En la lui offrant, elle rougit de nouveau, et il prit conscience qu'il n'avait pas cessé de la regarder fixement.

« Mon père dit que vous êtes un honnête homme », murmura-t-elle en croisant les mains sur ses genoux d'un air modeste.

C'est vrai, je suis un honnête homme ! opina-t-il muettement de tout son être.

« Un homme du désert », ajouta-t-elle, en lui lançant un bref regard.

Soudain, le cœur de Nayir se serra. Oui, peut-être était-elle exactement semblable à Nouf, prête comme elle à épouser un honnête homme à seule fin de le larguer pour une chimère... Cette pensée suffit à le ramener à la réalité. Il prit la tasse de café et s'assit, satisfait de pouvoir occuper ses mains. Quelle que fût la ressemblance de la jeune fille avec la défunte, sa présence lui offrait l'occasion d'en apprendre plus sur cette dernière. Mais il ne réussit pas à trouver une seule question à lui poser ; toutes celles qui lui venaient à l'esprit paraissaient terriblement déplacées. Quand il releva les yeux vers elle, il lut la peur dans son regard.

« Pardonnez-moi, dit-elle tout bas. Je n'ai pas l'habitude d'aborder les hommes ainsi. S'il vous plaît, croyez-moi, je ne le fais que parce que j'y suis contrainte. La vie est tellement différente, depuis la mort de Nouf... Nous sommes cloîtrées ici, nous ne pouvons plus aller sur le continent. Mes frères ont peur que nous ne devenions comme elle. C'est ce qu'ils prétendent, mais, en réalité, ils craignent que nous n'apprenions des choses que nous devrions ignorer. »

La panique que Nayir décela dans sa voix réveilla en lui des instincts protecteurs.

« C'est-à-dire ? l'encouragea-t-il.

— Je suis désolée, c'est seulement... J'ai entendu dire que vous enquêtiez sur ce qui s'est passé. Je ne me permettrais pas de vous poser cette question sans cela, et je vous prie de m'excuser d'évoquer ce sujet, mais...

— Non, allez-y, mademoiselle... Shrawi. »

Elle prit une longue inspiration avant de poursuivre :

« Mlle Hijazi est venue ici récemment et elle m'a posé toutes sortes de questions sur Nouf. J'aurais aimé lui dire ce que je savais, mais je n'ai pas pu », termina-t-elle en abaissant les yeux sur ses mains.

Il aurait voulu lui demander pourquoi elle préférait confier ces informations à un étranger plutôt qu'à la jeune femme, mais craignait de l'effaroucher. Comme le silence se prolongeait, il s'enquit d'une voix douce :

« Que savez-vous ? »

451

Le regard affolé de l'adolescente alla du service à café au genou de Nayir, comme si elle tentait de refouler un sentiment grandissant d'horreur.

« Le jour de sa disparition, Nouf s'est disputée avec mon frère.

— Lequel ? demanda-t-il, la peur au ventre.

— Othman. »

Nayir essaya de garder un visage neutre, mais son cœur cognait violemment contre ses côtes.

« C'était une dispute très violente, reprit-elle. Ils étaient dans la cuisine, en train de se quereller à propos de quelque chose. Je ne sais pas de quoi, parce qu'ils chuchotaient, au début. Ils devaient aller promener les chiens et puis, tout à coup, ils se sont mis à hurler. Ce qu'ils disaient n'avait aucun sens pour moi. Nouf s'est précipitée dans sa chambre, et Othman est resté là. Il avait l'air stupéfié. Et puis, il l'a suivie.

— Et ensuite ? »

Tremblante, la jeune fille lança un regard plein d'appréhension en direction de la porte.

« Ils ont recommencé à se quereller, d'abord tout bas, puis de plus en plus fort. Elle criait, et lui... Je ne sais pas ce qu'il faisait. J'étais dans le couloir, je ne les voyais pas.

— Que disaient-ils ?

— Ils parlaient de... je n'ai pas bien compris. Othman paraissait furieux. J'ai eu l'impression que Nouf voulait faire quelque chose et qu'il voulait l'en empêcher. Je ne sais pas ce que c'était. Il était vraiment en colère, et elle avait l'air d'avoir peur.

— Et après, que s'est-il passé ? Comment cela s'est-il terminé ?

— Nouf s'est enfuie de la chambre, et Othman s'est lancé à sa poursuite. Elle... »

La voix de Mlle Shrawi se brisa et elle porta une main à sa bouche.

« Elle avait du sang sur le bras. Elle est sortie de la maison, en passant par la cuisine. Je crois qu'elle est allée sur la plage avec les chiens. Ma mère est arrivée et a demandé ce qui se passait. Othman lui a répondu que ce n'était rien, que Nouf était seulement nerveuse à l'approche du mariage. Et elle l'a cru.

— Vous ne lui avez pas dit la vérité ?

— Elle ne m'aurait pas écoutée. Ma parole est sans valeur comparée à celle d'Othman. »

Nayir se renfonça dans son siège, en proie à la plus totale confusion. Othman ne lui avait rien raconté de cet épisode, et il voyait mal le jeune homme céder à la colère. Il devait avoir une bonne raison pour cela. Que lui avait dit Nouf ? Lui avait-elle avoué sa grossesse ? Son projet d'évasion ? Et pourquoi aurait-elle brusquement décidé de tout lui confesser ?

« Je comprends pourquoi vous n'avez pas voulu en parler à Mlle Hijazi, reprit-il. C'est très délicat de votre part. »

Elle hocha la tête d'un geste nerveux. Ils entendirent un pas lourd dans le couloir, Abir se releva d'un bond, mais personne n'entra.

« Puis-je vous demander une dernière chose ? s'enquit Nayir.

— Oui, répondit-elle, sans cesser d'observer la porte.

— Vous est-il arrivé d'apercevoir Nouf dans la chambre d'Othman ? A-t-elle jamais fait allusion à une parka qu'il portait ?

— Non, murmura la jeune fille, le regard empli d'incompréhension. Pourquoi ?

— Cette parka a disparu. »

Elle plissa les yeux et parut se concentrer.

« Maintenant que j'y pense, je me rappelle qu'il la cherchait partout. Un des domestiques nous a demandé si nous l'avions aperçue. Je n'ai jamais vu Nouf entrer dans la chambre d'Othman mais, c'est bizarre, elle a parlé de cette parka avant de disparaître, elle aussi. Nous discutions de son trousseau. Elle avait hâte de voir les vêtements que Qazi avait choisis pour elle. Elle a dit quelque chose comme : "J'espère que j'aurai une parka comme celle d'Othman." Sur le moment, je n'y ai pas attaché d'importance. Elle voulait des vêtements pour toutes les occasions, même si elle n'aurait jamais l'opportunité de les porter. C'est étrange, quand on y réfléchit.

— Manquait-il autre chose, à part cette veste et le chameau ? reprit Nayir en se penchant vers elle.

— Oui, répondit-elle en le regardant en face avant de se détourner. Elle a emporté son or. C'est la raison pour laquelle j'ai pensé qu'elle s'était enfuie.

— Quelle était la valeur des bijoux ?

— Mes frères ne savent rien de tout ça, répondit-elle d'un air hésitant.

— Je ne le répéterai pas.

— Il y en avait pour deux millions de riyals environ, en comptant les pierres précieuses. »

Nayir se figea, abasourdi par l'énormité de la somme. Deux millions de riyals, cela suffisait à vivre pendant des années dans le plus grand confort.

« Pourquoi ne l'avez-vous pas dit à vos frères ?

— J'étais persuadée que c'était elle qui les avait pris et je ne voulais pas aggraver encore la situation. J'aurais eu l'impression de la trahir. Par la suite, quand j'ai appris qu'elle était morte… »

Elle déglutit de manière audible avant de poursuivre :

« Je n'ai pas osé en parler à mes frères, parce que je commençais à penser qu'elle ne s'était peut-être pas enfuie, qu'elle avait peut-être été enlevée, et qu'on lui avait volé ses bijoux. Je n'osais même pas le dire à ma mère, de peur qu'elle n'en parle à mes frères et de peur qu'Othman… Si c'était lui qui… Je sais que ça paraît insensé, mais… Vous ne devez dire à *personne* ce que je vous ai raconté », chuchota-t-elle d'un ton pressant.

— Je vous le promets. Une dernière question. Comment Othman aurait-il eu accès à son coffre ? »

Elle tremblait de tout son corps, à présent, et fut incapable de lui répondre. Horrifié, il vit les larmes ruisseler le long de ses joues et chercha machinalement un mouchoir dans ses poches, bien qu'il n'en eût aucun sur lui.

C'est alors que des pas retentirent dans le couloir. Mlle Shrawi rabattit sa burqa sur son visage au moment même où la porte s'ouvrait.

Tahsin entra, suivi de Fahad. Nayir fit de son mieux pour dissimuler son trouble, mais les nouveaux venus ne semblèrent même pas s'apercevoir de sa présence. Tahsin avait l'air somnolent, comme s'il sortait d'un bon repas. Il promena un regard sévère sur la pièce en désordre mais, en découvrant Nayir, son visage s'éclaira.

« Frère, comment vas-tu ? »

Il s'avança à sa rencontre, jetant un bref regard à la jeune fille. Celle-ci se précipita vers la porte, mais Fahad la saisit par le bras.

« Hé là, pas si vite !

— Qui est-ce ? demanda Tahsin en se retournant.

— Ta sœur, répondit Fahad en la maintenant d'une main ferme. Que fais-tu ici ?

— Je servais le café à notre hôte, murmura-t-elle.

— Il y a une centaine de domestiques dans cette maison, et c'est toi qui sers le café ? » tonna Fahad.

Il avança une main vers sa burqa, mais elle se dégagea et s'enfuit en courant. Fahad se rua à ses trousses et leurs voix résonnèrent dans le couloir.

« *Lui as-tu montré ton visage ?*

— Je lui ai seulement apporté du café et des dattes !

— Ne lui as-tu rien offert d'autre ? »

« Je suis navré, dit Tahsin en se tournant vers Nayir. Assieds-toi, je t'en prie.

— Merci.

— Mets-toi à l'aise. »

Nayir prit la boîte de dattes et l'offrit à Thasin qui le remercia d'une inclinaison de la tête.

« Je sais combien tu aimes les dattes confites, expliqua Nayir. Celles-ci sont la toute dernière nouveauté. Elles sont fourrées avec des morceaux de pêche.

— Merci. Assieds-toi donc, je t'en prie. »

Plissant les lèvres d'un air gourmand, Thasin ouvrit la boîte.

« Elles ont l'air superbes. Goûtes-en une. »

Nayir se servit et mâcha distraitement la confiserie, l'esprit en tumulte. Fahad reparut et daigna déguster quelques dattes. Nayir apprit qu'Othman ne reviendrait pas avant plusieurs heures et cette nouvelle, loin de le décevoir, lui procura au contraire un énorme soulagement. Ils échangèrent encore quelques propos futiles et, aussitôt que cela fut décemment possible, Nayir prit congé de ses hôtes.

25

C'est incroyable, ce qu'il peut y avoir dans la tête d'une jeune fille, se dit Nayir en repoussant le carnet, avant de se lever de table et de frotter ses yeux las. Le journal de Nouf était peut-être encore plus long que les commentaires coraniques et entièrement consacré à ce qui semblait l'obséder en permanence – l'amour et les projets romanesques qu'elle échafaudait pour son avenir. Lui-même l'avait lu avec un intérêt tout aussi obsessif, rapidement mais intégralement, désireux d'en finir le plus vite possible car il avait l'impression de s'immiscer dans l'intimité de la défunte.

Jusqu'ici, il ne l'avait entrevue que de façon fragmentaire ; elle n'était dans son esprit qu'une image fugitive, comme une passante croisée dans la rue. Maintenant, il entendait enfin sa voix, il la voyait s'animer et penser. Il se la représentait, petite et nerveuse, imaginait ses gestes doux mais empreints de fermeté. Elle aimait les bonbons à la menthe, les rubans noirs dans ses cheveux et ne craignait pas de se salir. Elle adorait les animaux de toute espèce, mais surtout ses chiens, Shams et Thalj, qu'elle logeait dans les écuries et promenait tous les jours. Elle faisait parfois preuve d'une méticulosité confinant à la maniaquerie sur le sujet, traçant des croquis de ses chiens en indiquant le nom de leurs différentes parties anatomiques de son écriture harmonieuse. Elle prenait aussi des notes minutieuses sur leur comportement, avec une rigueur scientifique qui aurait plu à Samir.

La plupart des pages traitaient de l'homme mystérieux qui l'avait secourue en mer, mais ne fournissaient aucun indice sur son identité. Si elle avait pris soin de ne jamais mentionner son nom, elle parvenait toutefois à dresser de lui un portrait assez complet. Il était passionné, renfermé, intelligent. Elle le considérait pratiquement comme un superhéros depuis qu'il lui avait porté secours. Pourtant, ce n'était pas pour elle un confident, au contraire, elle lui taisait ses secrets et elle ne le rencontrait pas fréquemment. Un portrait qui ne correspondait guère à Mohammed ; Nayir avait le sentiment que Nouf parlait beaucoup avec son garde du corps, qu'ils s'entendaient et se connaissaient bien. L'homme qu'elle décrivait dans son journal était un étranger à l'aura romantique.

Même si elle épanchait abondamment dans ces pages ses appétits charnels et sa frustration, quelque chose continuait à échapper à Nayir, la clé qui lui aurait permis de comprendre comment ces fantasmes adolescents avaient pu la conduire à un comportement aussi téméraire. À de nombreux égards, elle était beaucoup trop naïve. Elle payait Eric, mais ne parlait jamais de contrat entre eux, seulement d'« amitié » et de « confiance ». Elle lui avait versé à l'avance la moitié de la somme convenue, plus quelques petits extras. Mais pourquoi pensait-elle que s'enfuir à New York était la seule solution ? N'aurait-elle pu trouver une meilleure façon de réaliser ses rêves, dans un endroit plus sûr, plus près de chez elle ? Était-ce uniquement à cause de son romantisme échevelé ? Ou parce qu'elle n'était vraiment pas en sécurité dans sa maison ?

Elle n'évoquait jamais ses conversations secrètes avec Qazi au téléphone, ce qui était bizarre étant donné qu'elle racontait en détail sa liaison clandestine. Si Qazi était son amant, les appels téléphoniques auraient été un péché véniel, comparés au reste. À moins que Qazi n'ait menti et qu'ils se soient vus en cachette, au lieu de se contenter de conversations téléphoniques. Mais l'instinct de Nayir lui criait que Qazi n'était pas le mystérieux amant. Nouf ne le mentionnait d'ailleurs que dans la dernière partie du journal.

J'ai accepté la demande en mariage de Qazi aujourd'hui. Je suis effrayée à l'idée de l'épouser, mais c'est le seul moyen...

Le seul moyen de quoi faire ? Quitter le pays, probablement. Et pour quelle raison ? Parce que Qazi était assez innocent pour ne pas soupçonner ses intentions, assez loyal pour tenir sa promesse de l'emmener à New York...

Il était troublant de trouver chez la même personne tant de cynisme et de calcul mêlés à tant de sentimentalisme à l'eau de rose. Un passage toutefois parut amusant à Nayir. En haut de la page, elle avait écrit « Les 77 noms de l'Amour » et les avait répertoriés de son écriture déliée, avec les explications correspondantes. Il y avait *hubb*, qui signifie amour et aussi semence ; *ishq*, qui désignait à la fois une liaison et le lierre qui étouffe un arbre ; *hawa*, penchant ou erreur ; *fitna*, désir passionné et aussi chaos ; *hayam,* errance assoiffée à travers le désert ; *sakan*, tranquillité, et *izaz,* amour digne. La liste prenait ensuite une tonalité plus sombre, allant de la fascination à la confusion et à l'affliction, et même à la dépression, au regret et à la souffrance, pour aboutir à la *fanaa*, la non-existence. Cette page était une véritable œuvre d'art, avec des fioritures dans les angles et, tout en haut, cette inscription d'une symétrie parfaite « Au nom d'Allah l'Infiniment Juste, le Miséricordieux ». Chaque mot avait été copié avec soin, chaque signe diacritique était à sa place. Curieusement, ce passage était à la fois le seul à faire ouvertement référence à l'islam et le seul où l'amour était considéré d'un point de vue philosophique. Nouf n'était donc pas uniquement préoccupée par des rêveries puériles...

Ce qui frappait le plus Nayir, c'était le titre. On pouvait certes contester le fait que ces

soixante-dix-sept mots soient tous des syno-
nymes d'«amour», mais ils s'appliquaient
indéniablement à la condition amoureuse. Et
la richesse de ce vocabulaire lui donnait une
conscience plus aiguë encore de sa propre
misère sentimentale. Comment pouvait-il exister tant de sortes d'amours, alors qu'il risquait
de mourir sans en avoir connu seulement la
moitié ? Après avoir regardé fixement la page
pendant plusieurs minutes, il finit par se dire
que c'était exactement cela que Nouf avait
voulu : connaître toutes les formes de l'amour,
au risque d'en souffrir.

Debout dans la cuisine, il attendait que le
café arrive à ébullition. Chaque fois qu'il avait
éprouvé le besoin d'interrompre sa lecture du
journal, il s'était plongé dans ses cartes de
navigation – celles dont il se servait dans le
désert et celles qu'il utilisait en mer. Souvent,
quand il s'ennuyait ou qu'il était simplement
trop fatigué pour faire autre chose, il lui suffisait de les contempler pour y puiser des souve-
nirs agréables ainsi que cette paix de l'esprit si
particulière que seule l'immensité du vide
pouvait inspirer. Ce soir, toutefois, il avait ras-
semblé sa documentation dans l'espoir qu'elle
l'aiderait à visualiser l'itinéraire de Nouf, comme
si, en marquant le point exact de son départ et
celui où elle avait trouvé la mort, il réussirait à
découvrir la partie manquante – ce qui s'était
passé entre ces deux événements.

Elle avait probablement quitté l'île en contour-
nant la côte par l'ouest : elle évitait ainsi de

passer sous les fenêtres du salon des femmes, et celles-ci n'avaient pu entendre le bruit du scooter. En débarquant sur le continent, elle s'était changée, avait sorti les escarpins des poches de son abaya pour les transférer dans celles de la thobe blanche. Puis elle avait enfourché sa moto pour se rendre au zoo, grisée de joie et de liberté.

La visite au zoo avec Mutlaq n'avait fait qu'embrouiller les choses. Le Bédouin avait trouvé les empreintes de pas de Nouf sur la route de service et des signes de lutte, mais les traces étaient tellement imprécises qu'il était impossible d'établir qu'elle avait été agressée. Il semblait qu'elle était tombée à proximité des buissons ; c'était sans doute à ce moment-là qu'elle avait perdu son escarpin rose. Quant aux marques indiquant qu'on avait traîné un objet pesant sur le sol, elles n'avaient sans doute rien à voir avec Nouf, car celle-ci s'était relevée et était retournée vers le véhicule. Avait-elle été victime d'un malaise passager dû à sa grossesse ? Pour ajouter à la confusion, Mutlaq avait relevé les empreintes des pneus d'une moto sur la route, juste à côté de celles du pick-up. Elles appartenaient à un engin du même modèle que celui qui était caché dans la cabane.

Mutlaq avait également découvert les empreintes d'Othman sur les lieux – pas sur la voie de service, mais au pied du mont Cervin. On discernait aussi les traces de pas d'un autre homme, inconnu du Bédouin.

Ainsi, Othman était venu au zoo, mais Mutlaq ne pouvait affirmer avec certitude qu'il se trouvait là lorsque Nouf avait été enlevée. Le sol autour de la montagne factice était sec, poussiéreux, les traces y étaient moins lisibles que sur la route. Peut-être Othman avait-il eu vent des rendez-vous clandestins de sa sœur et avait-il voulu en avoir le cœur net. Rien ne l'obligeait à en parler à Nayir, même s'il le privait ainsi d'une information précieuse. Mentionner les visites de la jeune fille au zoo aurait pu l'amener à répondre à des questions gênantes sur la nature de ses activités, et Othman avait voulu la protéger. C'était tout à fait compréhensible.

Le reste l'était beaucoup moins. D'après les empreintes, Nouf était arrivée sur place à moto. Puis elle avait remisé celle-ci dans la cabane. De là, elle avait sans doute regagné l'île sur son scooter des mers. Il semblait de plus en plus probable qu'elle avait emprunté le pick-up elle-même. Mais ensuite, elle était retournée au zoo. Mutlaq était pratiquement sûr que les empreintes du pick-up et de la moto avaient été faites le même jour. Pourquoi était-elle retournée là-bas ? Pour chercher l'escarpin qu'elle avait perdu ? À en croire son journal, elle se rendait fréquemment au zoo toute seule, pour étudier les notices d'information sur les animaux. Peut-être y allait-elle aussi pour s'isoler, pour se consoler…

Mais surtout pour retrouver son amant.

Apportant son café jusqu'à la table du coin repas, Nayir se pencha de nouveau sur la carte du désert et porta son regard sur le wadi en pensant à toutes les choses qui auraient logiquement dû se trouver sur le lieu du crime. Le sac contenant le déguisement occidental de Nouf. Mohammed l'avait toujours en sa possession. Ses lunettes, qu'elle n'était pas allée chercher. La clé de l'appartement de New York. Si elle cherchait à s'enfuir, on aurait dû découvrir au moins l'un de ces objets à proximité du corps. Au lieu de cela, il n'avait récupéré que l'escarpin rose – le prétexte dont elle s'était servie pour quitter la maison. Elle était partie le matin en emportant les souliers, puis elle était revenue en douce pour emprunter le pick-up et le chameau et était retournée au zoo, en trimbalant toujours l'escarpin dépareillé. Pourquoi emporter ce soulier et pas le reste ?

Nayir passa dans la salle de bains et baigna ses yeux rougis. Il avait l'impression qu'ils étaient pleins de sable, et sa vue commençait à se brouiller. *Peut-être devrais-je retourner chez cet opticien fou ?* se dit-il.

Il alla se rasseoir et reprit le journal ; il était presque arrivé à la fin. Le dernier tiers contenait essentiellement des observations sur le comportement de ses chiens ; aucune allusion à ses projets de fuite vers l'Amérique, aucune mention d'un nom quelconque. Les passages sentimentaux dénotaient une souffrance de plus en plus grande, mais étaient moins confus. Elle semblait lasse de cette passion non réciproque, et préférait reporter son attention sur les animaux, trouver un réconfort dans leurs mystères. De temps à autre, elle évoquait encore son amour impossible. *Je l'ai vu aujourd'hui, et la manière dont il m'a regardée m'a replongée en enfer. Je sais que je vais mourir si cela continue.* De quoi parle-t-elle ? se demanda Nayir. De ce flirt dangereux ? Avec qui ?

Il arriva à la dernière page. Elle ne contenait que deux paragraphes. L'écriture était moins soignée que dans les pages précédentes, presque frénétique.

Je ne suis plus une jeune fille. Je l'ai fait, NOUS l'avons fait, et le plus étrange, c'est que je ne le regrette pas. Je me sens stupide d'avoir éprouvé tant de crainte. Allah, j'ai failli commettre le plus grand des péchés, j'ai failli me tuer ! Je me rends compte à présent que ce que je redoutais n'est que le début de quelque chose de magnifique. Je me sens vivante pour la première fois. Le plus insensé, c'est que je ne me doutais absolument pas que cela allait se produire. Je croyais que tout était pratiquement terminé entre nous. Il m'évitait et, quand je l'apercevais, il détournait les yeux. Je croyais qu'il avait renoncé. Mais quand je suis arrivée au zoo, il attendait devant la montagne où il y avait autrefois des chèvres. J'étais stupéfaite ! Je lui ai demandé comment il avait su que je venais ici. Je n'en avais jamais parlé à personne. Il m'a répondu qu'il l'avait découvert tout seul, mais a refusé de m'expliquer comment. J'avais un peu peur aussi, mais il m'a enlacée. J'ai manqué m'évanouir de surprise. Et alors, il m'a embrassée ! J'ai essayé de protester, mais il m'a déclaré : « Mon cœur me dit que tu ne le penses pas vraiment. »

Il m'a affirmé qu'il ne cesserait jamais de m'aimer, où que j'aille, qui que soit celui que j'épouserais. Je me suis mise à pleurer, et il m'a prise dans ses bras et m'a emmenée à l'intérieur de la montagne. Il y faisait frais et sombre. Il s'excusait sans arrêt, parce que le cadre n'était ni romantique ni luxueux, mais il savait que j'aimais cet endroit et que rien n'aurait pu mieux me convenir.

Lentement, Nayir reposa le carnet sur la table. Il ferma ses yeux douloureux et un semblant de larme coula le long de son nez. Elle était morte jeune, mais du moins avait-elle appris l'un des noms de l'amour.

Le bateau tangua soudain, annonçant l'arrivée d'un visiteur. Nayir tressaillit et se leva précipitamment. Une forme noire s'encadra dans l'écoutille, et il sut instantanément que c'était Mlle Hijazi.

« Nayir ? » appela-t-elle d'une voix angoissée.

Il gravit l'échelle et, à son grand effarement, découvrit qu'elle avait les yeux rougis et emplis de larmes.

« Qu'y a-t-il ? » demanda-t-il, affolé.

Elle chancela, et il la saisit par le bras pour l'empêcher de tomber.

« Que se passe-t-il ?

— Pouvons-nous parler un moment ?

— Oui, entrez. »

Il descendit le premier et se tint derrière elle, au cas où elle perdrait de nouveau l'équilibre. À sa surprise, il s'aperçut que son cœur s'était mis à battre à grands coups.

En arrivant au pied de l'échelle, elle parut sur le point de s'effondrer. Il lui passa un bras autour des épaules et la guida jusqu'au canapé, où elle se laissa tomber avec une lourdeur inattendue chez une femme aussi mince. Se recroquevillant comme sous l'effet de la douleur, elle cacha son visage dans ses mains.

Il se mordit la lèvre et regarda autour de lui. Il aurait dû la réconforter, mais comment ? Il se dirigea vers la cuisine et envisagea de lui préparer du café, mais, après réflexion, opta pour du thé. Il mit la bouilloire sur le feu. En se retournant, il vit qu'elle s'était roulée en boule, les genoux remontés contre la poitrine, les bras enserrant ses jambes, la tête enfouie dans son abaya, et qu'elle sanglotait sans bruit. Quand le thé fut prêt, il en versa une tasse et alla la déposer sur la table.

« Buvez », dit-il en s'asseyant près d'elle.

Elle inspira profondément et releva la tête. Au bout d'un instant, elle reposa ses pieds sur le sol, rajusta son manteau et se redressa. Puis elle rabattit sa burqa en arrière et tendit la main vers la tasse.

Nayir se détourna pour ne pas la gêner.

« Je sais qui est le père », murmura-t-elle.

Ce fut plus fort que lui : il la regarda, et son expression lui apporta la confirmation de ses pires craintes. *Othman.*

« Il n'est pas vraiment son frère, poursuivit-elle avec un petit rire sec. Mais je n'aurais jamais pensé… »

Encore sous le choc, Nayir demeura muet.

« J'ai aussi retrouvé des fragments de sa peau sous les ongles de Nouf, et du sang séché. Vous vous souvenez des marques qu'elle avait aux poignets ? Elle l'a griffé, et il aura tenté de l'immobiliser... »

Incapable d'en dire plus, elle éclata en sanglots. Nayir lui prit la tasse des mains et la reposa, avec un sang-froid qui le surprit lui-même. Doucement, il lui passa un bras autour des épaules, s'attendant plus ou moins à la voir tressaillir ou le repousser, mais elle se blottit contre lui à la manière d'un enfant.

« Othman couchait avec sa sœur ! » gémit-elle.

Il leva l'autre bras et le referma sur elle ; c'était loin d'être aussi embarrassant qu'il l'aurait cru. Elle sanglotait éperdument, sans aucune honte, et il attendit patiemment, en se demandant s'il sentait l'ail, s'il aurait dû lui dire autre chose, et comment tout cela allait se terminer. Son propre comportement l'émerveillait. Il était incapable de comprendre pourquoi il l'avait traitée si durement jusqu'à présent – car il s'en rendait compte à présent, c'était lui qui s'était montré revêche, pas elle. Elle tremblait, et il la berça doucement en chuchotant à son oreille *ism'Allah ism'Allah*. Depuis le moment éblouissant où elle avait fondu en larmes, toutes les barrières qui existaient entre eux s'étaient écroulées.

Finalement, les sanglots s'apaisèrent et lentement, très lentement, elle se dégagea de son étreinte.

« Je suis désolée, murmura-t-elle.

— Il n'y a pas de quoi », répondit-il en laissant retomber ses bras.

Elle déroula l'extrémité de son foulard et s'en servit pour s'essuyer le nez.

« Vous savez ce que disait ma mère ? reprit-elle. Si tu vois ta femme se moucher dans son *hijab*, divorce. »

Il salua cette plaisanterie par un sourire contraint.

« Connaissez-vous le plus drôle ? Mon père ne voulait pas que j'épouse Othman. »

Elle remit le foulard dans l'encolure de sa chemise et poursuivit :

« Je présume qu'il avait raison. J'ai été sauvée à la dernière minute. Si je l'avais épousé, il ne m'aurait jamais aimée. Peut-être m'aurait-il tuée moi aussi !

— Ce que vous avez découvert n'implique pas forcément qu'il soit l'assassin.

— Comment expliquez-vous qu'elle ait eu des lambeaux de sa peau sous les ongles ?

— Ils se sont peut-être querellés avant qu'elle ne soit enlevée.

— Et ce serait quelqu'un d'autre qui l'aurait enlevée ? Allons donc ! Il avait un mobile – dissimuler sa grossesse. Il était jaloux parce qu'elle allait en épouser un autre. Je parierais qu'il a appris l'existence d'Eric et ses projets d'évasion, et ça l'a rendu fou furieux. Il la connaissait suffisamment bien pour la kidnapper en mettant en scène une fugue. Et il connaissait suffisamment le désert pour savoir où l'emmener, parce qu'il était trop lâche pour la tuer lui-même. Il préférait que le désert s'en charge, pour ne pas avoir à se sentir coupable. »

Nayir avait du mal à imaginer Othman accomplissant un tel forfait. Toutefois, Katya avait raison : il avait le mobile et les moyens. Mais, s'il était le coupable, pourquoi semblait-il tenir tellement à retrouver le ravisseur ? Nayir n'arrivait pas à croire son ami capable d'une telle duplicité.

« Lui avez-vous parlé ? demanda-t-il à la jeune fille.

— Pas encore, répondit-elle en reniflant. Je le ferai demain, quand je me serai un peu calmée. Je suis désolée d'être venue ici pour vous apporter une si mauvaise nouvelle.

— J'aurais fini par l'apprendre de toute façon », dit-il, songeant au journal de Nouf.

Il comprenait à présent pourquoi elle n'y mentionnait jamais le nom de son amant. Les personnes les plus susceptibles de lire ce journal, c'est-à-dire les membres de sa famille, auraient été scandalisées. En fait, tout ce qu'elle y écrivait avait de quoi les épouvanter, mais elle avait préservé l'identité d'Othman.

Il en avait la chair de poule rien que d'y penser.

Il lança un regard en direction du carnet. Il aurait voulu en parler à Katya, mais il ne voulait pas qu'elle le lise ; pas ce soir, en tout cas, et peut-être jamais. Il se leva, rassembla les cartes déployées sur la table et glissa le journal parmi elles. Puis il fit une brassée du tout et l'emporta dans la cuisine.

Katya remonta de nouveau ses genoux contre son torse et enserra ses jambes de ses bras, comme un oiseau repliant ses ailes pour dormir. Il alla chercher une boîte de mouchoirs en papier dans la salle de bains et la plaça devant elle. Puis il lui apporta un oreiller. Elle le remercia et serra l'oreiller contre sa poitrine. Il retourna dans la cuisine et refit du thé, en prenant tout son temps. Quand il revint avec la théière, elle se força à sourire.

« Merci, Nayir. Je sais combien la situation doit vous sembler gênante.

— Non, rétorqua-t-il. Ça ne me gêne absolument pas. »

Une heure plus tard, il monta sur le pont. En bas, Katya dormait profondément sur le canapé. Elle s'était assoupie d'un seul coup et il avait jugé préférable de ne pas la réveiller. Il avait pris des couvertures dans sa chambre, et les étendit sur le pont, avec un vieux gilet de sauvetage en guise d'oreiller. Le bateau était agité par un mouvement de roulis régulier et, à part le clapotis de l'eau contre la coque, le monde autour de lui était incroyablement silencieux et tranquille. Tout lui semblait si lointain à présent – Nouf, Othman, le bébé qui n'avait pu naître. Il ne pensait plus qu'à elle. À Katya.

26

Dix minutes plus tard, le chauffeur de Katya déboula sur la jetée en criant son nom. Presque immédiatement, elle apparut en haut de l'échelle, une main plaquée sur la bouche en signe de contrition.

« Tout va bien, Ahmad ! Je suis désolée, je ne peux pas t'expliquer ! »

Nayir se redressa et lança un regard inquiet en direction des bateaux les plus proches. Il n'y avait personne en vue, et il se détesta d'en éprouver un tel soulagement.

« Kati, reprit Ahmad d'un ton empli de reproche, contenant à grand-peine sa fureur. J'ai essayé au moins vingt fois de te joindre sur ton portable !

— Je suis vraiment désolée, répéta-t-elle en grimpant sur le quai.

— Tu m'avais dit que tu le laisserais allumé. Ton père est terriblement inquiet. Estime-toi heureuse qu'il n'ait pas prévenu la police !

— *Wallahi* », murmura Katya, qui sortit son téléphone et s'empressa d'appeler son père.

Nayir avait suivi ce dialogue, en s'efforçant d'ignorer le regard hostile du chauffeur.

« Il ne s'est rien passé, déclara-t-il enfin, si c'est ce que vous pensez.

— Je ne pense pas, répliqua sèchement Ahmad.

— Je ne ferais rien de... »

Le chauffeur émit un reniflement de dédain et s'éloigna à grands pas.

Après le départ de Katya, Nayir prit conscience qu'il n'arriverait pas à trouver le sommeil. Aussi se prépara-t-il du café qu'il but à la table du coin repas, seul avec ses pensées déplaisantes. L'image d'Othman en train de faire l'amour avec Nouf le convulsait de dégoût. Il les imaginait se rencontrant par hasard dans des recoins isolés de la propriété, terrifiés, gênés, fuyant en hâte dans des directions opposées, comme par un effet inversé de la force d'attraction qui les poussait l'un vers l'autre. Il les voyait cédant enfin au désir, se rencontrant au zoo, souillés de terre et de sueur et de fluides sexuels après la consommation de l'acte. Et puis, le dénouement : Othman découvrant qu'elle s'apprêtait à s'enfuir, concevant à son tour un plan désespéré pour l'en empêcher – l'assommer d'un coup sur la tête, l'abandonner dans le désert. À tout le moins, il s'était rendu coupable de mensonge et de tromperie. Au pire, c'était un meurtrier. Malgré l'horreur des faits, Nayir ne pouvait s'empêcher de ressentir un soulagement honteux. À présent, Katya ne risquait certainement plus d'épouser Othman.

Pardonne-moi ces mauvaises pensées ! Il ferma les yeux et tenta de considérer le drame comme un événement isolé, qui ne devait pas être attribué à la noirceur de l'âme d'Othman mais plutôt à une défaillance qui aurait pu se produire chez n'importe qui. Othman s'était trouvé dans une situation difficile. Quand un homme s'éprend de sa sœur, il n'a pas la possibilité de la fuir. Il ne peut pas l'ignorer, il peut difficilement éviter de la regarder. Cela exigerait une maîtrise de soi dont Nayir lui-même se sentait incapable. Il ne connaissait Katya que depuis peu et nourrissait déjà des pensées licencieuses à son égard. S'il était obligé de vivre près d'elle, en sachant que, sur le plan biologique, elle n'était pas vraiment sa sœur, il pourrait très bien tomber lui aussi dans le péché.

Et pourtant, Othman lui était toujours apparu comme un tel modèle de bienséance, si modeste malgré sa fortune immodeste, que Nayir en éprouvait une immense déception. La vertu n'était-elle toujours que de surface ? Le cœur humain était-il foncièrement mauvais ? Même les hommes les plus convenables étaient souvent tout près de perdre leur self-control. Et Katya... Lui faisait-il confiance parce qu'il le désirait à toute force, parce que son corps le lui dictait ? S'il ne pouvait se fier à un homme comme Othman, comment se fier à une femme ?

Il se dit soudain qu'elle était partie pour de bon, qu'elle ne reviendrait plus. Et il n'oserait jamais la contacter lui-même. Même si elle était libérée de ses engagements vis-à-vis d'Othman, elle était moins accessible que jamais.

Cette nuit d'insomnie fut suivie d'une journée vide. Il était trop fatigué pour sortir ; néanmoins, à l'heure du déjeuner, il alla jusqu'au parking et acheta un *chawarma* au vendeur de la marina. Il parvint à éviter Majid, mais son retour silencieux sur le bateau, et la solitude oppressante qui l'y accueillit ne firent qu'accroître le sentiment de vacuité qui l'accablait. Il ne s'était jamais senti aussi désemparé, aussi abattu, et il lui fallut un certain temps pour comprendre qu'il cherchait en fait à repousser l'instant où il devrait affronter Othman. Il savait qu'il ne pouvait l'éviter, mais il aurait cent fois préféré se jeter à la mer. Pourtant, il serait incapable d'accomplir la moindre tâche tant qu'il ne lui aurait pas parlé.

En fin d'après-midi, il se rendit dans l'île. Un majordome vint lui ouvrir et le conduisit dans le salon, où Thasin trônait majestueusement en compagnie d'un Qazi à l'air intimidé. Nayir s'étonna de sa présence. Le jeune homme était-il donc si proche des Shrawi ? Il avait affirmé n'être venu à la villa qu'une seule fois pendant toute la durée de ses fiançailles avec Nouf. Othman n'avait jamais parlé de lui et n'avait, en fait, mentionné son nom qu'après la disparition de la jeune femme.

Face au puissant et massif Tahsin, Qazi avait l'air d'un garçonnet malingre. Il tenait une tasse de thé sur ses genoux, mais ses mains tremblaient trop pour qu'il la porte à ses lèvres et son front était tout luisant de sueur. Quand il aperçut Nayir, un soulagement visible se peignit fugitivement sur ses traits qui reprirent ensuite leur expression figée. Peut-être était-il venu présenter à la famille des condoléances plus personnelles...

Tahsin salua cordialement Nayir et l'invita à s'asseoir. Celui-ci serra la main de Qazi et prit place à côté de lui, en se demandant ce qui plongeait le jeune homme dans une telle détresse.

« Nous étions en train de discuter de l'avenir », expliqua l'aîné des Shrawi.

Qazi eut un sourire craintif et renversa son thé. Nayir était enclin à croire qu'il avait dit la vérité en affirmant qu'il aimait Nouf parce qu'elle n'était ni guindée ni attachée aux conventions. Dans ce salon, il semblait singulièrement mal à l'aise, hors de son élément.

« Nous pourrons reprendre cette conversation plus tard », ajouta Tahsin.

À cet instant, la porte s'ouvrit et Othman fit son apparition, en compagnie de Fahad et de leur père, Abu-Thasin.

Thasin se leva d'un bond pour ôter les coussins qui jonchaient le sol. Progressant à pas prudents, aussi lentement que la petite aiguille d'une horloge, les trois hommes pénétrèrent dans la pièce, les deux plus jeunes soutenant le vieillard. La décrépitude d'Abu-Tahsin faisait peine à voir. En l'espace de trois semaines, cet homme alerte et sociable de soixante-cinq ans s'était desséché comme une vieille prune. Son torse et ses bras s'étaient amenuisés, et des rides nouvelles creusaient son visage. Il semblait à peine capable de se tenir debout et, à chaque pas, son expression se faisait plus tendue. Il ne parut pas remarquer la présence de son hôte avant de se trouver face à lui.

« C'est Nayir, père, expliqua Thasin. Nayir ash-Sharqi.

— Ahhmm, fit le vieillard, d'une voix sortie du tréfonds de sa gorge.

— Abu-Tahsin, je suis à votre service, murmura Nayir, bouleversé.

— Hahhhmmm. »

Nayir s'écarta pour le laisser passer. Il songea à une image gravée dans sa mémoire, un souvenir qu'il chérissait particulièrement, celui d'Abu-Tahsin au-dessus du wadi Jawwah, près d'Abu-Arish, pointant son fusil sur une troupe de cigognes blanches, une lueur dans l'œil. C'était la fin de l'après-midi et le soleil le nimbait d'une auréole dorée, accentuant le bistre de sa peau. Nayir se rappelait le crépitement soudain de la détonation, le cri aigu, surnaturel, de la cigogne, la poudre flottant dans l'air tel un ruban de soie blanche. Abu-Thasin s'était tourné vers lui et avait dit, de sa voix profonde comme une rumeur lointaine :

« Les oiseaux dans le ciel sont innombrables, et pourtant chacun d'eux se conforme à un modèle. Crois-tu qu'il faille l'interpréter comme un signe ? »

Nayir avait répondu que oui, il fallait certainement y voir un signe. Sur le moment, il n'avait pensé qu'au sens le plus évident ; ainsi qu'il était dit dans le Coran, l'existence d'Allah se révèle dans Ses signes, dans les structures mystérieuses de l'univers. Mais ce soir, dans le salon, il avait sous les yeux un signe d'une autre sorte : la déchéance de la vieillesse, aussi sombre et prévisible que la nuit.

Othman posa sur Nayir un regard indéchiffrable et lui chuchota au passage :

« Le docteur dit qu'il doit marcher. Faire le tour de la maison trois fois par jour. Cela empêche la formation de caillots dans le sang. »

Nayir hocha tristement la tête. Le vieil homme était condamné.

Tahsin fit signe à Fahad de lâcher le bras de son père, et il prit sa place. Puis les deux frères emmenèrent l'invalide sur la terrasse.

Un instant après, Othman reparut dans la pièce. Tous les yeux se tournèrent vers lui. Il prit un air gêné et, pour dissiper le malaise, pria chacun de se rasseoir. Mais cela ne fit rien pour rasséréner Nayir, et il prit conscience que, de son côté du moins, leur amitié était en train de se dissoudre, pour faire place au protocole glaçant qui était de mise dans cette pièce. Othman parut le sentir, lui aussi, car il évita soigneusement le regard de Nayir.

Celui-ci fit de son mieux pour ne pas le dévisager avec trop d'insistance, mais il ne put s'en empêcher. Othman n'était pas rasé ;

ses vêtements étaient froissés, son teint brouillé par le manque de sommeil. Fahad interrogea Qazi sur les affaires de son père, et le jeune homme se mit à parler chaussures, livres de comptes, employés et commerce extérieur. Nayir attendit, avec une anxiété croissante. Il se sentait ignare, incapable de participer à la conversation ou même de la comprendre. Pour chasser ce sentiment d'infériorité, il dut se répéter sans cesse que c'était Othman l'imposteur, le menteur, que c'était lui qui aurait dû avoir honte.

Brusquement, Othman se pencha en avant pour s'emparer d'une boîte de dattes qu'il tendit à Nayir.

« Je t'en prie, prends une datte.

— Non, merci, répondit Nayir en se touchant l'estomac.

— S'il te plaît, rien qu'une.

— Vraiment, je préfère m'abstenir », déclara Nayir en agitant la main.

Les deux autres hommes étaient absorbés dans leur conversation et ne leur prêtaient pas attention.

« Tu es pâle, reprit Othman.

— Ce doit être à cause de la chaleur, dit Nayir en décollant sa chemise moite de sa poitrine.

— Le croirais-tu, par une chaleur pareille, j'ai enfin retrouvé ma parka.

— Où était-elle ?

— Au fond de la penderie.

— Ne l'avais-tu pas déjà fouillée ?

— Je croyais l'avoir fait. »

Othman parut se désintéresser du sujet. Il prit une poignée de dattes et se leva en poussant un grognement.

« De toute façon, tu as l'air de mourir de chaud. Veux-tu que nous allions dehors ? »

Consterné de s'être laissé aller à avouer que, lui, Nayir ash-Sharqi, guide et accompagnateur hors pair, spécialiste des randonnées dans le désert, souffrait bel et bien de la chaleur, il marmonna une vague protestation en suivant Othman dans le couloir. En silence, ils traversèrent des passages obscurs et d'immenses pièces vides avant d'arriver devant une porte donnant sur une loggia étroite qui surplombait la mer. Nayir se sentit désorienté. Il n'était encore jamais venu dans cette partie de la maison. Le sol s'inclinait dangereusement vers la falaise. Seul un muret bordant le patio les séparait du vide ; un faux mouvement, et ils iraient s'écraser sur les rochers de la grève, cent mètres plus bas.

Othman lui fit ensuite franchir une petite porte, en disant :

« Attention aux marches. »

Ils descendirent un escalier métallique rongé d'humidité, à peine assez large pour l'ample carrure de Nayir. L'air était imprégné d'une abominable puanteur chimique. Puis les marches furent remplacées par des degrés de verre scintillant qui laissait filtrer une luminescence bleutée. Nayir avança prudemment, luttant contre la peur. Soudain, il perçut un mouvement sous ses pieds, les ondulations rythmiques du varech et des anémones de mer, l'éclair fugitif d'un poisson aux couleurs vives. Arrivé en bas des marches, il découvrit qu'ils étaient dans un aquarium.

Ils se tenaient au centre d'une immense grotte de verre, d'une superficie sans doute égale à celle de la maison elle-même et baignée d'un halo de lumière phosphorescente. Tout autour d'eux, l'océan palpitait de créatures flamboyantes enfermées dans une isolation morose. Il faisait plus frais ici, mais Nayir se sentait encore visqueux de transpiration, et il éprouvait un curieux sentiment d'oppression, comme s'il se trouvait au fond d'un cachot.

« Impressionnant, murmura-t-il. C'est ta famille qui l'a fait construire ? »

Othman secoua la tête et se remit en marche. Ils déambulèrent en silence, observant la faune marine. Nayir reconnut un poisson-papillon masqué, et Othman attira son attention sur une raie pastenague à points bleus. Poliment, il la regarda s'éloigner d'un mouvement glissant, sans pouvoir chasser de son esprit l'image d'Othman secourant Nouf immobilisée en mer. Puis d'autres scènes, beaucoup plus déplaisantes, surgirent dans son imagination : Othman saisissant la jeune fille par les poignets, lui portant un violent coup à la tête, jetant son corps au fond d'un wadi. C'était atroce et, égoïstement, Nayir se sentit trahi. Un homme ne connaît jamais vraiment un ami avant d'avoir éprouvé la colère de celui-ci.

Se pouvait-il réellement qu'Othman, avec son sens rigoureux de la tradition et de l'honneur familiaux, ait commis de tels actes ? Fornication, enlèvement et peut-être meurtre ? L'homme qui se tenait près de lui ressemblait davantage à une victime, un otage apeuré, hébété.

« Assieds-toi », proposa Othman en montrant un banc de métal qui faisait face au plus grand des murs de verre.

Ils s'y installèrent côte à côte. Un banc de gaterins lippus ondoya furtivement dans l'eau miroitante. Othman fit mine de les observer, mais il paraissait en proie à de sombres ruminations, comme enfermé en lui-même.

Nayir croisa les bras pour dissimuler le tremblement de ses mains.

« Je croyais que seul le roi possédait un aquarium souterrain.

— Cette résidence appartenait autrefois à la famille royale.

— Ah, oui, c'est vrai », murmura Nayir en lissant nerveusement sa chemise.

Il pressentait que son ami était sur le point de se confesser.

« Frère, je suis désolé de t'avoir entraîné dans cette histoire », commença Othman.

Il paraissait sincère, mais quelque chose dans sa voix incita Nayir à tourner la tête.

« J'ai parlé à Katya ce matin. Elle m'a raconté...

— Je suis navré. Je comptais te dire que je l'avais vue », l'interrompit Nayir d'un ton d'excuse.

Sans répondre, Othman lui lança un regard étrange.

« Nous avons déjeuné ensemble, poursuivit Nayir, qui hésita brièvement avant d'ajouter : Et nous sommes allés au zoo.

— Ah ! Le zoo.

— Je sais bien que j'aurais dû t'en parler plus tôt.

— Tu ne me dois aucune excuse, répliqua Othman avec un petit rire triste. Tes péchés ne sont rien comparés aux miens. »

Nayir en convenait, mais il se sentit néanmoins obligé de lui dire, en guise de consolation :

« Un péché est un péché.

— J'apprécie tout ce que tu as fait pour nous », reprit Othman.

Mais ces mots semblaient creux, dénués de sens, comme s'il était profondément las de se plier aux règles de la politesse. Nayir sentit qu'un barrage était sur le point de se rompre, qu'il suffirait d'un rien pour venir à bout des dernières réserves de son ami.

« Je venais souvent ici avec Nouf », poursuivit Othman, le regard fixé sur la paroi de verre.

Il posa une paume sur sa bouche et, l'espace d'un instant, parut saisi de remords, mais quand il laissa retomber sa main, son expression était amère et fermée.

« Avant ses fiançailles, précisa-t-il d'une voix blanche.

— Cela a dû être difficile pour toi », murmura Nayir, mal à l'aise.

Othman garda le silence – peut-être parce que la réponse paraissait évidente. Au bout d'un instant, il releva la tête.

« Elle aimait que je lui raconte ce que je savais sur les différentes espèces de poissons. Il y en avait un que nous voyions tout le temps, une sorte de mérou. Sais-tu que les mérous naissent tous femelles et que, en grandissant, certains d'entre eux se transforment en mâles ? Cette idée plaisait beaucoup à Nouf, ajouta-t-il avec un rire sec. Elle disait qu'elle aurait bien aimé être un mérou, pour pouvoir vivre comme un homme quand elle serait adulte. »

À cet instant, Nayir sentit s'insinuer en lui la même tristesse poignante que l'autre jour, dans la cabane de plage.

« J'ai tout avoué à mon père, poursuivit Othman, avec un ricanement sarcastique. Quelle erreur ! Je lui ai dit que je voulais épouser Nouf. Au début, il a cru que je plaisantais, et je n'ai pas voulu le détromper, mais je crois que, par la suite, il a commencé à comprendre que j'étais sérieux et cela l'a écœuré. Tellement écœuré que, lorsque Katya est arrivée, mon père n'a attaché aucune importance à son âge ni à la différence sociale entre nos deux familles. Tout ce qu'il voulait, c'était que je me marie au plus vite. Et nous avons donc pris toutes les dispositions en ce sens. Mais Katya a été en réalité ma plus grosse erreur, soupira-t-il, avant d'expliquer d'un ton hésitant, en cherchant ses mots : C'était une amie pour moi, et je ne lui ai jamais fait part de mes sentiments véritables.

— C'est-à-dire, que tu ne l'aimais pas vraiment ?

— Pas comme j'aimais Nouf », acquiesça Othman.

En entendant ces mots, Nayir sentit monter en lui un mélange vénéneux de soulagement, de colère et de culpabilité. L'idée qu'Othman ait pu être amoureux de sa sœur ne lui semblait plus si répugnante ; bien moins, en tout cas, que sa conduite envers Katya. Il s'était servi d'elle, d'abord pour sauvegarder les apparences aux yeux de sa famille, et ensuite pour trouver près d'elle un réconfort, panser son cœur meurtri, sans se soucier de briser celui de la jeune femme. Peut-être même s'était-il servi d'elle pour punir Nouf d'avoir osé se fiancer avec un autre. Dans un éclair, Nayir entrevit le stand de vêtements du bazar, et un pitoyable amas de vestes et de manteaux inutilisés qui finiraient sans doute oubliés au fond d'un placard.

« Donc, ton père connaissait tes sentiments envers Nouf, reprit-il.

— Plus ou moins. Je ne lui ai pas tout dit.

— Il savait que tu étais le père de l'enfant ?

— Je crois qu'il le soupçonnait. »

Nayir savait que sa question suivante serait déterminante ; il redoutait de la poser, mais il devait à tout prix savoir.

« Est-ce pour cela que tu as engagé un détective privé ? Pour prouver à ta famille que ce n'était pas toi le ravisseur ? »

À côté de lui, Othman demeura muet, immobile, comme frappé de catatonie. Nayir rassembla son courage et poursuivit :

« Car c'est bien toi qui l'as enlevée, n'est-ce pas ? »

Othman ferma les yeux. Des larmes se mirent à couler le long de ses joues, et Nayir se détourna.

« Excuse-moi, dit son compagnon. Je sais ce que tu penses. »

Après un interminable et pénible moment, durant lequel même les poissons parurent évoluer au ralenti dans leur univers, Othman releva la tête.

« Je l'aimais, c'est vrai, mais, frère, tu dois me croire, j'ignore ce qui s'est passé. J'ai manqué devenir fou, je le suis devenu à force de me creuser la tête. Mais ça n'a servi à rien. Je n'ai rien trouvé... »

Sa voix se fêla, et il s'interrompit avant de reprendre :

« J'ai engagé un détective parce que je ne savais pas ce qui était arrivé à Nouf, et c'est la vérité.

— Elle avait des meurtrissures sur les poignets.

— Ce n'est pas moi qui l'ai enlevée, répéta Othman en secouant la tête.

— Nous avons trouvé des fragments de ta peau sous ses ongles, et des traces de ton sang. »

Le jeune homme eut l'air déconcerté – peut-être à cause du « nous ». Mais si cette révélation lui causa de la peine, il n'en montra rien.

« Nouf et moi nous étions disputés, juste avant son enlèvement, déclara-t-il en déglutissant avec force. Elle m'a avoué son intention de s'enfuir à New York. Je n'arrivais pas à y croire.

— Alors, tu l'as saisie par les bras ?

— Non, j'étais enchanté ! Je lui ai dit que je voulais vivre avec elle, que nous pourrions partir là-bas tous les deux, que je lui donnerais tout, que je la laisserais faire tout ce qu'elle voudrait, mais... elle n'a pas voulu, acheva-t-il dans un soupir. Elle voulait repartir de zéro.

— C'est pour cela que vous vous êtes battus ?

— Je l'ai implorée, je l'ai suppliée de ne pas s'en aller ! C'était comme si elle m'arrachait mon âme. Elle pleurait, elle aussi. Elle a commencé à me frapper. Je l'ai empoignée par les bras pour me défendre, mais ça n'a pas été facile. »

Il déboutonna sa manche et la remonta, exposant des cicatrices blanches sur son avant-bras, telles qu'auraient pu en laisser des éraflures datant de deux semaines.

« Elle m'a griffé jusqu'au sang. Il a bien fallu que je l'immobilise. Elle était déchaînée. Je ne me suis pas rendu compte que je lui faisais mal.

— Pourquoi était-elle si furieuse ? »

Othman rabaissa sa manche d'une main qui ne tremblait pas, avant de répondre :

« Quand j'ai compris qu'elle était résolue à partir, qu'elle ne voulait pas que je l'accompagne, j'ai dit une chose que je n'aurais pas dû dire. J'ai dit que je l'en empêcherais. Pas en l'enlevant, comme tu sembles le croire, mais en révélant ses projets à notre père. »

Il cacha son visage dans ses mains et secoua la tête.

« Je lui ai demandé de m'excuser. Je lui ai dit que je ne parlais pas sérieusement, et c'était la vérité. Simplement, je ne voulais pas qu'elle s'en aille. »

Nayir hocha la tête, ne sachant pas très bien s'il devait croire Othman, mais touché par la sincérité qui transparaissait dans sa voix.

« Bon. Ainsi, vous vous retrouviez au zoo ?

— Oui. C'était un endroit tranquille et elle s'y sentait bien.

— Vous y alliez souvent ?

— Une fois par semaine, répondit Othman, après une hésitation.

— Elle y est allée le jour de sa disparition, déclara Nayir.

— En es-tu sûr ? demanda Othman, en le regardant d'un air surpris.

— Oui. Nous avons retrouvé son escarpin et ses empreintes de pas sur une voie de service, derrière le zoo. Nous avons également découvert d'autres indices sur son corps. La terre dans la blessure à la tempe était identique à celle de cette route. Il y avait aussi des traces de fumier sur son poignet... Toutefois, il y a une chose que je ne comprends pas. Elle s'est querellée avec toi ce matin-là, et ensuite elle s'est rendue au zoo, en prétendant qu'elle devait aller en ville pour échanger une paire de chaussures. Pourquoi serait-elle allée là-bas si ce n'était pas pour t'y retrouver ? »

Il attendit, mais Othman continua à contempler les poissons, l'expression figée.

« Je ne sais pas, murmura-t-il enfin.

— Est-il possible qu'elle ait eu rendez-vous avec quelqu'un d'autre ?

— Non, c'est ridicule. Elle y allait probablement pour... Je ne sais pas, peut-être parce que cela lui rappelait les moments que nous y avions passés ensemble. »

Il plaqua ses mains sur ses yeux et les appuya avec force.

« Peut-être était-ce une visite d'adieu, en quelque sorte.

— Qui d'autre connaissait cet endroit ?

— Je l'ignore, soupira Othman. Sans doute Mohammed. Elle lui racontait tout.

— Et les autres membres de la famille ?

— Elle n'en parlait à personne dans la maison. C'était trop risqué.

— Avait-elle des amies ?

— Oui, mais elle ne leur aurait jamais fait une confidence de ce genre. En fait, elle ne se sentait en confiance qu'avec ses chiens.

— Donc, *a priori*, tu es le seul qui ait pu deviner où elle allait ce jour-là. »

Nayir fit de son mieux pour ne pas prendre un ton accusateur, mais tout semblait clair à présent. Non seulement Othman était le seul à connaître le lieu de leurs rendez-vous secrets, mais il était le seul à avoir un motif de la suivre. Ils venaient de se disputer violemment ;

elle était partie en trombe de la maison. Il s'était lancé à sa poursuite pour tenter de se réconcilier avec elle... ou pour l'empêcher de s'enfuir.

« Où es-tu allé, après votre dispute ? s'enquit-il.

— J'étais trop bouleversé pour rester ici, répondit Othman en croisant étroitement ses bras contre son torse. J'ai pris ma voiture et j'ai roulé au hasard. Quand je suis rentré, en fin d'après-midi, elle n'était plus là.

— Tu étais seul, dans la voiture ?

— Oui.

— Je vois.

— Je sais, soupira Othman. J'aimerais avoir une preuve à t'offrir, mais je n'en ai aucune. Et la perplexité que tu ressens devant ce mystère, je l'ai ressentie moi-même, je la ressens encore. Mais je n'ai jamais vraiment cherché à approfondir le... *la chose elle-même.* »

Il joignit le bout de ses doigts en fer de lance et transperça l'air comme pour souligner chacun de ces mots. Nayir perçut toute la colère et la honte que recelait ce geste.

« Je n'en ai pas eu le cran. Elle ne s'est jamais vraiment ouverte à moi. J'ai passé des mois à essayer de l'apprivoiser, de la rendre heureuse, de l'amener à me faire confiance, expliqua-t-il, serrant les lèvres pour contenir sa colère. Et quand... quand c'est arrivé, quand je lui ai dit que je l'aimais, elle m'a plus que jamais tenu à distance. Et, bon sang, j'ai continué quand même à l'aimer. Je l'aime toujours. »

Sa voix se brisa et il se détourna, en essuyant une larme d'un geste rageur.

Nayir reporta son regard vers la vitre. Un poisson-clown passa comme une flèche, pressé et peureux. Quelque part au-dessus d'eux, un générateur s'arrêta, et le silence descendit sur la pièce. Nayir, qui se sentait totalement inapte à discuter d'affaires de cœur, laissa ses pensées dériver.

« Je n'aurais jamais pu lui faire du mal, reprit enfin Othman. Si répugnant que cela te paraisse, je l'aimais, et elle portait mon enfant. »

En retournant vers sa voiture, Nayir était empli d'un sentiment accablant d'impuissance ; il ne souhaitait qu'une chose, retrouver son bateau et prendre le large, trouver peut-être un petit coin tranquille le long de la côte. Jeter l'ancre. Pêcher. Oui, il pêcherait et s'étendrait au soleil pour regarder passer les surfeurs, les mouettes et les bateaux. C'était tout ce dont il avait besoin. Des poissons et un endroit paisible où il pourrait oublier ce qui le tracassait : Othman ne lui avait pas demandé s'il avait fait d'autres découvertes au cours de son enquête. Trop de questions demeuraient sans réponses. Pourquoi le corps de Nouf avait-il été retrouvé si près de leur ancien campement ? Qui avait chargé le chameau et la moto à l'arrière du pick-up, et pourquoi ? Nouf était-elle en mesure d'accomplir seule une tâche aussi lourde ? Où était passé le pick-up ? Si Othman ignorait vraiment tout de l'enlèvement, n'aurait-il pas dû manifester davantage de curiosité ?

Au moment de monter dans sa Jeep, Nayir vit une femme descendre d'une Toyota garée à proximité. C'était Katya. Il admira le courage dont elle faisait preuve en venant se confronter si vite à Othman. En l'apercevant, elle rougit et détourna les yeux.

Il la salua, mais elle parut incapable de trouver ses mots, et un silence embarrassé s'étendit entre eux.

« Merci, finit-elle par murmurer. Merci pour hier soir.

— Il n'y a pas de quoi. »

Il aurait voulu ajouter quelque chose, mais il ne trouva aucune formule adéquate, et sa gêne s'accrut encore. Maudissant sa timidité, il bredouilla un au revoir et regagna sa voiture en hâte, tandis que, d'un air tout aussi pressé, elle s'éloignait en direction de la maison.

27

Le bateau dansait doucement sur les vagues. Assis sur le pont, une canne à pêche à la main, Nayir regardait fixement l'étendue bleue. Sur sa gauche, il entendit un bruit de moteur, un scooter des mers sans doute ; et, effectivement, un instant plus tard, une étrangère arriva en trombe sur son engin. Elle portait un bikini qui semblait fait de minuscules chutes de tissu et tout prêt à se déchirer au moindre éternuement. Elle pianotait d'une main sur les touches d'un téléphone portable, manœuvrant intrépidement son scooter de l'autre. Il ne détourna pas les yeux, mais la regarda au contraire d'un air de défi. Combien de temps mettrait-elle à se rendre compte qu'il la reluquait ? Cependant, trop concentrée dans sa conversation téléphonique, elle ne s'aperçut de rien. Ses cuisses brunes et fuselées ne suscitèrent en lui aucun émoi sexuel. La seule pensée qui lui vint, ce fut qu'elle allait faire fuir les poissons.

Deux jours en mer lui avaient permis de prendre un peu de distance par rapport aux événements de ces dernières semaines. Ce matin, il avait enfin réussi à réfléchir à sa conversation avec Othman. Avec le recul, les déclarations de ce dernier lui paraissaient être un tissu de mensonges absurdes. Othman avait assommé Nouf et l'avait transportée dans le désert pour l'y abandonner, point. Ils n'avaient pas trouvé ses empreintes sur la voie de service derrière le zoo, soit, et après ? Elles avaient pu être effacées au cours de la lutte. Mutlaq lui-même serait bien obligé d'accepter cette hypothèse.

Mais pourquoi Othman avait-il fait ça ? Pour se libérer de sa rage ? Ne pouvait-il trouver une autre façon de s'en affranchir – oublier, passer à autre chose ? *Ceux qui croient, souffrent de l'exil, mettent leur fortune et leur personne au service d'Allah et luttent de toutes leurs forces pour Sa cause, s'élèvent au rang le plus considérable à Ses yeux.* C'était cela, le vrai *jihad* : renoncer à tous ses biens, ses espoirs et ses désirs quand la vie l'exigeait, quand ne pas y renoncer vous conduirait à faire le mal. Mais Othman n'avait pas renoncé et était devenu un menteur. Et son amour pour Nouf ? Était-ce également un mensonge ?

Restait à décider de la conduite à adopter. Théoriquement, Nayir était tenu d'exposer toute l'affaire à la police, aux juges ou aux autorités religieuses. Mais, comme les services du médecin légiste avaient classé l'affaire – ou plutôt, avaient décrété qu'il n'y avait *pas* d'affaire –, quel espoir avait-il d'obtenir justice, dans un système aussi corrompu ? Les preuves recueillies par Katya et lui ne suffisaient pas à établir qu'Othman avait enlevé sa sœur ou lui avait porté le coup qui, en la rendant inconsciente, avait entraîné sa mort par noyade. Nayir admettait toutefois qu'il avait pu se tromper, qu'Othman n'était peut-être pas coupable, et son esprit s'accrochait désespérément à cet espoir.

Il était bien sûr possible de traduire Othman en justice pour le crime de zina, les relations sexuelles hors mariage. Mais il appartiendrait à la famille de décider du châtiment, et celle-ci l'acquitterait sans doute car, en le punissant, les Shrawi se puniraient eux-mêmes. Nayir imaginait l'expression de Nusra si jamais elle apprenait qu'Othman avait été l'amant de Nouf. Personnellement, il préférait lui épargner ce choc. Othman pouvait être jugé pour inceste, mais cela paraissait injustifié. Il ne s'agissait pas d'inceste au sens technique du terme, puisqu'ils n'étaient pas du même sang, et même si le tribunal décidait qu'il était le frère de Nouf au regard de la loi, et donc *mehram* pour elle, Nayir trouvait qu'il était inhumain de punir un homme pour avoir aimé, ou avoir cru aimer.

Il ne pouvait rien faire d'autre, en fin de compte, que recourir à cette forme de jihad qu'il pratiquait depuis longtemps, celle de l'effort sur soi-même, en renonçant à son amitié envers Othman, pour lui faire sentir tout le poids de sa réprobation.

Il appartient à Allah de pardonner les péchés, est-il écrit dans le Coran, mais seulement si le péché est commis par ignorance, et que le pécheur s'en repent aussitôt. Le pardon n'est pas accordé à ceux qui commettent sans cesse les mêmes péchés jusqu'à ce que la mort vienne y mettre un terme.

Pourtant, le Coran dit aussi qu'Allah pardonne tout, qu'il est le Clément, le Miséricordieux par excellence...

Le bruit du scooter se perdit peu à peu dans le lointain, et Nayir entendit alors une sonnerie retentir à l'intérieur de la cabine. Son téléphone portable. Agacé, il prit tout son temps pour poser sa canne à pêche, descendre l'échelle et dénicher ce maudit appareil dans le fatras qui jonchait son bureau. Quand il répondit, il entendit un grésillement.

« Nayir ? C'est Katya.

— Bonjour...

— Excusez-moi de vous déranger, mais j'ai réfléchi à votre question. Vous savez, celle que vous m'aviez posée au restaurant ? Si je serais capable de tromper mon mari comme Nouf s'apprêtait à le faire ? L'autre jour, je vous avais répondu que j'en serais probablement capable, et je continue à le penser. Mais seulement si j'étais totalement désespérée, et c'est toute la différence entre elle et moi : je ne crois pas que je puisse être un jour réduite à un tel désespoir. »

Ne sachant que répondre, il garda le silence. Elle soupira.

« Désolée de vous appeler pour vous raconter ça. Vous devez me croire folle. Mais cette idée me tracassait. Il faut être vraiment désespéré pour tromper quelqu'un de cette manière. Nouf mentait à Othman. Elle ne lui a parlé d'Eric et de son projet d'installation à New York qu'à la toute dernière minute. Et c'est cela qui l'a mis en colère, le fait qu'elle lui ait dissimulé la vérité. Voilà où je voulais en venir : je crois qu'elle voulait fuir à cause de lui, parce qu'elle avait honte des sentiments qu'elle éprouvait pour lui. Elle aurait pu mener la même vie ici qu'en Amérique, avoir tout ce qu'elle désirait. Mais Othman aurait toujours été là et, quoi qu'elle eût fait, elle n'aurait pas pu éviter de le voir. »

À cet instant, Nayir se rappela un passage du journal de Nouf. Fouillant dans les paperasses qui encombraient le bureau, il retrouva le carnet, l'ouvrit et le feuilleta fébrilement. Oui, c'était ça, quelques lignes dont il n'avait pas saisi toute la signification jusqu'à maintenant :

Je ne peux plus rester ici. Je ne le supporte plus. Ce sentiment sera toujours présent. Je ne pourrai jamais lui échapper, tant que je serai ici.

Sur le moment, il avait cru qu'elle parlait de quelque chose de plus général, d'un sentiment d'oppression, mais Katya avait raison. Nouf devait en réalité faire allusion à ses sentiments envers Othman.

« Que voulez-vous dire exactement ? s'enquit-il.

501

« — Nouf était désespérée au point de vouloir s'enfuir à New York, mais c'était parce qu'elle aimait vraiment Othman, et que cela la terrifiait.

— C'est possible.

— Mais je ne crois pas qu'Othman, lui, était désespéré au point de la tuer. »

Nayir referma le journal et s'assit. En esprit, il se représenta Katya assise elle aussi devant un bureau, cherchant avec lui un moyen d'absoudre Othman. Ce qu'elle voulait, en fait – ce qu'elle espérait, qu'elle exigeait –, c'était qu'Othman l'aime, elle, et pas Nouf. Cela l'attrista et il ne put s'empêcher d'en concevoir de la peine, davantage pour elle que pour lui-même, car lui, au moins, était parvenu à regarder l'horrible vérité en face, ou à en accepter la possibilité.

« Othman n'est pas bestial à ce point, vous comprenez ? » reprit-elle avec un rire dénué de joie.

Il ne répondit pas.

« Croyez-moi, insista-t-elle. Il n'a pas pu commettre un tel acte. »

Il prit soudain conscience qu'il ne lui avait toujours pas révélé l'existence du carnet. Et il ne se sentait pas le cœur à le faire maintenant, ni peut-être jamais. Dans le journal de Nouf, Othman n'était pas dépeint exactement comme un animal, mais comme un homme désespéré, qui la suivait partout, en mer comme au zoo... Un silence lourd s'installa entre eux deux, et aucun mot ne lui vint aux lèvres pour le rompre.

« Nayir...

— Oui.

— Je vous en prie, dites-moi ce que vous pensez.

— Certaines choses peuvent transformer un homme normal en animal », répondit-il d'une voix incertaine.

Il y eut une nouvelle pause qui parut durer une éternité.

« Vous croyez que j'essaie simplement de lui trouver des excuses, dit-elle enfin. Vous vous trompez. Réfléchissez un peu. C'est lui qui a engagé le détective privé. C'est lui qui vous a envoyé dans le désert.

— Mais c'est lui également qui vous a demandé d'arrêter vos recherches, de ne pas procéder aux analyses d'ADN.

— Justement. Il ne voulait pas que j'apprenne qu'il était le père du bébé de Nouf, pour des raisons évidentes. Cependant, il voulait réellement découvrir ce qui était arrivé à Nouf, *parce qu'il ne le savait pas.* Ce n'est pas lui qui l'a tuée.

— Vous avez peut-être raison, concéda Nayir, sans bien savoir s'il en était heureux ou déçu. Mais dans ce cas, qui est le meurtrier ?

— Je l'ignore. Qui pouvait être assez désespéré pour recourir au meurtre ? »

Il eut l'impression de s'être déjà posé mille fois cette question. Qui voulait réduire Nouf au silence ? Qui avait un mobile ? Il n'avait aucune preuve sur laquelle appuyer un raisonnement. Une fois de plus, il était largué sur l'océan de sa propre imagination, il dérivait de plus en plus loin de la solution.

« J'ai parlé à Othman, poursuivit-elle, une hésitation dans la voix. Il m'a demandé de l'excuser, et j'ai eu l'impression qu'il était sincère.

— Je veux bien le croire.

— Mais nous avons décidé d'annuler le mariage.

— Je suis désolé de l'apprendre, bafouilla Nayir, la gorge serrée.

— Ma foi... »

Elle poussa un soupir résigné, qui se voulait sans doute stoïque mais ne réussit qu'à trahir son désarroi. Ce fut du moins l'impression de Nayir.

Ils poursuivirent leur entretien un moment encore, sans pouvoir se départir d'un sentiment de gêne. Ils discutèrent brièvement de la pêche et du temps qu'il faisait. Il lui parla de la moto découverte dans la cabane et des empreintes incohérentes relevées au zoo. Mais il ne pouvait s'empêcher de penser qu'ils auraient dû parler d'Othman et que ce bavardage futile ne servait qu'à dissimuler leur frilosité. Peut-être aurait-il fallu poser certaines questions, s'aventurer hardiment dans ces territoires sentimentaux auxquels il ne comprenait rien. Mais il était ter-rorisé à l'idée de révéler son ignorance sur le sujet, et il se félicita qu'elle oriente plutôt la conversation sur les poissons. Ce fut seulement après avoir raccroché qu'il pensa tout à coup qu'elle n'avait pas la moindre envie de parler d'Othman et que ce bavardage sur la météo et la pêche lui avait peut-être procuré un peu de réconfort. En tout cas, il l'espérait vivement.

Cette nuit-là, il s'étendit sur le pont, bercé par le roulis. Songeant à Fatima, il prit conscience que son principal grief à son encontre, c'était qu'elle lui avait dissimulé la vérité, qu'elle avait omis de lui dire qu'elle voyait d'autres hommes. Othman lui avait également menti par omission, peut-être pas de façon aussi cruelle, mais cela l'avait néanmoins fait souffrir. Il se demanda s'il ne commettait pas à son tour la faute qu'il reprochait aux autres. Ne mentait-il pas, lui aussi, en ne révélant pas la vérité à ceux qu'il aimait ? Son jihad contre Othman lui apparut alors comme une preuve de lâcheté : il se drapait dans un silence honteux, confit dans sa fausse dévotion. Un passage du Coran lui vint à l'esprit : *Nous vous avons dotés de vêtements pour couvrir votre honte, et de parures, mais la piété est le meilleur vêtement.* Il était dit aussi qu'Allah avait créé l'homme ignorant de tout mal et de toute honte, mais que, après que l'homme avait commis le péché, ses pensées et ses actes étaient devenus les vêtements qui le couvraient ou le dénudaient, le montrant pour ce qu'il était. Nayir comprit que, s'il était honnête, il devait arrêter de se voiler la face pour cacher la honte du péché d'Othman ; il devait au contraire l'affronter, éclaircir les choses une fois pour toutes.

28

Face à la maison des Shrawi, dans la cour de marbre blanc que le crépuscule colorait de rose orangé, Nayir regarda la matrice pourpre du soleil couchant se refermer sur le monde. C'était à cette heure-ci que la demeure apparaissait dans toute sa somptuosité, quand les nuages se teintaient de vermillon pâle et que la mer Rouge méritait enfin son nom. Il s'émerveilla devant certains détails qui lui avaient échappé jusque-là : la courbe élégante des tuiles du toit, l'escarpement sinueux de la falaise, le grain si fin du marbre sous ses pieds.

Un vent léger souleva le bas de sa robe bleu clair, apportant à ses narines l'odeur des écuries ; loin d'être désagréable, celle-ci avait quelque chose de familier, de rassurant. Une prière lui vint à l'esprit, et il la récita tout bas :

Par le ciel et l'astre nocturne !
Et qui te fera connaître ce qu'est l'astre nocturne !
C'est l'étoile à l'éclat pénétrant.
Toute âme est protégée par un gardien.

Il espérait de tout son cœur que son gardien personnel veillerait sur lui.

Puis il traversa la cour et longea silencieusement la façade jusqu'au sentier qui descendait vers les écuries. Il voulait revoir le chameau une dernière fois. *Et ça pourrait effectivement être ma dernière visite ici,* songea-t-il. Il faisait plus sombre qu'il ne s'y était attendu, mais il avait emporté sa lampe de poche, et elle lui suffit amplement pour éclairer les marches.

En bas, la cour était déserte, mais illuminée par les lumières de la maison ; aussi éteignit-il sa torche avant de se diriger vers l'écurie. La porte était ouverte et il se faufila à l'intérieur. Au bout d'une minute, il ralluma sa lampe en dissimulant prudemment le rayon au creux de sa paume. Rien ne bougea. Il avança jusqu'au dernier box sur la gauche. En regardant à travers une fente dans le bois, il vit le chameau de Nouf en train de dormir. Il hésita à le déranger ; l'animal pourrait prendre peur et réveiller les autres. Puis il perçut un mouvement derrière la porte. Pressant ses lèvres contre la fissure, il siffla doucement. Collant de nouveau son œil à l'ouverture, il constata que le chameau avait réagi.

C'est alors qu'il entendit un bruissement derrière lui. Se retournant vivement, il balaya l'allée du faisceau de sa lampe, mais ne vit rien. Il attendit. Le bruit ne se répéta pas et, ne détectant aucune présence, il reporta son attention vers le box.

Le chameau était réveillé. Prudemment, Nayir ouvrit la porte et se glissa dans la stalle. Il frotta les oreilles de la bête qui répondit par un coup de museau affectueux. Il lui caressa le cou et le dos, puis fit descendre sa main le long de la patte. Ses doigts rencontrèrent la cicatrice et en suivirent le tracé. Aucun doute, il s'agissait bien du logo Honda.

Il continua à caresser le chameau, qui grognait de contentement. À l'extérieur, le bruit se fit de nouveau entendre ; cela ressemblait au froufrou d'une robe. Nayir se retourna, tendant l'oreille. Intrigué, il sortit du box et referma la porte. Le bruissement se reproduisit. Dès que Nayir s'immobilisa, le bruit s'arrêta également. Il percevait une présence, maintenant. Quelqu'un se tenait dans l'allée, entre lui et la porte du bâtiment. Il éteignit sa lampe pour laisser ses yeux s'adapter à l'obscurité, fit un pas hésitant, puis un autre ; le bruissement reprit. Nayir s'avança dans la direction d'où provenait le son, en restant aussi près que possible des portes des stalles. L'intrus se rapprochait. Dès qu'il sentit près de lui la chaleur d'un corps, Nayir ralluma sa torche et la braqua tout droit dans le visage d'une femme.

Elle tressaillit et recula. Il reconnut la fille du chamelier ; la large meurtrissure brune au-dessus de l'œil gauche était encore visible, même si elle s'était atténuée. Elle portait un foulard sur la tête, mais son visage était entièrement découvert. Toutefois, elle ne se détourna pas et soutint patiemment son regard scrutateur.

509

Le sens des convenances reprit le dessus chez Nayir, et il abaissa sa torche, sans cesser de la dévisager.

« Comment vous êtes-vous fait ce bleu ? » demanda-t-il.

Il vit ses traits se crisper. Levant un doigt tremblant, elle lui fit signe d'approcher. Comme il la regardait d'un air ahuri, elle s'éloigna à reculons, en répétant son geste, pour lui demander de la suivre.

Cédant à la curiosité, il s'exécuta. Vers le milieu de l'allée, elle s'arrêta devant une porte et, posant une main sur le loquet, attendit que Nayir la rejoigne avec sa lampe.

Agrippant le battant d'une main, elle l'ouvrit largement, exposant une stalle vide.

« Que…, bredouilla-t-il d'une voix étranglée. Que voulez-vous que je fasse ? »

Il crut l'entendre soupirer.

« Regardez à l'intérieur », chuchota-t-elle.

Profondément gêné, il passa la tête à l'intérieur du box et promena le pinceau lumineux de sa torche sur les murs. Une épaisse bâche grise gisait dans le fond du réduit, mais il n'y avait rien d'autre à voir.

« Par terre », souffla-t-elle.

La lumière capta un reflet métallique sur le sol : la poignée d'une trappe. Nayir se baissa, repoussa la bâche et écarta la paille. Le loquet coulissa en grinçant, et il souleva lentement la trappe, découvrant une petite cavité. À la lueur de sa lampe, il aperçut un sac noir fermé par un cordon. Il s'en empara et l'ouvrit.

Le sac était rempli d'or. Des bagues et des bracelets, des boucles d'oreilles et des colliers en or de vingt-quatre carats. Des rubis et des diamants chatoyèrent dans la lumière. L'initiale « N » était gravée sur la plupart des bijoux. Nayir referma le sac et ressortit du box.

La main toujours agrippée à la porte, la jeune fille n'avait pas bougé. Le battant la dissimulait entièrement au regard de Nayir, et il en éprouva un certain soulagement, tout en regrettant de ne pouvoir lire son expression.

« Qui a caché ce sac ici ? »

Elle ne répondit pas, et il insista :

« Dites-le-moi. Qui vous a fait ce bleu ? Avez-vous été assommée le jour où Nouf a disparu ? »

Silence. Il eut envie de repousser le battant qui les séparait, mais se contint, craignant de l'effrayer.

« Qui était-ce ? répéta-t-il d'une voix radoucie.

— Je ne sais pas, murmura-t-elle enfin.

— Mais vous avez confiance en moi. »

Elle demeura muette.

« Vous avez eu suffisamment confiance en moi pour me montrer cette cachette, alors, faites-moi confiance pour le reste. »

La main de la jeune fille disparut à sa vue, et il l'entendit fuir dans l'obscurité.

Sur le perron de la maison, il aperçut Nusra ash-Shrawi, dans la zone de pénombre entre la nuit du dehors et la lumière vive du vestibule. En entendant ses pas, elle se tourna vers lui.

« Nayir.

— Bonsoir, Um-Tahsin, dit-il en fourrant le sac de velours dans sa poche.

— Où étiez-vous donc ? s'enquit-elle. J'ai entendu votre voiture arriver, mais vous n'êtes pas venu jusqu'à la porte.

— Je suis allé voir les chameaux », expliqua-t-il en s'avançant jusqu'à elle.

Elle rit tout bas, le prit par le bras et l'entraîna vers la maison.

« Vous n'êtes peut-être pas bédouin par le sang, déclara-t-elle en lui tapotant la poitrine, mais vous l'êtes par l'esprit.

— Merci.

— Je vais vous conduire au salon. »

Il franchit le seuil, non sans appréhension. Si Um-Tahsin savait qu'il était là, qui d'autre était au courant de son arrivée ?

Dans le vestibule, elle lui lâcha le bras et lui fit signe de la suivre, mais au lieu d'emprunter l'itinéraire habituel, elle le conduisit vers le cœur de la demeure, à travers des couloirs aussi obscurs que les ténèbres où elle vivait. Nayir se trouva obligé de ralentir l'allure et de chercher son chemin à tâtons. Il eut envie de lui demander où elle l'emmenait, mais n'eut pas le courage de rompre le silence glacial et, durant un bref et terrible instant, se demanda si elle ne le conduisait pas dans un piège.

Brusquement, ils débouchèrent dans une cour entourée de hauts murs et baignée par la clarté des étoiles. L'air était imprégné par l'humidité de jets d'eau. Nusra lui fit franchir une nouvelle porte donnant sur un étroit vestibule, et traverser une vaste galerie qui semblait ne pas avoir d'autre fonction que d'obliger les serviteurs à faire des pas supplémentaires. Puis, si soudainement que Nayir tressaillit, Nusra s'immobilisa.

Lui saisissant le bras d'une main ferme, elle murmura :

« Je suis peut-être aveugle, mais je sais ce qui se passe dans ma maison mieux que la plupart des autres. Je sais que vous êtes allé dans l'écurie », ajouta-t-elle, en s'approchant tant de lui qu'il sentit la chaleur qui émanait de son corps.

Il ne bougea pas. La lueur d'un chandelier jetait des ombres sur le visage de la vieille femme, accentuant la sévérité de son expression.

« Je vous ai entendu descendre dans la cour, et à présent, je peux sentir l'odeur de l'étable sur vos vêtements, siffla-t-elle en resserrant son étreinte. Elle s'appelle Asiya. Et si vous avez l'intention de la séduire, vous feriez mieux de l'épouser. »

Nayir, qui avait retenu son souffle pendant ce discours, ne put retenir un imperceptible soupir de soulagement.

« Je vous prie de me croire, Um-Tahsin, je suis un honnête homme. »

Elle leva le menton d'un air sceptique, et il se sentit rougir.

« Il est grand temps de vous marier, de toute façon », rétorqua-t-elle d'un ton péremptoire.

Il demeura sans voix. Au bout d'un long moment, elle le libéra enfin et s'écarta de lui, retrouvant aussitôt son attitude habituelle, aimable et digne.

« En parlant de mariage, Othman vous a-t-il appris la nouvelle ?

— Non, bredouilla-t-il. Laquelle ?

— Notre fille Abir va se marier le mois prochain, dit-elle en se remettant en marche.

— Toutes mes félicitations.

— Elle va épouser Qazi, le jeune homme qui était fiancé à Nouf.

— Ah ? C'est un arrangement très pratique. »

Ce devait être la raison de la visite du jeune homme, l'autre jour, se dit Nayir, revoyant l'expression embarrassée sur le visage juvénile.

« Oui, et prudent en même temps, acquiesça Nusra, en s'arrêtant devant la porte du salon. Abir sera parfaite pour lui. »

Ces paroles énigmatiques parurent rester en suspension dans l'air. Voulait-elle dire par là qu'Abir ferait une meilleure épouse que Nouf ? Elle ouvrit la porte et, du geste, l'invita à entrer.

« Je crois qu'Othman n'est pas encore rentré, mais je vais aller me renseigner. En attendant, je vais demander à quelqu'un de vous apporter du thé. »

Resté seul, Nayir parcourut du regard la pièce où il était déjà venu tant de fois. Deux des paravents qui masquaient ordinairement les fenêtres avaient été ôtés et, sur le rebord de celles-ci, une rangée de bougies blanches jetait sur le décor une lueur dorée. Il s'installa sur le canapé et attendit anxieusement, imaginant l'arrivée d'Othman et la gêne qui, il le savait, se dresserait entre eux. Tout ce qu'il avait prévu de dire lui paraissait à présent trop dur. *Je sais que tu as tué ta sœur. Tu l'as frappée, tu l'as emmenée dans le désert et abandonnée là-bas. Tu voulais qu'elle meure.* Une telle conviction, en l'absence de preuves, n'équivalait-elle pas à un péché d'orgueil ?

Plongeant la main dans sa poche, il en sortit le sac contenant les bijoux de Nouf. Othman avait pu lui voler cet or et le cacher, afin d'empêcher la jeune fille de s'enfuir. Mais comment s'était-il procuré la combinaison du coffre ?

Allah, j'ai besoin de ton aide. Guide mes pensées. Il se reporta en esprit vers les lieux de ses différentes découvertes : le zoo, l'appartement d'Eric, la cabane de plage. Avait-il négligé un indice ? Un détail en apparence insignifiant, mais révélateur ? *Aide-moi, Allah ! Aide-moi à trouver ce détail.* Il ferma les yeux et essaya de mettre de l'ordre dans ses idées, mais celles-ci se bousculaient dans sa tête. Et si cet indice n'existait pas ? Si le meurtrier n'en avait laissé aucun derrière lui ?

Une image s'imposa à son esprit : un plan, ce plan de la ville qu'il avait trouvé dans la cabane, à demi caché sous une robe. *Qu'avait-il de particulier ?* se demanda-t-il. *A priori*, rien. Nouf s'en était seulement servie pour se rendre au zoo. Au fond de sa poche, ses doigts se refermèrent sur son chapelet. Fermant les yeux, il se remit à prier, une longue prière qui se déroula dans sa tête comme une incantation hypnotique, ponctuée par ce refrain :

Ô Allah, ma Lumière, mon Guide,
Montre-moi l'essentiel de la vérité,
Donne-moi le cœur d'un lion
Et la vue d'un faucon.

Comme il la répétait pour la cinquième fois, la porte s'ouvrit dans un grincement et une femme entra. Nayir sursauta et rouvrit les yeux. Stupéfait, il regarda la robe noire, la burqa et, enfin, les mains qu'il reconnut comme étant celles d'Abir. Il se leva en hâte.

Cette fois, elle posa le service à thé sur la table basse. Sans relever son voile, elle remplit une tasse et la lui tendit en en renversant à peine une goutte. Il fut surpris par cette nouvelle assurance.

« Je me suis entraînée, depuis la dernière fois, dit-elle, comme si elle avait lu dans ses pensées. Faites attention, le thé est brûlant. »

Il prit la tasse et quand il se rassit, ses yeux se posèrent sur la manche de la robe d'Abir. Soudain, tout se mit en place dans son esprit. Ce n'était pas le plan qui le tracassait – le plan n'avait aucune espèce de signification – c'était le vêtement sous lequel il était caché.

Une longue robe d'homme, de couleur blanche.

Sur le coup, sa présence lui avait paru normale. Nouf la portait pour piloter sa moto ; elle ne pouvait le faire qu'en se travestissant en homme. Mais Mohammed lui avait expliqué que Nouf portait une abaya noire quand elle quittait l'île, et se changeait en arrivant à la plage. Elle était vêtue de sa robe blanche au moment de sa mort, alors, où était passée son abaya ? Et pourquoi y avait-il une autre thobe dans l'abri de plage ?

Qui d'autre l'avait portée, pour l'abandonner ensuite dans cette cabane ?

Nayir était sidéré par cette révélation, et accablé par sa propre stupidité. Il leva les yeux vers Abir, et se demanda soudain pourquoi elle était venue. Cherchait-elle à lui soutirer des informations, ou redoutait-elle qu'il ne parle à Othman ?

« Je crois savoir ce qui est arrivé à votre sœur », dit-il d'une voix calme.

Abir fit un pas en arrière et croisa les bras sur sa poitrine comme pour se protéger, mais il vit dans ses yeux une lueur inquiète.

« Et je crois que vous le savez aussi », poursuivit-il.

Elle inclina la tête, dans un geste qu'il percevait à présent comme un simulacre de modestie.

« Comment le saurais-je ?

— J'ai trouvé ceci », dit-il en posant le sac sur la table.

Elle regarda l'objet en feignant d'abord l'incompréhension, puis une brusque illumination, mais ce n'était qu'une pantomime puérile.

« Ce sont les bijoux de Nouf ? » murmura-t-elle d'une voix rauque.

Elle s'agenouilla devant la table, souleva sa burqa et ouvrit le sac. En découvrant son contenu, elle roula les yeux et poussa un son qui ressemblait de façon très approximative à un gémissement de douleur.

« Pourquoi donc les a-t-elle laissés ici ? dit-elle en serrant le sac contre son cœur.

— Comment savez-vous qu'ils étaient ici ? »

Elle devint blême.

« Vous pouvez cesser de jouer la comédie, reprit-il, galvanisé par une inspiration subite. Nouf n'a jamais sorti les bijoux du coffre. C'est vous qui les y avez pris, pour faire croire qu'elle s'était enfuie. Vous supposiez que c'était l'une des premières choses que l'on vérifierait. Mais, dans le bouleversement qui a suivi la disparition de Nouf, personne ne semble y avoir pensé. Vous avez cru bon de me révéler ce fait, en ajoutant que vous aviez surpris une violente dispute entre votre sœur et Othman, pour détourner les soupçons sur lui. La seule question que je me pose, c'est pourquoi vous n'avez pas trouvé une meilleure cachette ? »

Abir déglutit et secoua la tête comme pour chasser une mouche. Une expression apeurée passa brièvement sur ses traits, mais céda vite la place à la froideur polie qui était de règle dans cette maison.

« Vous vous trompez, répondit-elle d'un ton catégorique. Je n'ai aucune idée de ce qui est arri...

« — Arrêtez ! lui intima Nayir en levant la main. Mentir ne servira qu'à aggraver vos péchés. Je sais ce que vous avez fait. »

Il se dit qu'elle avait dû lire la certitude dans son regard ; elle fit un effort visible pour se maîtriser. Reposant précautionneusement le sac sur la table, elle tenta de se relever et en parut incapable tant elle tremblait.

« J'ignore de quoi vous parlez, affirma-t-elle, hautaine, mais les yeux emplis de peur.

— J'ai appris que vous alliez épouser le fiancé de Nouf.

— Il n'est plus son fiancé ! riposta-t-elle avec une véhémence qui le surprit.

— Il était sur le point de l'épouser.

— Mais il ne l'aimait pas, cracha-t-elle. Et elle ne l'aimait pas non plus. »

Voyant la colère lui déformer les traits, Nayir décida de la pousser dans ses derniers retranchements.

« Elle avait tout, n'est-ce pas ? Tout ce que vous vouliez pour vous-même.

— Je ne sais pas de quoi vous parlez, répéta-t-elle, l'air renfrogné.

— Vous étiez jalouse parce qu'elle allait épouser Qazi. Vous vouliez devenir sa femme, mais c'était impossible. Elle était l'aînée, elle passait donc avant vous.

— Elle ne l'aimait pas, dit-elle, serrant plus étroitement ses bras autour de son corps, sans parvenir à refréner ses tremblements. Je sais bien ce qu'elle fabriquait, je sais qu'elle sortait en douce pour coucher avec Mohammed, cracha-t-elle, les yeux emplis de larmes de rage.

— C'est elle qui vous l'a dit ?

— Comment est-elle tombée enceinte, d'après vous ? Elle se conduisait de manière répugnante ! Elle voulait seulement épouser Qazi parce qu'il va hériter de la fortune de son père, et parce qu'elle aurait pu le tromper en toute tranquillité. »

Sans doute disait-elle la vérité, sa vérité à elle en tout cas ; son indignation n'était pas feinte, cette fois, pas plus que les larmes qui ruisselaient sur ses joues. Mais, à partir de là, le reste de la théorie de Nayir était pure conjecture et se fondait uniquement sur des preuves incomplètes, et sur son imagination.

« Pourquoi ne me racontez-vous pas ce qui s'est passé ? reprit-il. Le Coran dit que ceux qui se repentent seront pardonnés. »

Elle baissa la tête et ferma les yeux, lui signifiant son refus d'un geste arrogant de la tête.

« Très bien, soupira Nayir. Voici comment je vois les choses. Vous avez longuement prémédité votre plan. Il vous a fallu du temps pour tout mettre au point : comment la transporter dans le désert, quel véhicule utiliser, comment voler le chameau... Cela vous a demandé beaucoup de travail. Mais je crois que vous saviez qu'elle allait souvent au zoo pour retrouver quelqu'un. »

Elle rouvrit les yeux et le regarda avec une expression où se mêlaient la crainte et la curiosité.

« Cela a dû vous faire un choc, quand vous l'avez découvert.

— Elle allait retrouver *Mohammed*! sifflat-elle.

— Détrompez-vous. Ce n'était pas Mohammed qu'elle rencontrait là-bas, c'était un autre homme.

— Qui ? »

Nayir ne répondit pas à sa question, car il hésitait encore à dénoncer Othman.

« Laissez-moi revenir un peu en arrière, dit-il. Vous vouliez vous débarrasser de Nouf afin d'avoir Qazi pour vous seule... »

Voyant la colère briller dans les yeux d'Abir, il leva la main en un geste d'apaisement.

« Ou afin de le protéger du mal qu'elle pouvait lui faire. Et le seul moyen d'y arriver, c'était de faire croire à une fugue. Le mieux étant de l'abandonner dans le désert où personne ne la retrouverait jamais. Mais, pour plus de vraisemblance, il fallait voler un chameau. »

Pour toute réponse, elle se borna à lui lancer un regard haineux, ce qu'il jugea plutôt encourageant.

« Il est difficile de voler un chameau, surtout en plein jour, mais celui-là, vous le connaissiez bien. C'était le préféré de Nouf, et il vous faisait probablement confiance. Vous n'avez sans doute pas eu trop de mal à le faire monter à l'arrière du pick-up. Comment vous y êtes-vous prise ? En vous servant d'une planche ? Cette même planche que vous avez utilisée ensuite pour charger la moto sur la plateforme ? »

À la mention de la moto, la peur transparut fugacement derrière le masque figé d'Abir, mais elle rétorqua d'un air buté :

« N'importe qui aurait pu voler le chameau.

— Oui, cependant c'est un véritable exploit pour une jeune fille de votre taille. Je m'interroge simplement sur la méthode que vous avez employée. C'est une bête assez docile, mais quand même... »

Constatant qu'il n'arriverait pas à obtenir d'explications, il poursuivit :

« Je pense donc que le plus facile était de vous servir d'une planche. Il y en avait dans la cour. Vous avez pris un des pick-up garés sur le parking et l'avez conduit jusqu'à l'écurie. Ce n'était guère difficile, vos frères laissent les clés dans le petit vestiaire près de la porte d'entrée. Je le sais, parce que je suis souvent allé les emprunter moi-même, pour charger les véhicules avant nos expéditions. Donc, vous avez volé ce pick-up, et vous avez fait grimper le chameau à l'arrière. Vous avez également ramassé un bout de tuyau de plomb qui traînait par là. Personne ne vous a vue, sauf la fille du chamelier, alors vous l'avez frappée. Ça a dû l'assommer sur le coup. »

Elle arbora un air étrangement satisfait, mais elle baissa immédiatement les yeux, habituée qu'elle était à ne pas laisser voir sa fierté, à simuler l'humilité. Cette jubilation muette irrita Nayir ; il comprit qu'il avait commis une erreur.

« Non, bien sûr..., reprit-il d'un ton pensif. Vous êtes suffisamment intelligente pour avoir attendu un moment où il n'y avait personne dans l'écurie. La fille du chamelier a dû vous surprendre pendant que vous dissimuliez les bijoux, c'est cela ? »

Il vit la colère flamboyer dans ses prunelles, et sut qu'il avait raison.

« Était-ce le jour où vous avez enlevé Nouf, ou plus tard ? »

Elle ne répondit pas.

« Peu importe, dit-il. Donc, vous aviez chargé le chameau à l'arrière du pick-up et vous aviez une arme en votre possession. Il ne vous restait plus qu'à kidnapper Nouf, et vous saviez où la trouver. Elle vous avait sûrement parlé de ses rendez-vous au zoo.

— Non. J'ai découvert ça toute seule, déclara Abir.

— Comment ?

— Je l'ai suivie un jour jusqu'à la cabane et j'ai trouvé le plan, avec les indications pour se rendre au zoo. Quand elle est rentrée à la maison, je suis retournée à la plage, j'ai pris la moto et je suis allée là-bas. »

Pointant le menton d'un air de vertu outragée, elle ajouta :

« J'ai trouvé des préservatifs dans la boîte à gants.

— Toutefois, vous ne savez toujours pas qui elle rencontrait. »

Il guetta sa réaction, mais elle continua à afficher la même expression sévère.

« Vous êtes allée au zoo avant elle et vous l'avez attendue. Quand elle est arrivée sur sa moto, vous l'avez assommée. Comment vous y êtes-vous prise ? »

Elle garda le silence.

« J'y pense tout à coup, dit-il. Comment saviez-vous qu'elle ne serait pas en compagnie de son amant ? Je suppose que vous n'aviez pas l'intention de les enlever tous les deux.

— Vous voyez bien ! s'exclama-t-elle, un éclair de satisfaction méchante dans les yeux. Votre histoire ne tient pas debout.

— Vous comptiez sans doute arriver là-bas avant son amant, ou après son départ. Vous saviez déjà que Nouf se rendait souvent au zoo toute seule, qu'elle savourait ces rares instants de liberté…, continua-t-il en l'observant attentivement. Vous saviez que Mohammed la rejoignait là-bas et vous aviez sûrement compris qu'elle le chargeait d'effectuer des courses à sa place pour justifier ses absences.

— Mohammed est un imbécile, murmura-t-elle.

— Elle rentrait à la maison avec des sacs emplis de vêtements qu'elle ne portait jamais…

— Elle rentrait en empestant le fauve ! »

Son ton agressif procura à Nayir une joie mauvaise dont il eut honte instantanément ; la voix d'Abir était empreinte de la fureur démente qui l'avait sans doute poussée à tuer sa sœur. Même si elle n'avait pas encore totalement perdu pied, cette fêlure dans la façade impassible qu'elle s'évertuait à lui offrir suffisait à trahir sa culpabilité.

« Vous espériez donc la trouver seule et, de fait, vous avez eu la chance d'arriver avant Mohammed. Mais je me demande encore comment vous vous y êtes prise pour l'assommer ? Vous êtes-vous embusquée derrière les buissons pour l'attaquer par surprise ou l'avez-vous abordée de front ? Lui avez-vous parlé ? »

Il la scruta avec attention, mais elle lui opposa un visage fermé.

« Je n'arrive pas à imaginer ce que vous auriez bien pu lui raconter. Comment auriez-vous expliqué votre présence à cet endroit, sans parler du fait que vous étiez venue en pick-up, avec son chameau à l'arrière ? Non, vous avez dû la surprendre. Vous avez surgi de votre cachette au moment où elle passait devant vous – il porta les doigts à sa tête –, c'est pourquoi le coup l'a touchée à la tempe. Vous n'y êtes pas allée de main morte ; elle n'a même pas repris conscience quand il s'est mis à pleuvoir. Mais je vais un peu trop vite. Vous l'avez assommée, elle est tombée... Nous avons trouvé des traces montrant que vous l'avez ensuite traînée jusqu'au pick-up. »

Abir l'écoutait d'un air patient, comme si elle prêtait une oreille indulgente aux radotages d'un oncle gâteux.

« C'est drôle, poursuivit-il. Le pisteur que j'ai fait venir, et qui est pourtant un spécialiste en la matière, a confondu les empreintes de vos pas avec celles de votre sœur. Nous avons cru que Nouf s'était relevée et qu'elle était montée toute seule dans le pick-up. Mais c'étaient vos empreintes, et c'étaient également les vôtres que nous avons relevées sur la plage.

— Toute votre histoire est invraisemblable.

— C'est *votre* histoire également. »

Il la vit s'empourprer, et continua d'une traite :

« Le problème suivant consistait à la transporter dans le désert. Mais là encore, vous aviez tout prévu. Vous avez volé le blouson de votre frère, celui qui contenait ses cartes du désert et son système GPS, et vous vous êtes entraînée à les utiliser. Vous deviez l'emmener dans un endroit où l'on ne pourrait pas la découvrir, alors vous êtes allée sur le site du dernier campement d'Othman, parce que l'itinéraire était déjà programmé sur le GPS et que vous pourriez ainsi retrouver plus facilement votre chemin. Une fois arrivée là-bas, il vous était possible de vous éloigner du campement et d'abandonner le corps dans un lieu écarté. De cette manière, Nouf serait perdue en plein désert, mais pas vous, puisqu'il vous suffisait de suivre le wadi pour regagner le campement, et ensuite d'utiliser le GPS pour revenir ici. Tout cela ne devait pas être bien compliqué, j'imagine ? »

Elle lui lança un regard glacial, et il sentit qu'il l'avait vexée. L'amour-propre commençait à prendre le dessus, mais elle serrait encore ses bras contre sa poitrine, mains cachées sous les aisselles, avec une modestie affectée.

« Après avoir atteint le campement, vous êtes allée avec le pick-up jusqu'au bord du wadi. Il vous suffisait ensuite de pousser Nouf à bas du véhicule pour la précipiter dans le lit asséché. Peut-être d'ailleurs ne vous êtes-vous pas rendu compte que c'était le lit d'un cours d'eau. Peut-être avez-vous cru qu'il s'agissait d'un fossé. L'essentiel était que le corps soit dissimulé aux regards...

— Je sais ce que c'est qu'un wadi, l'interrompit-elle sèchement.

—Donc, vous l'avez jetée dans le wadi. Ensuite vous avez continué à rouler, pour abandonner le chameau un peu plus loin en amont, là où Nouf ne risquerait pas de le récupérer si jamais elle reprenait connaissance. »

Abir demeura obstinément muette.

« Puis vous êtes repartie en direction de la ville, mais vous deviez d'abord vous débarrasser du pick-up. Vous avez manifestement choisi un endroit sûr, puisqu'il n'a toujours pas été retrouvé. De là, vous êtes revenue à moto. Vous avez fait preuve d'une grande ingéniosité en emportant la moto. C'est ainsi que vous avez pu regagner la ville. Toutefois, vous avez laissé derrière vous des indices compromettants. Le logo de la Honda s'est imprimé sur la patte du chameau. »

Un frémissement de peur parcourut de nouveau les traits d'Abir, mais elle rétorqua d'un air de défi :

« Et alors ?

— Alors, c'est une preuve assez évidente que le chameau et la moto se trouvaient en contact étroit, sous un soleil brûlant. »

Elle parut sur le point de répliquer, mais se garda finalement de lui donner ce plaisir.

« En tout, il vous a fallu... quoi ? Trois heures au maximum. Une demi-heure pour aller au zoo, une heure pour arriver dans le désert, une demi-heure pour vous débarrasser du corps, et encore une heure pour revenir à la cabane. Vous étiez de retour ici avant qu'on se soit aperçu de votre absence. En vous voyant sur le scooter des mers, tout le monde a dû croire que vous aviez passé l'après-midi à vous promener autour de l'île. Quand j'y pense, c'est quand même étonnant que vous ayez réussi à accomplir tout cela sans aide. Vous n'êtes qu'une toute jeune fille, après tout.

— Vous ne connaissez rien aux filles », cracha-t-elle, méprisante.

Cette réplique le blessa davantage qu'il ne l'aurait voulu, mais il n'en montra rien. Scrutant intensément le visage d'Abir, il y vit la dureté qu'il s'attendait à trouver chez une meurtrière. Était-ce dû à l'éducation qu'elle avait reçue, ou simplement à sa personnalité, il n'aurait su le dire, mais cela le rendait malade. Elle avait écouté sa reconstitution des faits sans élever d'objections et, même si sa réaction initiale avait trahi sa jalousie à l'égard de sa sœur, c'était son silence qui le troublait le plus. Car ce silence équivalait à un aveu. Et pourtant, à en juger par son regard lointain, elle n'éprouvait aucun remords. Elle semblait au contraire se durcir davantage de seconde en seconde, se réfugiant derrière le voile de sa féminité, pour faire valoir son droit à demeurer silencieuse.

« Mes félicitations, dit-il d'une voix sarcastique. C'est étonnant de voir à quel point vous avez réussi à berner tout le monde.

— Les gens sont stupides.

— Dans ce cas, vous ne faites pas exception, répliqua-t-il, contenant sa colère à grand-peine. Vous croyez avoir pensé à tout, mais vous avez oublié un détail.

— Ah ?

— Un détail... vestimentaire. En regagnant la cabane, vous avez ôté la robe d'homme que vous aviez mise pour piloter la moto. Et vous l'avez laissée accrochée au clou. »

L'expression arrogante de la jeune fille s'effaça aussitôt.

« Si Nouf s'était enfuie volontairement, n'aurait-elle pas laissé son abaya noire dans la cabane ? » insista-t-il.

Abir reprit son air suffisant pour répliquer :

« Cette robe pouvait appartenir à n'importe qui.

— Pour moi, c'est la preuve que quelqu'un est allé dans la cabane après la disparition de Nouf. Quelqu'un qui a pris son abaya pour dissimuler les traces de son passage, et a laissé une thobe d'homme à la place. Qui a pu faire ça, à votre avis ?

— Je n'en sais rien. »

La colère monta en lui, et il se pencha vers elle, au point que leurs visages se touchaient presque.

« C'est vous. Vous l'avez tuée. Vous l'avez laissée mourir dans le désert. Vous aimeriez peut-être croire que c'était un accident, mais elle n'a jamais repris connaissance et, quand l'eau est montée, elle n'avait aucune chance d'en réchapper. Elle s'est noyée. Vous vous racontez peut-être que ce n'est pas votre faute ? Que c'est sa faute à elle, parce qu'elle ne s'est pas réveillée à temps ? Vous savez très bien que, même si elle était parvenue à sortir du wadi, elle serait morte de toute façon, de chaleur et de soif. Vous ne lui aviez même pas laissé une bouteille d'eau. Vous vouliez qu'elle meure. »

Abir le toisa avec un mépris égal au sien, mais ne répondit pas.

« J'ai honte de le dire, reprit-il, mais je n'avais pas envisagé qu'une femme ait pu commettre un tel acte. Encore une preuve de mon ignorance dans ce domaine, n'est-ce pas ? Je n'arrivais pas à me l'imaginer. »

Il s'interrompit et tenta de recouvrer son sang-froid, en vain.

« Et tout ça à cause de Qazi ? Vous ignoriez manifestement qu'elle avait l'intention de le quitter pendant leur lune de miel. »

Abir tressaillit et ne chercha même pas à cacher sa stupeur.

« Eh oui. Elle avait pris des dispositions pour s'installer à New York. Elle avait même trouvé quelqu'un qui pouvait l'héberger temporairement, jusqu'à ce qu'elle ait trouvé un appartement.

— Ce n'est pas vrai !

— Mais si. »

Il n'éprouvait aucune satisfaction face à son expression horrifiée ; au contraire, cela ne fit qu'accroître sa colère.

« Elle ne voulait pas vivre avec Qazi. Elle voulait quelqu'un d'autre, elle voulait une autre vie. »

Abir se mordit si fort la lèvre qu'il s'attendit à voir couler le sang.

« Elle n'aurait épousé Qazi que pour son argent, objecta-t-elle d'un ton qui manquait de conviction. Elle n'aurait pas lâché sa proie aussi facilement.

— En êtes-vous sûre ? »

La frayeur apparut enfin dans l'expression d'Abir, mais la fureur submergea Nayir et il ne trouva dans son cœur aucune pitié pour elle, seulement un vague dégoût. Les deux sœurs se haïssaient-elles à ce point ? Il n'avait jamais entendu parler de rivalité entre elles. Katya n'avait sans doute même pas eu conscience de l'animosité d'Abir à l'égard de Nouf, de son égoïsme forcené... Détournant les yeux, il se renfonça dans le canapé et regarda fixement le service à thé, sentant l'adrénaline refluer peu à peu dans ses veines et sa rage faire place à la lassitude.

« Je ne crois pas qu'elle voyait quelqu'un d'autre, reprit Abir. Vous dites cela pour me contrarier.

— Si, il y avait un autre homme, riposta-t-il. Un homme qu'elle aimait bien plus que Qazi. Mais je ne vous dirai pas son nom, car cela ne ferait que causer plus de souffrance encore. »

Et cela vous permettrait également de rejeter la faute sur un autre, ajouta-t-il en lui-même.

« Cela ne l'empêchait pas de se servir de Qazi ! déclara Abir d'une voix aiguë. Ni de lui mentir et de coucher avec un autre !

— Soit, concéda Nayir avec réticence. Mais je ne comprends pas en quoi cela vous obligeait à la tuer. Cela n'a aucun sens, alors qu'il vous suffisait de tout raconter à Qazi pour faire annuler le mariage. »

Elle était agenouillée sur le sol à présent, les mains posées sur les cuisses, ses doigts griffant l'étoffe de sa robe comme pour la déchirer. Ses muscles faciaux se contractaient de façon spasmodique ; de toute évidence, cette question la troublait au plus haut point. Nayir se pencha pour l'observer avec un intérêt accru.

« Vous craigniez peut-être qu'il ne vous croie pas ? murmura-t-il.

— Bien sûr qu'il m'aurait crue ! protesta-t-elle faiblement.

— Peut-être était-il tellement épris de Nouf qu'il lui aurait pardonné ?

— Certainement pas ! cria-t-elle. Il n'aurait peut-être pas voulu me croire, mais c'est parce qu'il est trop bon.

« — Vous ne paraissez pas très sûre de vous, poursuivit Nayir. Et s'il vous avait prise pour une folle ?

— Je ne suis pas folle !

— Mais il y a pis encore, reprit-il, impitoyable. S'il vous avait crue et avait quand même préféré rester avec elle ?

— Il n'aurait pas fait ça !

— Mais cela vous tourmente, n'est-ce pas, de ne pas savoir comment il aurait réagi ? »

Elle lui lança un regard chargé de toute la malveillance qui couvait en elle, mais plus rien ne pouvait atteindre Nayir, désormais.

« En avez-vous discuté avec Nouf ?

— On ne peut pas discuter avec Nouf, répliqua-t-elle avec un rire sec. Elle ne s'intéresse qu'à elle-même. »

Troublé par cet emploi du présent, il insista cependant :

« Avez-vous seulement essayé ?

— Oui, répondit-elle d'un ton mordant. J'ai essayé, mais elle ne m'a jamais écoutée. Elle était décidée à se marier quoi qu'il advienne, poursuivit-elle, la bouche tordue dans un pli amer. C'est à ce moment-là que je lui ai dit que je savais ce qu'elle manigançait, que je voulais me marier avec Qazi et qu'elle n'avait aucun droit de l'épouser... Et vous savez ce qu'elle a fait ? demanda-t-elle d'un ton de défi. *Rien*. Cela lui était complètement égal.

— Et vous l'avez détestée encore plus.

— Oui. »

Même si son maintien était toujours aussi rigide, elle s'exprimait avec une franchise qui le toucha, et suscita soudain en lui un sentiment de pitié. Il comprenait ce qu'elle ressentait, c'étaient les actes que ses sentiments l'avaient poussée à accomplir qu'il ne comprenait pas ; il avait beau essayer, il n'y parvenait pas.

« D'une certaine manière, je suis encore plus dans le noir qu'avant, dit-il en la regardant avec intensité. Je vois la vérité, à présent, mais je ne sais toujours pas ce que je dois faire.

— Vous ne me dénoncerez pas, répondit Abir, le visage crispé, tout le corps tendu. Vous savez ce qu'on me ferait... »

Elle lui lança un dernier regard et se releva brusquement. De ses mains encore tremblantes, elle ramassa le sac sur la table.

« De plus, vous n'avez aucune preuve. »

Sur cette dernière flèche, elle rabattit sa burqa et se dirigea vers la porte.

« Attendez ! s'écria Nayir en sortant de sa poche le journal de Nouf. Je voudrais remettre ceci à votre famille. Je l'ai trouvé dans la cabane, sous le plancher. »

Elle regarda le carnet d'un air horrifié.

« C'était son journal. Je pense que vos parents seraient heureux de le garder en souvenir. »

Abir voulut s'en emparer, mais il le mit hors de sa portée. Leurs regards s'affrontèrent.

« Pas question que je vous le donne », lui dit-il.

Tournant les talons, elle s'enfuit en titubant. Il n'essaya pas de l'en empêcher, sachant fort bien qu'elle n'avait nulle part où aller. Il regrettait seulement de ne pas avoir vu son expression à l'instant final, quand elle avait compris qu'elle avait été défaite.

Quand le bruit de ses pas se fut éteint, il plongea de nouveau la main dans sa poche et en sortit la dernière pièce à conviction : la cigogne de papier. Il en effleura doucement la queue. Elle avait gardé sa forme, malgré tout ce temps passé au fond de sa poche. Il aurait voulu donner ces objets à Othman, mais n'osait pas les laisser ici, car ils risquaient de tomber dans les mains d'Abir. Il rempocha donc le carnet et l'origami.

Les bougies s'étaient consumées. Par la fenêtre, on entendait l'océan s'écraser contre les rochers en contrebas. Étrange... Il n'avait jamais entendu le bruit des vagues dans cette pièce lors de ses précédentes visites. Il ouvrit la porte donnant sur la terrasse et s'avança dans l'obscurité.

Au loin, il entendit un moteur démarrer. Le scooter des mers ! Un bref instant, il éprouva l'envie d'alerter quelqu'un, de prévenir la police, peut-être même d'appeler Qazi et de tout lui raconter. Cela mettrait au moins un terme aux projets de mariage d'Abir, mais il n'en eut pas le courage. Malgré la cruauté de son acte, malgré la colère et le dégoût qu'elle lui inspirait, il ne pouvait se résoudre à la dénoncer. Elle avait dit vrai : il savait ce qu'on lui ferait. Et surtout, il savait le mal que cela ferait à sa famille...

Il lui sembla que quelque chose s'effondrait en lui – pas seulement sa détermination, mais aussi le mur de ses certitudes, de ses convictions. Il souffrait de se sentir si faible, d'éprouver tant de sympathie pour des femmes comme Nouf, prisonnières de leur condition, de commandements qui convenaient peut-être aux épouses du Prophète mais pas aux femmes du monde moderne, désireuses de faire des études, de voyager, de travailler, et qui, contaminées par d'autres cultures, réclamaient toujours plus de libertés pour satisfaire toujours plus d'appétits. Il eut soudain l'impression que le monde s'écroulait autour de lui et tenta vainement de chasser cette pensée accablante. Mais le monde s'écroulait bel et bien, et il ne pouvait rien y faire, sinon assister à sa chute, le cœur empli d'un douloureux sentiment de perte.

Il s'avança jusqu'à la balustrade de marbre et fouilla une nouvelle fois dans sa poche pour en extraire son misyar. Le nom de l'épouse était toujours en blanc ; et le sien, dans l'autre case, commençait à s'estomper. Il contempla le document, lissa les plis du bout des doigts et admira une fois de plus le sceau. Il avait l'air parfaitement authentique. Aucun doute, c'était du beau travail...

Le bruit du moteur s'amplifia. Il vit le phare du scooter projeter sur l'eau un faisceau lumineux. Il regarda l'engin décrire une boucle, puis une autre, tourner et tourner sans fin, son vrombissement déchirant la nuit. Il prit son briquet, l'alluma et l'approcha du papier, qui se mit à frémir doucement sous la chaleur de la flamme. Il hésita un instant, sachant combien il lui serait difficile de se procurer un autre misyar. Mais il savait aussi qu'il ne s'en servirait jamais.

D'une main ferme, il approcha la flamme du document et le regarda noircir, puis s'effriter peu à peu. Enfin, il le lâcha, et le vent emporta les restes carbonisés par-dessus la balustrade pour les dissoudre dans l'océan.

29

Dans la chaleur étouffante de l'après-midi de ce milieu de semaine, le parc d'attractions n'était guère fréquenté. D'après son ami Azim, c'était un endroit parfait pour donner rendez-vous à une femme. Les autres parcs de la Corniche étaient strictement non mixtes, mais celui-ci était réservé aux familles, et les gens les prendraient pour un couple marié. Bien sûr, c'était passablement ennuyeux, mais au moins, ils pourraient bavarder et contempler la mer du haut de la grande roue.

Après avoir passé deux jours à naviguer en solitaire, Nayir avait regagné la marina et, en rallumant son portable, avait découvert que Katya avait téléphoné à deux reprises. Dans le premier message, elle lui demandait simplement de la rappeler. Mais le second était nettement moins conventionnel : « Que diriez-vous d'aller goûter de nouveau à cet excellent buffet ? »

Il en fut d'abord un peu choqué, mais son indignation fondit comme de la glace au soleil pour laisser place à l'exaltation. Quand il la rappela, elle parut ravie de l'entendre, ce qui le remplit à la fois de bonheur et d'appréhension. Ils convinrent de se retrouver au parc d'attractions, et il insista pour qu'ils y arrivent séparément et pour que Katya soit accompagnée par son chauffeur.

À treize heures, le lendemain, Nayir était posté à l'entrée du parc. Les quelques familles présentes commençaient à quitter les lieux, la chaleur devenant trop forte pour les enfants. Les femmes étaient toutes voilées de noir et toutes escortées par des hommes. Nayir se dit soudain que ce n'étaient peut-être ni leurs époux ni leurs frères, et il observa plus attentivement les couples sans enfants, cherchant à deviner la relation qui les unissait, étudiant leurs attitudes, leurs gestes, leurs inflexions. Il remarqua que la plupart ne se parlaient pas. Ils avaient l'air las, pressés de s'en aller. Un homme et une femme conversaient avec une aisance dénotant la familiarité. Un autre parlait à son épouse d'un ton négligent, sans même la regarder. Nayir essaya de s'imaginer en train de s'adresser à Katya de cette manière, mais n'y réussit pas.

Katya lui apparut enfin, à travers la grille de fer forgé. Il la reconnut avant même d'apercevoir Ahmad, et éprouva une brève panique à l'idée qu'elle soit venue sans son chauffeur, malgré ses recommandations. Mais le fidèle chaperon ne tarda pas à se montrer, ses cheveux argentés scintillant sous le soleil. Quand Katya s'approcha, il devina qu'elle souriait derrière sa burqa.

« Bonjour, Nayir. Je suis contente de vous revoir.

— Moi aussi. »

Ahmad lui serra la main, et ils se dirigèrent tous trois vers la grande roue. Katya s'arrêta devant le marchand de glaces et Nayir reconnut que c'était une très bonne idée. Le seul problème, songea-t-il, c'était le laps de temps qui s'écoulerait entre l'instant où ils achèteraient les cornets de glace et celui où Katya pourrait soulever sa burqa pour déguster le sien. En faisant vite, il leur faudrait trois minutes pour régler le marchand, acheter leurs tickets et monter à bord de la grande roue. Et, par cette température, aucune glace ne résisterait plus d'une minute.

Il exposa sa préoccupation au vendeur ; celui-ci mit un certain temps à comprendre, mais accepta finalement de leur prêter une glacière portative et un sac de glaçons. Ils déposèrent leurs cornets dans la boîte et, après avoir promis de la rapporter, se dirigèrent vers le manège.

Trois minutes après, exactement, Katya et lui se retrouvaient assis côte à côte dans une nacelle. Ahmad s'installa dans la cabine suivante et ouvrit son journal. Le forain, qui semblait habitué à voir des couples bizarres, sans enfants mais se comportant comme des gamins, déclara qu'il les laisserait tourner jusqu'à ce qu'ils lui crient d'arrêter, puis il s'éloigna.

Quand la roue se mit en marche, un petit vent frais les enveloppa et ils sortirent les cornets de glace. Katya souleva sa burqa, et Nayir ne put s'empêcher de regarder son visage. Ses traits ne semblaient pas avoir changé depuis leur dernière rencontre, mais il s'était attendu à y lire davantage de tristesse.

Il attendit anxieusement, incapable de manger sa glace, qu'il regarda dégouliner le long de sa main. L'un d'eux devait se décider à dire quelque chose, mais rien de pertinent ne lui vint à l'esprit. Quand ils atteignirent le point culminant de leur ascension, il contempla la mer et, lorsqu'ils commencèrent à redescendre, sa glace, son regard passant alternativement de l'une à l'autre, de la vanille au bleu océan, jusqu'à ce que Katya trouve enfin le courage de lui demander :

« Avez-vous vu Othman récemment ?

— Non, je ne l'ai pas revu depuis le jour où nous nous sommes croisés sur le parking de la résidence des Shrawi, répondit-il sans cesser de regarder fixement la crème en liquéfaction.

— Ah. »

Elle observa une pause, lécha de nouveau sa glace et, après une autre pause, reprit :

« Êtes-vous toujours amis ? »

Il fut obligé de réfléchir – d'abord au motif de cette question (la curiosité ? la jalousie ?) et ensuite à la réponse qui cernerait le mieux la vérité, si improbable qu'elle fût.

« Oui, je le considère toujours comme un ami.

— Mais vous n'êtes plus... aussi proches.

— Pourquoi tenez-vous à le savoir ? » demanda-t-il, tout en remarquant que la glace de Katya commençait à pencher de façon menaçante.

Elle haussa les épaules, feignant la désinvolture de manière fort peu convaincante. Mais ce geste fit tomber la boule de glace, qui rebondit contre sa jambe avant de s'écraser sur sa chaussure.

« *Ya'Allah !* Que je suis maladroite ! »

Elle secoua son pied et la glace, voltigeant dans les airs, passa au-dessus de la guérite du forain avant de s'écraser sur la chaussée.

Nayir ne savait pas trop bien s'il devait rire ou faire les gros yeux, mais devant l'air éploré de la jeune fille, il lui offrit son cornet. Après une hésitation imperceptible, elle le prit et le remercia en souriant.

Il essuya ses doigts sur sa robe, mais cela ne fit que les rendre encore plus poisseux. Le silence s'abattit de nouveau entre eux deux. Il lui avait déjà relaté sa confrontation avec Abir mais, au téléphone, il n'avait pas perçu chez elle d'autre réaction que la stupéfaction la plus totale. Il aurait voulu savoir ce qu'elle en pensait à présent, sans oser toutefois le lui demander.

« Au fait, dit-elle soudain, la division a décidé de rouvrir l'enquête sur la mort de Nouf.

— Vraiment ? fit-il en posant sur elle un regard étonné.

— Oui. J'ai montré à ma supérieure les indices que nous avions recueillis et le résultat des analyses. Elle les a transmis à notre chef qui a demandé la réouverture du dossier. Le directeur vient de lui donner le feu vert.

— Que va-t-il se passer à présent ?

— Les policiers vont interroger la famille. Mais les Shrawi sont puissants, ajouta-t-elle avec un haussement d'épaules, et ils vont peut-être essayer d'étouffer l'affaire encore une fois. En tout cas, j'ai parlé à Nusra.

— Que lui avez-vous dit ? s'enquit-il avec curiosité.

— Je lui ai parlé de l'escarpin que nous avons découvert au zoo. Je lui ai également expliqué que nous avions des raisons de soupçonner Abir, à cause du vêtement trouvé dans la cabane et des bijoux cachés dans l'écurie.

— Je parie qu'elle leur a déjà trouvé une meilleure cachette.

— C'est possible. Mais Nusra ne semblait au courant de rien et elle a promis de coopérer avec les enquêteurs. »

Nayir ne put qu'admirer le courage qu'il avait fallu à Katya, non seulement pour transmettre les preuves à ses supérieurs, mais aussi pour parler à Nusra qui avait déjà perdu une fille et risquait maintenant d'en perdre une deuxième.

« Vous êtes étonnante, murmura-t-il.

— Ma supérieure a également pris la liberté de téléphoner à Qazi pour le prévenir que sa fiancée allait faire l'objet d'une enquête, ajouta-t-elle en dissimulant un sourire.

— C'est une excellente initiative.

— Oui, c'est également mon avis. Je ne sais pas ce qu'il adviendra d'Abir, si sa culpabilité est établie. Elle passera sans doute quelques années en prison.

— Ce serait amplement mérité.

— Je voulais également vous dire que nos services auraient grand besoin d'un enquêteur de votre compétence. Avez-vous déjà envisagé de travailler pour le gouvernement ?

— Non », répondit-il en ouvrant des yeux ronds.

Était-ce la raison pour laquelle elle avait semblé tellement tenir à le voir ?

« Pourquoi pas ? reprit-elle.

— Ce n'est pas une bonne idée.

— Oh, allons donc ! Vous êtes parfait pour ce travail. Vous êtes bien plus doué que certains de...

— Je n'aime pas les cadavres, la coupa-t-il.

— Oh, c'est vrai, dit-elle en interrompant sa dégustation. J'avais oublié.

— C'est une proposition généreuse de votre part, mais...

— Vous finiriez sans doute par vous y habituer, insista-t-elle en réprimant un petit rire.

— Écoutez, je ne peux pas rester longtemps », bafouilla-t-il, paniqué.

Pour se donner une contenance, il prit un cube de glace dans la glacière et s'en servit pour se nettoyer les mains.

« Pourquoi cela ? »

Elle paraissait profondément déçue, et il s'en réjouit secrètement.

« J'ai un rendez-vous chez l'optométriste, expliqua-t-il.

« — Oh ! Eh bien, je peux vous accompagner. S'agit-il de celui que nous avons vu l'autre jour ?

— Oui, et il n'est pas utile que vous m'accompagniez.

— Mais cela me ferait plaisir, insista-t-elle en lui lançant un regard étrange – ou du moins, c'est ainsi que Nayir le jugea. Je vous servirai de chaperon, au cas où des femmes voudraient vous faire des avances, ajouta-t-elle tout en suçant sa glace. Elles me prendront pour votre épouse et elles vous laisseront tranquille. »

Il se sentit rougir bêtement.

« Les femmes ne me font pas d'avances.

— Oh, mais si. Vous ne vous en apercevez pas, voilà tout. »

« Je suis enchanté de vous revoir ici ! déclara le Dr Jahiz en les guidant vers la salle de consultation. Vous dites que vos troubles oculaires sont dus à vos séjours dans le désert ?

— Oui », acquiesça Nayir.

Il avança une chaise à Katya avant de s'installer lui-même, non sans mal, dans le fauteuil du patient.

« Je crois que toute cette poussière finit par m'irriter les yeux, reprit-il.

— Bien sûr, répondit Jahiz, baissant l'éclairage et allumant un tableau mural sur lequel s'affichèrent des lettres disposées en colonnes. La poussière est la cause de tous les maux, vous pouvez me croire ! »

Nayir examina le tableau, et constata qu'il ne pouvait absolument rien lire.

« En fait, c'est surtout en ville que j'ai du mal à voir. Quand je suis dans le désert, j'y vois parfaitement. »

Un téléphone sonna dans une pièce voisine.

« Excusez-moi, dit l'opticien, je reviens tout de suite. »

Dès qu'il fut sorti, Katya releva sa burqa, croisa les jambes et joignit ses mains sur ses genoux. *Elle veut quelque chose*, pensa Nayir, et il se demanda aussitôt comment il le savait. Il ne l'avait encore jamais vue faire ce geste, mais celui-ci paraissait avoir un sens universel.

« J'aimerais vous inviter à dîner chez moi la semaine prochaine, commença-t-elle. Mon père et moi organisons une soirée avec quelques amis, et j'aimerais que vous vous joigniez à nous. »

Nayir arqua les sourcils d'un air poli, mais tous ses instincts lui criaient de refuser. Un dîner ? Avec son père ? Non, non, c'était impossible. Il n'était pas encore prêt.

« Ce serait très important pour moi, poursuivit-elle d'un air penaud. Je sais que cela doit vous paraître bizarre, mais il y aura d'autres invités, et mon père souhaiterait vous rencontrer. »

Nayir eut un hochement de tête qui aurait aussi bien pu être un tremblement de frayeur. De l'antichambre lui parvint la voix agacée de Jahiz. *« Alors, vous devriez arrêter les gouttes tout de suite ! Non, pas de compresse chaude si c'est gonflé, ya'Allah ! Qui vous a conseillé de mettre de l'eau chaude sur un œil enflé ? »*

Katya attendait sa réponse. Il n'y avait aucune échappatoire possible. Non seulement elle voulait le présenter à son père, mais elle voulait lui présenter les amis de son père ! La manche de sa robe s'accrocha au bras du phoroptère, et il prit tout son temps pour la dégager, heureux de cette diversion. « *Oui, c'est ça, mettez plutôt de la glace*, glapit la voix de Jahiz. *Je vais vous dire une chose : si vous trouvez dans ce maudit désert un seul cube de glace qui dure assez longtemps pour réduire le gonflement, eh bien, lors de votre prochaine visite, je vous ferai une réduction sur les lunettes Gucci... Oui, vous avez ma parole, sur les Gucci !*

— Quand ce dîner doit-il avoir lieu ? demanda Nayir.

— Jeudi soir.

— Aaahhh, je dîne toujours avec mon oncle, le jeudi.

— Oh.

— Je serais venu avec joie, mais cela risquerait de contrarier mon oncle. Il n'a personne d'autre que moi, et...

— Je comprends », affirma-t-elle en hochant la tête.

Au lieu d'en éprouver du soulagement, il s'en voulut de lui infliger une déception.

« Peut-être une autre fois ? proposa-t-il.

— Oui, volontiers », répondit-elle.

L'opticien revint, et Katya rabattit son voile. Jahiz s'assit dans un fauteuil à roulettes et se propulsa énergiquement vers Nayir.

« N'oubliez pas de respirer calmement, lui dit-il. Ce ne sera pas douloureux. »

Nayir se soumit aux exigences du praticien avec gratitude, soulagé d'échapper à cette situation inconfortable. Mis à part quelques remarques assez alarmantes – « Bonté divine, moins cinq à l'œil gauche ! » ou « Vous devez avoir du mal à lire, hein ? » –, l'examen lui procura un certain apaisement. Les instruments sophistiqués, maniés avec délicatesse et dans un silence respectueux, lui donnaient un sentiment de bien-être et de sécurité. Le spécialiste pouvait corriger sa vue. Allah en soit remercié, *tout* pouvait s'arranger, entre des mains compétentes.

« Moins cinq à l'œil gauche ! »

Il se rappela la marque sur la patte du chameau et, par association d'idées, pensa aussitôt à Othman, à son amour désespéré pour Nouf et aux sentiments réciproques de la jeune fille. Elle aurait aimé pouvoir changer de sexe comme le mérou... Mais la Nouf qu'il voyait maintenant en esprit n'avait plus besoin de cela pour se libérer et fonçait à toute allure sur l'autoroute, chevauchant une Harley-Davidson. Elle portait un casque qui la faisait ressembler à un scarabée, des gants en alligator et une robe d'homme qui lui cinglait les chevilles tandis qu'elle slalomait de manière intrépide entre les poids lourds et les SUV, tel un Bédouin dément sur son chameau de l'ère spatiale.

Jahiz se redressa et éteignit ses instruments.

« Vos lunettes seront prêtes d'ici une heure environ. Pendant que vous attendez, peut-être votre sœur souhaiterait-elle se faire examiner elle aussi ? »

Nayir regarda Katya, qui secoua la tête en signe de négation.

« Non, merci, répondit-il en s'extrayant du fauteuil.

— Vous savez, reprit Jahiz d'un air matois, peu de femmes ont la chance de pouvoir faire corriger leur vue. Les hommes les en empêchent. Il n'y a que les femmes fortes et libérées qui viennent me consulter. »

Malgré la burqa qui la dissimulait, Nayir crut percevoir chez Katya une soudaine hésitation ; lentement, elle se tourna vers lui, comme pour dire : *Ce n'est peut-être pas une si mauvaise idée !*

« Après tout, poursuivit Jahiz, avec ces voiles qui les couvrent à longueur de journée, il est compréhensible que les femmes aient envie de voir le monde qui les entoure. Et de le voir clairement, mon ami. Clairement. »

Nayir regarda la burqa se soulever doucement au rythme de la respiration de Katya. Elle avait envie de dire quelque chose, elle cherchait une réponse…

« Je crois, déclara-t-il, qu'elle a une parfaite vision des choses. »

Il s'imagina qu'elle souriait.